Fred Vargas emprunte son nom de plume au personnage d'Ava Gardner dans *La Comtesse aux pieds nus*, de Joseph L. Mankiewicz.

Née à Paris en 1957, elle devient une éminente archéologue médiéviste travaillant pour le CNRS, avant d'entamer une carrière d'écrivain. Auteur d'une dizaine de « rompols », Fred Vargas dépeint, au-delà d'une intrigue policière captivante, un univers poétique où ses personnages n'ont de cesse de gratter la surface des choses, afin d'en dégager la véritable essence. Traduits dans plus de trente pays, ses romans ont été distingués par de nombreuses récompenses en France et à l'étranger, dont le Grand Prix du roman noir de Cognac pour *Pars vite et reviens tard* et pour *L'homme à l'envers* ; le prix des Libraires, le Grand Prix des lectrices de *ELLE* et le Duncan Lawrie International Dagger pour *Debout les morts* et *Sous les vents de Neptune*. Plusieurs enquêtes du commissaire Adamsberg ont fait l'objet d'adaptations cinématographiques et télévisuelles par Régis Wargnier et Josée Dayan.

L'Armée furieuse

FRED VARGAS

L'Armée furieuse

1

Il y avait des petites miettes de pain qui couraient de la cuisine à la chambre, jusque sur les draps propres où reposait la vieille femme, morte et bouche ouverte. Le commissaire Adamsberg les considérait en silence, allant et venant d'un pas lent le long des débris, se demandant quel Petit Poucet, ou quel Ogre en l'occurrence, les avait perdues là. L'appartement était un sombre et petit rez-de-chaussée de trois pièces, dans le 18e arrondissement de Paris.

Dans la chambre, la vieille femme allongée. Dans la salle à manger, le mari. Il attendait sans impatience et sans émotion, regardant seulement son journal avec envie, plié à la page des mots croisés, qu'il n'osait pas poursuivre tant que les flics étaient sur place. Il avait raconté sa courte histoire : lui et sa femme s'étaient rencontrés dans une compagnie d'assurances, elle était secrétaire et lui comptable, ils s'étaient mariés avec allégresse sans savoir que cela devait durer cinquante-neuf ans. Puis la femme était morte durant la nuit. D'un arrêt cardiaque, avait précisé le commissaire du 18e arrondissement au téléphone. Cloué au lit, il avait appelé Adamsberg pour le remplacer. Rends-moi ce service, tu en as pour une petite heure, une routine du matin.

Une fois de plus, Adamsberg longea les miettes. L'appartement était impeccablement tenu, les fauteuils couverts d'appuie-tête, les surfaces en plastique astiquées, les vitres sans trace, la vaisselle faite. Il remonta jusqu'à la boîte à pain, qui contenait une demi-baguette et, dans un torchon propre, un gros quignon vidé de sa mie. Il revint près du mari, tira une chaise pour s'approcher de son fauteuil.

— Pas de bonnes nouvelles ce matin, dit le vieux en détachant les yeux de son journal. Avec cette chaleur aussi, ça fait bouillir les caractères. Mais ici, en rez-de-chaussée, on peut garder le frais. C'est pour ça que je laisse les volets fermés. Et il faut boire, c'est ce qu'ils disent.

— Vous ne vous êtes rendu compte de rien ?

— Elle était normale quand je me suis couché. Je la vérifiais toujours, comme elle était cardiaque. C'est ce matin que j'ai vu qu'elle avait passé.

— Il y a des miettes de pain dans son lit.

— Elle aimait ça. Grignoter couchée. Un petit bout de pain ou une biscotte avant de dormir.

— J'aurais plutôt imaginé qu'elle nettoyait toutes les miettes après.

— Pas de doute là-dessus. Elle briquait du soir au matin comme si c'était sa raison de vivre. Au début, c'était pas bien grave. Mais avec les années, c'est devenu une obnubilation. Elle aurait sali pour pouvoir laver. Vous auriez dû voir ça. En même temps, cette pauvre femme, ça l'occupait.

— Mais le pain ? Elle n'a pas nettoyé hier soir ?

— Forcément non, parce que c'est moi qui lui ai apporté. Trop faible pour se lever. Elle m'a bien ordonné d'ôter les miettes, mais à moi, ça m'est drôlement égal. Elle l'aurait fait le lendemain. Elle retournait les draps tous les jours. À quoi ça sert, on ne sait pas.

— Donc vous lui avez apporté du pain au lit, et puis vous l'avez remis dans la boîte.

— Non, je l'ai flanqué à la poubelle. Il était trop dur ce pain, elle n'arrivait pas à le manger. Je lui ai apporté une biscotte.

— Il n'est pas dans la poubelle, il est dans la boîte à pain.

— Oui, je sais.

— Et il n'y a plus de mie à l'intérieur. Elle a mangé toute la mie ?

— Bon sang non, commissaire. Pourquoi elle se serait bourrée de mie ? De mie rassie ? Vous êtes bien commissaire ?

— Oui. Jean-Baptiste Adamsberg, Brigade criminelle.

— Pourquoi c'est pas la police du quartier ?

— Le commissaire est couché avec une grippe d'été. Et son équipe est indisponible.

— Tous grippés ?

— Non, il y a eu une bagarre cette nuit. Deux morts et quatre blessés. À cause d'un scooter volé.

— Misère. Avec cette chaleur aussi, ça bout dans les têtes. Moi, c'est Tuilot Julien, comptable retraité de la Compagnie ALLB.

— Oui, j'ai noté cela.

— Elle m'a toujours reproché de m'appeler Tuilot, tandis que son nom de jeune fille, Kosquer, était plus joli. C'est pas faux d'ailleurs. Je pensais que vous étiez commissaire, à questionner comme ça sur les miettes de pain. Le collègue du quartier, il n'est pas comme ça.

— Vous trouvez que je m'occupe trop des miettes ?

— Vous faites bien comme vous voulez, allez. C'est pour votre rapport, il faut bien écrire quelque chose dans le rapport. Je comprends ça, je n'ai fait que ça dans ma vie à l'ALLB, des comptes et des rapports. Si encore ç'avait été des rapports honnêtes.

Pensez donc. Le patron avait sa devise, comme il disait tout le temps : une assurance ne doit pas payer même si elle doit payer. Cinquante ans de triche comme ça, ça vous arrange pas le ciboulot. Je disais à ma femme, si tu pouvais laver ma tête au lieu des rideaux, ce serait autrement plus utile.

Tuilot Julien eut un petit rire, ponctuant son trait d'esprit.

— C'est juste que je ne comprends pas cette histoire de quignon.

— Pour comprendre, faut être logique, commissaire, logique et rusé. Moi, Tuilot Julien, je le suis, j'ai gagné seize championnats de mots croisés force maximale en trente-deux ans. En moyenne un tous les deux ans, juste avec ma cervelle. Logique et rusé. Ça rapporte de l'argent aussi, à ces niveaux. Ça, dit-il en désignant le journal, c'est de la blague pour les gamins de maternelle. Seulement, faut tailler souvent ses crayons, et ça fait des pelures. Qu'est-ce qu'elle m'en a fait voir avec ces pelures. Qu'est-ce qui vous embête à propos de ce pain ?

— Il n'est pas dans la poubelle, je ne le trouve pas tellement rassis, je ne comprends pas pourquoi il n'y a plus de mie.

— Mystère domestique, dit Tuilot qui paraissait s'amuser. C'est que j'ai deux petits locataires ici, Toni et Marie, une bonne petite paire, chaleureux comme tout, et qui s'aiment d'un amour vrai. Mais qui ne sont pas du goût de ma femme, je vous prie de croire. On ne dit pas de mal des morts mais elle a tout essayé pour me les tuer. Et moi ça fait trois ans que je déjoue tous ses tours ! Logique et rusé, c'est le secret. Ce n'est pas toi, ma pauvre Lucette, qui vas mater un champion de mots croisés, je lui disais. Moi et ces deux-là, on fait le trio, ils savent qu'ils peuvent compter sur moi et moi sur eux. Une petite visite tous les soirs. Comme ils sont malins, et très délicats, ils ne viennent jamais avant que la Lucette soit au lit. Ils savent bien que je les attends, allez. C'est toujours Toni qui arrive le premier, il est plus gros, plus fort.

— Et ce sont eux qui ont mangé la mie ? Alors que le pain était dans la poubelle ?

— Ils adorent ça.

Adamsberg jeta un œil aux mots croisés, qui ne lui parurent pas si simples que cela, puis repoussa le journal.

— Eux qui, monsieur Tuilot ?

— Je n'aime pas en parler, les gens désapprouvent. Ils sont fermés, les gens.

— Des animaux ? Des chiens, des chats ?

— Des rats. Toni est plus brun que Marie. Ils s'aiment tellement que, souvent, en plein milieu de leur repas, ils s'arrêtent pour frotter la tête de l'autre avec leurs pattes. Si les gens n'étaient pas si bouchés, ils verraient des spectacles comme ça. Marie, c'est la plus vive. Après son repas, elle monte sur mon épaule, elle passe ses griffes dans mes cheveux. Elle me coiffe, pour ainsi dire. C'est sa manière de remercier. Ou de m'aimer ? Qu'est-ce qu'on en sait ? Ça réconforte, allez. Et puis après qu'on s'est dit des tas de choses gentilles, on se quitte jusqu'au lendemain soir. Ils regagnent la cave par le trou derrière la descente d'eau. Un jour, Lucette a tout cimenté. Pauvre Lucette. Elle ne sait pas faire du ciment.

— Je comprends, dit Adamsberg.

Le vieux lui rappelait Félix, qui taillait des vignes à huit cent quatre-vingts kilomètres de là. Il avait apprivoisé une couleuvre avec du lait. Un jour, un type avait tué sa couleuvre. Alors Félix avait tué le type. Adamsberg retourna à la chambre où le lieutenant Justin veillait la morte en attendant le médecin traitant.

— Regarde dans sa bouche, dit-il. Regarde si tu vois des résidus blancs, comme de la mie de pain.

— Je n'ai pas très envie de faire ça.

— Mais fais-le quand même. Je pense que le vieux l'a asphyxiée en la bourrant de mie de pain. Ensuite, il l'a ôtée, et jetée quelque part.

— La mie qui était dans le quignon ?

— Oui.

Adamsberg ouvrit la fenêtre et les volets de la chambre. Il examina la petite courette, jonchée de plumes d'oiseau, à moitié transformée en débarras. Au centre, une grille couvrait la bouche d'évacuation des eaux. Elle était encore mouillée, alors qu'il n'avait pas plu.

— Tu iras soulever la grille. Je pense qu'il a jeté la mie là-dedans et vidé un seau d'eau par-dessus.

— C'est idiot, murmura Justin en dirigeant sa lampe électrique dans la bouche de la vieille femme. S'il a fait ça, pourquoi n'a-t-il pas jeté le quignon vide ? Et nettoyé les miettes ?

— Pour jeter le quignon, il aurait fallu qu'il aille jusqu'aux poubelles, donc qu'il se montre sur le trottoir à la nuit. Il y a une terrasse de café juste à côté, et sûrement pas mal de monde quand les nuits sont chaudes. On l'aurait vu. Il a imaginé une très bonne explication pour le quignon et les miettes. Si originale qu'elle en devient vraisemblable. C'est un champion de mots croisés, il a sa manière de relier ses idées.

Adamsberg, à la fois désolé et un peu admiratif, revint auprès de Tuilot.

— Quand Marie et Toni sont arrivés, vous avez ressorti le pain de la poubelle ?

— Mais non, ils connaissent le truc et ils aiment ça. Toni s'assied sur la pédale de la poubelle, le couvercle se soulève, et Marie en sort tout ce qui les intéresse. Fortiches, hein ? Rusés, il n'y a pas à dire.

— Donc Marie a sorti le pain. Et puis tous les deux, ils ont mangé la mie ? Tout en s'aimant ?

— C'est cela.

— Toute la mie ?

— Ce sont des gros rats, commissaire, ils sont voraces.

— Et les miettes ? Pourquoi ils n'ont pas mangé les miettes ?

— Commissaire, on s'occupe de Lucette ou des rats ?

— Je ne comprends pas pourquoi vous avez rangé le pain dans le torchon après que les rats l'ont creusé. Alors qu'avant, vous l'aviez mis à la poubelle.

Le vieux posa quelques lettres sur ses mots croisés.

— Vous n'êtes sûrement pas bien fort aux mots croisés, commissaire. Si j'avais jeté le quignon vide à la poubelle, vous pensez bien que Lucette aurait compris que Toni et Marie étaient passés.

— Vous pouviez aller le jeter dehors.

— La porte grince comme un porc qu'on égorge. Vous n'avez pas remarqué ?

— Si.

— Alors je l'ai tout bonnement enroulé dans le torchon. Ça m'évite une scène le matin. Parce que des scènes, c'est tous les jours à n'en plus finir. Bon sang, ça fait cinquante ans qu'elle maugrée en passant son chiffon partout, sous mon verre, sous mes pieds, sous mon cul. À croire que j'ai plus le droit de marcher ni de m'asseoir. Si vous viviez ça, vous aussi vous auriez caché le quignon.

— Elle ne l'aurait pas vu dans la boîte ?

— Mais non. Le matin, elle prend des biscottes aux raisins secs. Elle doit le faire exprès parce que ces biscottes, ça projette des milliers de miettes. Si bien que ça l'occupe pendant deux heures après. Vous voyez la logique ?

Justin entra dans la pièce, adressa un bref signe affirmatif à Adamsberg.

— Mais hier, dit Adamsberg avec un peu d'abattement, ça ne s'est pas passé comme ça. Vous avez ôté la mie, deux grosses poignées compactes, et vous l'avez enfoncée dans sa bouche. Quand elle n'a plus respiré, vous avez sorti toute cette mie et vous l'avez jetée dans la bouche d'évacuation de la courette. Ça m'épate que vous ayez choisi ce moyen pour la tuer. Je n'ai jamais vu personne étouffer quelqu'un à la mie de pain.

— C'est inventif, confirma tranquillement Tuilot.

— Vous vous doutez bien, monsieur Tuilot, qu'on retrouvera la salive de votre femme sur la mie de pain. Et comme vous êtes logique, rusé, on retrouvera aussi les traces des dents des rats sur le quignon. Vous les avez laissés finir la mie pour accréditer votre histoire.

— Ils adorent se fourrer dans un quignon de pain, c'est un plaisir de les voir. On a passé une bonne soirée hier, oui vraiment. J'ai même bu deux verres pendant que Marie me griffait la tête. Puis j'ai lavé et rangé mon verre, pour éviter la réprimande. Alors qu'elle était déjà morte.

— Alors que vous veniez de la tuer.

— Oui, dit l'homme dans un soupir négligent, emplissant quelques cases des mots croisés. Le médecin était passé la visiter la veille, il m'a assuré qu'elle tiendrait encore des mois. Ça voulait dire encore des dizaines de mardis avec des friands gras, des centaines de récriminations, des milliers de petits coups de chiffon. À quatre-vingt-six ans, on a le droit de commencer à vivre. Il y a des soirs comme ça. Des soirs où un homme se lève et agit.

Et Tuilot se leva, ouvrit les volets de la salle à manger, laissant entrer la chaleur excessive et tenace de ce début de mois d'août.

14

— Elle ne voulait pas ouvrir les fenêtres non plus. Mais je ne dirai pas tout cela, commissaire. Je dirai que je l'ai tuée pour lui épargner les souffrances. Avec de la mie de pain parce qu'elle aimait ça, comme une dernière petite gâterie. J'ai tout prévu là-dedans, moi, dit-il en se cognant le front. Il n'y aura pas de preuve que je ne l'ai pas fait par charité. Hein ? Par charité ? Je serai acquitté et, deux mois plus tard, je serai revenu ici, je poserai mon verre directement sur la table, sans sortir de napperon, et on sera bien là tous les trois, Toni, Marie et moi.

— Oui je le crois, dit Adamsberg en se levant doucement. Mais si cela se trouve, monsieur Tuilot, vous n'oserez pas poser votre cul de verre sur la table. Et peut-être que vous sortirez ce napperon. Et puis vous nettoierez les miettes.

— Et pourquoi je ferais ça ?

Adamsberg haussa les épaules.

— C'est seulement ce que j'ai vu. C'est souvent comme ça que ça se passe.

— Vous en faites pas pour moi, allez. Je suis rusé, moi.

— C'est vrai, monsieur Tuilot.

Dehors, la chaleur faisait marcher les gens à l'ombre, rasant les immeubles bouche ouverte. Adamsberg décida d'emprunter les trottoirs exposés au soleil, et vides, et de se laisser couler à pied vers le sud. Une longue marche pour se défaire du visage réjoui – et en effet rusé – du champion de mots croisés. Qui, peut-être, un mardi prochain, s'achèterait un friand gras pour dîner.

2

Il arriva à la Brigade une heure et demie plus tard, son tee-shirt noir trempé de sueur et ses pensées remises en place. Il était rare qu'une bonne ou mauvaise impression hante l'esprit d'Adamsberg très longtemps. À se demander s'il en avait un, d'esprit, avait souvent dit sa mère. Il dicta son rapport à l'intention du commissaire grippé, passa prendre les messages à l'accueil. Le brigadier Gardon, qui tenait le standard, penchait sa tête pour capter le souffle d'un petit ventilateur posé au sol. Il laissait voleter ses cheveux fins dans le courant d'air frais, comme s'il était installé sous le casque d'un salon de coiffure.

— Le lieutenant Veyrenc vous attend au café, commissaire, dit-il sans se redresser.

— Au café ou à la Brasserie ?

— Au café, au Cornet à dés.

— Veyrenc n'est plus lieutenant, Gardon. C'est seulement ce soir qu'on saura s'il raccroche les gants.

Adamsberg considéra un court moment le brigadier, se demandant si Gardon, lui, avait un esprit, et si oui, ce qu'il pouvait bien mettre dedans.

Il s'installa à la table de Veyrenc et les deux hommes se saluèrent d'un sourire clair et d'une longue poignée de main. Le souvenir de l'apparition de Veyrenc en Serbie[1] faisait encore passer, parfois, un court frisson dans le dos d'Adamsberg. Il commanda une salade et, tout en mangeant lentement, il fit un assez long récit sur Mme Tuilot Lucette, M. Tuilot Julien, Toni, Marie, leur amour, le quignon, la pédale de la poubelle, les volets fermés, le friand gras du mardi. De temps à autre, il jetait un regard à travers la vitre du café, que Tuilot Lucette aurait nettoyée autrement mieux.

Veyrenc commanda deux cafés au patron, un gros homme dont l'humeur sans cesse grondante s'aggravait avec la chaleur. Sa femme, une petite Corse muette, passait comme une fée noire en portant les plats.

— Un jour, dit Adamsberg en la désignant d'un signe, elle l'étouffera avec deux grosses poignées de mie de pain.

— Très possible, acquiesça Veyrenc.

— Elle attend toujours sur le trottoir, dit Adamsberg en jetant un nouveau coup d'œil au-dehors. Elle attend depuis presque une heure sous ce soleil de plomb. Elle ne sait pas quoi faire, pas quoi décider.

Veyrenc suivit le regard d'Adamsberg, examinant une petite femme maigre proprement vêtue d'une blouse à fleurs, de celles qu'on ne peut pas trouver dans les magasins de Paris.

— Tu ne peux pas être sûr qu'elle est là pour toi. Elle n'est pas en face de la Brigade, elle va et vient à dix mètres de là. Elle a un rendez-vous manqué.

— C'est pour moi, Louis, ça ne fait pas de doute. Qui donnerait un rendez-vous dans cette rue ? Elle a peur. C'est cela qui me tracasse.

— C'est parce qu'elle n'est pas de Paris.

---

1. Cf., du même auteur, *Un lieu incertain* (Éd. Viviane Hamy, 2008).

— C'est peut-être même la première fois qu'elle y vient. C'est donc qu'elle a un sérieux problème. Ce qui ne résout pas le tien, Veyrenc. Tu réfléchis depuis des mois les pieds dans ta rivière, et tu n'as rien décidé.

— Tu pourrais reporter le délai.

— Je l'ai déjà fait.

— C'est ce soir à 6 heures que tu dois avoir signé, ou pas signé. Que tu redeviens flic, ou non. Il te reste quatre heures et demie, ajouta nonchalamment Adamsberg en consultant sa montre, et plus exactement les deux montres qu'il portait au poignet, sans qu'on sache exactement pourquoi.

— J'ai encore tout le temps, dit Veyrenc en tournant son café.

Le commissaire Adamsberg et l'ex-lieutenant Louis Veyrenc de Bilhc, issus de deux villages voisins des Pyrénées, avaient en commun une sorte de tranquillité détachée, assez déroutante. Elle pouvait présenter chez Adamsberg tous les signes d'une inattention et d'une indifférence choquantes. Chez Veyrenc, ce détachement générait des éloignements inexpliqués, une obstination opiniâtre, parfois massive et silencieuse, éventuellement ponctuée de colères. « C'est la vieille montagne qui a fait cela », disait Adamsberg sans chercher d'autre justification. La vieille montagne ne peut pas cracher des graminées amusantes et folâtres comme le font les herbes mouvantes des grandes prairies.

— On sort, dit Adamsberg en payant soudain leur déjeuner, la petite femme va s'en aller. Regarde, elle se décourage, l'hésitation la gagne.

— Moi aussi j'hésite, dit Veyrenc en avalant son café d'un trait. Mais moi, tu ne m'aides pas.

— Non.

— Très bien. *Ainsi va l'hésitant, de méandres en détours, / Seul et sans qu'une main vienne porter secours.*

— On connaît toujours sa décision bien avant de la prendre. Depuis le tout début en fait. C'est pour cela que les conseils ne servent à rien. Sauf à te répéter que tes versifications irritent le commandant Danglard. Il n'aime pas qu'on massacre l'art poétique.

Adamsberg salua le patron d'un geste sobre. Inutile de parler, le gros homme n'aimait pas cela, ou plus précisément, il n'aimait pas être sympathique. Il était à l'image de son établissement, dégarni, ostensiblement populaire et presque hostile à la clientèle. La lutte était âpre entre ce fier petit bistrot et l'opulente brasserie qui lui faisait face. Plus la Brasserie des Philosophes accentuait son allure de vieille bourgeoise riche et guindée, plus le Cornet à dés appauvrissait son apparence, tous deux lancés dans une lutte sociale sans merci. « Un jour, marmonnait le commandant Danglard, il y aura un mort. » Sans compter la petite Corse qui bourrerait la gorge de son mari avec de la mie de pain.

En sortant du café, Adamsberg souffla au contact de l'air brûlant et s'approcha avec précaution de la petite femme, toujours postée à quelques pas de la Brigade. Il y avait un pigeon posé devant la porte du bâtiment, et il pensa que s'il faisait décoller l'oiseau en passant, la femme s'envolerait avec lui, par mimétisme. Comme si elle était légère, volatile, capable de disparaître comme une paille au vent. De près, il estima qu'elle avait quelque soixante-cinq ans. Elle avait pris soin d'aller chez le coiffeur avant de monter à la capitale, des boucles jaunes résistaient dans ses cheveux gris. Quand Adamsberg parla, le pigeon ne bougea pas, et la femme tourna vers lui un visage apeuré. Adamsberg s'exprima lentement, demandant si elle avait besoin d'aide.

— Je vous remercie, non, répondit la femme en détournant le regard.

— Vous ne vouliez pas entrer là-dedans ? dit Adamsberg en désignant le vieux bâtiment de la Brigade criminelle. Pour parler à un policier ou quelque chose ? Parce que dans cette rue, à part eux, il n'y a pas grand-chose d'autre à faire.

— Mais si les policiers ne vous écoutent pas, ça ne sert à rien d'y aller, dit-elle en reculant de quelques pas. Ils ne vous croient pas, vous savez, les policiers.

— Car c'est bien là que vous alliez ? À la Brigade ?

La femme abaissa ses sourcils presque transparents.

— C'est la première fois que vous venez à Paris ?

— Mon Dieu oui. Il faut que je rentre ce soir, ils ne doivent pas s'apercevoir.

— Vous êtes venue voir un policier ?

— Oui. Enfin peut-être.

— Je suis policier. Je travaille là-dedans.

La femme jeta un regard à la tenue négligée d'Adamsberg et parut déçue ou sceptique.

— Vous devez bien les connaître alors ?

— Oui.

— Tous ?

— Oui.

La femme ouvrit son gros sac brun, râpé sur les flancs, et en sortit un papier qu'elle déplia avec soin.

— Monsieur le commissaire Adamsberg, lut-elle avec application. Vous le connaissez ?

— Oui. Vous venez de loin pour le voir ?

— D'Ordebec, dit-elle comme si cet aveu personnel lui coûtait.

— Je ne vois pas.

— C'est près de Lisieux, disons.

Normandie, se dit Adamsberg, ce qui pouvait expliquer sa réticence à parler. Il avait connu quelques Normands, des « taiseux » qu'il avait mis des jours à apprivoiser. Comme si lâcher quelques mots revenait à donner un louis d'or, pas forcément mérité. Adamsberg se mit à marcher, encourageant la femme à l'accompagner.

— Il y a des policiers à Lisieux, dit-il. Et même peut-être à Ordebec. Il y a des gendarmes chez vous, non ?

— Ils ne m'écouteraient pas. Mais le vicaire de Lisieux, qui connaît le curé de Mesnil-Beauchamp, a dit que le commissaire d'ici peut m'écouter. Le voyage a coûté cher.

— Il s'agit de quelque chose de grave ?

— Oui, bien sûr c'est grave.

— D'un meurtre ? insista Adamsberg.

— Peut-être oui. Enfin, non. Ce sont des gens qui vont mourir. Je dois bien prévenir la police, non ?

— Des gens qui vont mourir ? Ils ont reçu des menaces ?

Cet homme la rassurait un peu. Paris l'affolait, et sa décision encore plus. Partir en douce, mentir aux enfants. Et si le train ne la ramenait pas à la bonne heure ? Et si elle manquait le car ? Ce policier parlait doucement, un peu comme s'il chantait. Sûrement pas quelqu'un de chez eux. Non, plutôt un petit homme du Sud, avec la peau mate et les traits creusés. À lui, elle aurait bien raconté son histoire, mais le vicaire avait été très clair là-dessus. Ce devait être au commissaire Adamsberg et à personne d'autre. Et le vicaire n'était pas n'importe qui, il était cousin de l'ancien procureur de Rouen, qui s'y connaissait beaucoup en policiers. Il ne lui avait donné le nom d'Adamsberg qu'à contrecœur, lui déconseillant de parler, et certain qu'elle ne ferait pas le voyage. Mais elle ne pouvait pas rester terrée alors que les *événements* se déroulaient. S'il arrivait quelque chose aux enfants.

— Je ne peux parler qu'à ce commissaire.

— Je suis le commissaire.

La petite femme sembla sur le point de se rebeller, si chétive fût-elle.

— Alors pourquoi vous ne l'avez pas dit tout de suite ?

— Mais je ne sais pas non plus qui vous êtes.

— Ça ne servirait pas. On dit son nom et ensuite, tout le monde le répète.

— Et qu'est-ce que ça peut faire ?

— Des ennuis. Personne doit savoir.

Une faiseuse d'embrouilles, songea Adamsberg. Qui finirait peut-être un jour ou l'autre avec deux grosses boules de mie de pain dans la gorge. Mais une faiseuse d'embrouilles terrifiée par un fait précis, et cela continuait à le préoccuper. *Des gens qui vont mourir.*

Ils étaient revenus sur leurs pas, retournant vers la Brigade.

— J'ai simplement voulu vous aider. Je vous regardais depuis un moment.

— Et l'homme là-bas ? Il est avec vous ? Il me regardait aussi ?

— Quel homme ?

— Là-bas, avec les cheveux anormaux, avec des mèches orange, il est avec vous ?

Adamsberg leva les yeux et repéra Veyrenc à vingt mètres, adossé au chambranle de la grande porte. Il n'était pas entré dans le bâtiment, il attendait près du pigeon, qui n'avait pas bougé non plus.

— Lui, dit Adamsberg, il a été blessé à coups de couteau quand il était petit. Et sur les cicatrices, les cheveux ont repoussé comme ça, roux. Je ne vous conseille pas d'y faire allusion.

— Je ne pensais pas à mal, je ne sais pas bien parler. Je ne parle presque jamais à Ordebec.

— Ce n'est pas grave.

— Mais mes enfants parlent beaucoup.

— D'accord.

Mais qu'est-ce qu'il a ce pigeon, bon sang ? dit Adamsberg à voix basse. Pourquoi il ne vole pas ?

Lassé par l'indécision de la petite femme, le commissaire l'abandonna pour se diriger vers l'oiseau immobile tandis que Veyrenc le croisait de son pas lourd. Très bien, qu'il s'occupe d'elle, si tant est que cela en vaille la peine. Il s'en débrouillerait très bien. Le visage compact de Veyrenc était convaincant, persuasif, et puissamment aidé par un sourire rare qui relevait joliment la moitié de sa lèvre. Un avantage net qu'Adamsberg avait en un temps détesté[1], et qui les avait placés dans un face-à-face destructeur. Chacun achevait à présent d'en effacer les quelques débris résiduels. Tandis qu'il soulevait le pigeon figé dans le creux de ses mains, Veyrenc revenait vers lui sans hâte, suivi de la petite femme transparente qui respirait un peu vite. Au fond, elle se faisait si insignifiante qu'Adamsberg ne l'aurait peut-être pas repérée sans la robe à fleurs qui dessinait son contour. Peut-être que, sans la robe, on ne la voyait plus.

— Un enfant de salaud lui a attaché les pattes, dit-il à Veyrenc en examinant l'oiseau sale.

— Vous vous occupez aussi des pigeons ? demanda la femme sans ironie. J'ai vu toute une quantité de pigeons ici, ça ne fait pas propre.

— Mais celui-ci, coupa Adamsberg, ce n'est pas toute une quantité, c'est un pigeon tout court, un pigeon tout seul. Ça fait la différence.

— Bien sûr, dit la femme.

Compréhensive, et finalement, passive. Peut-être qu'il s'était trompé et qu'elle ne finirait pas avec de

---

1. Cf., du même auteur, *Dans les bois éternels* (Éd. Viviane Hamy, 2006).

la mie de pain dans la gorge. Peut-être qu'elle n'était pas une faiseuse d'embrouilles. Peut-être qu'elle avait bel et bien des ennuis.

— C'est que vous aimez les pigeons ? demanda la femme.

Adamsberg leva vers elle ses yeux vagues.

— Non, dit-il. Mais je n'aime pas les enfants de salauds qui leur attachent les pattes.

— Bien sûr.

— Je ne sais pas si vous connaissez ce jeu chez vous, mais à Paris, cela existe. Attraper un oiseau, lui attacher les deux pattes avec trois centimètres de fil. Alors le pigeon ne peut plus avancer qu'à tout petits pas, et il ne peut plus voler. Il agonise lentement de faim et de soif. C'est le jeu. Et moi j'exècre ce jeu et je trouverai le gars qui s'est amusé avec celui-ci.

Adamsberg passa sous la grande porte de la Brigade, abandonnant la femme et Veyrenc sur le trottoir. La femme regardait fixement la chevelure du lieutenant, très brune et striée de mèches rousses choquantes.

— Il va vraiment s'occuper de ça ? demanda-t-elle, déconcertée. Mais c'est trop tard, vous savez. Votre commissaire avait plein de puces sur les bras. C'est la preuve que le pigeon n'a plus la force de s'occuper de lui.

Adamsberg confia l'oiseau au géant de l'équipe, le lieutenant Violette Retancourt, aveuglément confiant dans ses possibilités de soigner l'animal. Si Retancourt ne sauvait pas le pigeon, personne d'autre ne pourrait le faire. La très grande et grosse femme avait grimacé, ce qui n'était pas bon signe. L'oiseau était en mauvais état, la peau de ses pattes avait été sciée à force qu'il s'épuise à les dégager de la ficelle, qui s'était incrustée dans les chairs. Il était sous-alimenté et déshydraté, on allait voir ce qu'on pouvait faire, avait conclu Retancourt. Adamsberg hocha la tête, serrant brièvement les lèvres comme chaque fois qu'il croisait la cruauté. Et ce bout de ficelle en faisait partie.

Suivant Veyrenc, la petite femme passa devant l'immense lieutenant avec une déférence instinctive. La grosse femme entourait efficacement l'animal de tissu mouillé. Plus tard, dit-elle à Veyrenc, elle s'attaquerait aux pattes, pour tenter d'en extirper la ficelle. Pris dans les larges mains de Violette Retancourt, le pigeon ne tentait pas un mouvement. Il se laissait faire, comme tout le monde l'aurait fait, aussi inquiet qu'admiratif.

La femme s'assit, plus pacifiée, dans le bureau d'Adamsberg. Elle était si étroite qu'elle n'occupait que la moitié de la chaise. Veyrenc se posa dans un angle, examinant les lieux qui lui avaient été familiers. Il lui restait trois heures et demie pour prendre une décision. Une décision déjà prise, selon Adamsberg, mais qu'il ne connaissait pas. En traversant la grande salle commune, il avait croisé le regard hostile du commandant Danglard, fouillant dans les classeurs. Ce n'était pas seulement ses vers que Danglard n'aimait pas, c'était lui.

3

La femme avait enfin accepté de donner son nom, et Adamsberg le notait sur une feuille quelconque, une négligence qui l'inquiéta. Peut-être le commissaire n'avait-il aucune intention de s'occuper d'elle.

— Valentine Vendermot, avec un « o » et avec un « t », répéta-t-il, tant il avait de difficultés avec les mots nouveaux, et plus encore avec les noms propres. Et vous venez d'Ardebec.

— D'Ordebec. C'est dans le Calvados.

— Vous avez donc des enfants ?

— Quatre. Trois garçons et une fille. Je suis veuve.

— Que s'est-il passé, madame Vendermot ?

La femme eut à nouveau recours à son gros sac, d'où elle sortit un journal local. Elle le déplia en tremblant légèrement et le posa sur la table.

— C'est cet homme. Il a disparu.

— Comment s'appelle-t-il ?

— Michel Herbier.

— C'est un ami à vous ? Un parent ?

— Oh non. C'est bien le contraire.

— C'est-à-dire ?

Adamsberg attendit patiemment la réponse, qui semblait difficile à formuler.

— Je le déteste.

— Ah très bien, dit-il en prenant le journal.

En même temps qu'Adamsberg se concentrait sur le court article, la femme jetait des regards inquiets vers les murs, observant celui de droite, puis celui de gauche, sans qu'Adamsberg comprenne la raison de cette inspection. Quelque chose lui faisait peur à nouveau. Peur de tout. Peur de la ville, peur des autres, peur du qu'en-dira-t-on, peur de lui. Pas plus qu'il ne comprenait encore pourquoi elle était venue jusqu'ici lui parler de ce Michel Herbier, si elle le haïssait. L'homme, retraité, chasseur acharné, avait disparu de son domicile, avec sa mobylette. Après une semaine d'absence, les gendarmes étaient entrés chez lui pour un contrôle de sécurité. Le contenu de ses deux congélateurs, bourrés de gibiers de toutes sortes, avait été entièrement déversé sur le sol. C'était tout.

— Je ne peux pas m'en mêler, s'excusa Adamsberg en lui rendant le journal. Si cet homme a disparu, vous comprenez bien que c'est la gendarmerie locale qui est obligatoirement en charge. Et si vous savez quoi que ce soit, ce sont eux qu'il faut aller voir.

— C'est impossible, monsieur le commissaire.

— Vous ne vous entendez pas bien avec la gendarmerie locale ?

— C'est cela. C'est pour ça que le vicaire m'a donné votre nom. C'est pour ça que j'ai fait le voyage.

— Pour me dire quoi, madame Vendermot ?

La femme lissa sa blouse fleurie, baissant la tête. Elle parlait plus facilement si on ne la regardait pas.

— Ce qui lui est arrivé. Ou ce qui va lui arriver. Il est mort, ou bien il va mourir, si on ne fait rien.

— Apparemment, l'homme est simplement parti, puisque sa mobylette n'est plus là. On sait s'il a emporté des affaires ?

— Aucune, sauf un de ses fusils. Il a beaucoup de fusils.

— Alors il reviendra dans quelque temps, madame Vendermot. Vous savez bien que nous n'avons pas le droit de rechercher un homme adulte sous prétexte qu'il s'absente quelques jours.

— Il ne reviendra pas, commissaire. La mobylette, ça ne compte pas. Elle a disparu pour qu'on ne le cherche pas.

— Vous dites cela parce qu'on l'a menacé ?

— Oui.

— Il a un ennemi ?

— Sainte Mère, le plus affreux des ennemis, commissaire.

— Vous connaissez son nom ?

— Mon Dieu, on n'a pas le droit de le prononcer.

Adamsberg soupira, plus désolé pour elle que pour lui-même.

— Et selon vous, ce Michel Herbier aurait fui ?

— Non, il ne sait pas. Il est sûrement déjà mort. Il était *saisi*, vous voyez.

Adamsberg se leva et marcha quelques instants d'un mur à l'autre, enfonçant ses mains dans ses poches.

— Madame Vendermot, je veux bien vous écouter, je veux bien même alerter la gendarmerie d'Ordebec. Mais je ne peux rien faire sans comprendre. Donnez-moi une seconde.

Il sortit de son bureau et rejoignit le commandant Danglard qui, très renfrogné, consultait toujours le classeur à dossiers. Parmi quelques autres milliards d'informations, Danglard stockait dans son cerveau presque tous les noms des chefs et sous-chefs des gendarmeries et des commissariats de France.

— Le capitaine de la gendarmerie d'Ordebec, cela vous dit quelque chose, Danglard ?

— Dans le Calvados ?

— Oui.

— C'est Émeri, Louis Nicolas Émeri. Il se pré-
nomme Louis Nicolas en référence à son aïeul par
la main gauche, Louis Nicolas Davout, maréchal
d'Empire, commandant du 3ᵉ corps de la Grande
Armée de Napoléon. Batailles d'Ulm, d'Austerlitz,
d'Eylau, de Wagram, duc d'Auerstaedt et prince
d'Eckmühl, du nom d'une de ses célèbres victoires.

— Danglard, c'est l'homme d'aujourd'hui qui
m'intéresse, le flic d'Ordebec.

— Justement. Son ascendance compte beaucoup,
il ne la laisse jamais oublier à personne. Il peut donc
être hautain, fier, martial. Hormis cet héritage napo-
léonien, c'est un homme assez sympathique, un flic
avisé, prudent, trop prudent peut-être. La quarantaine. Il ne s'est pas distingué dans ses précédentes
affectations, dans la banlieue de Lyon je crois. Il se
fait oublier à Ordebec. C'est paisible là-bas.

Adamsberg revint à son bureau, où la femme avait
repris son observation minutieuse des murs.

— Ce n'est pas facile, je m'en rends compte, commissaire. C'est que, normalement, c'est interdit d'en
parler, voyez-vous. Ça peut attirer des tracas affreux.
Dites, vos rayonnages muraux, ils sont bien fixés au
moins ? Parce que vous avez placé des documents
lourds en haut et légers en bas. Ça pourrait bien
s'effondrer sur les gens. Il faut toujours mettre le
plus lourd en bas.

Peur des flics, peur de la chute des bibliothèques.

— Ce Michel Herbier, pourquoi le détestez-vous ?

— Tout le monde le déteste, commissaire. C'est
une brute terrible, il a toujours été comme ça. Personne ne parle avec lui.

— Cela pourrait expliquer qu'il ait quitté Ordebec.

Adamsberg reprit le journal.

— Il est célibataire, dit-il, il est à la retraite, il a
soixante-quatre ans. Pourquoi ne pas refaire sa vie
ailleurs ? Il a de la famille quelque part ?

— Il a été marié dans un temps. Il est veuf.

— Depuis combien d'années ?

— Oh. Plus de quinze ans.

— Vous le croisez de temps en temps ?

— Je ne le vois jamais. Comme il habite un peu en dehors d'Ordebec, c'est facile de ne pas le rencontrer. Et ça arrange tout le monde.

— Mais des voisins se sont tout de même inquiétés pour lui.

— Oui, les Hébrard. C'est des braves gens. Ils l'ont vu partir vers les 6 heures du soir. Ils sont de l'autre côté de la petite route, vous voyez. Tandis que lui, il vit à cinquante mètres de là, tout enfoncé dans le bois Bigard, près de l'ancienne déchèterie. C'est humide comme tout là-dedans.

— Pourquoi se sont-ils inquiétés, s'ils l'ont vu s'en aller à mobylette ?

— Parce que d'habitude, quand il s'absente, il leur laisse la clef de la boîte aux lettres. Mais là, non. Et ils l'ont pas entendu rentrer. Et il y avait du courrier qui dépassait de sa boîte. Alors ça veut dire qu'Herbier était parti pour très peu de temps, et que quelque chose l'a empêché de revenir. Les gendarmes disent qu'on ne l'a pas trouvé dans un hôpital.

— Quand ils sont venus visiter la maison, le contenu des congélateurs était dispersé à travers la pièce.

— Oui.

— Pourquoi a-t-il toute cette viande ? Il a des chiens ?

— C'est un chasseur, il met son gibier dans des congélateurs. Il tue beaucoup de bêtes, et il ne partage pas.

La femme eut un petit frisson.

— Le brigadier Blériot – lui, il est assez gentil avec moi, pas comme le capitaine Émeri –, il m'a raconté la scène. C'était épouvantable, il a dit. Il y avait par terre une demi-laie, avec la tête tout entière, des cuissots de biche, des hases, des marcassins, des perdreaux. Tout cela jeté n'importe comment, commissaire. Cela pourrissait depuis des jours quand les gendarmes sont entrés. Avec cette chaleur, c'est dangereux, toute cette pourriture.

Peur des bibliothèques et peur des microbes. Adamsberg jeta un regard aux deux grands bois de cerf toujours posés au sol de son bureau, couverts de poussière. Le don somptueux d'un Normand, justement.

— Des hases, des biches ? Il est observateur, le brigadier. Il est chasseur lui aussi ?

— Oh non. On dit forcément « biche » ou « hase », parce qu'on sait comment il est, Herbier. C'est un chasseur dégoûtant, c'est un malfaisant. Il tue rien que des femelles et des jeunes, et puis des portées entières. Il tire même sur des femelles enceintes.

— Comment le savez-vous ?

— C'est tout le monde qui le sait. Herbier, il a été condamné une fois parce qu'il avait tué une laie suitée avec ses petits en livrée. Des faons aussi. Quelle misère. Mais sinon, comme il fait ça la nuit, Émeri ne met jamais la main dessus. Ce qui est sûr, c'est qu'aucun chasseur ne veut plus tirer avec lui depuis longtemps. Même les viandards, ils ne l'admettent plus. Il a été rayé de la Ligue de chasse de l'Ordebequet.

— Il a donc des dizaines d'ennemis, madame Vendermot.

— C'est-à-dire surtout que personne ne le fréquente.

— Vous pensez que des chasseurs voudraient le tuer ? C'est cela ? Ou bien des antichasseurs ?

— Oh non, commissaire. C'est bien autre chose qui l'a saisi.

Après avoir passé un moment assez fluide, la femme peinait à nouveau. Elle avait toujours peur, mais les bibliothèques ne semblaient plus l'inquiéter. C'était une frayeur résistante, profonde, qui retenait encore l'attention d'Adamsberg, alors que le cas d'Herbier ne nécessitait pas le voyage depuis la Normandie.

— Si vous ne savez rien, reprit-il d'un ton las, ou s'il vous est interdit de parler, je ne peux pas vous venir en aide.

Le commandant Danglard s'était posté dans l'embrasure de la porte et lui adressait des signes d'urgence. On avait des nouvelles de la gamine, huit ans, qui s'était enfuie en forêt de Versailles après avoir fracassé une bouteille de jus de fruits sur le crâne de son grand-oncle. L'homme avait pu atteindre le téléphone avant de s'évanouir. Adamsberg fit comprendre à Danglard et à la femme qu'il clôturait. Les vacances d'été débutaient et, dans trois jours, la Brigade allait se vider d'un tiers de ses effectifs, on devait boucler les dossiers en cours. La femme comprit qu'elle n'avait plus beaucoup de temps. À Paris, on ne prend pas son temps, le vicaire l'avait prévenue, même si ce petit commissaire avait été gentil et patient avec elle.

— Lina, c'est ma fille, annonça-t-elle en hâte, et elle l'a vu. Herbier. Elle l'a vu deux semaines et deux jours avant sa disparition. Elle l'a raconté à son patron et, finalement, tout Ordebec l'a su.

Danglard classait à nouveau ses dossiers, une barre de contrariété froissant son grand front. Il avait vu Veyrenc dans le bureau d'Adamsberg. Qu'est-ce qu'il foutait là ? Il allait signer ? Rempiler ? La décision était pour ce soir. Danglard s'arrêta près de la photocopieuse et caressa le gros chat qui y était vautré, cherchant un réconfort dans son pelage. Les motifs de son antipathie envers Veyrenc n'étaient pas avouables. Une jalousie sourde et tenace, presque féminine, le besoin impérieux de l'écarter d'Adamsberg.

— Nous sommes obligés de nous dépêcher, madame Vendermot. Votre fille l'a vu et quelque chose lui a fait penser qu'il allait être tué ?

— Oui. Il hurlait. Et il y en avait trois autres avec lui. C'était la nuit.

— Il y a eu une bagarre ? À cause des biches et des faons ? Pendant une réunion ? Un dîner de chasseurs ?

— Oh non.

— Revenez demain ou plus tard, décida Adamsberg en se dirigeant vers la porte. Revenez quand vous pourrez parler.

Danglard attendait le commissaire, debout et maussade, calé sur l'angle de son bureau.

— On a la petite fille ? demanda Adamsberg.

— Les gars l'ont récupérée dans un arbre. Elle avait grimpé tout en haut, comme un jeune jaguar. Elle tient une gerbille dans les mains, elle ne veut pas la lâcher. La gerbille a l'air OK.

— Une gerbille, Danglard ?

— C'est un petit rongeur. Les gosses en sont fous.

— Et la petite ? Dans quel état ?

— À peu près comme votre pigeon. Crevant de faim, de soif et de fatigue. Elle est en soins. Une des infirmières refuse d'entrer à cause de la gerbille qui s'est cachée sous le lit.

— Elle explique son geste ?

— Non.

Danglard répondait de manière réticente, ruminant ses soucis. La journée n'était pas au bavardage.

— Elle sait que son grand-oncle s'en est tiré ?

— Oui, elle a paru soulagée et déçue. Elle vivait toute seule là-dedans avec lui depuis on ne sait quand, sans jamais avoir mis un pied à l'école. On n'est plus sûrs du tout que ce soit un grand-oncle.

— Bien, on délègue la suite à Versailles. Mais dites au lieutenant en charge de ne pas tuer la gerbille de la petite. Qu'on la mette dans une cage et qu'on la nourrisse.

— C'est si urgent ?

— Évidemment, Danglard, c'est peut-être tout ce qu'elle a, cette enfant. Une seconde.

Adamsberg se hâta vers le bureau de Retancourt, qui s'apprêtait à imbiber les pattes du pigeon.

— Vous l'avez désinfecté, lieutenant ?

— Minute, répondit Retancourt. Fallait d'abord le réhydrater.

— Parfait, ne jetez pas la ficelle, je veux des prélèvements. Justin a prévenu le technicien, il arrive.

— Il m'a chié dessus, observa tranquillement Retancourt. Qu'est-ce qu'elle veut cette petite femme ? demanda-t-elle en faisant un signe vers le bureau.

— Dire un truc qu'elle ne veut pas dire. L'indécision incarnée. Elle s'en ira d'elle-même ou on la chassera à la fermeture.

Retancourt haussa les épaules, un peu dédaigneuse, l'indécision étant un phénomène étranger à son mode d'action. D'où chez elle une puissance de propulsion qui dépassait de loin celle des vingt-sept autres membres de la Brigade.

— Et Veyrenc ? Il hésite lui aussi ?

— Veyrenc est décidé depuis longtemps. Flic ou enseignant, que feriez-vous ? L'enseignement est une vertu qui aigrit. Le flicage est un vice qui enorgueillit. Et comme il est plus facile d'abandonner une vertu qu'un vice, il n'a pas le choix. Je pars voir le soi-disant grand-oncle à l'hôpital de Versailles.

— Qu'est-ce qu'on fait pour le pigeon ? Je ne peux pas le garder chez moi, mon frère est allergique à la plume.

— Votre frère est chez vous ?

— Provisoirement. Il a perdu son boulot, il a volé une caisse de boulons au garage, et des burettes d'huile.

— Vous pouvez venir le déposer chez moi ce soir ? L'oiseau ?

— Ça ira, bougonna Retancourt.

— Faites attention, il y a des chats qui vadrouillent dans le jardin.

La main de la petite femme se posait, timide, sur son épaule. Adamsberg se retourna.

— Cette nuit-là, dit-elle lentement, Lina a vu passer l'Armée furieuse.

— Qui ?

— L'Armée furieuse, répéta la femme à voix basse. Et Herbier y était. Et il criait. Et trois autres aussi.

— C'est une association ? Quelque chose autour de la chasse ?

Mme Vendermot regarda Adamsberg, incrédule.

— L'Armée furieuse, dit-elle à nouveau tout bas. La Grande Chasse. Vous ne connaissez pas ?

— Non, dit Adamsberg en soutenant son regard stupéfait. Revenez une autre fois, vous m'expliquerez cela.

— Mais vous ne connaissez même pas son nom ? La *Mesnie Hellequin* ? chuchota-t-elle.

— Je suis désolé, répéta Adamsberg en revenant avec elle dans son bureau. Veyrenc, l'armée curieuse, vous connaissez cette bande ? demanda-t-il tout en empochant ses clefs et son portable.

— Furieuse, corrigea la femme.

— Oui. La fille de Mme Vendermot a vu le disparu avec elle.

— Et d'autres, insista la femme. Jean Glayeux et Michel Mortembot. Mais ma fille n'a pas reconnu le quatrième.

Un air de surprise intense passa sur le visage de Veyrenc, qui sourit ensuite légèrement, relevant sa lèvre. Comme un homme à qui on apporte un cadeau très inattendu.

— Votre fille l'a vraiment vue ? demanda-t-il.

— Bien sûr.

— Où cela ?

— Là où elle passe chez nous. Sur le chemin de Bonneval, dans la forêt d'Alance. Elle a toujours passé là.

— C'est en face de chez elle ?

— Non, on est à plus de trois kilomètres.

— Elle était allée la voir ?

— Non, surtout pas. Lina est une fille très raisonnable, très sensée. Elle y était, c'est tout.

— La nuit ?

— C'est toujours la nuit qu'elle passe.

Adamsberg entraînait la petite femme hors du bureau, lui demandant de revenir le lendemain ou de lui téléphoner une prochaine fois, quand tout cela serait plus clair dans son esprit. Veyrenc le retint discrètement, mâchonnant un stylo.

— Jean-Baptiste, demanda-t-il, vraiment, tu n'as jamais entendu parler de ça ? De l'Armée furieuse ?

Adamsberg secoua la tête, coiffant rapidement ses cheveux avec ses doigts.

— Alors questionne Danglard, insista Veyrenc. Ça l'intéressera beaucoup.

— Pourquoi ?

— Parce que, pour ce que j'en sais, c'est l'annonce d'une secousse. Peut-être d'une sacrée secousse.

Veyrenc eut à nouveau un léger sourire et, comme soudain décidé par l'intrusion de cette *Armée furieuse*, il signa.

4

Quand Adamsberg rentra chez lui, plus tard que prévu – tant le grand-oncle avait donné du fil à retordre –, son voisin, le vieil Espagnol Lucio, pissait bruyamment contre l'arbre du petit jardin, dans la chaleur du soir.

— Salut, hombre, dit le vieux sans s'interrompre. Un de tes lieutenants t'attend. Une très grosse bonne femme, haute et large comme une tour. Ton gamin lui a ouvert.

— Ce n'est pas une grosse bonne femme, Lucio, c'est une déesse, une déesse polyvalente.

— Ah c'est elle ? dit Lucio en réajustant son pantalon. Celle dont tu parles tout le temps ?

— Oui, la déesse. Alors forcément, elle ne peut pas ressembler à tout le monde. Tu sais ce que c'est, toi, l'Armée curieuse ? Tu connais ce nom ?

— Non, hombre.

Le lieutenant Retancourt et le fils d'Adamsberg, Zerk – de son vrai nom Armel, mais le commissaire ne s'y était pas encore habitué, depuis sept semaines seulement qu'il le connaissait –, étaient tous deux dans la cuisine, penchés, cigarette aux lèvres, sur un panier tapissé de coton. Ils ne tournèrent pas la tête quand Adamsberg entra.

— T'as pigé ou non ? disait Retancourt au jeune homme, sans ménagement. Tu mouilles des petits bouts de biscotte, pas gros, et tu lui enfiles tout doucement dans le bec. Ensuite quelques gouttes d'eau, à la pipette, pas trop au début. Tu y ajoutes une goutte de ce flacon. C'est un fortifiant.

— Toujours vivant ? s'informa Adamsberg, qui se sentit curieusement étranger dans sa propre cuisine, envahie par la grande femme et ce fils inconnu de vingt-huit ans.

Retancourt se redressa, posant ses mains à plat sur ses hanches.

— Ce n'est pas sûr qu'il passe la nuit. Bilan, j'ai mis plus d'une heure à désincruster la ficelle de ses pattes. Ça l'avait entaillé jusqu'à l'os, il a dû tirer là-dessus pendant des jours. Mais ce n'est pas cassé. C'est désinfecté, faut refaire le pansement tous les matins. La gaze est là, dit-elle en frappant une petite boîte sur la table. Il a eu un produit antipuce, ça devrait le soulager de ce côté.

— Merci, Retancourt. Le gars a pris la ficelle ?

— Oui. Ça n'a pas été sans mal, parce que le labo n'est pas payé pour analyser des ficelles de pigeons. C'est un mâle, au fait. C'est Voisenet qui l'a dit.

Le lieutenant Voisenet était passé à côté de sa vocation de zoologue, suivant les ordres impérieux d'un père qui l'avait flanqué dans la police sans discussion. Voisenet était avant tout spécialisé dans les poissons, marins et surtout fluviaux, et les revues d'ichtyologie recouvraient sa table. Mais il était très calé dans beaucoup d'autres domaines fauniques, des insectes aux chauves-souris en passant par les gnous, et cette science le détournait partiellement des obligations de sa charge. Le divisionnaire, alerté de ce dérapage, avait adressé un avertissement, comme il l'avait déjà fait pour le lieutenant Merca-det, qui souffrait d'hypersomnie. Mais qui dans cette

Brigade, se demandait Adamsberg, n'était pas à sa façon détourné ? Sinon Retancourt, mais dont les capacités et l'énergie déviaient elles aussi de la route ordinaire.

Après le départ du lieutenant, Zerk resta debout, les bras ballants, le regard fixé sur la porte.

— Elle t'a fait une certaine impression, non ? dit Adamsberg. Ça le fait à tout le monde la première fois. Et toutes les fois suivantes aussi.

— Elle est très belle, dit Zerk.

Adamsberg regarda son fils d'un air étonné, car la beauté n'était sûrement pas le caractère premier de Violette Retancourt. Ni la grâce, ni la nuance, ni l'amabilité. Elle était en tout point opposée à la délicatesse charmante et fragile qu'évoquait son prénom. Bien que son visage fût finement dessiné, mais encadré par de larges joues et de puissants maxillaires fixés sur un cou de taureau.

— Comme tu veux, acquiesça Adamsberg, qui ne souhaitait pas discuter les goûts d'un jeune homme qu'il ne connaissait pas encore.

Au point de n'être pas encore fixé sur son intelligence. En possédait-il, ou non ? Ou un peu ? Une chose rassurait le commissaire. C'est que la plupart des gens n'étaient toujours pas fixés sur sa propre intelligence, et pas même lui. Il ne se posait pas de questions sur cette intelligence, pourquoi donc l'aurait-il fait pour celle de Zerk ? Veyrenc assurait que le jeune homme était doué, mais Adamsberg n'avait pas encore remarqué en quoi.

— L'Armée curieuse, cela te dit quelque chose ? demanda Adamsberg en déposant précautionneusement le panier du pigeon sur le buffet.

— La quoi ? demanda Zerk, qui commençait à mettre le couvert, plaçant les fourchettes à droite et les couteaux à gauche, comme son père.

— Non, laisse. On va demander cela à Danglard. Cela fait partie de ce que j'ai enseigné à ton frère dès ses sept mois. Ce que je t'aurais enseigné si je t'avais connu à cet âge. Il y a trois règles à retenir, Zerk, et avec cela tu es sauvé : quand on ne peut pas aller au bout de quelque chose, il faut demander à Veyrenc. Quand on ne parvient pas à faire quelque chose, il faut demander à Retancourt. Et quand on ne connaît pas quelque chose, il faut demander à Danglard. Assimile bien cette trilogie. Mais Danglard sera particulièrement renfrogné ce soir, je ne sais pas si on pourra en tirer quelque chose. Veyrenc réintègre la Brigade et ça ne va pas lui plaire. Danglard est une fleur de luxe, et comme tout objet rare, il est fragile.

Adamsberg appela son plus vieil adjoint pendant que Zerk servait le dîner. Du thon vapeur aux courgettes et tomates, du riz, des fruits. Zerk avait demandé à habiter chez son nouveau père pour un temps et le contrat passé était qu'il prenne en charge le repas du soir. Un contrat léger, car Adamsberg était à peu près indifférent à ce qu'il mangeait, pouvant avaler éternellement le même plat de pâtes, de même qu'il se vêtait de manière invariable, veste et pantalon de toile noire, quel que soit le temps.

— Danglard sait réellement tout ? demanda le jeune homme en fronçant ses sourcils, aussi embroussaillés que ceux de son père, qui formaient comme un abri rustique au-dessus de son regard vague.

— Non, il y a beaucoup de choses qu'il ne sait pas. Il ne sait pas trouver une femme, mais il a une nouvelle amie depuis deux mois, c'est un événement exceptionnel. Il ne sait pas trouver l'eau mais il repère très bien le vin blanc, il ne sait pas contraindre ses peurs ni oublier la masse de ses questions, qui s'accumulent en un tas effarant qu'il parcourt sans relâche comme un rongeur son terrier. Il ne sait pas courir, il ne sait pas regarder la pluie tomber, ni le fleuve couler, il ne sait pas négliger les soucis de la vie, et pire, il les crée par avance pour qu'ils ne le surprennent pas. Mais il sait tout ce qui n'est pas à première vue utile. Toutes les bibliothèques du monde sont entrées dans la tête de Danglard, et il reste encore beaucoup de place. C'est quelque chose de colossal, d'inouï, c'est quelque chose que je ne peux pas te décrire.

— Et si cela ne sert pas à première vue ?

— Alors nécessairement, cela sert à deuxième ou à cinquième vue.

— Ah bien, dit Zerk, apparemment satisfait de la réponse. Moi, je ne sais pas ce que je sais. Que crois-tu que je sais ?

— La même chose que moi.

— C'est-à-dire ?

— Je ne sais pas, Zerk.

Adamsberg leva une main pour lui faire signe qu'il avait enfin Danglard en ligne.

— Danglard ? Tout le monde dort chez vous ? Vous pouvez faire un saut à la maison ?

— Si c'est pour m'occuper du pigeon, c'est hors de question. Il est couvert de puces et j'ai un très mauvais souvenir des puces. Et je n'aime pas leur tête vue au microscope.

Zerk consulta l'heure aux montres de son père. 21 heures. Violette avait ordonné de nourrir et d'abreuver le pigeon toutes les heures. Il détrempa des fragments de biscotte, remplit la pipette d'eau, y ajouta une goutte du fortifiant, et se mit à la tâche. L'animal gardait les yeux clos mais acceptait la nour-riture que le jeune homme entonnait dans son bec. Zerk soulevait doucement le corps du pigeon, comme Violette le lui avait montré. Cette femme lui avait donné un choc. Il n'aurait jamais pensé qu'une telle créature pût exister. Il revoyait ses grandes mains qui maniaient habilement l'oiseau, ses cheveux blonds et courts penchés vers la table, qui bouclaient sur sa nuque large, couverte d'un léger duvet blanc.

— Zerk se charge du pigeon. Et il n'a plus de puces. Retancourt a réglé le problème.

— Et donc ?

— C'est un truc qui me tracasse, Danglard. La petite femme en blouse fleurie qui était chez nous tout à l'heure, vous l'avez remarquée ?

— Si on veut. Un cas spécial d'inconsistance, d'évanescence physique. Elle s'envolerait si on lui soufflait dessus, comme les akènes d'un pissenlit.

— Les akènes, Danglard ?

— Les fruits du pissenlit, qui sont portés par les parachutes duveteux. Vous n'avez jamais soufflé dessus étant petit ?

— Évidemment. Tout le monde a soufflé sur des pissenlits. Mais je ne savais pas que ça s'appelait des akènes.

— Si.

— Mais à part son parachute duveteux, Danglard, la petite femme était transie d'effroi.

— Pas remarqué.

— Si, Danglard. De la terreur à l'état pur, de la terreur venue du fin fond du puits.

— Elle vous a dit pourquoi ?

— Il semble qu'il lui soit interdit d'en parler. Sous peine de mort, je suppose. Mais elle m'a donné une indication à voix basse. Sa fille a vu passer l'Armée curieuse. Vous savez ce qu'elle entend par là ?

— Non.

Adamsberg fut cruellement déçu, presque humilié, comme s'il venait de rater une expérience devant son fils, de faillir à sa promesse. Il croisa le regard soucieux de Zerk et lui assura d'un signe que la démonstration n'était pas finie.

— Veyrenc a l'air de savoir de quoi il retourne, continua Adamsberg, il m'a conseillé de vous consulter.

— Ah oui ? dit Danglard d'un ton plus vif, le nom de Veyrenc semblant l'agiter comme l'arrivée d'un frelon. Qu'a-t-il entendu, précisément ?

— Que sa fille a vu passer l'Armée curieuse, la nuit. Et qu'avec cette bande, la fille – elle s'appelle Lina – a vu aussi un chasseur et trois autres types. Le chasseur a disparu depuis plus d'une semaine et la petite femme pense qu'il est mort.

— Où ? Où l'a-t-elle vue ?

— Sur un chemin près de chez eux. Vers Ordebec.

— Ah, dit Danglard qui s'anima réellement, comme chaque fois que ses connaissances étaient sollicitées, comme chaque fois qu'il pouvait s'immerger puis se rouler d'aise dans les tréfonds de son savoir. Ah, l'Armée furieuse. Pas curieuse.

— Pardon. Furieuse.

— C'est bien ce qu'elle a dit ? La Mesnie Hellequin ?

— Oui, elle a prononcé un nom comme ça.

— La Grande Chasse ?

— Aussi, dit Adamsberg en adressant un clin d'œil victorieux à Zerk, comme un type qui vient de ferrer un grand espadon.

— Et cette Lina a vu ce chasseur avec la troupe ?

— Exactement. Il criait, paraît-il. Et les autres aussi. Un groupe apparemment alarmant, la petite femme au parachute duveteux a l'air de penser que ces hommes sont en danger.

— Alarmant ? dit Danglard en s'amusant brièvement. Ce n'est pas le mot, commissaire.

— C'est ce que dit aussi Veyrenc. Qu'avec cette bande, on risque une sacrée secousse.

Adamsberg avait à nouveau cité le nom de Veyrenc, volontairement, non pas pour blesser Danglard mais pour le réhabituer à la présence du lieutenant aux mèches rousses parmi eux, pour le désensibiliser en lui injectant son nom à doses faibles et répétées.

— Secousse intérieure seulement, nuança Danglard un ton plus bas. Rien d'urgent.

— Veyrenc n'a pas su m'en dire plus. Passez boire un verre. Zerk a fait des réserves pour vous.

Danglard n'aimait pas répondre sur-le-champ aux exigences d'Adamsberg, tout simplement parce qu'il les acceptait toujours et que cette déficience de sa volonté l'humiliait. Il marmonna pendant encore quelques minutes pendant qu'Adamsberg, habitué aux résistances formelles du commandant, insistait.

— Cours, fils, dit Adamsberg en raccrochant. Trouve du blanc au magasin du coin. N'hésite pas, prends le meilleur, on ne peut pas servir un vin daubé à Danglard.

— Je pourrai en boire avec vous ? demanda Zerk.

Adamsberg considéra son fils sans savoir que répondre. Zerk le connaissait à peine, il avait vingt-huit ans, il n'avait d'autorisation à demander à personne et encore moins à lui.

— Évidemment, répondit Adamsberg machinalement. Si tu n'écluses pas autant que Danglard, ajouta-t-il, et la connotation paternelle de ce conseil le surprit. Prends l'argent sur le buffet.

Leurs regards se portèrent ensemble sur le panier. Un panier à fraises grand format que Zerk avait vidé pour servir de couchette molletonnée au pigeon.

— Comment le trouves-tu ? demanda Adamsberg.

— Il frissonne, mais il respire, répondit prudemment son fils.

D'un geste furtif, le jeune homme effleura d'un doigt le plumage de l'oiseau avant de sortir. Doué pour cela au moins, pensa Adamsberg en regardant s'en aller son fils, doué pour effleurer les oiseaux, même aussi ordinaires, sales et moches que celui-ci.

5

— Ça va aller vite, dit Danglard, et Adamsberg ne sut pas sur le moment s'il parlait de l'Armée furieuse ou du vin, son fils n'ayant rapporté qu'une seule bouteille.

Adamsberg prit une cigarette dans le paquet de Zerk, un geste qui lui rappelait immanquablement leur première rencontre, une quasi-tuerie[1]. Depuis, il fumait à nouveau, et le plus souvent les cigarettes de Zerk. Danglard attaqua son premier verre.

— Je suppose que la femme pissenlit n'a pas voulu en parler au capitaine d'Ordebec ?

— Elle refuse de l'envisager.

— C'est très normal, il n'apprécierait pas. Vous aussi commissaire, vous pourrez oublier tout cela après. Sait-on quelque chose sur ce chasseur disparu ?

— Que c'est un féroce viandard et pire que cela, puisqu'il tue essentiellement des femelles et des jeunes. La ligue de la chasse locale l'a radié, personne ne veut plus tirer avec lui.

— Un type mauvais, donc ? Un violent ? Un tueur ? demanda Danglard en avalant une gorgée.

— Apparemment.

---

1. Cf., du même auteur, *Un lieu incertain* (Éd. Viviane Hamy, 2008).

— Ça colle très bien. Cette Lina habite à Ordebec même, c'est bien cela ?

— Je crois.

— Jamais entendu parler du petit bourg d'Ordebec ? Un grand compositeur y a séjourné quelque temps.

— Ce n'est pas le sujet, commandant.

— Mais c'est une note positive. Le reste est plus inquiétant. Cette armée ? A-t-elle passé sur le chemin de Bonneval ?

— C'est le nom que la femme a prononcé, répondit Adamsberg, surpris. Vous l'avez entendue mentionner ce chemin ?

— Non, mais c'est un des grimweld bien connus, il traverse la forêt d'Alance. Vous pouvez être certain que pas un habitant d'Ordebec ne l'ignore et qu'ils ressassent souvent cette histoire, même s'ils préféreraient l'oublier.

— Je ne connais pas le mot, Danglard. Grimweld.

— C'est ainsi qu'on nomme un chemin où passe la Mesnie Hellequin, ou l'Armée furieuse si vous préférez, ou la Grande Chasse. Très rares sont les hommes ou les femmes qui la voient. L'un de ces hommes est assez fameux, il l'a aussi vue passer à Bonneval, comme cette Lina. Il s'appelle Gauchelin, et il est prêtre.

Danglard avala deux bonnes gorgées de suite et sourit. Adamsberg lança sa cendre dans la cheminée froide et attendit. Ce sourire un peu provocant qui plissait les joues molles du commandant ne lui annonçait rien de bon, hormis que Danglard était enfin tout à son aise.

— Cela s'est passé au début du mois de janvier, en 1091. Tu as bien choisi le vin, Armel. Mais nous n'en aurons pas assez.

— En combien ? demanda Zerk, qui avait approché son tabouret de la cheminée et écoutait attentivement le commandant, les coudes appuyés sur ses genoux, son verre dans une main.

— À la fin du XIᵉ siècle. Cinq ans avant le départ de la première croisade.

— Merde, dit Adamsberg à mi-voix, saisi de l'impression déplaisante d'avoir été floué par la petite femme d'Ordebec, tout fragile pissenlit fût-elle.

— Oui, approuva Danglard. C'est beaucoup d'efforts pour rien, commissaire. Mais vous voulez toujours comprendre l'effroi de la femme, non ?

— Peut-être.

— Alors il faut connaître l'histoire de Gauchelin. Et il faut une deuxième bouteille, répéta-t-il. Nous sommes trois.

Zerk se leva d'un bond.

— J'y retourne, dit-il.

Avant de sortir, Adamsberg le vit passer à nouveau un doigt léger sur le pigeon. Et Adamsberg répéta mécaniquement, comme un père : prends l'argent sur le buffet.

Sept minutes plus tard, Danglard, rassuré par la présence de la seconde bouteille, se servit un nouveau verre, débuta l'histoire de Gauchelin, puis s'interrompit, levant les yeux vers le plafond bas.

— Mais peut-être la chronique d'Hélinand de Froidmond, au début du XIIIᵉ siècle, donne-t-elle une image plus nette. Laissez-moi un instant pour me la remémorer, ce n'est pas un texte que je consulte tous les jours.

— Faites, dit Adamsberg, dérouté.

Depuis qu'il avait compris qu'on s'éloignait vers les fins fonds du Moyen Âge, abandonnant Michel Herbier à son sort, l'histoire de la petite femme et de son effroi se présentait sous un angle dont il ne savait que faire.

Il se leva, alla se servir un verre modeste et jeta un œil au pigeon. L'Armée furieuse ne le concernait plus et il s'était trompé sur l'évanescente Mme Vendermot. Elle n'avait pas besoin de lui. C'était une démente inoffensive, assez démente pour redouter que les rayonnages puissent s'effondrer sur elle, et même ceux du XIᵉ siècle.

— C'est son oncle Hellebaud qui raconte le fait, précisa Danglard, qui s'adressait maintenant au seul jeune homme.

— L'oncle d'Hélinand de Froidmond ? demanda Zerk, très concentré.

— Exactement, son oncle paternel. Qui dit ceci : *Alors que, vers midi, nous approchions de cette forêt, moi et mon serviteur, qui me précédait, chevauchant rapidement afin que l'on me prépare le gîte, il entendit un grand tumulte dans le bois, comme de nombreux hennissements de chevaux, le bruit des armes et les clameurs d'une multitude d'hommes se portant à l'assaut. Terrifiés, lui et son cheval revinrent vers moi. Comme je lui demandais pourquoi il avait fait demi-tour, il répondit : Je n'ai pas pu faire avancer mon cheval, ni en le frappant, ni en l'éperonnant, et moi-même, je suis si terrifié que je n'ai pu avancer. En effet, j'ai entendu et vu des choses stupéfiantes.*

Danglard tendit le bras vers le jeune homme.

— Armel – car Danglard se refusait absolument à appeler le jeune homme de son nom de guerre, « Zerk », et il reprochait vigoureusement au commissaire de le faire –, remplis mon verre et tu sauras ce qu'a vu cette jeune femme, Lina. Tu sauras la peur de ses nuits.

Zerk servit le commandant avec l'empressement d'un gars qui craint qu'une histoire ne s'interrompe, et reprit sa place aux côtés de Danglard. Il n'avait pas eu de père, on ne lui avait jamais raconté d'histoires. Sa mère travaillait la nuit au nettoyage de l'usine de poissons.

— Merci, Armel. Et le serviteur poursuit : *La forêt est remplie d'âmes de morts et de démons. Je les ai entendus dire et crier : « Nous avons déjà le prévôt d'Arques, nous allons nous emparer de l'archevêque de Reims. » À cela je répondis : « Imprimons sur notre front le signe de la croix et avançons en sûreté. »*

— C'est l'oncle Hellebaud qui reprend la parole maintenant.

— C'est cela. Et Hellebaud dit : *Lorsque nous avançâmes et parvînmes à la forêt, les ombres s'étendaient déjà et, pourtant, j'entendis des voix confuses et le vacarme des armes et des hennissements des chevaux, mais je ne pus apercevoir ni les ombres ni comprendre les voix. Après être rentrés chez nous, nous trouvâmes l'archevêque à sa dernière extrémité et il ne survécut pas quinze jours après que nous eûmes entendu ces voix. On en déduisit qu'il avait été pris par ces esprits. Dont on avait entendu dire qu'ils allaient s'en saisir.*

— Ça ne correspond pas à ce que la mère de Lina a raconté, intervint Adamsberg sourdement. Elle n'a pas dit que sa fille avait entendu des voix, ni des hennissements, ou qu'elle avait vu des ombres. Elle a simplement vu Michel Herbier et trois autres types avec des hommes de cette Armée.

— C'est parce que la mère n'a pas osé tout dire. Et parce qu'à Ordebec, on n'a pas besoin de préciser. Là-bas, quand quelqu'un dit « J'ai vu passer l'Armée furieuse », tout le monde sait très bien de quoi il retourne. Je vais mieux vous décrire l'Armée que voit Lina, et vous comprendrez que ses nuits ne soient pas douces. Et s'il y a une chose de sûre, commissaire, c'est que sa vie à Ordebec doit être très difficile. On la fuit certainement, on s'en méfie comme de la peste. Je crois que la mère est venue vous parler pour protéger sa fille, surtout pour cela.

— Que voit-elle ? demanda Zerk, cigarette pendant aux lèvres.

— Armel, cette vieille armée qui répand son fracas n'est pas intacte. Les chevaux et leurs cavaliers sont décharnés, et il leur manque des bras et des jambes. C'est une armée morte à moitié putréfiée, hurlante et féroce, qui ne trouve pas le ciel. Imagine cela.

— Oui, acquiesça Zerk en emplissant à nouveau son verre. Pouvez-vous me donner un instant, commandant ? Il est 22 heures, je dois m'occuper du pigeon. C'est la consigne.

— Qui te l'a donnée ?

— Violette Retancourt.

— Alors fais-le.

Zerk s'activa consciencieusement avec la biscotte mouillée, le flacon et la pipette. Il commençait à savoir s'y prendre. Il revint s'asseoir, troublé.

— Il n'est pas mieux, dit-il tristement à son père. L'enfant de salaud.

— Je le trouverai, crois-moi, dit doucement Adamsberg.

— Vous allez réellement enquêter sur le tortionnaire du pigeon ? demanda Danglard, assez surpris.

— Certainement, Danglard, répondit Adamsberg. Pourquoi non ?

Danglard attendit que le regard de Zerk se reporte sur lui pour reprendre le fil de son récit sur l'armée noire. Il était de plus en plus frappé par la ressemblance du père et du fils, par leur regard similaire, noyé, sans éclair ni précision, la prunelle indistincte et insaisissable. Sauf, chez Adamsberg, quand une flammèche y brillait soudainement, comme le fait parfois le soleil sur les algues brunes, à marée basse.

— Cette Armée furieuse trimballe toujours avec elle quelques hommes ou femmes vivants, qui hurlent et se lamentent dans les souffrances et le feu. Ce sont eux que le témoin reconnaît. Exactement comme Lina a reconnu le chasseur et trois autres individus. Ces vivants supplient pour qu'une bonne âme répare leurs forfaits immondes afin d'être sauvés du tourment. Ainsi le dit Gauchelin.

— Non, Danglard, pria Adamsberg, plus de Gauchelin. C'est suffisant, on a une bonne vision d'ensemble.

— C'est vous qui m'avez demandé de venir jusqu'ici pour vous raconter l'Armée, dit Danglard d'un air pincé.

Adamsberg haussa les épaules. Ces récits avaient tendance à l'endormir et il aurait de loin préféré que Danglard se contente de les résumer. Mais il savait avec quelle jouissance le commandant s'y vautrait, comme dans un lac entièrement empli du meilleur vin blanc du monde. Surtout sous le regard épaté et admiratif de Zerk. Cette diversion effaçait au moins la bouderie tenace de Danglard, qui semblait à présent mieux satisfait de la vie.

— Gauchelin nous dit, continua Danglard, souriant et conscient de la lassitude d'Adamsberg : *Voici qu'une immense troupe de gens à pied se mit à passer. Ils portaient sur leur cou et leurs épaules du bétail, des vêtements, des objets de toutes sortes et divers ustensiles que les brigands emmènent habituellement avec eux*. C'est un beau texte, non ? demanda-t-il à Adamsberg avec un sourire accentué.

— Très beau, concéda Adamsberg sans y penser.

— De la sobriété et de la grâce, tout est là. C'est autre chose que les vers de Veyrenc, qui pèsent comme des enclumes.

— Ce n'est pas de sa faute, sa grand-mère aimait Racine. Elle lui en a récité chaque jour de son enfance, du Racine et rien d'autre. Parce qu'elle avait sauvé les volumes d'un incendie dans son pensionnat.

— Elle aurait mieux fait de sauver des manuels de savoir-vivre, de courtoisie, et de les enseigner à son petit-fils.

Adamsberg demeura silencieux, sans quitter Danglard des yeux. Le processus d'habituation serait long. Pour l'heure, on allait vers un duel entre les deux hommes, et plus exactement – et c'en était une des causes – entre les deux poids lourds intellectuels de la Brigade.

— Mais passons, reprit Danglard. Gauchelin dit : *Tous se lamentaient et s'exhortaient à aller plus vite. Le prêtre reconnut dans ce cortège plusieurs de ses voisins morts depuis peu et il les entendit se plaindre des grands tourments qu'ils subissaient en raison de leurs méfaits. Il vit aussi*, et nous nous approchons tout près de votre Lina, *il vit aussi Landri. Dans les affaires et les séances judiciaires, il jugeait d'après ses caprices et, selon les présents reçus, il modifiait ses jugements. Il était plus au service de la cupidité et de la tromperie qu'à celui de l'équité*. Et c'est pourquoi Landri, vicomte d'Ordebec, fut saisi par l'Armée furieuse. Rendre mauvaise justice était alors aussi grave qu'un crime de sang. Au lieu qu'aujourd'hui on s'en fout.

— Oui, approuva Zerk, qui ne semblait développer aucun esprit critique à l'égard du commandant.

— Mais enfin, poursuivit Danglard, quels que soient les efforts du témoin quand il rentre chez lui après cette vision de terreur, quel que soit le nombre de messes qu'il arrive à donner, les vivants qu'il a vus aux mains des cavaliers meurent dans la semaine qui suit l'apparition. Ou au mieux trois semaines plus tard. Et c'est un point à bien retenir pour l'histoire de la petite femme, commissaire : tous ceux qui sont « saisis » par l'Armée sont des crapules, des âmes noires, des exploiteurs, des juges indignes ou des assassins. Et leur forfait n'est généralement pas connu de leurs contemporains. Impuni. C'est pourquoi l'Armée se charge d'eux. Quand Lina l'a-t-elle vu passer, exactement ?

— Il y a plus de trois semaines.

— Alors il n'y a pas de doute, dit tranquillement Danglard en contemplant son verre. Alors oui, l'homme est mort. Parti avec la Mesnie Hellequin.

— La Mesnie, commandant ? interrogea Zerk.

— La maisonnée, si tu préfères. Et Hellequin est son seigneur.

Adamsberg revint vers la cheminée, à nouveau un peu curieux, et s'adossa contre le pilier de brique. Le fait que l'Armée désigne des assassins impunis l'intéressait. Il entrevoyait soudain que les types dont Lina avait révélé les noms ne devaient pas en mener large à Ordebec. Que les autres devaient les observer, y réfléchir à deux fois, se demander quel forfait ils avaient bien pu commettre. On a beau ne surtout pas y croire, on y croit tout de même. L'idée pernicieuse creuse sa galerie. Elle progresse sans bruit dans les espaces indicibles de l'esprit, elle furète, elle déambule. On la repousse, elle se tait, elle revient.

— Comment meurent ceux qui sont « saisis » ? demanda-t-il.

— Cela dépend. De fièvre brutale ou par assassinat. Quand ce n'est pas une maladie fulgurante ou un accident, c'est un être terrestre qui se fait l'exécuteur de la volonté implacable de l'Armée. Un meurtre donc, mais un meurtre commandé par le Seigneur Hellequin. Vous voyez ?

Les deux verres de vin qu'il avait bus – ce qui lui arrivait rarement – avaient dissous la légère contrariété d'Adamsberg. À présent, il lui semblait au contraire que rencontrer une femme apte à voir cette Armée terrible était une expérience rare et distrayante. Et que les conséquences réelles d'une telle vision pouvaient être effrayantes. Il se resservit un demi-verre et vola une cigarette au paquet de son fils.

— C'est une légende spéciale d'Ordebec ? demanda-t-il.

Danglard secoua la tête.

— Non. La Mesnie Hellequin passe à travers toute l'Europe du Nord. Dans les pays scandinaves, dans les Flandres, puis elle traverse tout le nord de la France et l'Angleterre. Mais elle emprunte toujours les mêmes chemins. Elle cavale dans celui de Bonneval depuis un millénaire.

Adamsberg tira une chaise et s'assit en allongeant les jambes, fermant le petit cercle des trois hommes devant la cheminée.

— Il n'empêche, commença-t-il – et sa phrase s'arrêta là, comme souvent, faute d'une pensée assez précise pour pouvoir la poursuivre.

Danglard n'avait jamais pu s'accoutumer aux brumes indécises de l'esprit du commissaire, à son absence de suivi et de raison d'ensemble.

— Il n'empêche, poursuivit Danglard à sa place, que c'est seulement l'histoire d'une malheureuse jeune femme assez perturbée pour avoir des visions. Et d'une mère assez apeurée pour y croire au point de solliciter l'aide de la police.

— Il n'empêche que c'est aussi une femme qui annonce plusieurs morts. Supposez que Michel Herbier ne soit pas parti, supposez qu'on retrouve son corps ?

— Alors votre Lina sera en très mauvaise posture. Qui dit qu'elle n'a pas tué Herbier ? Et qu'elle ne raconte pas cette histoire pour embrouiller son monde ?

— Comment cela, embrouiller ? dit Adamsberg en souriant. Pensez-vous réellement que les cavaliers de l'Armée furieuse fassent des suspects plausibles pour des flics ? Croyez-vous malin de la part de Lina de nous désigner comme coupable un type qui chevauche dans le coin depuis mille ans ? Qui va-t-on arrêter ? Le chef Hennequin ?

— Hellequin. Et c'est un seigneur. Peut-être un descendant d'Odin.

Danglard remplit son verre d'une main sûre.

— Laissez tomber, commissaire. Laissez les cavaliers sans jambes là où ils sont, et cette Lina avec eux.

Adamsberg hocha la tête en un signe d'assentiment, et Danglard vida son verre. Après son départ, Adamsberg tourna un peu dans la pièce, le regard vide.

— Tu te souviens, dit-il à Zerk, que la première fois que tu es venu ici, il manquait l'ampoule au plafond ?

— Elle manque toujours.

— Si on la remplaçait ?

— Tu as dit que cela ne te gênait pas, que les ampoules marchent ou pas.

— C'est vrai. Mais il arrive toujours un moment où il faut faire un pas. Il arrive toujours un moment où l'on se dit qu'on va remplacer l'ampoule, où l'on se dit que j'appellerai demain le capitaine de la gendarmerie d'Ordebec. Et alors, il n'y a plus qu'à le faire.

— Mais le commandant Danglard n'a pas tort. La femme est dérangée, nécessairement. Que veux-tu faire de son Armée furieuse ?

— Ce n'est pas son Armée qui me gêne, Zerk. C'est que je n'aime pas qu'on vienne m'annoncer des morts violentes, de cette manière ou d'une autre.

— Je comprends. Alors je me chargerai de l'ampoule.

— Tu attends 11 heures pour le nourrir ?

— Je vais rester ici cette nuit pour l'alimenter toutes les heures. Je somnolerai sur la chaise.

Zerk toucha l'oiseau du dos des doigts.

— Il n'est pas très chaud, malgré la température.

6

À 6 h 15 du matin, Adamsberg sentit une main le secouer.

— Il a ouvert les yeux ! Viens voir. Vite.

Zerk ne savait toujours pas comment appeler Adamsberg. « Père » ? Beaucoup trop solennel. « Papa » ? On ne prend pas cette habitude à son âge. « Jean-Baptiste » ? Amical et déplacé. En attendant, il ne l'appelait pas, et cette carence créait parfois des espaces vides embarrassants dans ses phrases. Des creux. Mais ces creux résumaient parfaitement ses vingt-huit années d'absence.

Les deux hommes descendirent l'escalier et se penchèrent sur le panier à fraises. Il y avait du mieux, incontestablement. Zerk s'occupa d'ôter les pansements des pattes et de désinfecter pendant qu'Adamsberg passait le café.

— Comment va-t-on l'appeler ? demanda Zerk en enroulant une fine gaze propre autour des pattes. S'il vit, il faut bien qu'on l'appelle. On ne peut pas toujours dire « le pigeon ». Si on l'appelait Violette, comme ta belle lieutenant ?

— Ça n'ira pas. Personne ne réussirait à attraper Retancourt et à lui lier les pattes.

— Alors appelons-le Hellebaud, comme le type dans l'histoire du commandant. Tu penses qu'il avait révisé ses textes avant de venir ?

— Oui, il a dû les relire.

— Même, comment a-t-il pu les mémoriser ?

— N'essaie pas de savoir, Zerk. Car si l'on voyait vraiment l'intérieur de la tête de Danglard, si l'on se promenait dedans, toi et moi, je crois que cela nous causerait plus d'effroi que n'importe quel fracas de l'Armée furieuse.

Dès son arrivée à la Brigade, Adamsberg consulta les registres et appela le capitaine Louis Nicolas Émeri à la gendarmerie d'Ordebec. Adamsberg se présenta et il perçut une certaine indécision au bout de la ligne. Des questions murmurées, des avis, des grognements, des chaises qu'on racle. L'irruption d'Adamsberg dans une gendarmerie produisait souvent ce rapide désarroi, chacun se posant la question de savoir s'il fallait accepter son appel ou s'en abstenir sous un prétexte quelconque. Louis Nicolas Émeri vint finalement en ligne.

— Je vous écoute, commissaire, dit-il avec défiance.

— Capitaine Émeri, c'est à propos de cet homme disparu, dont le congélateur a été vidé.

— Herbier ?

— Oui. Des nouvelles ?

— Pas la moindre. On a visité sa demeure et toutes les dépendances. Pas trace de l'individu.

Une voix agréable, un peu trop modelée, des intonations fermes et courtoises.

— Vous avez des intérêts dans l'affaire ? reprit le capitaine. Cela m'épaterait que vous soyez saisi d'un cas de disparition aussi ordinaire.

— Je ne suis pas saisi. Je me demandais simplement ce que vous comptiez faire.

— Appliquer la loi, commissaire. Personne n'est venu déposer de demande de recherche, donc l'individu n'est pas aux personnes disparues. Il est parti avec sa mobylette et je n'ai aucun droit à me mettre à ses trousses. C'est sa liberté d'homme, insista-t-il avec une certaine hauteur. Le boulot réglementaire a été fait, il n'a pas eu d'accident de la route et son véhicule n'est signalé nulle part.

— Que pensez-vous de son départ, capitaine ?

— Pas très étonnant, tout compte fait. Herbier n'était pas aimé dans le pays, et même franchement détesté par beaucoup. L'affaire du congélateur prouve peut-être qu'un individu est venu aux fins de menaces, à cause de ses chasses de brute, vous êtes au courant ?

— Oui. Les femelles et les petits.

— Il est possible qu'Herbier ait été intimidé, qu'il ait pris peur et qu'il ait filé sans demander son reste. Ou bien, il a eu une sorte de crise, des remords, il a vidé lui-même son congélateur et il a tout quitté.

— Oui, pourquoi pas ?

— De toute façon, il n'avait plus aucune relation dans la région. Autant refaire sa vie ailleurs. La maison n'est pas à lui, il louait. Et depuis qu'il est à la retraite, il avait du mal à payer ses termes. À moins d'une plainte du propriétaire, j'ai les mains liées. Il est parti à la cloche de bois, voilà ce que je crois.

Émeri était ouvert et coopératif, comme l'avait signalé Danglard, en même temps qu'il semblait considérer l'appel d'Adamsberg avec un amusement distant.

— Tout cela est très possible, capitaine. Vous avez un chemin de Bonneval chez vous ?

— Oui, bien ?

— Il va d'où à où ?

— Il part du lieu-dit les Illiers, à presque trois kilomètres d'ici, puis il traverse une partie de la forêt d'Alance. À partir de la Croix de Bois, il change de nom.

— Il est fréquenté ?

— On peut l'emprunter en journée. Mais personne n'y va à la nuit. De vieilles légendes qui traînent, vous savez ce que c'est.

— Vous n'y avez pas fait une petite reconnaissance ?

— Si c'est une suggestion, commissaire Adamsberg, je vais vous en faire une à mon tour. Je suggère que vous avez eu la visite d'un habitant d'Ordebec. Ou je me trompe ?

— C'est exact, capitaine.

— Qui ?

— Je ne peux pas vous le dire. Une personne inquiète.

— Et j'imagine très bien ce dont elle vous a parlé. De cette troupe de foutus fantômes qu'a vue Lina Vendermot, si on peut appeler cela « voir ». En compagnie de laquelle elle aurait aperçu Herbier.

— Vrai, concéda Adamsberg.

— Vous n'allez pas marcher là-dedans, commissaire ? Vous savez pourquoi Lina a vu Herbier avec la foutue Armée ?

— Non.

— Parce qu'elle le hait. C'est un ancien ami de son père, le seul peut-être. Suivez mon conseil, commissaire, oubliez le tout. Cette fille est folle à lier depuis qu'elle est gosse et tout le monde le sait ici. Et tout le monde s'en méfie, d'elle et de toute sa famille de tarés. Pas de leur faute. Au fond, ils sont plutôt à plaindre.

— Tout le monde sait qu'elle a vu l'Armée ?

— Évidemment. Lina l'a dit à sa famille et à son patron.

— Qui est son patron ?

— Elle est avocate associée au cabinet Deschamps et Poulain.

— Qui a répandu le bruit ?

— Tout le monde. On ne parle que de ça ici depuis trois semaines. Il y a des esprits sains qui rigolent mais les esprits faibles ont peur. Je vous assure qu'on se passerait bien que Lina s'amuse à terroriser la population. Je peux vous parier les yeux fermés que, depuis, personne n'a mis les pieds sur le chemin de Bonneval. Même pas un esprit fort. Moi moins que quiconque.

— Pourquoi, capitaine ?

— N'imaginez pas que je redoute quoi que ce soit – et dans cette assurance, Adamsberg crut entendre quelque chose de l'ancien maréchal d'Empire – mais je n'ai aucune envie qu'on raconte partout que le capitaine Émeri croit en l'Armée furieuse. Même chose pour vous, si vous acceptez un conseil. Cette affaire, il faut la mettre sous le boisseau. Mais je serai toujours heureux de vous accueillir ici si vos affaires vous font un jour emprunter la route d'Ordebec.

Échange ambigu et un peu malaisé, pensa Adamsberg en raccrochant. Émeri s'était moqué, avec bienveillance. Il l'avait laissé venir, déjà informé de la visite d'un habitant d'Ordebec. Sa retenue était compréhensible. Avoir une visionnaire sur son territoire n'était pas un bienfait du ciel.

La Brigade s'emplissait peu à peu, Adamsberg arrivant le plus souvent en avance. La masse de Retancourt bloqua un instant la porte et la lumière et Adamsberg la regarda se diriger sans grâce vers sa table.

— Le pigeon a ouvert les yeux ce matin, lui dit-il. Zerk l'a nourri pendant toute la nuit.

— Bonne nouvelle, dit simplement Retancourt, qui n'était pas une émotive.

— S'il vit, il s'appellera Hellebaud.

— Aile Beau ? Ça n'a pas de sens.

— Non, « Hellebaud », en un seul mot. C'est un prénom ancien. L'oncle ou le neveu de je ne sais plus qui.

— Ah bien, dit le lieutenant en allumant son ordinateur. Justin et Noël veulent vous voir. Il semble que Momo-mèche-courte ait remis ça, mais cette fois-ci, il y a du gros dégât. La voiture a brûlé de fond en comble comme d'habitude, mais quelqu'un dormait dedans. D'après les premières analyses, il s'agirait d'un homme âgé. Homicide involontaire, il ne va pas s'en tirer avec six mois cette fois. Ils ont lancé l'enquête mais ils veulent, comment dire, votre orientation.

Retancourt avait appuyé sur le mot « orientation » avec un semblant d'ironie. Car d'une part elle estimait qu'Adamsberg n'en avait pas, d'autre part elle désapprouvait généralement la manière dont le commissaire se dirigeait dans le vent des enquêtes. Ce conflit de manière de faire existait à l'état latent depuis les débuts, sans qu'elle ou Adamsberg tente quoi que ce soit pour le dénouer. Ce qui n'empêchait pas Adamsberg d'avoir pour Retancourt l'amour instinctif qu'un païen vouerait au plus grand arbre de la forêt. Le seul qui offre un véritable refuge.

Le commissaire alla prendre place à la table où Justin et Noël enregistraient les dernières données sur la voiture incendiée, avec l'homme dedans. Momo-mèche-courte venait de brûler son onzième véhicule.

— On a laissé Mercadet et Lamarre devant l'immeuble où crèche Momo, à la Cité des Buttes, expliquait Noël. La voiture a brûlé dans le 5e arrondissement, rue Henri-Barbusse. Il s'agit d'une Mercedes coûteuse, comme d'habitude.

— L'homme qui est mort, on sait qui c'est ?

— Pas encore. Il ne reste rien de ses papiers ni des plaques minéralogiques. Les gars sont sur le moteur. Attentat contre la haute bourgeoisie, c'est signé Momo-mèche-courte. Il n'a jamais brûlé en dehors de ce quartier.

— Non, dit Adamsberg en secouant la tête. Ce n'est pas Momo qui l'a fait. On perd notre temps.

En soi, perdre du temps ne gênait pas Adamsberg. Insensible à la brûlure de l'impatience, il n'était pas prompt à suivre le rythme souvent convulsif de ses adjoints, pas plus que ses adjoints ne savaient accompagner son lent tangage. Adamsberg n'en faisait pas une méthode, encore moins une théorie, mais il lui semblait que, concernant le temps, c'était dans les interstices presque immobiles d'une enquête que se logeaient parfois les perles les plus rares. Comme les petits coquillages se glissent dans les fissures des rochers, loin de la houle de la haute mer. En tout cas, c'était là que lui les trouvait.

— C'est signé, insista Noël. Le vieil homme devait attendre quelqu'un dans la voiture. Il faisait noir et il a pu s'affaisser pendant son sommeil. Au mieux, Momo-mèche-courte ne l'a pas vu. Au pire, il a foutu le feu au tout. Voiture et occupant.

— Pas Momo.

Adamsberg revoyait avec précision le visage du jeune homme, opiniâtre et intelligent, très fin sous la masse des cheveux noirs et bouclés. Il ne savait pas pourquoi il n'avait pas oublié Momo, pourquoi il l'aimait bien. En même temps qu'il écoutait ses adjoints, il s'informait par téléphone des trains du jour pour Ordebec, sa voiture étant en réparation. La petite femme ne se montrait pas et le commissaire supposait que, sa mission mal accomplie, elle était rentrée la veille en Normandie. L'ignorance du commissaire sur l'Armée furieuse avait dû avoir raison des lambeaux de son courage. Car il en faut sans doute pour venir parler à un flic d'une troupe de démons millénaire.

— Commissaire, il a déjà incendié dix voitures, il s'est fait un nom de guerre. On l'admire dans sa cité. Il fait l'escalade, il est aspiré vers le haut. Pour lui, entre les Mercedes, ses ennemis, et ceux qui les conduisent, il n'y a qu'un pas à faire.

— Un pas de géant, Noël, et qu'il ne fera jamais. Je l'ai connu durant ses deux prédétentions. Jamais Momo ne mettrait le feu sans avoir inspecté la voiture.

Il n'y avait pas de gare à Ordebec, il fallait descendre à Cérenay et prendre un car. Il ne serait à destination que vers 5 heures, une assez longue expédition pour une courte promenade. Avec la lumière de l'été, il avait tout le temps de parcourir les cinq kilomètres du chemin de Bonneval. Si un meurtrier avait voulu exploiter la déraison de cette Lina, c'était là, peut-être, qu'il pouvait avoir laissé un corps. Cette échappée en forêt n'était plus seulement un devoir informulé qu'il se sentait l'obligation vague de remplir envers la petite femme, mais une fugue salutaire. Il imaginait l'odeur du chemin, les ombres, le tapis de feuilles molles sous ses pieds. Il aurait pu y envoyer n'importe lequel de ses brigadiers, ou même convaincre le capitaine Émeri de s'y rendre. Mais l'idée de l'explorer lui-même s'était imposée doucement dans la matinée, sans apporter d'explications, avec le sentiment obscur que quelques habitants d'Ordebec étaient dans une très mauvaise passe. Il ferma son portable et reporta son attention sur les deux lieutenants.

— Collez-vous serré sur le vieil homme qui a brûlé, dit-il. Avec la réputation de Momo dans ce secteur du 5e arrondissement, il est facile de lui faire endosser un meurtre en suivant ses méthodes, qui ne sont pas complexes. De l'essence et une mèche courte, c'est tout ce qu'il faut au tueur. Il fait attendre l'homme dans la voiture, il revient dans l'ombre et il met le feu. Cherchez qui est l'homme, s'il voyait bien, s'il entendait bien. Et cherchez celui qui conduisait la voiture, et avec qui le vieux se sentait en sécurité. Ça ne devrait pas prendre beaucoup de temps.

— On relève quand même l'alibi de Momo ?

— Oui. Mais envoyez les résidus d'essence à l'analyse, taux d'octane, etc. Momo utilise du carburant à mobylette largement coupé d'huile. Vérifiez la composition, c'est dans le dossier. Ne me cherchez pas cet après-midi, ajouta-t-il en se relevant, je m'absente jusqu'à ce soir.

Où ? demanda muettement le regard du maigre Justin.

— Je vais croiser quelques vieux cavaliers en forêt. Rien de très long. Faites passer le mot à la Brigade. Où est Danglard ?

— Au distributeur à café, dit Justin en désignant l'étage supérieur de son doigt. Il a été porter le chat à son écuelle, c'est son tour.

— Et Veyrenc ?

— Au bout le plus opposé du bâtiment, dit Noël avec un mauvais sourire.

Adamsberg trouva Veyrenc au bureau le plus éloigné de la grande salle commune, calé contre le mur.

— Je suis en imprégnation, dit-il en montrant une pile de dossiers. Je regarde ce que vous avez bricolé en mon absence. Je trouve que le chat a grossi, et Danglard aussi. Il va mieux.

— Comment veux-tu qu'il ne grossisse pas ? Il passe la journée entière près de Retancourt, vautré sur la photocopieuse.

— Tu parles du chat. Si on ne le portait pas à son écuelle, il se déciderait peut-être à marcher.

— On a essayé, Louis. Il ne s'est plus alimenté, et on a interrompu l'expérience après quatre jours. Il marche très bien. Dès que Retancourt s'en va, il sait parfaitement descendre de son socle pour occuper sa chaise. Quant à Danglard, il a trouvé une nouvelle amie pendant la conférence de Londres.

— C'est pour cela. Mais en me croisant ce matin, tout son être s'est fripé de contrariété. Tu l'as questionné sur l'Armée ?

— Oui. C'est très vieux.

— Très, confirma Veyrenc en souriant. *Dans les très anciens plis dorment des affaires mortes, / Ne les éveille pas, ne touche pas la porte / Qui les tient emmurées*.

— Je ne touche pas, je pars me promener sur le chemin de Bonneval.

— C'est un grimweld ?

— C'est celui d'Ordebec.

— Tu as parlé à Danglard de ta petite expédition ?

Veyrenc frappait en même temps sur le clavier de son ordinateur.

— Oui, et il s'est fripé de contrariété. Il a adoré me raconter l'Armée mais ça lui déplaît que je la suive.

— Il t'a parlé des « saisis » ?

— Oui.

— Alors sache, si c'est bien cela que tu cherches, qu'il est très rare que les corps des saisis soient abandonnés sur un grimweld. On les trouve tout bonnement chez eux, ou sur une aire de duel, ou dans un puits, ou encore près d'un lieu de culte désaffecté. Car tu sais que les églises abandonnées attirent la présence du démon. À peine as-tu négligé l'endroit que le Mal vient s'y installer. Et ceux qui sont saisis par l'Armée retournent au démon, tout simplement.

— C'est logique.

— Regarde, dit-il en désignant son écran. C'est la carte de la forêt d'Alance.

— Ici, dit Adamsberg en suivant une ligne du doigt, ce doit être le chemin.

— Et là, tu as la chapelle de saint Antoine d'Alance. Ici, à l'opposé au sud, un calvaire. Ce sont des lieux que tu peux visiter. Prends une croix sur toi pour te protéger.

— J'ai un galet de rivière dans ma poche.

— Cela suffit largement.

7

Il faisait quelque six degrés de moins en Normandie et, dès qu'il fut sur la place presque déserte
de la gare routière, Adamsberg remua sa tête dans
le vent frais, le faisant courir sur sa nuque et derrière les oreilles, dans un mouvement assez animal,
un peu comme l'eût fait un cheval pour chasser les
taons. Il contourna Ordebec par le nord et, une
demi-heure plus tard, il posait le pied sur le chemin
de Bonneval, fléché par une vieille pancarte de bois
peinte à la main. Le sentier était étroit, au contraire
de ce qu'il avait imaginé, sans doute parce que
l'idée du passage de centaines d'hommes en armes
avait imposé la vision d'une allée cavalière large et
impressionnante, sous une voûte fermée de grands
hêtres. Le chemin était en réalité bien plus
modeste, fait de deux ornières séparées par une
butte herbue, longé par des fossés de drainage
envahis de ronces, de pousses d'ormes et de noisetiers. Beaucoup de mûres étaient déjà à point – très
en avance en raison de l'anormale chaleur – et
Adamsberg en cueillit tout en s'engageant dans le
sentier. Il avançait lentement, parcourant du regard
les bas-côtés, mangeant sans empressement les
fruits qu'il tenait dans sa main. Il y avait beaucoup
de mouches, qui se pressaient sur son visage pour
y pomper la sueur.

Toutes les trois minutes, il s'arrêtait pour reconstituer sa provision de mûres, griffant sa vieille chemise noire sur les ronces. À mi-chemin de son exploration, il s'arrêta brusquement, se souvenant qu'il n'avait pas laissé de message à Zerk. Tant habitué à la solitude que prévenir les autres de ses absences lui demandait un effort. Il composa son numéro.

— Hellebaud s'est mis sur ses pattes, lui expliqua le jeune homme. Il a avalé ses grains tout seul. Seulement il a chié sur la table après.

— C'est comme cela quand la vie revient. Mets un plastique sur la table en attendant. Tu en trouveras dans le grenier. Je ne rentre que ce soir, Zerk, je suis sur le chemin de Bonneval.

— Et tu les vois ?

— Non, il fait trop clair encore. Je regarde si je ne trouve pas le corps du chasseur. Personne n'est passé par là depuis trois semaines, c'est bourré de mûres, elles sont en avance. Si Violette appelle, ne lui dis pas où je suis, elle n'aimerait pas cela.

— Bien sûr, dit Zerk – et Adamsberg se dit que son fils était plus fin qu'il n'en avait l'air. Miette après miette, il entassait un peu d'informations sur lui.

— J'ai changé l'ampoule de la cuisine, ajouta Zerk. Celle de l'escalier ne marche pas non plus. Je la remplace aussi ?

— Aussi, mais ne mets pas une lumière trop forte. Je n'aime pas quand on voit tout.

— Si tu croises l'Armée, appelle-moi.

— Je ne crois pas que je pourrai, Zerk. Son passage doit brouiller le réseau. Le choc de deux temps différents.

— C'est sûr, approuva le jeune homme avant de raccrocher.

Adamsberg progressa encore de huit cents mètres, explorant les bas-côtés. Car Herbier était mort, il en était certain, et c'était son seul point d'accord avec la femme Vendermot, qui s'envolerait si on lui soufflait dessus. Moment où Adamsberg réalisa qu'il avait déjà oublié le nom des petites graines du pissenlit.

Il y avait une silhouette sur le chemin, et Adamsberg plissa les yeux en avançant plus doucement. Une très longue silhouette assise sur un tronc d'arbre, si âgée et recroquevillée qu'il craignit de lui faire peur.

— Hello, dit la vieille femme en le voyant arriver.

— Hello, répondit Adamsberg, surpris.

« Hello » était un des rares mots qu'il connaissait en anglais, ainsi que « yes » et « no ».

— Vous avez mis le temps depuis la gare, dit-elle.

— J'ai cueilli des mûres, expliqua Adamsberg, se demandant comment une voix si assurée pouvait sortir de cette carcasse étroite. Étroite mais intense. Vous savez qui je suis ?

— Pas tout à fait. Lionel vous a vu descendre du train de Paris et prendre le car. Bernard me l'a dit et, l'un dans l'autre, vous voilà. Par les temps qui courent, et avec ce qui se passe, ça ne peut pas être grand-chose d'autre qu'un policier de la ville. L'air est mauvais. Remarquez bien que Michel Herbier, ce n'est pas une perte.

La vieille femme renifla bruyamment, passa le dos de sa main sous son très grand nez pour y cueillir une goutte.

— Et vous m'attendiez ?

— Mais non, jeune homme, j'attends mon chien. Il s'est entiché de la chienne de la ferme des Longes, juste derrière. Si je ne l'emmène pas la couvrir de temps à autre, il perd ses nerfs. Renoux, le fermier des Longes, est furieux, il dit qu'il ne veut pas de petits bâtards plein sa cour. Mais qu'est-ce qu'on y peut ? Rien. Et avec ma grippe d'été, je n'ai pas pu l'emmener depuis dix jours.

— Et vous n'avez pas peur, seule sur ce chemin ?

— À cause ?

— À cause de l'Armée furieuse, tenta Adamsberg.

— Pensez, dit la femme en secouant la tête. D'abord il ne fait pas nuit et quand bien même, je ne la vois pas. C'est pas donné à tout le monde.

Adamsberg apercevait une énorme mûre au-dessus de la tête de la grande femme mais il n'osait pas la déranger pour cela. Étrange, pensa-t-il, comme l'esprit de cueillette revient instinctivement chez l'homme après seulement vingt pas en forêt. Cela aurait plu à son ami préhistorien, Mathias. Car si on y pense, c'est cueillir qui est ensorcelant. Car la mûre, en soi, n'est pas un fruit passionnant.

— Je m'appelle Léone, dit la femme en essuyant une nouvelle goutte sous son grand nez. Mais on m'appelle Léo.

— Jean-Baptiste Adamsberg, commissaire de la Brigade criminelle de Paris. Heureux de vous avoir connue, ajouta-t-il poliment. Je vais poursuivre mon chemin.

— Si c'est l'Herbier que vous cherchez, c'est pas par là que vous le trouverez. Il est écarroui dans son sang noir à deux pas de la chapelle Saint-Antoine.

— Mort ?

— Depuis longtemps, oui. Ce n'est pas qu'on va le pleurer mais ce n'est pas beau. Celui qu'a fait ça n'y a pas été de main morte, on n'y voit même plus la tête.

— Ce sont les gendarmes qui l'ont trouvé ?

— Non, jeune homme, c'est moi. Je vais souvent mettre un bouquet à la chapelle, je n'aime pas laisser saint Antoine à l'abandon. Saint Antoine protège les animaux. Vous en avez un, d'animal ?

— J'ai un pigeon malade.

— Alors ça tombe bien, vous voyez. Quand vous passerez à la chapelle, il faudra avoir une pensée. Il aide aussi à retrouver les affaires qu'on a perdues. En vieillissant, je perds des choses.

— Ça ne vous a pas choquée ? Ce cadavre là-haut ?

— Ce n'est pas pareil quand on s'y attend. Je savais bien qu'on l'avait tué.

— À cause de l'Armée ?

— À cause de mon âge, jeune homme. Ici, un oiseau ne peut pas pondre un œuf sans que je le sache ou que je le sente. Tenez, vous pouvez être sûr que, cette nuit, un renard a croqué une poule à la ferme de Deveneux. Il n'a plus que trois pattes et un moignon de queue.

— Le fermier ?

— Le renard, j'ai vu ses crottes. Mais croyez-moi, il se débrouille. L'année passée, une mésange char-bonnière s'est entichée de lui. Première fois que je voyais ça. Elle habitait sur son dos et il ne l'a jamais mangée. Elle et pas une autre, attention. Il y a beau-coup de détails dans le monde, vous avez remarqué ça ? Et comme chaque détail ne se reproduit jamais sous la même forme et met en branle d'autres détails, ça va loin et ça va loin. Si l'Herbier avait été vivant, il aurait fini par tuer le renard et, du coup, la mésange. Ça aurait encore fait toute une guerre aux élections municipales. Mais je ne sais pas si la mésange est revenue cette année. Manque de chance.

— Les gendarmes sont déjà sur place ? Vous les avez prévenus ?

— Et comment voulez-vous ? Je dois attendre mon chien, moi. Ou si vous êtes pressé, vous n'avez qu'à les appeler.

— Je ne pense pas que ce soit une bonne idée, dit Adamsberg après un moment. Les gendarmes n'aiment pas que les gars de Paris se mêlent de leurs affaires.

— Et pourquoi vous êtes là alors ?

— Parce qu'une femme d'ici est venue me voir. Alors je suis passé.

— La mère Vendermot ? C'est sûr qu'elle a peur pour ses mômes. Comme c'est sûr qu'elle aurait mieux fait de se taire. Mais cette histoire l'inquiète tellement qu'elle n'a pas pu s'empêcher d'aller chercher de l'aide.

Un grand chien beige aux longues oreilles molles déboucha brusquement des buissons en jappant et vint poser sa tête sur les maigres et longues jambes de sa maîtresse, les yeux clos, comme en guise de remerciement.

— Hello, Flem, dit-elle en s'essuyant le nez pendant que le chien essuyait sa propre truffe sur sa jupe grise. Vous voyez qu'il a l'air content.

Léo sortit un sucre de sa poche et le fourra dans la gueule du chien. Puis Flem vint tourner autour d'Adamsberg, affolé de curiosité.

— C'est bon, Flem, dit Adamsberg en lui tapotant le cou.

— Son vrai nom, c'est Flemmard. Depuis qu'il est tout bébé, c'est un tire-au-flanc. Il y a toujours des gens pour dire qu'à part couchailler partout, il ne sait rien faire d'autre. Et moi je dis que ça vaut mieux que de mordre tout le monde.

La vieille femme se leva, dépliant toute sa carcasse penchée, et s'appuya sur ses deux cannes.

— Si vous rentrez chez vous pour les appeler, demanda Adamsberg, m'autorisez-vous à vous accompagner ?

— Au contraire, j'aime bien la compagnie. Mais je ne trotte pas vite, on y sera en une demi-heure en coupant par le bois. Avant, du vivant d'Ernest, j'avais transformé la ferme en auberge. On faisait la nuit et le petit déjeuner. Alors à cette époque, il y avait du monde tout le temps, et puis des jeunes. Il y avait de la gaieté, ça allait ça venait. J'ai dû arrêter il y a douze ans et maintenant c'est plus triste. Alors quand je trouve de la compagnie, je ne refuse pas. Causer à personne, ça ne vaut rien.

— On dit que les Normands n'aiment pas beaucoup parler, hasarda Adamsberg qui se mit à marcher dans le sillage de la femme, qui exhalait une légère odeur de feu de bois.

— Ce n'est pas qu'ils n'aiment pas parler, c'est qu'ils n'aiment pas répondre. Ce n'est pas la même chose.

— Alors comment fait-on pour poser une question ?

— On se débrouille. Vous me suivez jusqu'à l'auberge ? Le chien a faim maintenant.

— Je vous accompagne. À quelle heure passe le train du soir ?

— Le train du soir, jeune homme, il est déjà passé depuis un bon quart d'heure. Il y a bien celui de Lisieux, mais le dernier car part dans dix minutes, c'est sûr que vous l'aurez pas.

Adamsberg n'avait pas prévu de passer la nuit en Normandie, il n'avait rien emporté, hormis quelques billets, sa carte d'identité et ses clefs. L'Armée furieuse le coinçait sur place. Sans s'en soucier, la vieille se faufilait avec vivacité entre les arbres en s'appuyant sur ses cannes. On aurait dit une sauterelle procédant par bonds par-dessus les racines.

— Il y a bien un hôtel à Ordebec ?

— Ce n'est pas un hôtel, c'est un clapier à lapins, affirma la vieille de sa voix forte. Mais il est en travaux. Vous avez des connaissances chez qui dormir, je suppose.

Adamsberg se souvint de cette réticence normande à formuler des questions directes, qui lui avait déjà créé des difficultés au village d'Haroncourt[1]. Comme Léone, les gars d'Haroncourt contournaient l'obstacle en affirmant un fait, quel qu'il soit, afin de susciter une réponse.

— Vous comptez dormir quelque part, je suppose, déclara encore Léo. Avance, Flem. Il faut toujours qu'il pisse sur tous les arbres.

— J'ai un voisin comme ça, dit Adamsberg en pensant à Lucio. Non, je ne connais personne ici.

— Vous pouvez dormir dans le foin bien sûr. En ce moment, on a un coup de chaud anormal, mais c'est quand même mouillé le matin. Vous êtes d'une autre région, je suppose.

— Du Béarn.

— Ce serait vers l'est.

— Dans le Sud-Ouest, près de l'Espagne.

— Et vous êtes déjà venu par ici, je pense.

— J'ai des amis au café d'Haroncourt.

— Haroncourt, dans l'Eure ? Au café qui est près de la halle ?

— Oui. J'y ai des amis. Robert surtout.

Léo s'arrêta net et Flem en profita pour choisir un nouvel arbre. Puis elle reprit son chemin et marmonna sur environ cinquante mètres.

— C'est un petit cousin, Robert, finit-elle par dire, encore secouée par la surprise. Un bon petit cousin.

— Il m'a donné deux bois de cerf. Ils sont toujours dans mon bureau.

— Eh bien s'il a fait ça, c'est qu'il avait de l'estime pour vous. On ne donne pas des bois au premier horsin venu.

— Je l'espère.

---

1. Cf., du même auteur, *Dans les bois éternels* (Éd. Viviane Hamy, 2006).

— On parle bien de Robert Binet ?

— Oui.

Adamsberg couvrit encore une centaine de mètres dans le sillage de la vieille femme. On apercevait maintenant le trait d'une route à travers les troncs d'arbres.

— Si vous êtes un ami de Robert, c'est autre chose. Vous pourriez loger Chez Léo, si ce n'est pas trop différent de ce que vous comptiez faire. Chez Léo, c'est chez moi. C'était le nom de mon auberge.

Adamsberg entendit le clair appel de la vieille femme qui s'ennuyait, sans savoir ce qu'il allait décider. Cependant, comme il l'avait dit à Veyrenc, les décisions sont prises bien avant qu'on les énonce. Il n'avait nulle part où s'abriter et la rude vieille femme lui plaisait assez. Même s'il se sentait un peu piégé, comme si Léo avait tout organisé d'avance.

Cinq minutes plus tard, il arrivait en vue de Chez Léo, une ancienne maison longue sans étage, qui tenait on ne sait comment sur ses poutres depuis au moins deux siècles. Et rien, à l'intérieur, ne semblait avoir changé depuis des décennies.

— Posez-vous sur le banc, dit Léo, on va appeler Émeri. Ce n'est pas un mauvais type, bien au contraire. Il se donne des airs de temps en temps, parce qu'il avait un aïeul maréchal sous Napoléon. Mais, dans l'ensemble, on l'aime bien. Seulement, son métier le déforme. À force de se méfier de tout le monde, à force de toujours punir, on ne peut pas aller en s'améliorant. Ça vous le fait à vous aussi, je suppose.

— Sans doute.

Léo traîna un tabouret près du gros téléphone.

— Enfin, soupira-t-elle en composant le numéro, c'est un mal nécessaire, la police. Pendant la guerre, c'était un mal tout court. Sûrement qu'il a dû y en avoir qui sont partis avec l'Armée furieuse. On va faire une flambée, ça fraîchit. Vous savez faire du feu, je suppose. Vous trouverez le bûcher en sortant sur votre gauche. Hello, Louis, c'est Léo.

Quand Adamsberg revint avec une brassée de bois, Léo était en pleine conversation. Il était clair qu'Émeri avait le dessous. D'une main décidée, Léo tendit le vieil écouteur au commissaire.

— Mais parce que je vais toujours porter des fleurs à saint Antoine, tu le sais, tout de même. Dis-moi, Louis, tu ne vas pas m'agacer au prétexte que j'ai trouvé son cadavre, non ? Si tu t'étais remué le corps, tu l'aurais trouvé tout seul et ça m'aurait évité des embarras.

— Ne t'emballe pas, Léo, je te crois.

— Il y a sa mobylette aussi, coincée dans le bosquet de noisetiers. Pour moi, on lui aura donné rendez-vous, et il aura fourré sa machine là-dedans pour pas qu'on lui vole.

— Je vais sur le site, Léo, et je viens te visiter. Tu ne seras pas couchée à 8 heures ?

— À 8 heures, je termine mon souper. Et je n'aime pas qu'on me dérange quand je mange.

— 8 h 30.

— Ça ne m'arrange pas, j'ai la visite d'un cousin d'Haroncourt. Voir des gendarmes le soir de son arrivée, ce n'est pas courtois. Et je suis fatiguée. Trotter dans la forêt, ce n'est plus de mon âge.

— C'est bien pour cela que je me demande pourquoi t'as trotté jusqu'à la chapelle.

— Je te l'ai dit. C'est pour porter les fleurs.

— Tu ne dis jamais que le quart de ce que tu sais.

— Le reste ne t'intéresserait pas. Tu ferais mieux de te dépêcher d'y aller avant que les bêtes ne le mangent. Et si tu veux me voir, ce sera demain.

Adamsberg reposa l'écouteur et entreprit d'allumer le feu.

— Louis Nicolas ne peut rien faire contre moi, expliqua Léone, je lui ai sauvé la vie quand il était mioche. Cette bête de gamin avait été piquer une tête dans la mare Jeanlin, je l'ai rattrapé par son fond de culotte. Il ne peut pas faire le fanfaron maréchal d'Empire avec moi.

— Il est du coin ?

— Il est né là.

— Alors comment a-t-il pu être affecté ici ? On ne nomme pas les flics sur leurs terres d'origine.

— Je le sais bien, jeune homme. Mais il avait onze ans quand il a quitté Ordebec, et ses parents n'avaient pas de vraies relations. Il a été longtemps près de Toulon, puis vers Lyon, et après il a eu la dispense. Il ne connaît plus vraiment les gens d'ici. Et il est protégé par le comte, alors ça va tout seul.

— Le comte d'ici.

— Rémy, le comte d'Ordebec. Vous prenez de la soupe, je suppose.

— Merci, dit Adamsberg en tendant son assiette.

— C'est à la carotte. Après, il y a du sauté à la crème.

— Émeri dit que Lina est folle à lier.

— C'est faux, dit Léone en entonnant une grosse cuiller dans sa petite bouche. C'est une gamine vive et brave comme tout. Et puis elle n'a pas eu tort. Il est bel et bien mort, Herbier. Alors Louis Nicolas va lui tomber dessus, ça ne fait pas un pli.

Adamsberg nettoya son assiette à soupe avec du pain, comme le faisait Léo, et apporta le plat de sauté. Du veau avec des haricots, dans l'odeur du feu de bois.

— Et comme elle n'est pas tellement appréciée, elle et ses frères, continua Léone en servant la viande avec un peu de brutalité, ça va faire un beau gâchis. Ne croyez pas qu'ils ne sont pas gentils, mais les gens ont toujours peur de ce qui leur échappe. Alors avec son don, et ses frères qui ne sont pas tout à fait ajustés, ça ne leur fait pas une bonne réputation.

— À cause de l'Armée furieuse.

— Ça et d'autres choses. Les gens disent qu'ils ont le diable dans la maison. Ici, c'est comme partout, il y a beaucoup de têtes creuses qui ont vite fait de se remplir de n'importe quoi, si possible du pire. C'est ce que tout le monde préfère, le pire. On s'ennuie tellement.

Léone approuva sa propre déclaration d'un mouvement de menton et avala une grosse bouchée de viande.

— Vous avez votre idée sur l'Armée furieuse, je suppose, dit Adamsberg, utilisant la manière de Léone pour la questionner.

— Ça dépend comment on la voit. À Ordebec, il y en a qui pensent que le Seigneur Hellequin est au service du démon. Moi je ne crois pas trop, mais si des gens peuvent survivre parce qu'ils sont saints, comme saint Antoine, pourquoi d'autres ne survivraient pas parce qu'ils sont mauvais ? Parce que dans la Mesnie, c'est tous des mauvais. Vous le savez, cela ?

— Oui.

— Et c'est pour cela qu'ils sont saisis. D'autres pensent que la pauvre Lina a des visions, que sa tête est malade. Elle a vu des médecins, mais ils ne lui ont rien trouvé. D'autres disent que son frère met des bolets Satan dans l'omelette aux champignons et que le bolet lui donne des hallucinations. Vous connaissez le bolet Satan, je suppose. Le pied rouge.

— Oui.

— Ah bien, dit Léone, un peu déçue.

— Ça ne donne qu'un sérieux mal de ventre.

Léone emporta les assiettes dans la petite cuisine sombre et fit la vaisselle en silence, concentrée sur sa tâche. Adamsberg essuyait au fur et à mesure.

— À moi ça m'est égal, reprit Léone en essuyant ses grandes mains. Il y a juste que Lina voit l'Armée, et cela, c'est certain. Que cette Armée soit vraie ou fausse, je suis pas là pour juger. Mais à présent qu'Herbier est mort, les autres vont la menacer. En fait, c'est pour cela que vous êtes là.

La vieille femme reprit ses cannes, et revint à sa place à table. Elle sortit du tiroir une boîte de cigares de bonne taille. Elle en passa un sous son nez, lécha le bout et l'alluma avec soin, tout en poussant la boîte ouverte vers Adamsberg.

— Un ami me les envoie, il les a de Cuba. J'ai passé deux ans à Cuba, quatre en Écosse, trois en Argentine, et cinq à Madagascar. Avec Ernest, on a ouvert des restaurants un peu partout, on a vu du pays. Cuisine à la crème. Vous seriez aimable de nous sortir le calva, dans le bas du placard, et de nous en servir deux petits verres. Vous acceptez de boire avec moi, je suppose.

Adamsberg s'exécuta, il commençait à se trouver très à son aise dans cette petite salle mal éclairée, avec ce cigare, ce verre, ce feu et cette grande vieille Léo fripée comme un chiffon raide, le chien ronflant au sol.

— Et pourquoi suis-je là, Léo ? Si je puis vous appeler Léo ?

— Pour protéger Lina et ses frères. Je n'ai pas d'enfants et c'est un peu comme ma fille. S'il y a d'autres morts, je veux dire si ceux qu'elle a vus dans l'Armée meurent aussi, ça va faire du vilain. Il s'est passé la même histoire à Ordebec, un peu avant la Révolution. Le gars s'appelait François-Benjamin, il avait vu quatre hommes mauvais saisis par la Mesnie. Mais il n'avait pu dire que trois des quatre noms. Comme Lina. Et deux de ces hommes sont morts onze jours après. Les gens ont eu si peur – à cause de la quatrième personne sans nom – qu'ils ont pensé arrêter les morts de la Mesnie en détruisant celui qui l'avait vue. François-Benjamin a été tué à coups de fourche, puis on l'a brûlé sur la place publique.

— Et le troisième n'est pas mort ?

— Si. Et le quatrième après, dans l'ordre qu'il avait dit. Comme quoi ça n'a servi à rien qu'ils enfourchent François-Benjamin.

Léo avala une gorgée de calva, se gargarisa la bouche, déglutit avec bruit et satisfaction, puis tira une longue bouffée de son cigare.

— Et je n'ai pas envie qu'il arrive la même chose à Lina. Soi-disant les temps ont évolué. Cela veut simplement dire qu'on se fait plus discrets. Cela veut dire qu'on ne fera pas ça avec des fourches et du feu, mais on le fera d'une autre manière. Tous ceux, ici, qui ont une malfaisance sur la conscience sont déjà terrifiés, vous pouvez en être sûr. Terrifiés d'être saisis, et terrifiés que ça se sache.

— Une malfaisance grave ? Un meurtre ?

— Pas forcément. Une spoliation, une calomnie ou une justice mauvaise. Ça les tranquilliserait bien de détruire Lina et ses bavardages. Parce que ça coupe le lien avec l'Armée, vous voyez. C'est ce qu'ils se disent. Comme avant. On n'a pas évolué, commissaire.

— Depuis ce François-Benjamin, Lina est la première à avoir revu l'Armée furieuse ?

— Bien sûr que non, commissaire, dit-elle de sa voix rauque, dans un nuage de fumée, comme si elle réprimandait un élève décevant. Nous sommes à Ordebec. Il y a au moins un passeur par génération ici. Le passeur, c'est celui qui la voit, c'est celui qui fait la jonction entre les vivants et l'Armée. Avant la naissance de Lina, c'était Gilbert. Il paraît qu'il a posé sa main sur la tête de la petite au-dessus du bénitier, et ce serait comme ça qu'il lui aurait passé le destin. Et quand on a le destin, ça ne sert à rien de s'enfuir, car l'Armée vous ramène toujours sur le grinvèlde. Ou le grimweld, comme ils disent dans l'Est.

— Mais personne n'a tué ce Gilbert, si ?

— Non, dit Léo en soufflant un gros nuage rond. Mais la différence, c'est que, cette fois, Lina a fait comme François-Benjamin : elle en a vu quatre, mais elle a pu seulement en nommer trois : Herbier, Glayeux et Mortembot. Mais pour le quatrième, elle ne dit pas. Alors forcément, si Glayeux et Mortembot décèdent aussi, la peur va tomber sur toute la ville. Puisqu'on ne sait pas qui est le prochain, personne ne va se sentir à l'abri. Déjà que l'annonce des noms de Glayeux et Mortembot a fait un sacré tapage.

— Pourquoi ?

— À cause des bruits qui courent sur eux depuis longtemps. Ce sont des hommes mauvais.

— Qu'est-ce qu'ils font ?

— Glayeux fabrique des vitraux pour toutes les églises de la région, il est très doué de ses mains mais pas aimable. Il se sent au-dessus des culs-terreux et il ne se gêne pas pour le faire savoir. Alors qu'il est né d'un père ferronnier au Charmeuil-Othon. Et sans les culs-terreux pour aller à la messe, il n'aurait pas de commandes de vitraux. Mortembot, il est pépiniériste sur la route de Livarot, c'est un taciturne. C'est facile de comprendre que depuis que la rumeur court, ils sont dans les ennuis. La clientèle a baissé à la pépinière, on les évite. Quand on saura qu'Herbier est mort, ce sera bien pis. C'est pour ça que je dis que Lina aurait gagné à se taire. Mais il y a toujours ce problème avec les passeurs. Ils se sentent obligés de parler, pour donner une chance aux saisis. Vous comprenez ce que sont les « saisis », je suppose.

— Oui.

— Les passeurs parlent, des fois que les saisis arrivent à se racheter. Si bien que Lina est en danger et que, vous, vous pourriez la protéger.

— Je ne peux rien faire, Léo, c'est l'enquête d'Émeri.

— Mais Émeri ne s'inquiète pas pour Lina. Toute cette histoire d'Armée furieuse l'agace et le dégoûte. Il croit qu'on a changé, il croit que les gens sont raisonnables.

— On cherchera d'abord l'assassin d'Herbier. Et les deux autres sont toujours en vie. Si bien que Lina n'est pas menacée pour l'instant.

— Ça se peut, dit Léo en soufflant sur son trognon de cigare.

Il fallait sortir pour gagner la chambre, chaque pièce donnant directement sur l'extérieur par une porte très grinçante, qui lui rappela celle de Tuilot Julien, cette porte qui l'aurait empêché d'être inculpé s'il avait osé la franchir. Léo lui désigna sa chambre du bout de sa canne.

— Faut la soulever pour pas qu'elle crie trop. Bonne nuit.

— Je ne connais pas votre nom, Léo.

— Les policiers veulent toujours savoir ça. Et le vôtre ? ajouta Léo en crachotant des brins de tabac collés sur sa langue.

— Jean-Baptiste Adamsberg.

— Ne vous formalisez pas, il y a dans votre chambre toute une collection d'anciens livres de pornographie du XIXᵉ siècle. C'est un ami qui m'a légué ça, sa famille ne le tolérait pas. Vous pouvez les regarder bien sûr, mais faites attention en tournant les pages, ils sont vieux et le papier n'est pas bien solide.

8

Au matin, Adamsberg enfila son pantalon et sortit doucement dehors, pieds nus dans l'herbe humide. Il était 6 h 30 et la rosée ne s'était pas encore évaporée. Il avait parfaitement dormi sur un vieux matelas de laine, avec une dépression au milieu, dans laquelle il s'était enfoncé comme un oiseau au nid. Il arpenta le pré pendant plusieurs minutes avant de trouver ce qu'il cherchait, une baguette de bois souple dont l'extrémité, une fois écrasée en forme de petit balai, lui fournirait un ersatz de brosse à dents. Il était en train d'éplucher le bout de sa baguette quand Léo passa la tête par la fenêtre.

— Hello, le capitaine Émeri a appelé pour vous réclamer, et il n'a pas l'air content. Venez, le café est chaud. On attrape du mal à rester pieds nus dehors.

— Comment a-t-il su que j'étais là ? demanda-t-il en la rejoignant.

— Faut croire qu'il n'a pas gobé l'histoire du cousin. Il aura fait le rapport avec le Parisien descendu du car hier. Il a dit qu'il n'appréciait pas d'avoir un flic dans le dos, ni que je le dissimule. À croire qu'on aurait comploté comme si c'était la guerre. Il peut vous faire des ennuis, vous savez.

— Je lui dirai la vérité. Je suis venu voir à quoi ressemblait un grimweld, dit Adamsberg en coupant une large tartine.

— Exactement. Et il n'y avait pas d'hôtel.

— Voilà.

— Avec cette convocation au poste, vous n'aurez plus le temps d'attraper le train de 8 h 50 à Lisieux. Vous aurez le suivant, le 14 h 35 à Cérenay. Attention, faut bien compter une demi-heure en car. En sortant, vous allez à droite puis à droite, et vous suivez sur huit cents mètres vers le centre-ville. La gendarmerie est juste derrière le square. Vous laisserez votre bol, je débarrasserai.

Adamsberg parcourut un petit kilomètre à travers la campagne et se présenta à l'accueil de la gendarmerie, curieusement repeinte en jaune vif comme s'il s'agissait d'une maison de vacances.

— Commissaire Jean-Baptiste Adamsberg, annonça-t-il à un gros brigadier. Le capitaine m'attend.

— Parfaitement, répondit l'homme en lui lançant un regard un peu craintif, le regard d'un homme qui n'aurait pas aimé être à sa place. Vous suivez le couloir et c'est le bureau du fond. La porte est ouverte.

Adamsberg s'arrêta sur le seuil, observant pendant quelques secondes le capitaine Émeri qui faisait les cent pas dans son bureau, nerveux, tendu, mais très élégant dans un uniforme ajusté. Un beau type ayant passé la quarantaine, visage régulier, cheveux abondants et encore blonds, portant sans ventre sa chemise militaire à épaulettes.

— Qu'est-ce que c'est ? demanda Émeri en se tournant vers Adamsberg. Qui vous a dit d'entrer ?

— Vous, capitaine. Vous m'avez convoqué ce matin à la première heure.

— Adamsberg ? dit Émeri en détaillant rapidement la tenue du commissaire qui, outre ses vêtements sans forme, n'avait pu ni se raser ni se coiffer.

— Navré pour la barbe, dit Adamsberg en lui serrant la main, je ne pensais pas rester à Ordebec cette nuit.

— Asseyez-vous, commissaire, dit Émeri, attachant encore son regard sur Adamsberg.

Il n'arrivait pas à faire coïncider ce nom réputé, en bien ou en mal, avec un homme aussi petit et d'aspect si modeste qui, depuis son visage brun jusqu'à ses vêtements noirs, lui paraissait disloqué, inclassable ou du moins inconforme. Il chercha son regard sans vraiment le trouver et s'arrêta sur le sourire, aussi plaisant que lointain. Le discours offensif qu'il avait prévu s'était en partie perdu dans sa perplexité, comme s'il s'était brisé non contre l'obstacle d'un mur mais contre une absence totale d'obstacle. Et il ne voyait pas comment agresser, ou même seulement saisir, une absence d'obstacle. Ce fut Adamsberg qui fit l'ouverture.

— Léone m'a informé de votre mécontentement, capitaine, dit-il en choisissant ses mots. Mais il y a un malentendu. Il faisait 36 °C à Paris hier, et je venais de coincer un vieil homme qui avait tué sa femme à la mie de pain.

— À la mie de pain ?

— En lui enfonçant deux grosses poignées de mie compacte dans la gorge. Si bien que l'idée d'aller marcher au frais sur un grimweld m'a tenté. Vous comprenez, je suppose.

— Peut-être.

— J'ai cueilli et mangé beaucoup de mûres – et Adamsberg vit que les traces noires des fruits n'avaient pas encore disparu de ses paumes. Je n'avais pas prévu de croiser Léone, elle attendait son chien sur le chemin. Elle n'avait pas prévu non plus de découvrir le corps d'Herbier à la chapelle. Et par respect pour vos prérogatives, je n'ai pas été voir la scène du crime. Il n'y avait plus de train, elle m'a offert l'hospitalité. Je ne m'attendais pas à fumer un authentique havane avec un calva grand cru devant le feu, mais c'est ce que nous avons fait. Une très brave femme, comme elle dirait elle-même, mais bien plus que cela.

— Savez-vous pourquoi cette très brave femme fume d'authentiques cigares de Cuba ? demanda Émeri avec un premier sourire. Savez-vous qui elle est ?

— Elle ne m'a pas dit son nom.

— Cela ne m'étonne pas. Léo, c'est Léone Marie de Valleray, comtesse d'Ordebec. Un café, commissaire ?

— S'il vous plaît.

Léo, comtesse d'Ordebec. Habitant une antique ferme délabrée, ayant vécu du commerce de l'auberge. Léo entonnant sa soupe à grosses cuillérées, crachant des brins de tabac. Le capitaine Émeri revenait avec deux tasses, souriant franchement cette fois, laissant paraître la « bonne nature » qu'avait décrite Léo, directe et accueillante.

— Étonné ?

— Assez. Elle est pauvre. Léo m'a dit que le comte d'Ordebec avait de la fortune.

— Elle est la première femme du comte, mais c'était il y a soixante ans. Un amour enfiévré de jeunes gens. Cela a fait un scandale de tous les diables dans la famille comtale et les pressions ont été telles que le divorce a été prononcé deux ans plus tard. On raconte qu'ils ont continué à se voir pendant longtemps. Mais ensuite, raison venant, chacun a repris sa route. Laissons Léo, dit Émeri en cessant de sourire. Quand vous êtes arrivé hier sur le chemin, vous ne saviez rien ? J'entends : quand vous m'avez appelé le matin même de Paris, vous ne saviez pas qu'Herbier était mort, et mort près de la chapelle ?

— Non.

— Admettons. Vous faites cela souvent, quitter la Brigade pour aller flâner en forêt au premier prétexte ?

— Souvent.

Émeri avala une gorgée de café et releva la tête.

— Réellement ?

— Oui. Et il y avait eu toute cette mie de pain le matin.

— Et qu'en disent vos hommes ?

— Parmi mes hommes, capitaine, il y a un hypersomniaque qui s'écroule sans crier gare, un zoologue spécialiste des poissons, de rivière surtout, une boulimique qui disparaît pour faire ses provisions, un vieux héron versé dans les contes et légendes, un monstre de savoir collé au vin blanc, et le tout à l'avenant. Ils ne peuvent pas se permettre d'être très formalistes.

— Et ça travaille là-dedans ?

— Beaucoup.

— Que vous a dit Léo quand vous l'avez rencontrée ?

— Elle m'a salué, elle savait déjà que j'étais flic et que je venais de Paris.

— Rien d'étonnant, elle a mille fois plus de flair que son chien. Elle serait d'ailleurs choquée que j'appelle cela du flair. Elle a sa théorie sur les effets conjugués des détails les uns sur les autres. La question du papillon qui bouge une aile à New York et de l'explosion qui survient ensuite à Bangkok. Je ne sais plus d'où vient cette histoire.

Adamsberg secoua la tête, également ignorant.

— Léo insiste sur l'aile du papillon, reprit Émeri. Elle dit que l'essentiel, c'est de la repérer au moment où elle bouge. Et pas quand tout explose ensuite. Et pour cela, elle est douée, on doit le reconnaître. Lina voit passer l'Armée furieuse. C'est l'aile de papillon. Son patron le raconte, Léo l'apprend, la mère prend peur, le vicaire lui donne votre nom – je ne me trompe pas ? –, elle prend le train, son histoire vous séduit, il fait 36 °C à Paris, la femme est étouffée avec de la mie de pain, la fraîcheur du grimweld vous tente, Léo guette sur le chemin, et vous voilà assis ici.

— Ce qui n'est pas exactement une explosion.

— Mais la mort d'Herbier, oui. C'est l'explosion du rêve de Lina dans la réalité. Comme si le rêve avait fait sortir un loup du bois.

— Le Seigneur Hellequin a désigné des victimes, et un homme se croit légitimé pour les tuer. C'est ce que vous pensez ? Que la vision de Lina a fait surgir un assassin ?

— Ce n'est pas simplement une vision, c'est une légende qui imprègne Ordebec depuis mille ans. On peut parier que, secrètement, plus des trois quarts des habitants redoutent le passage des cavaliers morts. Tous trembleraient si leur nom était annoncé par Hellequin. Mais sans le dire. Je peux vous assurer que tout le monde évite le grimweld à la nuit, sauf quelques jeunes gens qui vont y faire leurs preuves. Ici, passer une nuit sur le chemin de Bonneval, c'est une sorte de rite d'initiation pour prouver qu'on est devenu un homme. Un bizutage médiéval, si vous voulez. Mais de là à ce que quelqu'un y croie assez pour devenir l'exécuteur des œuvres d'Hellequin, non. Mais j'admets un point. C'est la terreur de l'Armée qui est à la base de la mort d'Herbier. J'ai dit « mort », je n'ai pas dit « assassinat ».

— Léo a parlé d'un coup de fusil.

Émeri hocha la tête. À présent que ses projets combatifs s'étaient presque évanouis, sa pose et son visage avaient abandonné le formalisme. La modification était frappante et Adamsberg repensa au pissenlit. Quand il est fermé au soir, brin jaunâtre étriqué et dissuasif, quand il est ouvert au jour, opulent, attractif. Mais, à la différence de la mère Vendermot, le robuste capitaine n'avait rien d'une fleur fragile. Il cherchait toujours le nom de la graine en parachute, et il manqua les premiers mots de la réponse d'Émeri.

— ... c'est bien son fusil, un Darne à canon scié. Cette brute appréciait les tirs dispersés, pour atteindre la mère et les petits d'un seul coup. D'après l'impact, très proche, rien n'empêche qu'il ait pu le tenir devant lui, canon face au front, et tirer.

— Pourquoi ?

— Pour les raisons qu'on a dites. À cause de l'apparition de l'Armée furieuse. On peut deviner l'enchaînement. Herbier apprend la prédiction. Il a l'âme viciée et il le sait. Il prend peur et tout bascule. Il vide lui-même ses congélateurs, comme pour renier tous ses actes de chasse, et il se tue. Car on dit que celui qui se fait justice ne tombe pas dans l'enfer de l'Armée d'Hellequin.

— Pourquoi dites-vous qu'il approche le canon face au front ? Le canon n'a pas touché ?

— Non. La distance de feu est d'au moins une dizaine de centimètres.

— Il serait plus logique qu'il ait appuyé le canon sur son front.

— Pas forcément. Cela dépend de ce qu'il voulait voir avant. Voir la gueule du fusil pointée vers lui. Pour le moment, on n'a que ses empreintes sur la crosse.

— On peut donc aussi supposer qu'un type a profité de la prédiction de Lina pour se débarrasser d'Herbier en laissant croire à son suicide.

— Mais on n'imagine pas ce type aller jusqu'à vider les congélateurs. Par ici, on a plus de chasseurs que d'amoureux des bêtes. Surtout que les sangliers font de foutus dégâts. Non, Adamsberg, ce geste, c'est un reniement de ses crimes, une expiation.

— Et sa mobylette ? Pourquoi l'aurait-il cachée dans les noisetiers ?

— Il ne l'a pas cachée. Elle est juste fourrée là, comme pour la mettre à l'abri. Un réflexe, je suppose.

— Et pourquoi aurait-il été se tuer à la chapelle ?

— Justement. Dans la légende, on trouve souvent des saisis près de lieux de culte abandonnés. Vous savez ce qu'est un « saisi » ?

— Oui, répéta Adamsberg.

— Donc ils sont près des lieux endiablés, donc dans les lieux d'Hellequin. Herbier s'y tue, il précède son sort, et il échappe au châtiment grâce à sa contrition.

Adamsberg était depuis trop longtemps sur cette chaise, et l'impatience fourmillait dans ses jambes.

— Je peux marcher dans votre bureau ? Je ne sais pas rester assis trop longtemps.

Une expression de franche sympathie délassa définitivement le visage du capitaine.

— Moi non plus, dit-il, avec le contentement intense de ceux qui découvrent leur propre tourment chez un autre. Cela finit par me nouer quelque chose dans le ventre, déposer de l'électricité nerveuse par boules. Tout un tas de petites boules qui se baladent sur mon estomac. On dit que mon ancêtre, le maréchal d'Empire Davout, était un nerveux. Je dois marcher une à deux heures par jour pour décharger cette pile. Que diriez-vous de parler en marchant dans les rues ? Jolies, vous verrez.

Le capitaine entraîna son collègue à travers les passages étroits, entre de vieux murs de terre et des maisons basses aux poutres usées, des granges à l'abandon et des pommiers penchés.

— Ce n'est pas l'avis de Léo, disait Adamsberg. Elle ne doute pas qu'Herbier a été tué.

— Elle l'explique ?

Adamsberg haussa les épaules.

— Non. Elle semble le savoir parce qu'elle le sait, voilà tout.

— C'est l'ennui avec elle. Elle est si maligne qu'avec les années, elle pense avoir toujours raison. Si on la décapitait, Ordebec perdrait une bonne partie de sa tête, c'est vrai. Mais plus elle vieillit, moins elle s'explique. Sa réputation lui plaît et elle l'entretient. Elle n'a vraiment donné aucun détail ?

— Non. Elle a dit que la disparition d'Herbier n'était pas une perte. Qu'elle n'avait pas été choquée de le trouver parce qu'elle savait qu'il était mort. Elle m'a plus parlé du renard et de sa mésange que de ce qu'elle a vu à la chapelle.

— La charbonnière qui avait choisi le renard à trois pattes ?

— Oui, c'est cela. Elle a aussi parlé de son chien, de la femelle de la ferme d'à côté, de saint Antoine, de son auberge, de Lina et sa famille, de vous quand elle vous a repêché dans la mare.

— C'est vrai, dit Émeri en souriant. Je lui dois la vie, et c'est mon premier souvenir. On l'appelle ma « mère d'eau », parce qu'elle m'a redonné naissance hors de la mare Jeanlin, comme une Vénus. Mes parents ont idolâtré Léo après ce jour, et j'avais ordre de ne pas toucher à un seul de ses cheveux. C'était en plein hiver, et Léo est sortie de la mare avec moi, gelée jusqu'aux os. On raconte qu'elle a mis trois jours à se réchauffer. Puis elle a eu une pleurésie, et on a cru qu'elle y passerait.

— Elle ne m'a pas parlé du froid. Ni dit qu'elle avait épousé le comte.

— Elle ne se vante jamais, elle se contente d'imposer sans bruit ses convictions, et c'est déjà beaucoup. Pas un gars du coin n'oserait abattre son renard à trois pattes. Sauf Herbier. Sa patte et sa queue, il les a perdues dans un de ses sacrés pièges. Mais il n'a pas eu le temps de l'achever.

— Parce que Léo l'a tué avant qu'il ne tue le renard.

— Elle en serait très capable, dit Émeri assez gaiement.

— Vous comptez faire surveiller le prochain saisi ? Le vitrier ?

— Il n'est pas vitrier, il est créateur de vitraux.

— Oui, Léo dit qu'il est très doué.

— Glayeux est un sale type qui ne craint personne. Pas le gars à s'inquiéter de l'Armée furieuse. Si par malheur il prend peur, on n'y peut rien. On n'empêche pas un gars de se tuer s'il y tient.

— Si vous vous trompiez, capitaine ? Si on avait tué Herbier ? Alors on pourrait tuer Glayeux. C'est de cela que je parle.

— Vous vous obstinez, Adamsberg.

— Vous aussi, capitaine. Parce que vous n'avez pas d'autre solution. Le suicide serait un moindre mal.

Émeri ralentit sa marche, puis finalement s'arrêta et sortit ses cigarettes.

— Détaillez, commissaire.

— La disparition d'Herbier a été signalée il y a plus d'une semaine. Hormis un contrôle domiciliaire sans suite, vous n'avez rien fait.

— C'est la loi, Adamsberg. Si Herbier voulait s'en aller sans prévenir personne, je n'avais aucun droit à le harceler.

— Même après le passage de l'Armée furieuse ?

— Ce type de folie n'a pas sa place dans une enquête de gendarmerie.

— Si. Vous admettez que l'Armée est à l'origine de tout. Qu'on l'ait tué ou qu'il se soit tué. Vous saviez qu'il avait été désigné par Lina et vous n'avez rien fait. Et quand on trouve le corps, il est trop tard pour espérer ramasser des indices.

— Vous pensez qu'ils vont me tomber dessus, hein ?

— Oui.

Émeri tira une bouffée, expira la fumée comme s'il soupirait, puis s'appuya contre le vieux mur qui bordait la rue.

— D'accord, admit-il. Ils vont me tomber dessus. Ou peut-être pas. On ne peut pas être tenu responsable d'un suicide.

— Et c'est pour cela que vous y tenez tant. La faute est moins lourde. Mais si c'est un meurtre, vous êtes dans le bourbier jusqu'au cou.

— Il n'y a rien qui le prouve.

— Pourquoi n'avez-vous rien fait pour chercher Herbier ?

— À cause des Vendermot. À cause de Lina et de ses tarés de frères. On ne s'entend pas bien, je ne voulais pas marcher dans leur jeu. Je représente l'ordre, et eux la déraison. Ça ne peut pas coller. J'ai dû alpaguer Martin plusieurs fois, braconnage nocturne. L'aîné aussi, Hippolyte. Il a mis en joue une troupe de chasseurs, il les a obligés à ôter leurs vêtements, il a récupéré toutes les carabines et a balancé le tout à la rivière. Il ne pouvait pas payer l'amende, il s'est appuyé vingt jours de trou. Ils aimeraient beaucoup me voir sauter. C'est pour ça que je n'ai pas bougé. Pas question de tomber dans leur piège.

— Quel piège ?

— Très simple. Lina Vendermot prétend avoir une vision puis Herbier disparaît. Ils sont de mèche. Je me lance à la recherche d'Herbier et ils portent plainte aussitôt pour exercice abusif de l'autorité et atteinte aux libertés. Lina a fait du droit, elle connaît la loi. Supposez que je m'obstine, que je continue à chercher Herbier. La plainte monte jusqu'à la direction générale. Un beau jour, Herbier réapparaît en pleine forme, il joint sa voix aux autres et porte plainte contre moi. J'écope d'un blâme ou d'une mutation.

— Dans ce cas, pourquoi Lina aurait-elle donné le nom de deux autres otages de l'Armée ?

— Pour la crédibilité. Elle est fine comme une belette bien qu'elle adopte l'allure inoffensive d'une grosse bonne femme. L'Armée saisit souvent plusieurs vivants à la fois, elle le sait bien. Désigner plusieurs saisis, ça noyait le poisson. C'est à tout cela que j'ai pensé. J'en étais convaincu.

— Mais ce n'était pas cela.

— Non.

Émeri frotta sa cigarette contre le mur et enfonça le mégot entre deux pierres.

— Ça ira, dit-il. Il s'est tué.

— Je ne crois pas.

— Merde, dit Émeri en haussant le ton, qu'est-ce que tu me veux ? Tu ne connais rien à l'histoire, tu ne sais rien des gens d'ici, tu débarques de ta capitale sans prévenir et tu donnes tes ordres.

— Ce n'est pas ma capitale. Je suis béarnais.

— Qu'est-ce que tu veux que ça me foute ?

— Et ce ne sont pas des ordres.

— Je vais te dire ce qui va se passer, Adamsberg. Tu vas prendre ton train, je vais boucler le dossier suicide et tout sera oublié dans trois jours. Sauf si, bien sûr, tu as l'intention de me casser les reins avec ta suspicion de meurtre. Qui ne repose que sur du vent.

Du vent qui passe dans sa tête, en courant d'air continu entre les deux oreilles, sa mère le lui avait toujours dit. Et sous le vent, pas une idée ne peut s'enraciner, pas même rester en place un moment. Sous le vent ou sous l'eau, c'est égal. Tout ondule et se courbe. Adamsberg le savait et se méfiait de lui-même.

— Je n'ai pas l'intention de te casser, Émeri. Je dis seulement qu'à ta place je mettrais le prochain gars sous protection. Le vitrier.

— Le créateur de vitraux.

— Oui. Mets-le sous protection.

— Si je fais cela, Adamsberg, je me carbonise. Tu ne comprends pas ? Cela voudra dire que je ne crois pas au suicide d'Herbier. Et j'y crois. Si tu veux mon idée, Lina avait toutes les raisons de pousser ce type au suicide, elle a peut-être bien fait ça sciemment. Et là-dessus, oui, je pourrais mener une enquête. Incitation au suicide. Les gosses Vendermot ont largement de quoi vouloir envoyer Herbier au diable. Leur père et lui, c'était une telle paire de brutes que c'était à qui dépasserait l'autre en sauvagerie.

Émeri reprit sa marche, les mains dans les poches, déformant l'allure de son uniforme.

— Amis ?

— Les deux doigts de la main. On dit que le père Vendermot avait une balle algérienne logée dans le crâne, et c'est à cela qu'on a attribué toutes ses crises de violence. Mais avec ce sadique d'Herbier, ils se sont encouragés l'un l'autre, il n'y a pas de doute là-dessus. Alors terroriser Herbier, l'acculer au suicide, ce serait une belle revanche pour Lina. Je te l'ai dit, la fille est maligne. Ses frères aussi d'ailleurs, mais tous ravagés.

Ils étaient arrivés sur la plus haute éminence d'Ordebec, d'où l'on dominait la petite ville et les champs. Le capitaine tendit son bras vers un point à l'est.

— La maison Vendermot, expliqua-t-il. Les volets sont ouverts, ils sont levés. La déposition de Léo peut attendre, je vais passer leur dire un mot. Quand Lina n'est pas là, c'est plus facile de faire parler les frères. Surtout celui qui est en argile.

— En argile ?

— Tu m'as bien entendu. En argile friable. Crois-moi, prends ton train et oublie-les. S'il y a une chose de vraie sur le chemin de Bonneval, c'est qu'il rend les gens fous.

9

Sur l'éminence d'Ordebec, Adamsberg choisit un muret au soleil et s'installa dessus en tailleur. Il ôta chaussures et chaussettes et contempla le dénivelé des collines vert pâle, les vaches posées comme des statues dans les prés comme pour servir de repères. Très possible qu'Émeri ait raison, très possible qu'Herbier se soit tiré une balle dans le front, affolé par l'arrivée des cavaliers noirs. Mais pointer le fusil devant soi à plusieurs centimètres n'avait rien de naturel. Plus sûr et plus vraisemblable d'enfoncer le canon dans sa bouche. À moins que, pour suivre l'analyse d'Émeri, Herbier ait désiré ce geste d'expiation, se donnant la mort comme il le faisait aux bêtes, les visant plein front. Ce type avait-il été capable d'un retour de conscience, de remords ? Capable surtout de redouter à ce point le châtiment de l'Armée furieuse ? Oui. Cette cavalcade noire, mutilée et puante, rongeait la terre d'Ordebec depuis dix siècles. Elle y avait creusé des gouffres où chacun, si sensé fût-il, pouvait dégringoler brusquement et demeurer prisonnier.

Un message de Zerk l'avertit qu'Hellebaud s'était abreuvé tout seul. Adamsberg eut besoin de quelques secondes pour se souvenir que c'était le nom du pigeon. Suivaient plusieurs messages de la Brigade, l'analyse confirmait la présence de mie de pain dans la gorge de la victime, Tuilot Lucette, mais aucune dans son estomac. Meurtre indiscutable. La fillette se remettait à l'hôpital de Versailles, avec sa gerbille, le faux grand-oncle était rétabli et en garde à vue. Retancourt envoyait un message plus alarmant, en lettres majuscules. Momo-mèche-courte était en interrogatoire, charges suffisantes pour inculpation, vieil homme brûlé identifié, gros grabuge, rappeler d'urgence.

Adamsberg éprouva une sensation de picotement dans la nuque, de vive contrariété, peut-être une de ces petites boules d'électricité dont parlait Émeri. Il frotta son cou en composant le numéro de Danglard. Il était 11 heures et le commandant devait être à son poste. Trop tôt pour être déjà opérationnel, mais présent.

— Pourquoi êtes-vous encore là-bas ? demanda Danglard de son ton très maussade du matin.

— Ils ont trouvé le corps du chasseur hier.

— J'ai vu. Et ce n'est pas notre affaire. Arrachez-vous à ce foutu grimweld avant qu'il ne vous attrape. Il y a du neuf ici. Émeri est capable de se débrouiller sans nous.

— Et désireux. Un bon type, coopératif, mais il me renvoie par le prochain train. Il opte pour le suicide.

— Bonne nouvelle pour lui. Cela doit faire son affaire.

— Bien sûr. Mais la vieille Léo, chez qui j'ai dormi, était certaine qu'il s'agissait d'un meurtre. Elle est à la ville d'Ordebec ce qu'une éponge est à l'eau. Elle absorbe tout, et depuis quatre-vingt-huit ans.

— Et quand vous appuyez dessus, elle le dit ?

— Appuyer sur quoi ?

— Sur cette Léo. Comme sur une éponge.

— Non, elle reste prudente. Ce n'est pas une commère, Danglard. Elle fonctionne selon la loi du papillon qui bouge à New York et fait l'explosion à Bangkok.

— C'est elle qui dit cela ?

— Non, c'est Émeri.

— Eh bien il se trompe. C'est au Brésil que le papillon bat de l'aile et c'est au Texas qu'a lieu la tornade.

— Cela change quelque chose, Danglard ?

— Oui. À force de s'éloigner des mots, les théories les plus pures tournent aux racontars. Et l'on ne sait plus rien. D'approximation en inexactitude, la vérité se dissout et la place est faite à l'obscurantisme.

L'humeur de Danglard se bonifiait un peu, comme chaque fois qu'il avait l'occasion de disserter, voire de contredire grâce à son savoir. Le commandant n'était pas homme à converser tout le jour mais le silence ne lui valait rien, offrant une aire d'expansion trop propice à ses mélancolies. Il suffisait parfois de quelques répliques pour arracher Danglard à son crépuscule. Adamsberg repoussait le moment d'aborder le sujet de Momo-mèche-courte, et Danglard aussi, ce qui n'était pas bon signe.

— Il existe sûrement plusieurs versions de cette histoire de papillon.

— Non, répondit Danglard avec fermeté. Ce n'est pas un conte moral, c'est une théorie scientifique sur la prédictibilité. Elle a été formulée par Edward Lorenz en 1972 sous la forme que je vous ai dite. Le papillon est au Brésil et la tornade est au Texas, il n'y a pas à varier là-dessus.

— Très bien, Danglard, n'y touchons plus. Qu'est-ce que fout Momo en interrogatoire ?

— On l'a cueilli ce matin. L'essence utilisée peut correspondre à celle qu'il emploie.

— Exactement ?

— Non, pas assez d'huile. Mais c'est bien de l'essence pour mobylette. Momo n'a pas d'alibi pour la nuit de l'incendie, personne ne l'a vu. Soi-disant qu'un type lui aurait donné rendez-vous dans un parc pour lui parler de son frère. Momo aurait attendu deux heures en vain et serait rentré.

— Ça ne suffit pas pour l'arrêter, Danglard. Qui a décidé cela ?

— Retancourt.

— Sans votre aval ?

— Avec. Autour de la voiture, il y a des traces de semelles de baskets imbibées d'essence. Ces baskets, on les a trouvées chez Momo ce matin, enveloppées dans un sac plastique. Aucun doute là-dessus, commissaire. Momo répète stupidement qu'elles ne sont pas à lui. Sa défense est un désastre.

— Il y a ses empreintes sur le sac et les chaussures ?

— Résultats en attente. Momo dit qu'il y en aura, car il les a manipulées. Soi-disant parce qu'il a trouvé ce sac dans son placard et qu'il a regardé de quoi il s'agissait.

— Elles sont à sa taille ?

— Oui. Du 43.

— Ça ne veut rien dire. C'est la taille moyenne pour les hommes.

Adamsberg passa à nouveau sa main sur la nuque pour attraper la boule d'électricité qui s'y promenait.

— Pire, enchaîna Danglard. Le vieil homme ne s'est pas affaissé en dormant dans la voiture. Il était bien assis sur le siège quand le feu a pris. Donc l'incendiaire l'a forcément vu. On s'éloigne de l'homicide involontaire.

— Neuves ? demanda Adamsberg.

— Quoi, neuves ?

— Les baskets ?

— En effet, pourquoi ?

— Dites-moi, commandant, pourquoi Momo aurait-il été brûler une voiture en bousillant des chaussures neuves, et s'il l'a fait, pourquoi ne s'en est-il pas débarrassé ensuite ? Et ses mains ? Vous avez examiné si elles comportent des résidus d'essence ?

— Le technicien arrive d'un moment à l'autre. On a reçu l'ordre d'enclencher le dispositif d'urgence. Il suffit d'un nom pour comprendre où l'on a mis les pieds. Le vieux qui a brûlé, c'est Antoine Clermont-Brasseur.

— Rien que cela, dit Adamsberg après un silence.

— Oui, dit gravement Danglard.

— Et Momo serait tombé sur lui par hasard ?

— Quel hasard ? En détruisant Clermont-Brasseur, il tue au cœur du capitalisme. C'était peut-être l'ambition de Momo.

Adamsberg laissa Danglard parler seul pendant quelques instants, s'appliquant à renfiler ses chaussettes et ses chaussures d'une seule main.

— Le juge n'est pas encore prévenu ?

— On attend l'analyse des mains.

— Danglard, quoi que donne cette analyse, ne lancez pas la demande d'inculpation. Attendez-moi.

— Je ne vois pas comment. Si le juge apprend qu'on a traîné, avec un nom comme Clermont-Brasseur, on aura le ministre sur le dos dans l'heure. L'adjoint du préfet a déjà appelé pour avoir les premiers éléments. Il veut que l'assassin soit bouclé dans la journée.

— Qui tient les rênes du groupe Clermont aujourd'hui ?

— Le père avait encore les deux tiers des parts. Il a deux fils qui se partagent le restant. Pour simplifier. En réalité, le père détenait les deux tiers des secteurs bâtiment et métallurgie. L'un des fils est majoritaire dans la branche informatique et l'autre dans la filière immobilière. Mais sur le total, le vieux dominait et n'avait pas l'intention que ses fils se mettent seuls aux commandes. Des bruits couraient depuis un an selon lesquels le vieux commençait à commettre pas mal de bévues, et que Christian, le fils aîné, envisageait un placement sous tutelle pour la sauvegarde du groupe. De fureur, le vieux avait décidé d'épouser sa femme de ménage le mois prochain, une Ivoirienne de quarante ans de moins que lui, qui est aux petits soins et dans son lit depuis dix ans. Elle a un fils et une fille, que le vieil Antoine avait l'intention d'adopter à la suite. Provocation peut-être, mais la détermination d'un vieux peut être cent fois plus implacable que la fougue de la jeunesse.

— Vous avez contrôlé les alibis des deux fils ?

— Veto total, dit Danglard entre ses dents. Ils sont trop choqués pour être en état de recevoir la police, nous sommes priés d'attendre.

— Danglard, quel est le technicien que nous envoie le labo ?

— Enzo Lalonde. Un très bon. Ne faites pas cela, commissaire. Le tapis commence déjà à brûler par les deux bouts.

— Cela quoi ?

— Rien.

Adamsberg renfourna son téléphone, frotta sa nuque et projeta son bras vers les collines pour y jeter sa boule d'électricité dans le paysage. Ce qui parut fonctionner. Il dévala assez vite les petites rues d'Ordebec, lacets défaits, droit vers une cabine téléphonique qu'il avait remarquée sur le chemin entre l'auberge de Léo et le centre-ville. Une cabine à l'abri des regards, cernée par les hautes ombelles des carottes sauvages. Il appela le laboratoire et demanda à parler à Enzo Lalonde.

— Ne vous en faites pas, commissaire, s'excusa aussitôt Lalonde. Je serai dans vos locaux dans quarante-cinq minutes au pire. Je file.

— Non justement, ne filez pas. Vous êtes retenu un moment au labo, puis vous avez les pires ennuis pour démarrer la voiture, enfin vous êtes pris dans un embouteillage, si possible un accident. Si vous pouviez briser un phare contre une borne, ce serait parfait. Ou emboutir un pare-chocs. Je vous laisse improviser, il paraît que vous êtes bon.

— Quelque chose ne va pas, commissaire ?

— J'ai besoin de temps. Faites vos prélèvements le plus tard possible, puis annoncez qu'un biais d'expérience a bousillé l'analyse. Il faudra recommencer demain.

— Commissaire, dit Lalonde après un silence, vous avez conscience de ce que vous me demandez ?

— Quelques heures, rien de plus. Aux ordres d'un supérieur et au service de l'enquête. L'accusé ira en taule, quoi qu'il arrive. Vous pouvez bien lui donner un jour de plus ?

— Je ne sais pas, commissaire.

— Sans rancune, Lalonde. Passez-moi le Dr Romain et oubliez cette mission. Romain va s'en charger sans s'affoler.

— Très bien, commissaire, je prends, dit Lalonde après un second silence. Service pour service, il se trouve que c'est moi qui ai récolté cette histoire de ficelle sur des pattes de pigeon. Donnez-moi du temps vous aussi, je suis débordé.

— Autant que vous voulez. Mais trouvez quelque chose.

— Il y a des fragments de peau accrochés sur la fibre. Le type s'est limé les doigts dessus. Peut-être même écorché. Vous n'avez plus qu'à chercher un gars avec une petite coupure invisible au pli de l'index. Encore que la ficelle peut peut-être parler plus. Elle n'est pas commune.

— Très bien, le félicita Adamsberg, sentant que le jeune Enzo Lalonde essayait de faire oublier sa frilosité. Surtout, ne me contactez pas à la Brigade ou sur mon portable.

— Compris, commissaire. Une seule chose encore : je peux ne livrer les conclusions que demain. Mais je ne fausserai jamais les résultats d'une analyse. Ne me demandez pas cela. Si le type est cuit, je n'y peux rien.

— Il n'est pas question de faux. De toute façon, vous trouverez des traces d'essence sur ses doigts. Et ce sera la même que celle des chaussures, parce qu'il les a manipulées, et la même que celle des lieux de l'incendie. Il sera coffré, vous pouvez en être certain.

Et tout le monde sera content, conclut Adamsberg en raccrochant, puis essuyant les traces de ses doigts sur le récepteur avec le bas de sa chemise. Et la vie de Momo-mèche-courte roulera vers son destin, déjà écrit, déjà scellé.

La ferme de Léone apparaissait au loin et Adamsberg s'arrêta soudain, aux aguets. L'air clair lui apportait une plainte continue, le gémissement aigu d'un chien en détresse. Adamsberg courut sur la route.

10

La porte de la salle à manger était grande ouverte, Adamsberg entra en sueur dans la petite pièce sombre et s'arrêta net. Le long corps maigre de Léone était étendu sur les pavés, la tête baignant dans une mare de sang. À ses côtés, Flem geignait, couché sur le flanc, une grosse patte posée sur la taille de la vieille femme. Adamsberg sentit comme un pan de mur s'effondrer depuis son cou jusqu'à son ventre, s'éboulant ensuite dans les jambes.

À genoux près de Léone, il posa sa main sur la gorge, sur les poignets, sans percevoir le moindre battement. Léone n'était pas tombée, quelqu'un l'avait tuée, lui avait écrasé sauvagement la tête contre le carrelage. Il se sentit gémir avec le chien, abattre son poing sur le sol. Le corps était chaud, l'attaque avait eu lieu il y a quelques minutes à peine. Peut-être même avait-il dérangé l'assassin en arrivant au pas de course, les cailloux du chemin faisaient du bruit. Il ouvrit la porte de derrière, examina rapidement les alentours déserts, puis courut chez les voisins pour obtenir le numéro de la gendarmerie.

Adamsberg attendit l'arrivée des flics assis en tailleur près de Léo. Comme le chien, il avait posé la main sur elle.

— Où est Émeri ? demanda-t-il au brigadier qui entrait dans la pièce, accompagné d'une femme qui devait être le médecin.

— Chez les cinglés. Il arrive.

— Ambulance, ordonna le médecin d'une voix rapide. Elle vit encore. Pour quelques instants peut-être. Coma.

Adamsberg releva la tête.

— Je n'ai pas senti son pouls, dit-il.

— Très faible, confirma le médecin, une femme de quarante ans, attirante et décidée.

— Quand cela s'est-il produit ? demanda le brigadier, tout en guettant l'arrivée de son chef.

— Il y a quelques minutes, dit le médecin. Pas plus de cinq. Elle a heurté le sol en tombant.

— Non, dit Adamsberg, on lui a frappé la tête par terre.

— Vous l'avez touchée ? demanda la femme. Qui êtes-vous ?

— Je ne l'ai pas touchée et je suis flic. Examinez le chien, docteur, il ne peut pas se relever. Il défendait Léo et l'assassin l'a frappé.

— J'ai examiné le chien et il n'a rien. Je connais Flem. Quand il ne veut pas se remettre sur ses pattes, il n'y a rien à faire. Il ne bougera pas de là avant qu'on ait emmené sa maîtresse. Et encore.

— Elle a dû avoir un malaise, proposa inutilement le gros brigadier, ou bien elle s'est pris les pieds dans la chaise. Et elle sera tombée.

Adamsberg secoua la tête, renonçant à discuter. Léone avait été frappée, à cause du papillon du Brésil dont elle avait vu bouger l'aile. Lequel ? Où ? Le bourg d'Ordebec à lui seul fournissait plusieurs milliers de détails par jour, plusieurs milliers de battements d'ailes de papillons. Et autant d'événements en chaîne. Dont le meurtre de Michel Herbier. Et parmi cette masse énorme d'ailes de papillons, l'une d'elles avait vibré sous les yeux de Léo, qui avait eu le talent de la voir ou de l'entendre. Mais laquelle ? Trouver une aile de papillon dans une agglomération de deux mille habitants était une œuvre chimérique en comparaison de la fameuse aiguille dans une botte de foin. Qui n'avait jamais semblé insurmontable à Adamsberg. Il suffisait de brûler la botte et de récupérer l'aiguille.

L'ambulance venait de se garer devant la porte, les portières claquaient, Adamsberg se releva et sortit. Il attendit que les infirmiers fassent lentement glisser le brancard dans le véhicule, effleura du dos de la main les cheveux de la vieille femme.

— Je reviendrai, Léo, lui dit-il. Je serai là. Brigadier, priez le capitaine Émeri de la faire garder nuit et jour.

— Bien, commissaire.

— Personne ne doit entrer dans la chambre.

— Bien, commissaire.

— Inutile, dit froidement le médecin en prenant place dans l'ambulance. Elle ne vivra pas jusqu'à ce soir.

D'une démarche encore plus lente qu'à l'ordinaire, Adamsberg rentra dans la maison que gardait le gros brigadier. Il passa ses mains sous l'eau, lavant le sang de Léone, les essuya sur le torchon dont il s'était servi la veille au soir pour leur vaisselle, le déposa proprement sur le dos d'une chaise. Un torchon bleu et blanc avec des motifs d'abeilles.

Malgré le départ de sa maîtresse, le chien n'avait pas bougé. Il gémissait plus faiblement, exhalant sa plainte à chaque respiration.

— Prenez-le, dit Adamsberg au brigadier. Donnez-lui un sucre. Ne laissez pas cette bête ici.

Dans le train, la boue et les feuilles séchaient sous ses semelles et se déposaient au sol en nombreux dépôts noirâtres, sous le regard contrarié d'une femme assise face à lui. Adamsberg en attrapa un fragment, moulé par le crampon de la semelle, et le glissa dans sa poche de chemise. La femme ne pouvait pas savoir, songea-t-il, qu'elle côtoyait des débris sacrés, les restes du chemin de Bonneval, martelé par les sabots de l'Armée furieuse. Le Seigneur Hellequin reviendrait frapper Ordebec, il avait encore trois vivants à saisir.

11

Cela faisait deux ans qu'Adamsberg n'avait pas revu Momo-mèche-courte. Il devait avoir à présent vingt-trois ans, trop vieux pour jouer encore aux allumettes, trop jeune pour abandonner la lutte. Ses joues étaient maintenant ombrées de barbe, mais cette nouvelle note virile ne le rendait pas plus impressionnant.

Le jeune homme avait été installé dans la salle des interrogatoires, sans lumière du jour, sans ventilateur. Adamsberg l'observa à travers la vitre, voûté sur sa chaise et le regard bas. Les lieutenants Noël et Morel l'interrogeaient. Noël tournait autour de lui en jouant négligemment avec le yo-yo qu'il avait ôté au jeune homme. Momo avait gagné pas mal de championnats avec ça.

— Qui lui a collé Noël ? demanda Adamsberg.

— Il vient juste de prendre le relais, expliqua Danglard, mal à l'aise.

L'interrogatoire durait depuis le matin, et le commandant Danglard n'avait encore rien fait pour l'interrompre. Momo s'en tenait à la même version depuis des heures : il avait attendu seul dans le parc de la zone Fresnay, il avait trouvé ces baskets neuves dans son placard, il les avait sorties du sac. S'il avait de l'essence sur les mains, cela venait de ces chaussures.

Il ne savait pas qui était Antoine Clermont-Brasseur, pas du tout.

— On lui a donné à manger ? demanda Adamsberg.

— Oui.

— À boire ?

— Deux Coca. Merde, commissaire, qu'est-ce que vous croyez ? On n'est pas en train de le torturer.

— Le préfet a appelé en personne, intervint Danglard. Il faut que Momo ait tout craché ce soir. Ordre du ministre de l'Intérieur.

— Où sont ces fameuses baskets ?

— Ici, dit Danglard en désignant une table. Elles puent encore l'essence.

Adamsberg les examina sans les toucher, et hocha la tête.

— Gorgées jusqu'aux bouts des lacets, dit-il.

Le brigadier Estalère les rejoignit à pas rapides, suivi de Mercadet, téléphone en main. Sans la protection inexpliquée d'Adamsberg, le jeune Estalère aurait quitté la Brigade depuis longtemps pour un petit commissariat hors de la capitale. Tous ses collègues considéraient plus ou moins qu'Estalère ne tenait pas la route, voire qu'il était un crétin complet. Il écarquillait ses très grands yeux verts sur le monde, comme s'il s'efforçait de n'en rien manquer, mais il passait constamment à côté des évidences les plus manifestes. Le commissaire le traitait comme une pousse en devenir, assurant que son potentiel se développerait un jour. Chaque jour, le jeune homme déployait des efforts méticuleux pour apprendre et comprendre. Mais depuis deux ans, personne n'avait encore vu cette fameuse pousse se renforcer. Estalère suivait Adamsberg pas à pas comme un voyageur fixant sa boussole, dénué de tout sens critique, et idolâtrait simultanément le lieutenant Retancourt. L'antagonisme entre les manières d'être de l'un et de l'autre le plongeait dans de grandes perplexités, Adamsberg allant au long de sentiers sinueux tandis que Retancourt avançait en ligne droite vers l'objectif, selon le mécanisme réaliste d'un buffle visant le point d'eau. Si bien que le jeune brigadier s'arrêtait souvent à la fourche des chemins, incapable de se décider sur la marche à suivre. À ces moments d'égarement maximal, il allait préparer du café pour toute la Brigade. Cela, il le faisait à la perfection, ayant mémorisé les préférences de chacun, si infimes soient-elles.

— Commissaire, haleta Estalère, il y a eu une catastrophe au laboratoire.

Le jeune homme s'interrompit pour consulter sa note.

— Les prélèvements faits sur Momo sont inutilisables. Il s'est produit un biais de pollution sur le lieu de stockage.

— Autrement dit, intervint Mercadet – pour l'instant parfaitement réveillé –, un des techniciens a renversé sa tasse de café sur les plaques.

— Sa tasse de thé, corrigea Estalère. Enzo Lalonde est obligé de revenir pour de nouvelles analyses, mais on n'aura pas les résultats avant demain.

— Contretemps, murmura Adamsberg.

— Mais comme les dernières traces d'essence peuvent s'effacer, le préfet ordonne d'attacher les mains de Momo pour qu'il ne touche plus à aucune surface.

— Le préfet est déjà informé du biais de pollution ?

— Il appelle le labo toutes les heures, dit Mercadet. Le type à la tasse de café a passé un mauvais moment.

— De thé, le type à la tasse de thé.

— Ça revient au même, Estalère, dit Adamsberg. Danglard, rappelez le préfet et dites-lui qu'il est inutile de se venger sur ce technicien, qu'on aura les aveux de Mo ce soir avant 22 heures.

Adamsberg entra dans la salle d'interrogatoire, portant les baskets du bout des doigts, et fit sortir Noël d'un signe. Momo eut un sourire soulagé en le reconnaissant, mais le commissaire secoua la tête.

— Non, Mo. C'est la fin de tes exploits de chef de bande. Tu comprends à qui tu as mis le feu, cette fois ? Tu sais qui c'est ?

— Ils me l'ont dit. Le type qui fabrique des immeubles et des métaux. Clermont.

— Et qui les vend, Mo. Dans le monde entier.

— Oui, qui les vend.

— Si on veut le dire autrement, tu as carbonisé un des piliers de l'économie du pays. Rien de moins. Tu saisis ?

— Ce n'est pas moi, commissaire.

— Ce n'est pas ce que je te demande. Je te demande si tu saisis.

— Oui.

— Tu saisis quoi ?

— Que c'est un pilier de l'économie du pays, dit Mo avec une trace de sanglot dans la voix.

— Autrement dit, tu as foutu le feu au pays tout court. À l'heure où je te parle, la maison Clermont-Brasseur est désorientée et les Bourses européennes s'inquiètent. C'est clair pour toi ? Non, ne me raconte pas tes histoires de rendez-vous mystère, de parc, de baskets inconnues. Ce que je veux savoir, c'est si tu l'as tué par hasard ou si tu visais spécialement Clermont-Brasseur. Homicide involontaire ou pré-médité, ça fera une grosse différence.

— S'il vous plaît, commissaire.

— Ne bouge pas tes mains. Est-ce que tu le visais ? Est-ce que tu voulais faire entrer ton nom dans l'histoire ? Si oui, c'est fait. Mets ces gants et enfile ces baskets. Mets-en une seule, cela me suffira.

— Elles ne sont pas à moi.

— Mets-en une, dit Adamsberg en élevant la voix.

Noël, qui était resté pour écouter derrière la vitre, haussa les épaules, mécontent.

— Il pousse le gars au bord des larmes, tambour battant. Ensuite, on dit que c'est moi la brute dans cette Brigade.

— C'est bon, Noël, dit Mercadet. On a des ordres. Le feu de Momo s'est propagé jusqu'au Palais, il faut des aveux.

— Et depuis quand le commissaire obéit si promptement aux ordres ?

— Depuis qu'il est sur la sellette. Ça ne te paraît pas normal de vouloir sauver sa peau ?

— Bien sûr que ça me paraît normal. Mais de sa part, non, dit Noël en s'éloignant. Et même, ça me déçoit.

Adamsberg sortit de la salle et tendit les chaussures à Estalère. Il croisa les regards ambigus de ses adjoints, et particulièrement du commandant Danglard.

— Prenez la suite, Mercadet, j'ai à faire avec la Normandie. À présent que Mo a perdu confiance en moi, il va dégringoler la pente assez vite. Installez un ventilateur, il transpirera moins des mains. Et dès que le technicien aura fini ses secondes analyses, envoyez-le-moi.

— Je vous croyais hostile à l'accusation, dit Danglard d'un ton un peu précieux.

— Mais depuis, j'ai vu ses yeux. Il l'a fait, Danglard. C'est triste, mais il l'a fait. Volontairement ou non, c'est ce qu'on ne sait pas encore.

S'il y avait une chose que Danglard réprouvait plus que tout chez Adamsberg, c'était cette façon de considérer ses sensations comme des faits avérés. Adamsberg rétorquait que les sensations étaient des faits, des éléments matériels qui avaient autant de valeur qu'une analyse de laboratoire. Que le cerveau était le plus gigantesque des labos, parfaitement capable de sérier et d'analyser les données reçues, comme par exemple un regard, et d'en extraire des résultats quasi certains. Cette fausse logique insupportait Danglard.

— Il ne s'agit pas de voir ou de ne pas voir, commissaire, mais de savoir.

— Et l'on sait, Danglard. Mo a immolé le vieux sur l'autel de ses convictions. Aujourd'hui, à Ordebec, un type a fracassé une vieille dame comme on écrase un verre par terre. Je ne suis pas d'humeur à ménager les meurtriers.

— Ce matin, vous pensiez que Momo était tombé dans un piège. Ce matin, vous disiez qu'il se serait forcément débarrassé de ses chaussures, au lieu de les garder dans son placard, toutes prêtes pour les accusateurs.

— Mo s'est cru plus malin que ça. Assez pour se procurer des baskets neuves et nous amener à croire qu'on lui faisait porter le chapeau. Mais c'est bien son propre chapeau, Danglard.

— À cause de son regard ?

— Par exemple.

— Et quelles preuves avez-vous recueillies dans son regard ?

— De l'orgueil, de la cruauté et, maintenant, une trouille bleue.

— Vous avez dosé tout cela ? Analysé ?

— Je vous ai dit, Danglard, répondit Adamsberg avec une douceur un peu menaçante, que je n'étais pas d'humeur à discuter.

— Détestable, murmura sèchement Danglard.

Adamsberg composait sur son portable le numéro de l'hôpital d'Ordebec. Il fit un signe de la main à Danglard, une sorte de balayage indifférent.

— Rentrez chez vous, commandant, c'est ce que vous avez de mieux à faire.

Autour d'eux, sept de ses adjoints s'étaient regroupés pour suivre l'altercation. Estalère offrait un visage défait.

— Et vous tous aussi, si vous craignez que la suite ne vous plaise pas. Je n'ai besoin que de deux hommes ici avec Mo. Mercadet et Estalère.

Congédié, le groupe se dispersa en silence, stupéfait ou réprobateur. Danglard, tremblant de colère, s'était éloigné à grands pas, aussi vite que le lui permettait sa démarche bien particulière, basée sur deux grandes jambes qui semblaient aussi peu fiables que deux cierges partiellement fondus. Il descendit l'escalier en spirale qui menait à la cave, extirpa la bouteille de blanc qu'il planquait derrière la grande chaudière et en but plusieurs lampées sans s'arrêter. Dommage, se dit-il, pour une fois qu'il avait tenu jusqu'à 7 heures du soir sans boire. Il s'assit sur la caisse qui lui servait de siège dans ce sous-sol, s'efforçant de respirer calmement pour calmer sa fureur, et surtout la douleur de sa déception. Un état de presque panique pour lui qui avait tant aimé Adamsberg, tant compté sur les itinéraires séduisants de son esprit, sur son détachement et, oui, sur sa douceur un peu simple et presque invariable. Mais le temps avait passé et les succès répétés avaient corrompu la nature originelle d'Adamsberg. La certitude et l'assurance s'infiltraient dans sa conscience, charriant avec elles de nouveaux matériaux, de l'ambition, de la morgue, de la rigidité. La fameuse nonchalance d'Adamsberg pivotait et commençait de montrer sa face noire.

Danglard reposa la bouteille dans sa planque, inconsolé. Il entendait la porte de la Brigade claquer, les agents suivaient la consigne et quittaient peu à peu le bâtiment, en l'attente d'un lendemain meilleur. Le docile Estalère restait auprès de Momo, en compagnie du lieutenant Mercadet, qui s'endormait probablement à ses côtés. Le cycle de veille et de sommeil de Mercadet était d'environ trois heures et demie. Honteux de ce handicap, le lieutenant n'était pas en position de défier le commissaire.

Danglard se leva sans énergie, projetant sa pensée vers le dîner du soir avec ses cinq enfants, pour chasser les échos de sa querelle. Ses cinq enfants, pensa-t-il farouchement en attrapant la rampe pour remonter l'escalier. Là était sa vie et non pas avec Adamsberg. Démissionner, pourquoi pas partir pour Londres, où vivait sa maîtresse qu'il voyait si peu. Cette quasi-résolution lui apporta une sensation de fierté, injectant un peu de dynamisme dans son esprit navré.

Adamsberg, bouclé dans son bureau, écoutait claquer la porte de la Brigade, à mesure que ses adjoints décontenancés quittaient ces lieux empestés par le malaise et le ressentiment. Il avait fait ce qu'il y avait à faire et il ne s'adressait aucun reproche. Un peu de grossièreté dans la manière d'agir mais l'urgence ne lui avait pas laissé le choix. L'accès de colère de Danglard le surprenait. Curieux que son vieil ami ne l'ait pas épaulé et suivi, comme presque toujours. D'autant que Danglard ne doutait pas de la culpabilité de Mo. Sa si fine intelligence avait fait défaut. Mais les grandes pulsions d'anxiété du commandant lui masquaient souvent la vérité simple, déformant tout sur leur passage, lui fermant l'accès à l'évidence. Jamais pour longtemps.

Vers 20 heures, il entendit les pas traînants de Mercadet qui lui amenait Mo. Dans une heure, le sort du jeune incendiaire serait réglé et, demain, il lui faudrait affronter les réactions de ses collègues. La seule qu'il redoutait vraiment étant celle de

Retancourt. Mais il n'avait pas à hésiter. Quoi qu'en pensent Retancourt ou Danglard, il avait bel et bien lu dans le regard de Mo, et cela traçait une route inéluctable à suivre. Il se leva pour ouvrir la porte, empochant son téléphone. Léo vivait toujours, là-bas, à Ordebec.

— Assieds-toi, dit-il à Mo qui entrait, baissant la tête pour dissimuler ses yeux. Adamsberg l'avait entendu pleurer, les défenses lâchaient.

— Il n'a rien dit, rapporta Mercadet de manière neutre.

— Ce sera fini dans peu de temps, dit Adamsberg en appuyant sur l'épaule du jeune homme pour qu'il s'assoie. Mercadet, passez-lui les menottes, et allez vous reposer là-haut.

C'est-à-dire dans la petite pièce occupée par le distributeur de boissons et l'écuelle du chat, où le lieutenant avait installé des coussins au sol pour accueillir ses siestes cycliques. Mercadet en profitait pour emporter le chat jusqu'à son assiette, et dormir avec lui. Selon Retancourt, depuis que le lieutenant et le chat s'étaient ainsi associés, le sommeil de Mercadet s'était bonifié et ses siestes étaient moins longues.

12

Le téléphone sonna chez le capitaine Émeri au milieu du dîner. Il décrocha avec irritation. Le temps du dîner était pour lui une pause luxueuse et bénéfique qu'il préservait de manière presque obsessionnelle dans une vie relativement modeste. Dans son logement de fonction de trois pièces, la plus grande était réservée à la salle à manger, où l'usage de la nappe blanche était obligatoire. Sur cette nappe brillaient deux pièces d'argenterie sauvées de l'héritage du maréchal Davout, une bonbonnière et une coupe à fruits, toutes deux frappées des aigles impériales et des initiales de l'ancêtre. La femme de ménage d'Émeri retournait discrètement la nappe sur sa face salie pour économiser les lessives, n'éprouvant aucun respect pour le vieux prince d'Eckmühl.

Émeri n'était pas un imbécile. Il savait que ses hommages à l'aïeul compensaient une vie qu'il estimait médiocre, et un caractère qui n'avait pas la hardiesse fameuse du maréchal. Craintif, il avait fui la carrière militaire de son père et opté, en matière d'armée, pour le corps de la gendarmerie nationale, et en matière de conquêtes, pour le corps des femmes. Il se jugeait durement, sauf à l'heure faste du dîner pendant laquelle il s'accordait une pause indulgente. À cette table, il se reconnaissait de la prestance et de l'autorité, et cette dose quotidienne de narcissisme le régénérait. On savait que, sauf urgence, il ne fallait pas l'interrompre au moment du repas. La voix du brigadier Blériot était donc peu assurée.

— Toutes mes excuses, capitaine, j'ai cru devoir vous informer.

— Léo ?

— Non, son chien, capitaine. C'est moi qui le garde pour le moment. Le Dr Chazy a affirmé qu'il n'avait rien, mais finalement, c'est le commissaire Adamsberg qui avait raison.

— Au fait, brigadier, dit Émeri avec impatience. Mon plat refroidit.

— Flem n'arrivait toujours pas à se lever et, ce soir, il a vomi du sang. Je l'ai conduit chez le vétérinaire, qui a détecté des lésions internes. D'après lui, Flem a été frappé au ventre, à coups de pied probablement. Et dans ce cas, Adamsberg avait raison, et Léo aurait bel et bien été attaquée.

— Foutez-moi la paix avec Adamsberg, nous sommes capables de tirer nos conclusions tout seuls.

— Pardon, capitaine, c'est simplement parce qu'il l'a dit tout de suite.

— Le vétérinaire est sûr de son diagnostic ?

— Certain. Il est prêt à signer une déposition.

— Convoquez-le pour demain première heure. Vous avez pris des nouvelles de Léo ?

— Elle n'est pas sortie du coma. Le Dr Merlan compte sur la résorption de l'hématome interne.

— Compte vraiment ?

— Non, capitaine. Vraiment pas.

— Vous avez fini de dîner, Blériot ?

— Oui, capitaine.

— Alors passez me voir dans une demi-heure.

Émeri jeta son téléphone sur la nappe blanche et se rassit sombrement devant son assiette. Il avait avec le brigadier Blériot, plus âgé que lui, un rapport paradoxal. Il le méprisait, n'accordant aucun intérêt à ses opinions. Blériot n'était qu'un simple brigadier gras, soumis et inculte. En même temps que son tempérament facile – bonasse, pensait Émeri –, sa patience, qui pouvait se confondre avec de la bêtise, sa discrétion en faisaient un confident utile et sans risque. Tour à tour, Émeri le dirigeait comme un chien et le traitait comme un ami, un ami spécialement chargé de l'écouter, de le conforter et de l'encourager. Il travaillait avec lui depuis six ans.

— Ça va mal aller, Blériot, dit-il au brigadier en lui ouvrant la porte.

— Pour Léone ? demanda Blériot en s'asseyant sur la chaise Empire qui lui était habituelle.

— Pour nous. Pour moi. J'ai fait foirer tout le début de l'enquête.

Attendu que le maréchal Davout était réputé pour son langage grossier, soi-disant hérité des années révolutionnaires, Émeri ne prenait pas de précautions pour soigner son vocabulaire.

— Si Léo a été agressée, Blériot, c'est qu'Herbier a bien été tué.

— Pourquoi faites-vous le lien, capitaine ?

— Tout le monde le fait. Réfléchis.

— Que dit tout le monde ?

— Qu'elle en savait long sur la mort d'Herbier, vu que Léo en sait toujours long sur tout et chacun.

— Léone n'est pas une commère.

— Mais c'est une intelligence, c'est une mémoire. Malheureusement, elle ne m'a rien confié. Cela aurait peut-être sauvé sa vie.

Émeri ouvrit la bonbonnière, emplie de réglisses, et la poussa vers Blériot.

— On va en baver, brigadier. Un type qui écrase une vieille dame par terre n'est pas à prendre à la légère. Autrement dit un sauvage, un démon que je

122

laisse courir depuis des jours. Qu'est-ce qu'on raconte d'autre dans la ville ?

— Je vous l'ai dit, capitaine. Je ne sais pas.

— C'est faux, Blériot. Qu'est-ce qu'on dit sur moi ? Que je n'ai pas fait correctement mon boulot, c'est cela ?

— Cela passera. Les gens parlent et puis ils oublient.

— Non, Blériot, parce qu'ils ont raison. Cela fait onze jours qu'Herbier a disparu, neuf jours depuis que j'ai été alerté. J'avais décidé de l'ignorer parce que j'ai pensé que les Vendermot voulaient me piéger. Tu le sais. Je me suis protégé. Et quand on a trouvé son corps, j'ai décidé qu'il s'était tué parce que ça m'arrangeait. Je me suis obstiné là-dessus comme un taureau et je n'ai pas levé un doigt. S'ils disent que je suis responsable de la mort de Léo, ils auront raison. Quand le meurtre d'Herbier était encore frais, on avait des chances de remonter la piste.

— On ne pouvait pas s'en douter.

— Toi, non. Moi, oui. Et il n'y a plus un seul indice à glaner. C'est toujours la même chose. C'est à force de se protéger qu'on se fragilise. Retiens cela.

Émeri tendit une cigarette au brigadier et tous deux fumèrent en silence.

— En quoi est-ce si grave, capitaine ? Qu'est-ce qui peut arriver ?

— L'Inspection générale de la gendarmerie, tout bonnement.

— Contre vous ?

— Évidemment. Tu ne risques rien, toi, tu n'es pas responsable.

— Faites-vous aider, capitaine. On n'applaudit pas avec une seule main.

— Par qui ?

— Par le comte. Avec son bras long, il peut atteindre la capitale. Et l'Inspection générale.

— Sors les cartes, Blériot, on va jouer une ou deux parties, cela nous fera du bien.

Blériot distribua les cartes avec cette lourdeur qu'il mettait dans tous ses gestes, et Émeri se sentit un peu réconforté.

— Le comte est très attaché à Léo, objecta Émeri en dépliant son jeu.

— On dit qu'il n'a pas eu d'autre amour.

— Il est en droit de penser que je suis responsable de ce qui lui est arrivé. Donc de m'envoyer au diable.

— Faut pas prononcer ce nom, capitaine.

— Pourquoi ? demanda Émeri avec un rire bref. Tu crois que le diable est à Ordebec ?

— Quand même. Le Seigneur Hellequin est passé.

— Tu y crois, mon pauvre Blériot.

— On ne sait jamais, capitaine.

Émeri sourit et posa une carte. Blériot la couvrit par un 8.

— Tu n'as pas la tête au jeu.

— C'est vrai, capitaine.

13

— Commissaire, supplia encore Mo.

— Tais-toi, coupa Adamsberg. Tu as la corde au cou et tu n'as pas beaucoup de temps.

— Je ne tue personne, je ne tue rien. Juste les cafards à la maison.

— Tais-toi, bon sang, répéta Adamsberg en lui adressant un signe impérieux.

Mo se tut, surpris. Quelque chose venait de changer chez le commissaire.

— C'est mieux, dit Adamsberg. Comme tu l'as entendu, je ne suis pas d'humeur à laisser cavaler les meurtriers.

L'image de Léo passa devant ses yeux, déclenchant un picotement dans la nuque. Il passa la main sur son cou et envoya la boule vers le sol. Mo le regarda faire avec l'impression qu'il avait attrapé un scarabée invisible. Instinctivement, il fit de même, vérifiant sa nuque.

— Tu as une boule aussi ? demanda Adamsberg.

— Une boule de quoi ?

— D'électricité. Tu l'aurais à moins.

Mo secoua la tête sans comprendre.

— Dans ton cas, Mo, on a un meurtrier cynique, calculateur et surpuissant. Tout le contraire du cinglé impulsif et féroce qui s'attaque à Ordebec.

— Je ne connais pas, murmura Mo.

— Pas d'importance. Quelqu'un a proprement liquidé Antoine Clermont-Brasseur. Je ne vais pas t'expliquer pourquoi le vieux financier devenait gênant, on n'en a pas le temps et ce n'est pas ton problème. Ce que tu dois savoir, c'est que c'est toi qui vas payer la note. C'est prévu depuis le début de l'opération. Tu seras libéré pour bonne conduite dans vingt-deux ans, si tu ne fous pas le feu à ta cellule.

— Vingt-deux ans ?

— C'est un Clermont-Brasseur qui est mort, pas un patron de bistrot. La justice n'est pas aveugle.

— Mais si vous savez que ce n'est pas moi, vous pourrez leur dire et je n'irai pas en taule.

— Garde cela dans tes rêves, Mo. Le clan Clermont-Brasseur ne laissera jamais un des siens être suspecté. On ne peut même pas les approcher pour un simple interrogatoire. Et quoi qu'il se soit passé, nos dirigeants protégeront le clan. C'est peu de dire que tu ne fais pas le poids, ni moi. Tu n'es rien, ils sont tout. On peut le formuler comme ça. Et c'est toi qu'ils ont choisi.

— Il n'y a pas de preuve, chuchota Mo. Je ne peux pas être condamné sans preuve.

— Mais bien sûr que si, Mo. Cesse de nous faire perdre du temps. Je peux te proposer deux ans de prison au lieu de vingt-deux. Tu prends ?

— Comment cela ?

— Tu vas filer d'ici et tu vas te planquer. Mais tu comprends que si on ne te trouve pas ici demain, je vais devoir m'expliquer.

— Oui.

— Tu auras pris l'arme et le portable de Mercadet – le lieutenant qui a une raie sur le côté et des mains toutes petites – quand il s'est endormi dans la salle d'interrogatoire. Il s'endort toujours.

— Mais il ne s'est pas endormi, commissaire.

126

— Ne discute pas. Il s'est endormi, tu lui as pris son arme et son téléphone, tu les as planqués dans ton froc, tu les as calés côté fesses. Mercadet ne s'est aperçu de rien.

— Et s'il jure qu'il a toujours eu son arme avec lui ?

— Il aura tort parce que je vais la lui prendre, ainsi que son téléphone. C'est avec ce téléphone que tu auras demandé à un de tes complices de t'attendre dehors. L'arme, tu me l'as collée sur la nuque, tu m'as obligé à t'ôter les menottes et à me les passer aux poignets. Puis à t'ouvrir l'issue arrière du commissariat. Écoute-moi bien : il y a deux plantons dans la rue, de part et d'autre de la porte. Tu sortiras en me tenant en joue, durement. Assez durement pour qu'ils ne tentent pas d'intervenir. Tu sauras faire ça ?

— Peut-être.

— Bien. Je dirai aux gars de ne pas bouger. Tu dois avoir l'air déterminé, décidé à tout. Nous sommes d'accord ?

— Et si je n'ai pas l'air assez décidé ?

— Alors tu joues ta vie. Débrouille-toi. Au coin de la rue, il y a un panneau de signalisation, une interdiction de se garer. À cet endroit, tu tournes à droite, tu me frappes au menton, je tombe au sol. Puis tu files droit devant toi en courant. Tu verras une voiture en stationnement allumer ses feux, devant une boucherie, à trente mètres de là. Jette ton flingue et saute dedans.

— Et le portable ?

— Tu le laisses ici. Je m'occuperai de le détruire.

Mo regardait Adamsberg en soulevant ses lourdes paupières, sidéré.

— Pourquoi vous faites cela ? On dira que vous n'êtes même pas capable de tenir tête à un petit branleur de la zone.

— Ce qu'on dira de moi, cela me regarde.

— On vous soupçonnera.

— Pas si tu joues bien ton rôle.

— Ce n'est pas un piège ?

— Deux ans de prison, huit mois si tu te tiens bien. Si je peux me faufiler jusqu'au meurtrier véritable, tu auras tout de même à répondre d'une agression à main armée contre un commissaire et d'une évasion. Deux ans. Je ne peux pas t'offrir mieux. Tu prends ?

— Oui, souffla Mo.

— Attention. Il est possible qu'ils élèvent un mur de défense si haut que je ne puisse jamais mettre la main sur l'assassin. En ce cas, tu devras filer plus loin, traverser l'océan.

Adamsberg consulta sa montre. Si Mercadet s'était montré fidèle à son cycle, il devait s'être endormi. Adamsberg ouvrit la porte et appela Estalère.

— Surveille-moi ce type, je reviens.

— Il a dit quelque chose ?

— Presque. Je compte sur toi, ne le quitte pas de l'œil.

Estalère sourit. Il aimait bien quand Adamsberg parlait de son œil. Un jour, le commissaire avait assuré qu'il avait des yeux excellents, qu'il pouvait tout voir.

Adamsberg se glissa doucement à l'étage, se rappelant d'enjamber la neuvième marche, sur laquelle tout le monde butait. Lamarre et Morel veillaient à l'accueil, pas question de les alerter. Dans la salle du distributeur, Mercadet était à son poste, endormi sur les coussins et recouvert du chat qui s'était allongé sur ses mollets. Le lieutenant avait complaisamment débouclé son holster et l'arme était à portée de main. Adamsberg frotta la tête du chat et souleva le Magnum sans bruit. Il opéra avec plus de minutie pour extraire le téléphone de la poche avant du pantalon. Deux minutes plus tard, il congédiait Estalère et s'enfermait de nouveau avec Mo.

— Où je vais me planquer ? demanda Mo.

— Dans un endroit où les flics n'iront jamais te chercher. C'est-à-dire chez un flic.

— Où ?

— Chez moi.

— Merde, dit Mo.

— C'est comme cela, on fait avec les moyens du bord. Je n'ai pas eu le temps de m'organiser.

Adamsberg envoya un rapide message à Zerk, qui lui répondit qu'Hellebaud avait déployé ses ailes, qu'il était prêt à voler.

— C'est l'heure, dit Adamsberg en se levant.

Menottes aux poignets, serré par Mo qui appuyait l'arme sur son cou, Adamsberg ouvrit les deux grilles qui donnaient sur la grande cour où étaient parqués les véhicules de la Brigade. En s'approchant du porche, Mo posa une main sur l'épaule d'Adamsberg.

— Commissaire, dit-il, je ne sais pas quoi dire.

— Garde ça pour plus tard, concentre-toi.

— Je donnerai votre prénom à mon premier fils, je le jure devant Dieu.

— Avance, bon sang. Avance durement.

— Commissaire, il y a juste une chose encore.

— Ton yo-yo ?

— Non, ma mère.

— Elle sera prévenue.

14

Danglard avait fini la vaisselle du dîner et s'était étendu sur son vieux canapé brun, un verre de vin blanc à portée de main, pendant que les enfants terminaient leurs devoirs. Cinq enfants qui grandissaient, cinq enfants qui partiraient, et mieux valait ne pas y penser ce soir. Le petit dernier, qui n'était pas de lui et lui offrait sans cesse l'énigme de ses yeux bleus venus d'un autre père, était le seul qui fût encore puéril et Danglard le maintenait à ce stade. Il n'avait pas pu cacher son accablement pendant la soirée et l'aîné des jumeaux l'avait questionné avec insistance. Danglard, peu résistant, avait expliqué la scène qui l'avait opposé au commissaire, le ton mordant d'Adamsberg, et comment celui-ci dégringolait les marches vers la médiocrité. Son fils avait eu une moue dubitative, suivi par son frère, et cette double moue traînait dans l'esprit attristé du commandant.

Il entendait une des jumelles réviser sa leçon sur Voltaire, l'homme qui ricane de ceux qui s'en vont happés par l'illusion et le mensonge. Il se redressa soudain, calé sur un bras. Une mise en scène, c'était ce à quoi il avait assisté. Un mensonge, une illusion. Il sentait son esprit rouler à plus grande vitesse, c'est-à-dire retrouver les rails de l'exactitude. Il se leva et repoussa son verre. S'il ne se trompait pas, Adamsberg avait besoin de lui, maintenant.

Vingt minutes plus tard, il entrait en soufflant dans la Brigade. Rien d'insolite, l'équipe de nuit somnolait sous les ventilateurs encore en fonction. Il passa rapidement dans le bureau d'Adamsberg, trouva les grilles ouvertes et courut, dans la mesure de ses moyens, jusqu'à la sortie arrière. Dans la rue sombre, les deux gardiens ramenaient le commissaire avec eux. Adamsberg semblait sonné, s'appuyant sur les épaules des brigadiers pour avancer. Danglard les relaya aussitôt.

— Rattrapez-moi ce salopard, ordonna Adamsberg aux brigadiers. Je crois qu'il a filé en bagnole. Je vous envoie les renforts.

Danglard soutint Adamsberg jusqu'à son bureau sans dire un mot, ferma les deux grilles derrière lui. Le commissaire refusa de s'asseoir et se laissa tomber au sol, entre ses deux bois de cerf, la tête contre le mur.

— Médecin ? demanda Danglard d'un ton sec.

Adamsberg fit non de la tête.

— Un peu d'eau alors. C'est ce qu'il faut aux blessés.

Danglard alerta les renforts, lança l'ordre de surveillance territoriale maximale, routes, gares, aéroports, et revint avec un verre d'eau, un verre vide et sa bouteille de blanc.

— Comment il vous a eu ? demanda-t-il en lui tendant le verre et en ôtant le bouchon de la bouteille.

— Il avait pris le flingue de Mercadet. Rien pu faire, dit Adamsberg en vidant le verre et en le tendant de nouveau, cette fois vers la bouteille de Danglard.

— Le vin n'est pas conseillé dans votre cas.

— Ni dans le vôtre, Danglard.

— En somme, vous vous êtes fait avoir comme un bleu ?

— En somme oui.

Un des plantons frappa et entra sans attendre. Le petit doigt glissé dans la gâchette, il tendait un Magnum vers le commissaire.

— Il était dans le caniveau, dit-il.

— Pas de téléphone ?

— Non, commissaire. D'après le boucher qui faisait ses comptes, une voiture a démarré en vitesse, cinq minutes après s'être garée devant sa boutique. Un homme serait monté dedans.

— Mo, soupira Danglard.

— Oui, confirma le planton. La description concorde.

— Pas vu le numéro de plaque ? demanda Adamsberg, sans laisser paraître la moindre tension.

— Non. Il n'est pas sorti de sa boutique. Qu'est-ce qu'on fait ?

— Un rapport. On fait un rapport. C'est toujours la bonne réponse.

La porte se referma et Danglard servit un demi-verre de blanc au commissaire.

— Dans votre état de choc, insista-t-il sur un mode affecté, je ne peux pas vous en servir plus.

Adamsberg tâta la poche de sa chemise et en sortit une cigarette tordue, volée à Zerk. Il l'alluma lentement, tentant d'éviter le regard de Danglard qui semblait vouloir s'enfoncer dans son crâne comme une vis très fine et très longue. Qu'est-ce que Danglard foutait ici à cette heure ? Mo lui avait réellement fait mal en le frappant, et il frotta son menton douloureux et sans doute rougi. Très bien. Il sentit une écorchure et un peu de sang sous ses doigts. Parfait, tout allait bien. Sauf Danglard et sa longue vis, et c'est ce qu'il avait redouté. Les ignorances du commandant ne duraient jamais longtemps.

— Racontez-moi cela, dit Danglard.

— Rien. Il est devenu fou furieux et il m'a collé l'arme sur le cou, je n'ai rien pu faire. Il est parti par la rue transversale.

— Comment a-t-il pu prévenir un complice ?

— Avec le téléphone de Mercadet. Il a composé un message devant moi. Comment va-t-on se débrouiller pour le rapport ? Pour ne pas dire que Mercadet dormait ?

— Certes, comment va-t-on faire pour le rapport ? répéta Danglard en détachant pesamment les mots.

— On va modifier les horaires. On écrira que Mo était encore en salle d'interrogatoire à 9 heures du soir. Qu'un agent somnole en heure supplémentaire, ça ne tirera pas à conséquence. Je pense que les collègues seront solidaires.

— De qui ? demanda Danglard. De Mercadet ou de vous ?

— Que vouliez-vous que je fasse, Danglard ? Que je me laisse trouer la peau ?

— Allons, c'était à ce point ?

— À ce point, oui. Mo est devenu enragé.

— Bien sûr, dit Danglard en buvant une gorgée.

Et Adamsberg lut sa défaite dans le regard trop clairvoyant de son adjoint.

— D'accord, dit-il.

— D'accord, confirma Danglard.

— Mais trop tard. Vous arrivez trop tard et la farce est jouée. Je craignais que vous ne compreniez avant. Vous avez traîné, ajouta-t-il d'un ton déçu.

— C'est vrai. Vous m'avez baladé pendant trois heures.

— Juste ce qu'il me fallait.

— Vous êtes cinglé, Adamsberg.

Adamsberg avala une gorgée de son demi-verre, et la fit rouler d'une joue à une autre.

— Cela ne me gêne pas, dit-il en avalant.

— Et vous m'entraînez dans la chute.

— Non. Vous n'étiez pas obligé de comprendre. Vous avez même encore l'opportunité d'être un imbécile. C'est votre choix, commandant. Sortez, ou restez.

— Je reste si vous avez un élément à me donner en sa faveur. Autre chose que son regard.

— Pas question. Si vous restez, c'est sans conditions.

— Sinon ?

— Sinon, la vie n'a pas beaucoup d'intérêt.

Danglard réprima un mouvement de rébellion et serra les doigts sur son verre. Colère bien moins douloureuse, se rappela-t-il, que lorsqu'il avait pensé qu'Adamsberg avait dégringolé de ses nuages. Il prit le temps de réfléchir en silence. Pour la forme, et il le savait.

— Soit, dit-il.

Le mot le plus court qu'il avait trouvé pour exprimer sa reddition.

— Vous vous rappelez les baskets ? demanda Adamsberg. Les lacets ?

— Elles sont à la pointure de Mo. Et ensuite ?

— Je parle des lacets, Danglard. Les bouts ont trempé dans l'essence, sur au moins plusieurs centimètres.

— Et donc ?

— Ce sont des baskets faites pour les jeunes, avec des lacets spécialement longs.

— Je sais, mes gosses ont les mêmes.

— Et comment vos gosses les attachent-ils ? Réfléchissez bien, Danglard.

— En passant les lacets derrière la cheville, puis en les nouant devant.

— Voilà. Il y a eu la mode des lacets défaits, il y a maintenant celle des lacets très longs qu'on passe derrière le talon avant de les nouer devant. Si bien que les bouts des lacets ne traînent pas par terre.

Sauf si c'est un vieux hors course qui a chaussé ces baskets sans savoir comment on les attache.

— Merde.

— Oui. Le vieux hors course, disons de quelque cinquante à soixante ans, disons un des fils Clermont-Brasseur, a acheté des baskets de jeune. Et il a seulement noué les lacets par-devant, comme de son temps. Et les bouts ont traîné dans l'essence. J'ai demandé à Mo de les mettre. Vous vous souvenez ?

— Oui.

— Et il les a nouées à sa façon, par-derrière et puis par-devant. Si Mo avait foutu le feu, il y aurait eu de l'essence sous ses semelles, oui. Mais pas sur les bouts des lacets.

Danglard remplit son verre à peine vidé.

— C'est cela, votre élément ?

— Oui, et il vaut de l'or.

— Exact. Mais vous avez commencé à nous jouer la comédie avant. Vous saviez avant.

— Mo n'est pas un tueur. Je n'ai jamais eu l'intention de le laisser tomber dans le grand filet.

— Lequel des fils Clermont soupçonnez-vous ?

— Christian. C'est une crapule glaciale depuis ses vingt ans.

— On ne vous laissera pas faire. Ils rattraperont Mo, où qu'il se trouve. C'est leur seule chance. Qui est venu le chercher en voiture ?

Adamsberg vida son verre sans répondre.

— Tel père, tel fils, conclut Danglard en se levant lourdement.

— On a déjà un pigeon malade, on peut bien en avoir deux.

— Vous ne pourrez pas le garder chez vous longtemps.

— Ce n'est pas prévu.

— Très bien. Qu'est-ce qu'on fait ?

— Comme d'habitude, dit Adamsberg en s'extirpant des bois de cerf. Un rapport, on fait un rapport. Vous êtes le mieux doué pour cela, Danglard.

Son portable sonna à cet instant, affichant un numéro de provenance inconnue. Adamsberg consulta ses montres, 22 h 05, et fronça les sourcils. Danglard s'attelait déjà au rapport falsifié, s'inquiétant de son indéfectible soutien au commissaire, jusqu'aux extrêmes où ils se trouvaient à présent projetés.

— Adamsberg, dit le commissaire avec précaution.

— Louis Nicolas Émeri, répondit le capitaine d'une voix creuse. Je te réveille ?

— Non, un de mes suspects vient de prendre la fuite.

— Parfait, dit Émeri sans comprendre.

— Léo est morte ?

— Non, elle tient encore le coup. Mais pas moi. Je suis dessaisi, Adamsberg.

— Officiel ?

— Pas encore. Un collègue de l'IGN m'a alerté à l'avance. C'est pour demain. Des hyènes, des fils de pute.

— On l'avait prévu, Émeri. Suspension ou mutation ?

— Suspension provisoire en attente du rapport.

— Oui, le rapport.

— Des hyènes, des fils de pute, répéta le capitaine.

— Pourquoi m'appelles-tu ?

— Je préfère crever plutôt que de voir le capitaine de Lisieux prendre l'enquête. Même sainte Thérèse le jetterait à l'Armée furieuse sans hésiter.

— Une seconde, Émeri.

Adamsberg bloqua le téléphone de sa main.

— Danglard, le capitaine de Lisieux ?

— Dominique Barrefond, un vrai fumier.

— Qu'est-ce que tu veux faire, Émeri ? dit Adamsberg en reprenant la ligne.

— Je veux que tu prennes l'affaire. Après tout, c'est la tienne.

— La mienne ?

— Depuis le départ, avant même qu'elle n'existe. Quand tu es venu sur le chemin de Bonneval, alors que tu n'en savais pas un traître mot.

— J'étais passé prendre l'air. J'ai mangé des mûres.

— À d'autres. C'est ton affaire, affirma Émeri. Et si c'est toi qui la conduis, je pourrai t'aider en sous-main, et tu ne me piétineras pas. Tandis que le fils de pute de Lisieux va me réduire en bouillie.

— C'est pour cela ?

— Pour cela et parce que c'est ton affaire et celle de personne d'autre. Ton destin face à l'Armée furieuse.

— Ne me raconte pas de grandes histoires, Émeri.

— C'est comme ça. Il cavale vers toi.

— Qui ?

— Le Seigneur Hellequin.

— Tu n'y crois pas une seconde, tu penses à ta peau.

— Oui.

— Désolé, Émeri, tu sais que je ne peux pas obtenir la saisine. Je n'ai aucun prétexte.

— Je ne te parle pas de prétexte, je te parle de piston. J'en aurai un avec le comte d'Ordebec. Tâche d'en avoir un de ton côté.

— Pourquoi je le ferais ? Pour avoir des emmerdements avec les flics de Lisieux ? J'ai une masse d'emmerdements ici, Émeri.

— Mais tu n'es pas sur la touche.

— Qu'est-ce que tu en sais ? Je viens de te dire qu'un de mes suspects a filé. Depuis mon propre bureau, avec le flingue d'un de mes adjoints.

— Raison de plus pour te tailler un succès ailleurs.

Pas faux, songea Adamsberg. Mais qui peut affronter le Seigneur de l'Armée furieuse ?

— Ton suspect enfui, c'est celui de l'affaire Clermont-Brasseur ? reprit Émeri.

— Exact. Tu vois que le bâtiment prend l'eau et que je vais être très occupé à écoper.

— Les héritiers Clermont, ils t'intéressent ?

— Beaucoup. Mais ils sont inabordables.

— Pas pour le comte d'Ordebec. C'est à Antoine père qu'il a vendu ses aciéries VLT. Ils ont fait les quatre cents coups ensemble en Afrique dans les années cinquante. Le comte est un ami. Quand Léo m'a rattrapé par le fond de culotte dans la mare, elle était encore avec lui.

— Laisse tomber les Clermont. On connaît l'incendiaire.

— Tant mieux. C'est juste que, parfois, on est tenté de nettoyer aux alentours pour y voir plus clair. Un simple réflexe d'hygiène professionnelle qui ne tire pas à conséquence.

Adamsberg décolla le téléphone de son oreille et croisa les bras. Ses doigts rencontrèrent le petit fragment de terre qu'il avait glissé dans la poche de sa chemise. Ce midi, seulement.

— Laisse-moi y penser, dit-il.

— Mais vite.

— Je ne pense jamais vite, Émeri.

Voire pas du tout, compléta Danglard sans le dire. La fuite de Mo était une pure folie.

— Ordebec, hein ? dit Danglard. Dès l'aube, vous allez avoir tout le gouvernement contre vous, et vous allez y ajouter l'Armée furieuse ?

— L'arrière-arrière-petit-fils du maréchal Davout vient de rendre les armes. La place est à prendre. Elle n'est pas sans panache, non ?

— Depuis quand vous souciez-vous de panache ?

Adamsberg rangea ses affaires silencieusement.

— Depuis que j'ai promis à Léo que je reviendrais.

— Elle est dans le coma, elle s'en fout, elle ne se souvient même pas de vous.

— Mais moi oui.

Et après tout, pensait Adamsberg en regagnant sa maison à pied, il était possible qu'Émeri ait raison. Que l'affaire soit sienne. Il fit un crochet pour rejoindre la berge de la Seine et se débarrassa dans les eaux du téléphone de Mercadet.

15

À 2 heures du matin, Danglard avait bouclé son rapport. À 6 h 30, Adamsberg recevait l'appel du secrétaire général du directeur de la préfecture, suivi de celui du directeur lui-même, puis du secrétaire du ministre, enfin du ministre de l'Intérieur lui-même, à 9 h 15. Au même instant, le jeune Mo entrait dans sa cuisine, habillé d'un tee-shirt trop grand prêté par Zerk, en quête timide de pitance. Zerk, le pigeon calé sur un bras, se leva pour faire réchauffer le café. Les volets côté jardin étaient restés fermés et Zerk avait punaisé un morceau de tissu à fleurs, assez laid, devant la vitre de la porte-fenêtre – à cause de la chaleur, avait-il expliqué à Lucio. Mo avait ordre de ne s'approcher d'aucune des fenêtres de l'étage. En deux signes, Adamsberg imposa un silence immédiat aux deux jeunes gens et leur demanda d'évacuer la pièce.

— Non, monsieur le ministre, il n'a aucune chance de s'en tirer. Oui, toutes les gendarmeries sont alertées, depuis hier soir 21 h 40. Oui, tous les postes frontaliers aussi. Je ne crois pas que cela serait utile, monsieur le ministre, le lieutenant Mercadet n'y est pour rien.

— Des têtes vont sauter et doivent sauter, commissaire Adamsberg, vous le savez, n'est-ce pas ? Les Clermont-Brasseur sont outrés par l'incurie de vos services. Et moi de même, commissaire. Je me suis laissé dire que vous gardez un malade dans votre Brigade ? Une brigade censée être un pôle d'excellence ?

— Un malade, monsieur le ministre ?

— Un hypersomniaque. L'incapable qui s'est fait détrousser de son arme. S'endormir pendant une garde à vue, cela vous paraît normal ? Je dis qu'il y a faute, commissaire Adamsberg, faute colossale.

— On vous a mal renseigné, monsieur le ministre. Le lieutenant Mercadet est un des hommes les plus résistants de l'équipe. Il n'avait dormi que deux heures la nuit précédente et il était en heures supplémentaires. Il faisait près de 34 °C dans la salle d'interrogatoire.

— Qui gardait le prévenu avec lui ?

— Le brigadier Estalère.

— Un bon élément ?

— Excellent.

— Alors pourquoi s'est-il absenté ? Aucune explication sur ce point dans le rapport.

— Pour aller chercher des rafraîchissements.

— Faute, énorme faute, des têtes vont sauter. Rafraîchir le prévenu, Mohamed Issam Benatmane, n'est sûrement pas la meilleure manière de le faire parler.

— Les rafraîchissements étaient pour les agents, monsieur le ministre.

— Il fallait appeler un collègue. Faute, faute gravissime. On ne reste pas seul avec un prévenu. Cela vaut pour vous, commissaire, qui l'avez fait entrer dans votre bureau sans aucun auxiliaire. Et qui vous êtes montré incapable de désarmer un malfrat de vingt ans. Faute incalculable.

— C'est exact, monsieur le ministre.

Avec des gouttes de café, Adamsberg dessinait distraitement des formes sinueuses sur la nappe en plastique qui recouvrait la table, traçant des routes entre les déjections d'Hellebaud. Il songea un instant à la résistance extrême qu'offre la fiente d'oiseau au lavage. Il y avait là une énigme chimique à laquelle Danglard n'aurait pas la réponse, il était mauvais en sciences.

— Christian Clermont-Brasseur a demandé votre licenciement immédiat, ainsi que celui de vos deux impotents, et je serais tenté de le suivre. Néanmoins, on estime ici que nous avons encore besoin de vous. Huit jours, Adamsberg, pas un de plus.

Adamsberg réunit la totalité de son équipe dans la grande salle de conférences, dite salle du chapitre, selon la dénomination érudite de Danglard. Avant de quitter sa maison, il avait aggravé sa blessure au menton en la frottant avec un tampon à vaisselle, striant sa peau de zébrures rouges. Très bien, avait apprécié Zerk, qui avait mis l'ecchymose en valeur avec du mercurochrome voyant.

Il lui était désagréable de lancer ses agents à la vaine poursuite de Mo, alors qu'il le savait installé à sa propre table, mais la situation ne laissait aucun choix. Il distribua les missions et chacun étudia sa feuille de route en silence. Son regard parcourut les visages de ses dix-neuf adjoints présents, sonnés par la situation nouvelle. Retancourt seule avait l'air secrètement amusée, ce qui l'inquiéta un peu. L'expression consternée de Mercadet relança son picotement dans la nuque. Il avait attrapé cette boule d'électricité en fréquentant le capitaine Émeri, et il faudrait la lui rendre tôt ou tard.

— Huit jours ? répéta le brigadier Lamarre. À quoi ça rime ? S'il est planqué au cœur d'une forêt, on peut mettre des semaines à le localiser.

— Huit jours pour moi, précisa Adamsberg, sans mentionner le sort également précaire de Mercadet et d'Estalère. Si j'échoue, le commandant Danglard sera probablement nommé à la tête de la Brigade, et le travail continuera.

— Je ne me souviens pas de m'être endormi dans la salle d'interrogatoire, dit Mercadet d'une voix étouffée par la culpabilité. Tout est de ma faute. Mais je ne me souviens pas. Si je commence à m'endormir sans même m'en rendre compte, je ne vaux plus rien pour le service.

— Les fautes sont multiples, Mercadet. Vous vous êtes endormi, Estalère est sorti de la salle, on n'a pas fouillé Mo, et je l'ai pris seul dans mon bureau.

— Même si on le trouve avant huit jours, ils vont vous saquer pour l'exemple, dit Noël.

— C'est possible, Noël. Mais il nous reste encore une porte de sortie. Et sinon, il me reste ma montagne. Donc, rien de grave. Première urgence : attendez-vous à une inspection surprise de nos locaux dans la journée. Donc mise en place du dispositif d'apparence à son niveau maximal. Mercadet, allez vous reposer maintenant, vous devez être parfaitement réveillé quand ils débarqueront. Puis, faites disparaître les coussins. Voisenet, évacuez vos revues d'ichtyologie, Froissy, plus une trace de nourriture dans les armoires, rangez aussi vos aquarelles. Danglard, videz vos planques, Retancourt, occupez-vous de transporter le chat et ses écuelles dans une voiture. Quoi d'autre ? On ne doit négliger aucun détail.

— La ficelle ? demanda Morel.

— Quelle ficelle ?

— Celle qui entourait les pattes du pigeon. Le labo nous l'a renvoyée, elle est sur la table des échantillons avec les résultats d'analyse. S'ils posent des questions, ce ne serait pas le moment de leur parler de l'oiseau.

— J'emporte la ficelle, dit Adamsberg, notant sur le visage de Froissy l'angoisse qui la saisissait à l'idée de se débarrasser de ses réserves alimentaires. D'autre part, il y a une bonne nouvelle dans la tourmente. Pour une fois, le divisionnaire Brézillon est avec nous. Nous n'aurons pas d'avarie de ce côté.

— Motif ? demanda Mordent.

— Les Clermont-Brasseur ont dévasté le commerce de son père, une importation de minerai bolivien. Une basse opération de prédateurs qu'il ne leur pardonne pas. Il ne souhaite qu'une chose, c'est qu'on « mette ces chiens sur la sellette », ce sont ses mots.

— Il n'y a pas de sellette qui tienne, dit Retancourt. La famille Clermont n'y est pour rien.

— C'était simplement pour vous donner une idée de l'état d'esprit du divisionnaire.

À nouveau les yeux un peu ironiques de Retancourt, à moins qu'il ne fît erreur.

— Allez-y, dit Adamsberg en se levant, jetant en même temps au sol sa boule d'électricité. Épuration des locaux. Mercadet, vous restez un moment, vous m'accompagnez.

Assis en face d'Adamsberg, Mercadet tortillait ses mains minuscules l'une dans l'autre. Un type honnête, scrupuleux, fragile aussi, et qu'Adamsberg précipitait au bord de la dépression, de la détestation de soi.

— Je préfère être licencié maintenant, dit Mercadet en frottant ses cernes avec dignité. Ce type aurait pu vous abattre. Si je dois m'endormir sans le savoir, je souhaite partir. Je n'étais déjà pas fiable avant, mais maintenant, je suis devenu dangereux, incontrôlable.

— Lieutenant, dit Adamsberg en se penchant sur la table, j'ai dit que vous vous étiez endormi. Mais vous ne vous êtes pas endormi. Mo ne vous a pas pris votre arme.

— C'est sympathique de m'aider encore, commissaire. Mais quand je me suis réveillé là-haut, je n'avais plus ni mon arme ni mon portable. C'est Mo qui les avait.

— Il les avait parce que je les lui ai donnés. Je les lui ai donnés parce que je vous les ai pris. Làhaut, dans la salle du distributeur. Vous comprenez l'histoire ?

— Non, dit Mercadet en levant un visage ahuri.

— Moi, Mercadet. Il fallait faire fuir Mo avant qu'il soit placé en détention. Mo n'a jamais tué personne. Je n'ai pas eu le choix des moyens, je vous ai foutu dedans.

— Mo ne vous a pas menacé ?

— Non.

— C'est vous qui avez ouvert les grilles ?

— Oui.

— Nom d'un chien.

Adamsberg se rejeta en arrière, attendant que Mercadet digère l'information, ce qu'il effectuait normalement assez vite.

— D'accord, dit Mercadet qui relevait la tête. Je préfère ça de loin à l'idée d'avoir sombré dans la salle. Et si Mo n'a pas tué le vieux, c'était la seule chose à faire.

— Et à taire, Mercadet. Seul Danglard a compris. Mais vous, Estalère et moi allons sans doute sauter dans huit jours. Je ne vous ai pas demandé votre avis.

— C'était la seule chose à faire, répéta Mercadet. Mon sommeil aura au moins servi à quelque chose.

— C'est certain. Sans vous dans les locaux, je ne vois pas ce que j'aurais pu inventer.

L'aile de papillon. Mercadet cligne des yeux au Brésil et Mo prend la fuite au Texas.

— C'est pour cela que vous m'avez retenu hier en heures supplémentaires ?

— Oui.

— Très bon. Je n'y ai vu que du feu.

— Mais nous allons sauter, lieutenant.

— Sauf si vous mettez la main sur un des fils Clermont.

— C'est ainsi que vous voyez les choses ? demanda Adamsberg.

— Peut-être. Un jeune comme Mo aurait noué ses lacets par-derrière et par-devant. Je n'ai pas compris que les bouts soient trempés d'essence.

— Bravo.

— Vous l'aviez vu ?

— Oui. Et pourquoi pensez-vous d'abord à un des fils ?

— Imaginez les pertes si Clermont père épousait sa femme de ménage et adoptait les enfants. On dit que les fils n'ont pas le génie diabolique du vieil Antoine et qu'ils se sont lancés dans des opérations mal avisées. Christian surtout. Un détraqué, un flambeur, il aimait claquer en un jour l'extraction quotidienne d'un puits de pétrole.

Mercadet secoua la tête en soupirant.

— Et on ne sait même pas si c'est lui qui conduisait la voiture, conclut-il en se levant.

— Lieutenant, le rappela Adamsberg. Il nous faut un silence absolu, un silence qui durera toujours.

— Je vis seul, commissaire.

Après le départ de Mercadet, Adamsberg tourna un moment dans son bureau, arrangea les bois de cerf le long du mur. Brézillon et sa haine des chiens Clermont-Brasseur. Le divisionnaire pourrait être séduit par l'idée de remonter vers eux via le comte d'Ordebec. Auquel cas il avait une chance qu'on lui confie l'affaire normande. Auquel cas il affronterait l'Armée furieuse. Une perspective qui exerçait sur lui une attraction indéchiffrable, semblant monter des fonds les plus archaïques. Il se rappela un tout jeune homme, un soir, penché sur le parapet d'un pont, observant fixement l'eau qui coulait à grand débit en contrebas. Il avait son bonnet à la main et son problème, avait-il expliqué à Adamsberg, était la tentation impérieuse de le jeter dans l'eau, alors qu'il y tenait. Et le jeune type essayait de comprendre pourquoi il voulait à ce point faire ce geste qu'il ne souhaitait pas. Finalement, il était parti en courant sans lâcher le bonnet, comme s'il devait s'arracher à un lieu d'aimantation. Adamsberg comprenait mieux maintenant la stupide histoire du bonnet sur le pont. La cavalcade des chevaux noirs passait dans ses pensées, lui susurrant d'obscures et insistantes invitations, au point qu'il se sentait importuné par l'aigre réalisme des affaires politico-financières des Clermont-Brasseur. Seul le visage de Mo, brindille sous leurs pieds de géants, lui donnait l'énergie d'y travailler. Les secrets des Clermont étaient sans surprise, lassants de pragmatisme, ce qui rendait plus désolante encore la mort atroce du vieil industriel. Au lieu que le secret d'Ordebec lui envoyait une musique inintelligible et dissonante, une composition de chimères et d'illusions, qui l'attirait comme l'eau s'élançant sous le pont.

Il ne pouvait pas se permettre de déserter trop longtemps la Brigade en ce jour houleux, et il prit une voiture pour aller voir Brézillon. C'est au deuxième feu rouge qu'il s'aperçut qu'il avait emprunté celle où Retancourt avait planqué le chat et ses écuelles. Il ralentit l'allure pour ne pas renverser le bol d'eau. Le lieutenant ne lui pardonnerait jamais d'avoir déshydraté l'animal.

Brézillon le reçut avec un sourire impatient, le tapotant d'une main complice sur l'épaule. Une atmosphère rare qui ne l'empêcha pas de débuter par sa phrase coutumière à l'adresse du commissaire.

— Vous savez que je n'approuve pas beaucoup vos méthodes, Adamsberg. Informelles, sans visibilité, ni pour votre hiérarchie ni pour vos adjoints, sans les éléments factuels nécessaires au fléchage de l'itinéraire. Mais elles pourraient avoir du bon dans l'affaire qui nous réunit, attendu qu'il nous faut trouver cette fois un passage obscur.

Adamsberg laissa passer l'introduction et exposa l'excellent élément factuel que constituaient les lacets des baskets mal noués par l'incendiaire. Il n'était pas aisé de couper les longs monologues du divisionnaire.

— J'apprécie, commenta Brézillon en écrasant son mégot avec un seul pouce, un geste impérieux qui lui était habituel. Vous feriez mieux de débrancher votre téléphone portable avant que nous poursuivions. Vous êtes sur écoute depuis la fuite du suspect, depuis que vous montrez si peu d'allant pour retrouver ce Mohamed. Autrement dit l'animal choisi pour le sacrifice, précisa-t-il après qu'Adamsberg eut démonté son portable. Nous sommes bien d'accord ? Je n'ai jamais pensé que ce jeune homme insignifiant ait pu brûler par hasard un des magnats de notre finance. Ils vous ont donné huit jours, je le sais, et je ne vous vois pas aboutir en si peu de temps. D'une part parce que vous êtes lent, d'autre part parce que la route est barrée. Néanmoins je suis prêt à vous épauler de toute manière souhaitable et légale pour tenter l'assaut contre les frères. Il va sans dire, Adamsberg, que, comme tous, je marche à fond dans la culpabilité de l'Arabe et que, quoi qu'il puisse arriver au clan Clermont, je n'approuverai pas ce scandale. Trouvez le chemin.

16

À 17 heures, Adamsberg revint à la Brigade, le chat plié en deux sur son bras comme un gros chiffon, qu'il reposa sur le lit tiède de la photocopieuse. Rien n'avait alerté l'équipe de l'Inspection, qui s'était effectivement présentée deux heures plus tôt et avait ratissé les lieux sans ménagement et sans commentaire. Entre-temps, les rapports des gendarmeries et des postes de police étaient tombés, et Momo demeurait invisible. Beaucoup d'agents étaient encore en extérieur, fouillant tous les domiciles de ses relations connues. Une opération de plus grande envergure était prévue pour le soir, visant à l'inspection de la totalité des logements de la Cité des Buttes où logeait Momo, qui présentait, bien sûr, un taux annuel de voitures incendiées supérieur à la moyenne. On attendait les renforts de trois commissariats de Paris, nécessaires pour encercler les Buttes.

Adamsberg fit un signe à Veyrenc, Morel et Noël, et s'assit de travers sur le bureau de Retancourt.

— Voici l'adresse des deux fils Clermont, Christian et Christophe. Les « deux Christs », comme on les appelle.

— Qui n'égalent pas la réputation du Sauveur, dit Retancourt.

— Le père a trop présumé d'eux.

— *Il regarde en pleurant ses enfants avilis / Regrettant les vertus qu'il avait abolies*, compléta Veyrenc. Vous espérez que les Clermont nous ouvriront la porte ?

— Non. Que vous les preniez en chasse nuit et jour. Ils habitent ensemble, dans un immense hôtel particulier à deux corps de logis. Changez de voiture et d'allure sans cesse et toi, Veyrenc, teins-toi les cheveux.

— Noël n'est pas le meilleur d'entre nous pour les filatures, observa Morel. On le repère de loin.

— Mais il nous le faut. Noël est mauvais et teigneux, il s'accrochera à n'importe quelle piste. On a besoin de cela aussi.

— Merci, dit Noël sans ironie, qui ne mésestimait pas ses qualités négatives.

— Voici des photos d'eux, dit Adamsberg en faisant circuler quelques clichés parmi le groupe. Ils se ressemblent assez, l'un en gros, l'autre en maigre. Soixante ans et cinquante-huit ans. Le maigre, c'est l'aîné, Christian, que nous nommerons Sauveur 1. Belle chevelure argentée qu'il porte toujours un peu longue. Élégant, brillant, amuseur vêtu d'habits dispendieux. Le petit grassouillet est réservé, plus sobre, et n'a presque plus de cheveux. C'est Christophe, dit Sauveur 2. La Mercedes qui a brûlé était la sienne. Un mondain d'un côté, un bosseur de l'autre. Ce qui ne signifie pas que l'un est meilleur que l'autre. On ne sait toujours pas ce qu'ils faisaient le soir de l'incendie, ni qui conduisait la voiture.

— Que se passe-t-il ? demanda Retancourt. On abandonne Momo ?

Adamsberg jeta un regard à Retancourt, et y retrouva la même défiance amusée, indéchiffrable.

— On cherche Mo, lieutenant, en ce moment même et ce soir avec les renforts. Mais nous avons un problème avec des bouts de lacets.

— Quand avez-vous pensé à cela ? demanda Noël, après qu'Adamsberg eut exposé la question de ces lacets mal noués.

— Cette nuit, mentit Adamsberg avec aisance.

— Alors pourquoi lui avez-vous demandé d'enfiler une chaussure hier ?

— Pour vérifier sa pointure.

— Bien, dit Retancourt, en injectant tout son scepticisme dans ce seul mot.

— Cela n'innocente pas Mo, reprit Adamsberg. Mais cela gêne.

— Beaucoup, approuva Noël. Si l'un des deux Christs a mis le feu à son père en plongeant Mo dans le bain, le bateau va secouer.

— Le bateau est déjà troué, commenta Veyrenc. *À peine sur le pont avait-on embarqué / Qu'un écueil sous-marin perfora la bordée.*

Depuis sa réintégration récente, le lieutenant Veyrenc avait déjà énoncé quelques dizaines de mauvais vers. Mais plus personne n'y prêtait attention, comme s'il s'agissait d'un élément sonore ordinaire, tels les ronflements de Mercadet ou les miaulements du chat, qui participait de manière inévitable au bruit de fond de la Brigade.

— Si l'un des deux Christs l'a fait, précisa Adamsberg – mais nous n'avons pas dit que c'était le cas et nous n'y croyons pas –, son costume devrait porter des traces résiduelles de vapeurs d'essence.

— Plus lourdes que l'air, acquiesça Veyrenc.

— De même la mallette ou le sac dont il se serait servi pour faire l'échange des chaussures, dit Morel.

— Ou pourquoi pas la poignée de sa porte quand il est rentré, ajouta Noël.

— Ou sa clef.

— Pas s'il a tout nettoyé, objecta Veyrenc.

— Faut voir si l'un des deux s'est débarrassé d'un costume. Ou l'a envoyé au nettoyage.

— En gros et en détail, commissaire, dit Retancourt, vous nous demandez d'épier les deux Christs comme s'il s'agissait de meurtriers tout en nous priant de ne pas les considérer comme tels.

— C'est cela, approuva Adamsberg en souriant. Mo est coupable et on le cherche. Mais vous vous collez sur les Christs comme des tiques.

— Simplement pour la beauté du geste, dit Retancourt.

— On a souvent besoin d'une petite beauté du geste. Un peu d'esthétique compensera la fouille de la Cité des Buttes ce soir, qui n'aura rien d'artistique. Retancourt et Noël seront préposés au fils aîné, Christian Sauveur 1. Morel et Veyrenc sur Christophe Sauveur 2. Conservez ce code, je suis sur écoute.

— Faudra tourner avec deux équipes de nuit.

— Avec Froissy, qui s'occupera des micros multidirectionnels, Lamarre, Mordent et Justin. Les voitures devront être parquées à bonne distance. L'hôtel particulier est gardé.

— Et si l'on se fait repérer ?

Adamsberg réfléchit quelques instants, puis secoua la tête, impuissant.

— On ne se fait pas repérer, conclut Veyrenc.

17

Son voisin Lucio arrêta Adamsberg qui traversait le petit jardin pour rentrer chez lui.

— Hola, hombre, salua le vieil homme.

— Hola, Lucio.

— Une bonne bière te fera du bien. Avec cette chaleur.

— Pas maintenant, Lucio.

— Avec tous tes emmerdements aussi.

— Parce que j'ai des emmerdements ?

— Certainement, hombre.

Adamsberg ne négligeait jamais les annonces de Lucio et il attendit dans le jardin que le vieil Espagnol revienne avec deux bières fraîches. À force que Lucio pisse régulièrement contre le hêtre, Adamsberg avait l'impression que l'herbe dépérissait à la base du tronc. Ou peut-être était-ce l'effet de la chaleur.

Le vieux décapsula les deux bouteilles – jamais de canettes avec lui – et lui en tendit une.

— Deux types qui fouinent, dit Lucio entre deux gorgées.

— Ici ?

— Oui. L'air de rien. L'air de deux types qui passent dans la rue. Et plus t'as l'air de rien, plus t'as l'air de quelque chose. Des fouille-merde, quoi. Les fouille-merde ne marchent jamais tête droite ou tête baissée comme tout le monde. Leurs yeux sont partout, comme s'ils se promenaient dans une rue touristique. Mais notre rue n'est pas touristique, hein, hombre ?

— Non.

— C'est des fouille-merde et c'est ta maison qui les intéressait.

— Repérage des lieux.

— Et noter les allées et venues de ton fils, peut-être pour savoir quand la maison est vide.

— Des fouille-merde, murmura Adamsberg. Des gars qui finiront un jour étouffés avec de la mie de pain.

— Pourquoi veux-tu les étouffer avec de la mie de pain ?

Adamsberg écarta les bras.

— Alors je te le dis, reprit Lucio. Si des fouille-merde cherchent à entrer chez toi, c'est que tu es dans les ennuis.

Adamsberg souffla sur le goulot de sa bouteille pour en tirer un petit sifflement – ce qu'on ne peut pas faire avec une canette, expliquait Lucio à raison –, et s'assit sur la vieille caisse en bois que son voisin avait installée sous le hêtre.

— T'as fait une connerie, hombre ?

— Non.

— À qui tu t'attaques ?

— À des terres interdites.

— Très déraisonnable, amigo. En cas de besoin, si tu as quelque chose ou quelqu'un à mettre à l'abri, tu sais où est ma clef de secours.

— Oui. Sous le seau rempli de gravillons, derrière le hangar.

— Tu ferais mieux de la mettre dans ta poche. À toi de voir, hombre, ajouta Lucio en s'éloignant.

La table était mise sur la nappe en plastique salie par Hellebaud, Zerk et Momo attendaient l'arrivée d'Adamsberg pour dîner. Zerk avait préparé des pâtes aux miettes de thon à la sauce tomate, une variante du riz au thon et tomates qu'il avait servi quelques jours plus tôt. Adamsberg songea à lui demander de modifier un peu les menus et y renonça aussitôt, ça n'avait pas de sens de critiquer un fils inconnu pour une affaire de thon. Encore moins devant un Mo inconnu. Zerk déposait des petits bouts de poisson à côté de son assiette, et Hellebaud piquait dedans avec frénésie.

— Il va beaucoup beaucoup mieux, dit Adamsberg.

— Oui, confirma Zerk.

Adamsberg n'était jamais incommodé par les silences en groupe et il n'éprouvait pas l'instinct compulsif de remplir les blancs coûte que coûte. Les anges, disait-on, pouvaient passer et repasser sans qu'il s'en soucie. Son fils paraissait taillé sur le même modèle et Mo était trop intimidé pour oser lancer un sujet de conversation. Mais il était de ceux que les anges désarçonnaient.

— Vous êtes diaboliste ? demanda-t-il d'une petite voix au commissaire.

Adamsberg regarda le jeune homme sans comprendre, mâchant avec difficulté sa bouchée. Il n'y a rien de plus dense et sec que le thon vapeur, et c'est à cela qu'il pensait quand Mo lui posa cette question.

— Je n'ai pas compris, Mo.

— Vous aimez jouer au diabolo ?

Adamsberg arrosa de nouveau son plat de sauce tomate et estima qu'être diaboliste ou jouer au diabolo devait signifier quelque chose comme « jouer avec le diable », chez les jeunes gens de la cité de Mo.

— On y est forcés parfois, répondit-il.

— Mais vous ne jouez pas en professionnel ?

Adamsberg interrompit sa mastication et avala une gorgée d'eau.

— Je crois qu'on ne parle pas de la même chose. Qu'est-ce que tu entends par « diabolo » ?

— Le jeu, expliqua Mo, en rougissant. Le double cône en caoutchouc qu'on fait rouler sur une ficelle avec deux baguettes, ajouta-t-il en imitant le geste du joueur.

— D'accord, le diabolo, confirma Adamsberg. Non, je ne joue pas au diabolo. Ni au yo-yo.

Mo replongea le nez dans son assiette, déçu par sa tentative ratée, cherchant une autre branche à laquelle s'accrocher.

— C'est vraiment important pour vous ? Je veux dire, le pigeon ?

— Toi aussi, Mo, on t'a ficelé les pattes.

— Qui, « on » ? demanda Mo.

— Les grands de ce monde qui s'occupent de toi.

Adamsberg se leva, écarta un bout du rideau punaisé contre la porte, observa le jardin à la tombée de la nuit, Lucio qui s'était calé sur sa caisse avec le journal.

— Il va falloir qu'on pense un peu, dit-il en commençant à tourner autour de la table. Deux fouille-merde ont traîné dans les parages aujourd'hui. Ne t'inquiète pas, Mo, on a un peu de temps, ces gars-là ne sont pas venus pour toi.

— Des flics ?

— Plutôt une garde rapprochée du Ministère. Ils veulent savoir ce que j'ai dans la tête au juste à propos des Clermont-Brasseur. Il y a une affaire de lacets qui les inquiète. Je te l'expliquerai plus tard, Mo. C'est leur seul point fragile. Ta disparition les affole.

— Qu'est-ce qu'ils cherchent ici ? demanda Zerk.

— À vérifier si je n'ai pas des documents prouvant l'existence d'une enquête officieuse sur les Clermont-

Brasseur. C'est-à-dire à entrer en notre absence. Mo ne peut pas rester là.

— Faut l'emmener ce soir ?

— Il y a des barrages sur toutes les routes, Zerk. Il faut qu'on pense un peu, répéta-t-il.

Zerk tira sur sa cigarette, sourcils froncés.

— S'ils guettent dans la rue, on ne pourra pas faire monter Mo dans une voiture.

Adamsberg continuait de tourner autour de la table, en même temps qu'il enregistrait chez son fils des possibilités d'action rapide et même de pragmatisme.

— On passera par chez Lucio, et de là dans la rue arrière.

Adamsberg s'immobilisa, attentif à un bruit d'herbe froissée au-dehors. Aussitôt après, on frappait à la porte. Mo s'était déjà levé, son assiette en main, et avait reculé vers l'escalier.

— Retancourt, annonça la forte voix du lieutenant. On peut entrer, commissaire ?

D'un geste du pouce, Adamsberg indiqua à Mo la direction de la cave et ouvrit. C'était une vieille maison, et le lieutenant se courba pour ne pas heurter le linteau de la porte en entrant. La cuisine paraissait plus étroite quand Retancourt y était.

— C'est important, dit Retancourt.

— Vous avez dîné, Violette ? demanda Zerk, que la vue du lieutenant semblait illuminer.

— Ça n'a pas d'importance.

— Je fais réchauffer, dit Zerk qui se mit aussitôt aux fourneaux.

Le pigeon sautilla sur la table et s'avança à dix centimètres du bras de Retancourt.

— Il me reconnaît un peu, non ? Il a l'air remis.

— Oui, mais il ne vole pas.

— On ne sait pas si c'est physique ou mental, précisa Zerk très sérieusement. J'ai tenté un essai dans le jardin, mais il est resté là à picorer comme s'il avait oublié qu'il pouvait décoller.

— Bien, dit Retancourt en s'asseyant sur la chaise la plus solide. J'ai modifié votre plan pour la filature des frères Clermont.

— Il ne vous plaît pas ?

— Non. Trop classique, trop long, risqué et sans espoir d'aboutissement.

— Possible, admit Adamsberg qui savait que, depuis la veille, il avait dû prendre toutes ses décisions en hâte et peut-être sans discernement. Les critiques de Retancourt ne l'affectaient jamais.

— Vous avez une autre idée ? ajouta-t-il.

— S'incruster dans la place. Je ne vois que cela.

— Classique aussi, répondit Adamsberg, mais injouable. La demeure est inviolable.

Zerk déposa une assiette de pâtes au thon réchauffées devant Retancourt. Adamsberg supposa que Violette viendrait à bout du poisson sans même s'en rendre compte.

— Tu as un peu de vin avec ? demanda-t-elle. Ne te dérange pas, je sais où c'est, je descends.

— Non, j'y vais, dit Zerk précipitamment.

— Presque inviolable, c'est vrai, alors j'ai joué le tout pour le tout.

Adamsberg eut un léger frémissement.

— Vous auriez dû me consulter, lieutenant, dit-il.

— Vous avez dit que vous étiez sur écoute, dit Retancourt en enfournant une très grosse bouchée de poisson, sans en être incommodée. À propos, je vous ai apporté un nouveau portable vierge et une puce de rechange. Elle a appartenu au receleur de La Garenne, dit « le Pointu », mais on s'en fout, il est mort. J'ai aussi un message personnel qu'on vous a porté à la Brigade ce soir. Du divisionnaire.

— Qu'est-ce que vous avez fait, Retancourt ?

— Rien d'extraordinaire. Je me suis présentée à l'hôtel des Clermont et j'ai expliqué au portier qu'on m'avait informée qu'il y avait un emploi à prendre. Je ne sais pas pourquoi, j'ai dû impressionner le portier, il ne m'a pas fait partir tout de suite.

— Sans doute, admit Adamsberg. Mais il a dû vous demander d'où vous teniez l'information.

— Évidemment. Je lui ai donné le nom de Clara de Verdier, j'ai dit qu'elle était une amie de la fille de Christophe Clermont.

— Ils vont faire vérifier l'info, Retancourt.

— Peut-être, dit le lieutenant en se servant à la bouteille que Zerk avait débouchée. Il est très bon ton dîner, Zerk. Ils peuvent vérifier tout ce qu'ils veulent, parce que l'info est vraie. Et vrai qu'il y a un emploi à pourvoir. Dans ces grandes maisons, il y a tellement de personnel qu'il y a toujours un poste subalterne à prendre, surtout que Christian Sauveur 1 a la réputation d'être très dur avec ses employés. Ça valse sans arrêt. Cette Clara a été une amie de mon frère Bruno et je l'ai dépannée un jour dans une affaire de vol à main armée. Je l'ai appelée, elle confirmera pour moi si nécessaire.

— Sûrement, dit Adamsberg, un peu sonné.

Il était un des premiers à révérer la puissance d'action-résolution anormale de Retancourt, adaptée à toutes tâches tous objectifs tous terrains, mais il ressentait toujours un peu d'étourdissement quand il y était confronté.

— Si bien, dit Retancourt en épongeant la sauce avec du pain, que si vous n'y voyez pas d'inconvénient, je débute demain.

— Précisez, lieutenant. Le portier vous a fait entrer ?

— Forcément. J'ai été reçue par le secrétaire principal de Christian Sauveur 1, un chefaillon très désagréable qui, à première vue, n'était pas disposé à me donner le travail.

— Quel est le boulot ?

— Gestion de la comptabilité domestique sur ordinateur. En bref, j'ai fait valoir un peu vivement mes qualités et, tout compte fait, le type m'a embauchée.

— Il n'a sans doute pas eu le choix, dit doucement Adamsberg.

— Je suppose que non.

Retancourt termina son verre et le reposa avec bruit sur la table.

— Elle n'est pas très propre, cette nappe, remarqua-t-elle.

— C'est le pigeon. Zerk nettoie comme il peut mais ses fientes attaquent le plastique. Je me demande ce qu'il y a dans les chiures d'oiseau.

— De l'acide ou quelque chose comme ça. On fait quoi ? Je prends le boulot ou non ?

Au milieu de la nuit, Adamsberg se réveilla et descendit dans la cuisine. Il avait oublié le message du divisionnaire apporté par Retancourt, qui traînait toujours sur la table. Il le lut, sourit, et le fit brûler dans la cheminée. Brézillon lui confiait l'affaire d'Ordebec.

Face à lui, l'Armée furieuse.

À 6 h 30, il réveilla Zerk et Mo.

— Le Seigneur Hellequin nous apporte son aide, dit-il, et Zerk trouva que cette phrase sonnait un peu comme une déclaration dans une église.

— Violette aussi, dit Zerk.

— Aussi, mais elle le fait toujours. Je suis saisi de l'affaire d'Ordebec. Soyez prêts à partir dans la journée. Avant, nettoyez toute la maison à fond, passez la salle de bains à l'eau de Javel, lavez les draps de Mo, frottez partout où il a pu poser les doigts. On l'emmènera dans ma voiture de flic et on le planquera là-bas. Zerk, va récupérer ma propre voiture au garage, et achète une cage pour Hellebaud. Prends l'argent sur le buffet.

— Les empreintes, ça tient sur des plumes de pigeon ? Hellebaud n'aimera pas que je lui frotte tout le corps au chiffon.

— Non, ne le nettoie pas.

— Il part aussi, lui ?

— Il part si tu pars. Si tu acceptes. J'aurais besoin de toi là-bas pour ravitailler Mo dans sa planque.

Zerk fit un signe d'assentiment.

— Je ne sais pas encore si tu pars avec moi ou avec ma voiture.

— Tu dois penser un peu ?

— Oui, et je dois penser vite.

— Pas simple, dit Zerk, appréciant la difficulté à sa pleine mesure.

18

Une nouvelle réunion rassembla les membres de la Brigade dans la salle du concile, sous les ventilateurs qui fonctionnaient à plein régime. On était dimanche, mais les ordres de dispositif d'urgence du Ministère avaient annulé toute pause et toutes vacances jusqu'à résolution du cas Mohamed. Pour une fois, Danglard était présent dès le matin, ce qui lui donnait la mine d'un gars vaincu par la vie sans avoir seulement tenté de résister. Tous savaient que son visage ne se déplierait que vers midi. Adamsberg avait eu le temps de feindre de lire les rapports sur la fouille de la Cité des Buttes, qui avait duré en vain jusqu'à 2 h 20 du matin.

— Où est Violette ? demanda Estalère en servant sa première tournée de cafés.

— En immersion chez les Clermont-Brasseur, elle s'est fait engager dans le personnel.

Noël siffla longuement, admiratif.

— Aucun de nous ne doit en parler, ni la contacter. Elle est officiellement en stage à Toulon, pour une formation accélérée de quinze jours en informatique.

— Comment a-t-elle fait pour entrer là-dedans ? demanda Noël.

— C'était son intention et elle l'a concrétisée.

— Exemple stimulant, observa Voisenet d'une voix alanguie. Si l'on pouvait concrétiser nos intentions.

— Oubliez ça, Voisenet, dit Adamsberg. Retancourt ne peut être un modèle pour personne, elle utilise des facultés non reproductibles.

— Sans aucun doute, confirma Mordent avec sérieux.

— On annule donc tout le dispositif de surveillance. On passe à autre chose.

— Mais on continue à traquer Mo, non ? demanda Morel.

— Évidemment, ça reste la tâche prioritaire. Mais quelques-uns doivent se tenir disponibles. On passe en Normandie. Nous sommes saisis de l'affaire d'Ordebec.

Danglard releva vivement la tête et son visage se rida de déplaisir.

— Vous avez fait cela, commissaire ? dit-il.

— Pas moi. Le capitaine Émeri s'est retrouvé à genoux. Il a attribué deux meurtres à un suicide et à un accident, il est dessaisi.

— Et pourquoi cela nous tombe dessus ? demanda Justin.

— Parce que j'étais sur place quand on a trouvé le premier corps et quand la seconde victime s'est fait attaquer. Parce que le capitaine Émeri a poussé. Parce qu'on a peut-être une possibilité, depuis là-bas, de se faufiler dans la forteresse des Clermont-Brasseur.

Adamsberg mentait. Il ne croyait pas à la puissance du comte d'Ordebec. Émeri avait fait miroiter cet à-côté pour lui fournir un prétexte. Adamsberg y allait parce que défier l'Armée furieuse l'attirait de manière presque irrépressible. Et parce que la planque serait excellente pour Mo.

— Je ne vois pas le rapport avec les Clermont, dit Mordent.

— Il y a là-bas un vieux comte qui pourrait nous ouvrir des portes. Il a fait des affaires avec Antoine Clermont.

— Admettons, dit Morel. Comment ça se présente ? De quoi s'agit-il ?

— Il y a eu un meurtre – un homme – et une tentative de meurtre sur une vieille femme. On ne pense pas qu'elle survivra. Trois autres morts sont encore annoncées.

— Annoncées ?

— Oui. Parce que ces crimes sont directement reliés à une sorte de cohorte puante, une très vieille histoire.

— Une cohorte de quoi ?

— De morts en armes. Elle traîne dans le coin depuis les siècles des siècles et elle emporte avec elle les vivants coupables.

— Parfait, dit Noël, elle fait notre boulot, en quelque sorte.

— Un peu plus car elle les tue. Danglard, expliquez-leur rapidement ce qu'est l'Armée furieuse.

— Je ne suis pas d'accord pour qu'on se mêle de ça, bougonna le commandant. Vous avez dû tremper dans cette saisine, d'une manière ou d'une autre. Et je n'y suis pas favorable, pas du tout.

Danglard leva les mains en geste de refus, se demandant d'où lui venait cette répugnance pour l'affaire d'Ordebec. Il avait rêvé deux fois de l'Armée d'Hellequin depuis qu'il s'était plu à la décrire à Zerk et Adamsberg. Mais il ne s'était pas plu dans ses rêves, où il se démenait contre l'idée trouble qu'il courait à sa perte.

— Racontez tout de même, dit Adamsberg en observant son adjoint avec attention, décelant de la peur dans son repli. Chez Danglard, authentique athée dénué de mysticisme, la superstition pouvait malgré tout se frayer des chemins assez larges en empruntant ceux, toujours béants, de ses pensées anxieuses.

Le commandant haussa les épaules avec un semblant d'assurance et se leva, selon sa coutume, pour exposer la situation médiévale aux agents de la Brigade.

— Faites assez vite, Danglard, le pria Adamsberg. Vous n'avez pas besoin de citer les textes.

Recommandation inutile, et la présentation de Danglard occupa quarante minutes, divertissant les agents de la pesante réalité de l'affaire Clermont. Seule Froissy s'éclipsa quelques instants pour aller manger des biscuits et du pâté. Il y eut quelques hochements de tête entendus. On savait qu'elle venait d'ajouter à sa planque une collection de terrines délicates, tels des pâtés de lièvre aux pleurotes qui en tentaient certains. Quand Froissy se rassit à la table, l'éloquence de Danglard retenait la totale attention des membres de la Brigade, et surtout le spectacle formidable de l'Armée d'Hellequin – formidable au sens strict, précisa le commandant, c'est-à-dire susceptible d'inspirer la terreur.

— C'est Lina qui a tué le chasseur ? demanda Lamarre. Elle va exécuter tous ceux qu'elle a reconnus dans sa vision ?

— Elle obéit, en quelque sorte ? ajouta Justin.

— Peut-être, intervint Adamsberg. On dit à Ordebec que toute la famille Vendermot est cinglée. Mais là-bas, tous les habitants subissent l'influence de l'Armée. Elle traîne dans le coin depuis trop longtemps et ce ne sont pas ses premières victimes. Personne ne se sent à son aise avec cette légende, et beaucoup la redoutent réellement. Si une prochaine victime désignée meurt, la ville va entrer en convulsions. Pire encore en ce qui concerne la quatrième victime, parce qu'elle n'a pas de nom.

— Si bien que beaucoup peuvent s'imaginer en quatrième victime, dit Mordent en prenant des notes.

— Ceux qui se sentent coupables de quelque chose ?

— Non, ceux qui le sont réellement, précisa Adamsberg. Des escrocs, des salauds, des tueurs insoupçonnés et impunis, et que le passage d'Hellequin peut terrifier bien plus qu'un contrôle de flics. Parce que, là-bas, on est bien convaincu qu'Hellequin sait, qu'Hellequin voit.

— Tout le contraire de ce qu'on pense des flics, dit Noël.

— Supposons, dit Justin, toujours soucieux de précision, qu'une personne craigne d'être la quatrième victime désignée par cet Hellequin. Le quatrième « saisi », comme vous avez dit. On ne voit pas à quoi cela lui sert de tuer les autres « saisis ».

— Si, précisa Danglard, car une tradition marginale, qui ne fait pas l'unanimité, dit que celui qui exécute les desseins d'Hellequin peut être sauvé de son propre destin.

— En échange de ses bons services, commenta Mordent qui, en collectionneur de contes et légendes, prenait toujours des notes sur cette histoire qu'il ne connaissait pas.

— Un collabo récompensé, en quelque sorte, dit Noël.

— C'est l'idée, oui, confirma Danglard. Mais elle est récente, du début du XIXe siècle. L'autre hypothèse dangereuse est qu'une personne, sans s'imaginer être une « saisie », croie aux accusations d'Hellequin et veuille accomplir sa volonté. Afin de rendre *vraye justice*.

— Qu'est-ce que pouvait savoir cette Léo ?

— Impossible à deviner. Elle était seule quand elle a trouvé le corps d'Herbier.

— Quel est le plan ? demanda Justin. Comment se divise-t-on ?

— Il n'y a pas de plan. Je n'ai pas eu le temps de faire des plans pour quoi que ce soit depuis un bon moment.

Depuis jamais, corrigea muettement Danglard, dont la répulsion envers l'opération d'Ordebec accroissait l'agressivité.

— Je pars avec Danglard, s'il accepte, et je ferai appel à certains d'entre vous si besoin.

— On reste donc fixés sur Mo.

— C'est cela. Retrouvez-moi ce type. Soyez en contact permanent avec l'ensemble des postes nationaux.

Adamsberg entraîna Danglard avec lui après avoir dissous la réunion.

— Venez voir dans quel état est Léo, lui dit-il. Et vous aurez largement de quoi désirer vous mettre en travers de l'Armée furieuse. Du dément qui exécute les désirs du Seigneur Hellequin.

— Pas raisonnable, dit Danglard en secouant la tête. Il faut quelqu'un pour faire tourner la Brigade ici.

— Qu'est-ce qui vous fait peur, Danglard ?

— Je n'ai pas peur.

— Si.

— D'accord, admit Danglard. Je pense que je vais laisser ma peau à Ordebec. C'est tout. Que ce sera ma dernière affaire.

— Bon sang, Danglard, pourquoi ?

— J'en ai rêvé deux fois. D'un cheval surtout, qui n'a plus que trois jambes.

Danglard eut un frisson, presque une nausée.

— Venez vous asseoir, dit Adamsberg en le tirant doucement par la manche.

— Il est monté par un homme noir, poursuivit Danglard, il me frappe, je tombe, je suis mort et c'est tout. Je sais, commissaire, nous ne croyons pas aux rêves.

— Alors ?

— Alors c'est moi qui ai tout déclenché en vous racontant l'histoire de l'Armée furieuse. Sinon, vous en seriez resté à votre armée curieuse et tout se serait arrêté là. Mais j'ai ouvert la boîte interdite, par plaisir, par érudition. Et je l'ai défiée. C'est pour cela qu'Hellequin aura ma peau là-bas. Il n'aime pas qu'on blague avec lui.

— J'imagine que non. J'imagine que ce n'est pas un blagueur.

— Ne plaisantez pas, commissaire.

— Vous n'êtes pas sérieux, Danglard. Pas à ce point ?

Danglard secoua ses épaules molles.

— Bien sûr que non. Mais je me lève et je m'endors avec cette idée.

— C'est la première fois que vous craignez autre chose que vous-même. Ce qui vous fait à présent deux ennemis. C'est trop, Danglard.

— Que suggérez-vous ?

— Qu'on y parte cet après-midi. On dînera au restaurant ? Avec un bon vin ?

— Et si j'y crève ?

— Tant pis.

Danglard eut un sourire et leva un regard modifié vers le commissaire. « Tant pis. » Cette réponse lui convenait, mettant brusquement fin à sa plainte comme si Adamsberg avait appuyé sur un bouton d'arrêt, débranchant ses craintes.

— À quelle heure ? demanda-t-il.

Adamsberg consulta ses montres.

— Rejoignez-moi à la maison dans deux heures. Demandez à Froissy de vous fournir deux nouveaux portables, et cherchez le nom d'un bon restaurant.

Quand le commissaire entra chez lui, la maison était lustrée, la cage d'Hellebaud prête, les sacs presque bouclés. Zerk était en train de fourrer dans celui de Mo des cigarettes, des livres, des crayons, des mots croisés. Mo le regardait faire, comme si les gants de caoutchouc qu'il portait aux mains l'empêchaient de bouger. Adamsberg savait que le statut d'homme recherché, de bête traquée, paralyse dès les premiers jours les mouvements naturels du corps. Après un mois, on hésite à faire du bruit en marchant, après trois mois, on n'ose pas respirer.

— Je lui ai acheté un nouveau yo-yo aussi, expliqua Zerk. Il n'est pas d'aussi bonne qualité que le sien, mais je ne pouvais pas m'absenter trop longtemps. Lucio m'a remplacé en s'installant dans la cuisine avec sa radio. Tu sais pourquoi il balade toujours sa radio qui grésille ? On n'entend pas ce qui se dit.

— Il aime entendre les voix humaines, mais pas ce qu'elles racontent.

— Où je serai ? demanda Mo timidement.

— Dans une baraque moitié béton moitié planches, à l'écart du bourg, et dont le locataire vient d'être assassiné. Elle est donc sous scellés de la gendarmerie, tu ne peux pas trouver meilleur abri.

— Mais qu'est-ce qu'on fera pour ces scellés ? demanda Zerk.

— On les défera et on les refera. Je te montrerai. De toute façon, la gendarmerie n'a plus aucune raison de s'y pointer.

— Pourquoi le type a-t-il été assassiné ? demanda Mo.

— Une sorte de colosse puant local lui est tombé dessus, un nommé Hellequin. Ne t'en fais pas, il n'a rien après toi. Pourquoi as-tu acheté des crayons de couleur, Zerk ?

— S'il veut dessiner.

— Bon. Tu voudras dessiner, Mo ?

— Non, je ne crois pas.

— Bon, répéta Adamsberg. Mo part avec moi dans la voiture officielle, dans le coffre. Le voyage durera environ deux heures, et il fera très chaud là-dedans. Tu auras de l'eau. Tu tiendras ?

— Oui.

— Tu entendras la voix d'un autre homme, celle du commandant Danglard. Ne t'en fais pas, il est au courant pour ta fuite. Ou plutôt il a deviné et je n'ai rien pu faire. Mais il ne sait pas encore que je t'emmène avec moi. Ça ne tardera pas, Danglard est brillant, il précède et devine presque tout, même les desseins mortifères du Seigneur Hellequin. Je te déposerai dans la maison vide avant d'entrer dans Ordebec. Zerk, tu arriveras avec l'autre voiture et le reste des bagages. Là-bas, puisque tu sais te servir d'un appareil, nous dirons que tu fais un stage informel en photographie, en même temps que tu travailles pour une commande en free-lance qui t'oblige à sillonner les environs. Pour une revue, disons, suédoise. Il faut trouver une explication à tes absences. À moins que tu ne penses à mieux ?

— Non, dit simplement Zerk.

— Qu'est-ce que tu pourrais bien photographier ?

— Des paysages ? Des églises ?

— Trop fait. Trouve autre chose. Un sujet qui explique ta présence dans les champs ou dans les bois, si on t'y trouve. Tu passeras par là pour rejoindre Mo.

— Des fleurs ? dit Mo.

— Des feuilles pourries ? proposa Zerk.

Adamsberg posa les sacs de voyage près de la porte.

— Pourquoi veux-tu photographier des feuilles pourries ?

— C'est toi qui me demandes de photographier quelque chose.

— Mais pourquoi dis-tu « des feuilles pourries » ?

— Parce que c'est bien. Tu sais tout ce qui se trame dans les feuilles pourries ? Dans seulement dix centimètres carrés de feuilles pourries ? Les insectes, les vers, les larves, les gaz, les spores de champignons, les crottes d'oiseau, les racines, les micro-organismes, les graines ? Je fais un reportage sur la vie dans les feuilles pourries, pour le *Svenska Dagbladet*.

— Le *Svenska* ?

— Un journal suédois. Ce n'est pas ce que tu as demandé ?

— Si, répondit Adamsberg en regardant ses montres. Passe avec Mo et les bagages chez Lucio. Je me gare derrière chez lui et, dès que Danglard m'a rejoint, je te préviens du départ.

— Je suis content d'y aller, dit Zerk, avec cet accent naïf qui traversait souvent son élocution.

— Eh bien, dis-le à Danglard, surtout. Lui est absolument mécontent.

Vingt minutes plus tard, Adamsberg sortait de Paris par l'autoroute de l'Ouest, le commandant assis à sa droite, s'éventant avec une carte de France, Mo plié dans le coffre, installé avec un coussin sous la tête.

Après trois quarts d'heure de route, le commissaire appela Émeri.

— Je pars seulement maintenant, lui dit-il. Ne m'attends pas avant deux heures.

— Content de t'accueillir. Le fils de pute de Lisieux est dans une colère noire.

— Je pense m'installer dans l'auberge de Léo. Tu y vois un inconvénient ?

— Aucun.

— Très bien, je la préviendrai.

— Elle ne t'entendra pas.

— Je la préviendrai quand même.

Adamsberg rempocha l'appareil et appuya sur l'accélérateur.

— C'est nécessaire d'aller si vite ? demanda Danglard. Nous ne sommes pas à une demi-heure près.

— On va vite parce qu'il fait chaud.

— Pourquoi avez-vous menti à Émeri sur notre heure d'arrivée ?

— Ne posez pas trop de questions, commandant.

19

À cinq kilomètres d'Ordebec, Adamsberg ralentit l'allure, traversant le petit village de Charny-la-Vieille.

— À présent, Danglard, j'ai une petite course à faire avant d'entrer dans le vif d'Ordebec. Je vous suggère de m'attendre ici, je reviendrai vous chercher dans une demi-heure.

Danglard hocha la tête.

— Ainsi je ne saurai rien, ainsi je ne serai pas mouillé.

— Il y a de ça.

— C'est sympathique de vouloir me protéger. Mais quand vous m'avez fait rédiger le faux rapport, vous m'avez immergé jusqu'au cou dans vos combines.

— Personne ne vous demandait d'y fourrer votre nez.

— C'est mon boulot d'installer des garde-fous sur votre route.

— Vous ne m'avez pas répondu, Danglard. Je vous pose ici ?

— Non. Je vais avec vous.

— Vous n'allez peut-être pas aimer la suite.

— Je n'aime déjà pas Ordebec.

— Vous avez tort, c'est ravissant. Quand on arrive sur le bourg, on voit la grande église qui domine la colline, la petite cité à ses pieds, les maisons de bois et de terre, ça va vous plaire. Autour, les champs sont peints avec toutes les nuances de vert, et sur ce vert, on a posé des quantités de vaches immobiles. Je n'ai pas vu une seule vache y bouger, je me demande pourquoi.

— C'est parce qu'il faut les regarder longtemps.

— Sûrement.

Adamsberg avait repéré les lieux décrits par Mme Vendermot, la maison des voisins Hébrard, le bois Bigard, l'ancienne déchèterie. Il passa sans s'arrêter devant la boîte aux lettres d'Herbier, continua sur une centaine de mètres et s'engagea à gauche dans un chemin de campagne cahoteux.

— On va entrer par-derrière, par le petit bois.

— Entrer où ?

— Dans la maison qu'habitait le premier mort, le chasseur. On fait vite et sans bruit.

Adamsberg poursuivit sur un sentier à peine carrossable et se gara à l'abri des arbres. Il contourna rapidement la voiture et ouvrit le coffre.

— Ça va aller, Mo, tu vas être au frais. La baraque est à trente mètres à travers les bois.

Danglard hocha silencieusement la tête en voyant le jeune homme s'extraire du coffre. Il le pensait évacué vers les Pyrénées, ou déjà à l'étranger avec des faux papiers, au point où Adamsberg en était arrivé. Mais c'était pire que cela. Trimballer Momo avec eux lui paraissait encore plus inconséquent.

Adamsberg fit sauter les scellés, déposa les bagages de Mo et visita rapidement la maison. Une pièce claire, une petite chambre presque propre, et une cuisine d'où l'on pouvait voir le vert avec six ou sept vaches posées dessus.

— C'est joli, dit Mo, qui n'avait vu la campagne qu'une fois dans sa vie et très rapidement, et jamais la mer. Je peux voir des arbres, le ciel et les champs.

Merde, dit-il subitement, ce sont des vaches ? Là ? ajouta-t-il en se collant à la vitre.

— Recule, Mo, éloigne-toi de la fenêtre. Oui, ce sont des vaches.

— Merde.

— Tu n'en avais jamais vu ?

— Jamais en vrai.

— Tu vas avoir tout le temps de les regarder, et même de les voir se déplacer. Mais reste à un mètre en arrière des fenêtres. Le soir, n'allume aucune lumière, évidemment. Et quand tu fumes, assieds-toi par terre, un tison se voit de très loin. Tu pourras manger chaud, la cuisinière n'est pas visible depuis la fenêtre. Et tu pourras te laver, l'eau n'a pas été coupée. Zerk va arriver d'ici peu de temps avec des provisions.

Mo tourna dans son nouveau domaine, sans montrer trop d'appréhension à l'idée de sa réclusion, son regard revenant sans cesse vers la fenêtre.

— Je n'ai jamais rencontré un type comme Zerk, dit-il, je n'ai jamais rencontré un type qui m'achète des crayons de couleur, à part ma mère. Mais vous l'avez élevé, commissaire, c'est normal qu'il soit comme ça.

Adamsberg estima que ce n'était pas le moment d'expliquer à Mo qu'il ne connaissait l'existence de son fils que depuis quelques semaines, et inutile de casser si tôt ses illusions en racontant qu'il avait négligé sa mère avec une insouciance totale. La fille lui avait écrit, il avait à peine lu la lettre, il n'avait rien su.

— Très bien élevé, confirma Danglard, qui ne plaisantait pas avec la paternité, un terrain sur lequel il jugeait Adamsberg en dessous de tout.

— Je vais replacer les scellés derrière toi. Ne te sers du portable qu'en cas d'urgence. Même si tu t'ennuies comme un rat, n'appelle personne, ne flanche pas, toutes tes connaissances sont sur écoute.

— Ça va aller très bien, commissaire. Il y a beaucoup à voir. Et toutes ces vaches. J'en compte au moins douze. En prison, j'aurais dix gars sur le dos et pas de fenêtre. Regarder les vaches et les taureaux tout seul, c'est déjà un miracle.

— Il n'y a pas de taureaux, Mo, on ne les mélange jamais, sauf au moment de la saillie. Ce sont des vaches.

— D'accord.

Adamsberg vérifia que le bois était désert avant de saluer Mo et d'ouvrir sans bruit la porte. Il sortit de son sac un pistolet à cire et reposa calmement les scellés. Danglard surveillait les environs d'un air inquiet.

— Je n'aime pas cela du tout, murmura-t-il.

— Plus tard, Danglard.

Une fois sur la route principale, Adamsberg appela le capitaine Émeri pour le prévenir qu'il arrivait à Ordebec.

— Je passe à l'hôpital avant, dit-il.

— Elle ne te reconnaîtra pas, Adamsberg. Je peux vous avoir à dîner ?

Adamsberg jeta un coup d'œil à Danglard qui secoua la tête. Dans ses mauvaises passes, et Danglard en traversait une sans conteste, d'autant plus lourde qu'elle était sans motif, le commandant s'aidait en se fixant jour par jour de modestes étapes désirables, tels le choix d'un nouveau costume, l'acquisition d'un livre ancien ou un repas raffiné au restaurant, chaque phase dépressive creusant de la sorte des trous dangereux dans son budget. Retirer à Danglard son dîner au Sanglier courant, qu'il avait choisi avec minutie, ce serait souffler l'humble bougie qu'il s'était allumée pour ce jour.

— J'ai promis à mon fils un dîner au Sanglier courant. Rejoignez-nous, Émeri.

— Très bon établissement mais très dommage, répondit Émeri sèchement. J'espérais vous faire les honneurs de ma table.

— Une autre fois, Émeri.

— Je crois qu'on a touché un nerf sensible, commenta Adamsberg après avoir raccroché, un peu surpris puisque encore ignorant de la névrose qui attachait le capitaine à sa salle Empire, par un cordon ombilical exigeant.

Adamsberg fit la jonction avec Zerk devant l'hôpital, comme prévu. Le jeune homme avait déjà fait les courses et Adamsberg lui donna l'accolade tout en glissant dans son sac le pistolet à cire, le sceau, et le plan de situation du domicile d'Herbier.

— Comment est la maison ? demanda-t-il.

— Propre. Les gendarmes ont déblayé tout le gibier.

— Qu'est-ce que je fais pour le pigeon ?

— Il est installé, il t'attend.

— Je ne parle pas de Mo mais d'Hellebaud. Il est dans la voiture depuis des heures et il n'aime pas ça.

— Emporte-le avec toi, dit Adamsberg après un instant. Confie-le à Mo, ça lui fera de la compagnie, quelqu'un à qui parler. Il va regarder les vaches mais ici, elles ne bougent pas.

— Le commandant était avec toi quand tu as déposé le pigeon ?

— Oui.

— Il l'a pris comment ?

— Assez mal. Il a encore l'idée que c'est un délit et une folie.

— Ah oui ? C'est très raisonnable au contraire, dit Zerk en soulevant ses sacs de courses.

20

— Elle fait toute petite, hein ? dit Adamsberg à voix basse à Danglard, en découvrant, saisi, le nouveau visage de Léone sur son oreiller. Alors que, dans la vie, elle est très grande. Plus que moi sûrement, si elle n'était pas courbée.

Il s'assit sur le bord du lit et posa ses deux mains sur ses joues.

— Léo, je suis revenu. Je suis le commissaire de Paris. On a dîné ensemble. Il y avait de la soupe et du veau, et puis on a bu un calva devant le feu de bois avec un havane.

— Elle ne bouge plus, dit le médecin qui venait d'entrer dans la chambre.

— Qui vient la voir ? demanda Adamsberg.

— La fille Vendermot et le capitaine. Elle ne réagit pas plus qu'une planche. Cliniquement, elle devrait montrer des signes de vie. Mais non. Elle n'est plus dans le coma, l'hématome interne est assez bien résorbé, le cœur fonctionne de manière satisfaisante, bien que fatigué par les cigares. Elle est en état technique d'ouvrir les yeux, de nous parler. Mais rien ne se passe et, pire, sa température est trop basse. On dirait que la machine est tombée en hibernation. Et je ne trouve pas la panne.

— Elle peut rester comme cela longtemps ?

— Non. À son âge, sans bouger ni s'alimenter, elle ne tiendra pas le coup. Une affaire de quelques jours.

Le médecin observa d'un œil critique les mains d'Adamsberg sur le visage de la vieille Léo.

— Ne lui secouez pas la tête, dit-il.

— Léo, répéta Adamsberg, c'est moi. Je suis là, je reste là. Je vais m'installer dans votre auberge, avec quelques adjoints. Vous m'y autorisez ? On ne dérangera rien.

Adamsberg prit un peigne sur la table de nuit et entreprit de la coiffer, une main restant appliquée sur son visage. Danglard s'assit sur la seule chaise de la chambre, s'attendant à une longue séance. Adamsberg ne renoncerait pas facilement à la vieille dame. Le médecin quitta la pièce avec un haussement d'épaules puis repassa une heure et demie plus tard, intrigué par l'intensité que mettait ce policier à ramener Léone vers lui. Danglard surveillait lui aussi Adamsberg, qui continuait à parler inlassablement, et dont le visage avait pris cette lueur qu'il connaissait bien en certains états rares de concentration, comme si le commissaire avait avalé une lampe qui diffusait sa lumière sous la peau brune.

Sans se retourner, Adamsberg étendit un bras vers le médecin pour empêcher toute intervention. Sous sa main, la joue de Léone était toujours aussi froide, mais les lèvres avaient bougé. Il fit signe à Danglard de se rapprocher. Un mouvement des lèvres à nouveau, puis un son.

— Danglard, vous avez bien entendu « hello » ? Elle a dit « hello », non ?

— Ça y ressemblait.

— C'est sa manière de saluer. Hello, Léo. C'est moi.

— Hello, répéta la femme de manière plus distincte.

Adamsberg enveloppa sa main dans ses doigts, la secoua un peu.

— Hello. Je vous entends, Léo.

— Flem.

— Flem va bien, il est chez le brigadier Blériot.

— Flem.

— Il va bien. Il vous attend.

— Sucre.

— Oui, le brigadier lui en donne tous les jours, assura Adamsberg sans savoir. Il est très bien traité, on s'occupe bien de lui.

— Hello, reprit la femme.

Puis ce fut tout. Les lèvres se refermèrent et Adamsberg comprit qu'elle était au terme de son effort.

— Mes compliments, dit le médecin.

— De rien, répondit Adamsberg sans réfléchir. Pourriez-vous m'appeler si elle manifeste la moindre intention de communiquer ?

— Laissez-moi votre carte et n'espérez pas trop. C'est peut-être son dernier sursaut.

— Vous ne cessez, docteur, de l'enterrer avant son heure, dit Adamsberg en se dirigeant vers la porte. Rien ne vous presse, si ?

— Je suis gériatre, je connais mon métier, répondit le médecin en serrant les lèvres.

Adamsberg nota son nom inscrit sur son badge – Jacques Merlan – et quitta les lieux. Il marcha en silence jusqu'à la voiture et laissa Danglard prendre le volant.

— Où va-t-on ? demanda Danglard en mettant le contact.

— Je n'aime pas ce médecin.

— Il a des excuses. Ce n'est pas amusant de s'appeler Merlan.

— Ça lui va très bien. Pas plus d'émotion qu'un banc de poissons.

180

— Vous ne m'avez pas dit où on allait, dit Danglard qui conduisait au hasard dans les petites rues du bourg.

— Vous l'avez vue, Danglard. C'est comme un œuf qu'on a lancé par terre, et écrasé.

— Oui, vous me l'aviez dit.

— On va chez elle, à l'ancienne auberge. Prenez à droite.

— C'est curieux qu'elle dise « hello » pour dire bonjour.

— C'est de l'anglais.

— Je sais, dit Danglard sans insister.

Les gendarmes d'Ordebec avaient fait rapidement les choses et la maison de Léo avait été remise en ordre après inspection. Le sol de la salle avait été nettoyé et, s'il restait du sang, il avait été absorbé par les vieux carreaux rougeâtres. Adamsberg réintégra la chambre où il avait dormi pendant que Danglard s'en attribuait une à l'autre extrémité du bâtiment. En répartissant ses quelques affaires, le commandant guettait Adamsberg à travers la fenêtre. Il était assis en tailleur au milieu de la cour de ferme, sous un pommier penché, les coudes sur les cuisses et la tête baissée, et ne semblait pas avoir l'intention de bouger de là. De temps en temps, il attrapait quelque chose qui semblait l'agacer sur sa nuque.

Un peu avant 8 heures, sous le soleil déjà déclinant, Danglard s'approcha de lui, projetant son ombre aux pieds du commissaire.

— C'est l'heure, dit-il.

— Du Sanglier bleu, dit Adamsberg en levant la tête.

— Il n'est pas bleu. Ça s'appelle le Sanglier courant.

— Ça court, un sanglier ? demanda Adamsberg en tendant sa main vers le commandant pour se relever.

— Jusqu'à trente-cinq kilomètres à l'heure, je crois. Je ne connais pas grand-chose aux sangliers. Sauf qu'ils ne transpirent pas.

— Comment font-ils ? demanda Adamsberg en frottant son pantalon, sans s'intéresser à la réponse.

— Ils se souillent dans l'eau boueuse pour se rafraîchir.

— C'est comme ça qu'on peut voir l'assassin. Une bête souillée de quelque deux cents kilos, et qui ne transpire pas. Il va abattre son travail sans remuer un cil.

21

Danglard avait réservé une table ronde et il s'y assit avec satisfaction. Ce premier repas à Ordebec, dans un vieux restaurant aux poutres basses, marquait une pause dans ses appréhensions. Zerk les rejoignit à l'heure et leur adressa un léger clignement d'œil pour faire comprendre que tout allait bien dans la maison des bois. Adamsberg avait à nouveau insisté pour qu'Émeri les rejoigne et le capitaine avait finalement accepté.

— Le Pigeon a beaucoup aimé l'idée du pigeon, dit Zerk à Adamsberg à voix basse et naturelle, je les ai laissés en grande conversation. Hellebaud adore quand le Pigeon fait du yo-yo. Quand la bobine se pose au sol, il la picore de toutes ses forces.

— J'ai l'impression qu'Hellebaud s'éloigne de son chemin de nature. On attend le capitaine Émeri. C'est un grand type martial et blond à l'uniforme impeccable. Tu l'appelleras « capitaine ».

— Très bien.

— Il est le descendant du maréchal Davout, un type sous Napoléon qui n'a jamais été vaincu, et il y tient beaucoup. Pas de gaffe là-dessus.

— Ça ne risque pas.

— Ils entrent. Le type brun et gros qui l'accompagne, c'est le brigadier Blériot.

— Je l'appelle « brigadier ».

— Exactement.

Dès les entrées servies, Zerk commença à manger avant tous les autres, comme Adamsberg avait eu l'habitude naturelle de le faire avant que Danglard ne lui inculque les rudiments du savoir-vivre. Zerk faisait également trop de bruit en mâchant, il faudrait qu'il le lui signale. Il n'avait pas remarqué cela à Paris. Mais dans l'ambiance un peu guindée de ce début de soirée, il avait l'impression qu'on n'entendait que son fils.

— Comment va Flem ? demanda Adamsberg au brigadier Blériot. Léo a réussi à me parler aujourd'hui. Son chien la préoccupe.

— Parlé ? s'étonna Émeri.

— Oui. Je suis resté presque deux heures auprès d'elle, et elle a parlé. Le médecin, celui qui se nomme plus ou moins Flétan, n'a même pas paru satisfait. Ma méthode n'a pas dû lui plaire.

— Merlan, glissa Danglard.

— Vous avez attendu tout ce temps pour m'en parler ? dit Émeri. Qu'est-ce qu'elle a dit, bon sang ?

— Très peu de choses. Elle a dit bonjour plusieurs fois. Puis « Flem », et « sucre ». C'est tout. Je lui ai assuré que le brigadier donnait un sucre au chien tous les jours.

— Et je le fais, confirma Blériot, bien que je sois contre. Mais Flem se poste devant la boîte à sucre tous les soirs à 6 heures. Il possède l'horloge interne des intoxiqués.

— Tant mieux. Je n'aurais pas aimé mentir à Léo. Dès l'instant où elle parle, dit Adamsberg en se tournant vers Émeri, je crois prudent de placer une surveillance devant sa chambre.

— Bon sang, Adamsberg, vous avez vu combien j'ai d'hommes ici ? Lui, et un demi-autre qui divise son service entre Ordebec et Saint-Venon. Un demi-homme à tous points de vue. Moitié malin, moitié abruti, moitié docile, moitié colérique, moitié sale et moitié propre. Que voulez-vous que je fasse avec ça ?

— On pourrait installer une caméra de surveillance dans sa chambre, suggéra le brigadier.

— Deux caméras, dit Danglard. L'une qui filme toute personne entrant, l'autre auprès du lit de Léo.

— Très bien, approuva Émeri. Mais les techniciens doivent venir de Lisieux, n'espérez pas que cela soit opérationnel avant demain 15 heures.

— Quant à protéger les deux autres saisis, ajouta Adamsberg, le vitrier et le pépiniériste, on peut détacher deux hommes de Paris. Le vitrier d'abord.

— J'en ai parlé à Glayeux, dit Émeri en secouant la tête, il se refuse absolument à toute surveillance. Je connais la bête, il serait très humilié qu'on le croie impressionné par les folies de la fille Vendermot. Ce n'est pas un type à courber la tête.

— Courageux ? demanda Danglard.

— Violent plutôt, pugnace, très bien éduqué, inspiré et sans scrupules. Très talentueux pour ses vitraux, rien à dire là-dessus. Ce n'est pas un homme sympathique, je vous l'ai déjà dit et vous en jugerez. Je ne dis pas cela parce qu'il est homosexuel, mais il est homosexuel.

— Cela se sait dans Ordebec ?

— Il ne s'en cache pas, son petit ami habite ici, il travaille au journal. Tout le contraire de Glayeux, très prévenant, très apprécié.

— Ils vivent ensemble ? poursuivit Danglard.

— Ah non. Glayeux vit avec Mortembot, le pépiniériste.

— Les deux prochaines victimes de l'Armée habitent sous le même toit ?

— Depuis des années. Ils sont cousins, inséparables depuis leur jeunesse. Mais Mortembot n'est pas homosexuel.

— Herbier aussi était homosexuel ? demanda Danglard.

— Vous pensez à une tuerie homophobe ?

— Ça peut s'envisager.

— Herbier n'était pas homosexuel, sûrement pas. Plutôt un hétérosexuel bestial à tendance de violeur. Et n'oubliez pas que c'est Lina qui a désigné les victimes « saisies ». Je n'ai aucune raison de penser qu'elle ait quoi que ce soit contre les homosexuels. Lina a, comment dire, en matière de sexualité, une vie plutôt libre.

— Poitrine magnifique, dit le brigadier. On en mangerait.

— C'est bien, Blériot, dit Émeri, ce genre de commentaire ne nous avance en rien.

— Tout compte, dit Adamsberg, qui, comme son fils, oubliait à présent de surveiller sa tenue à table et trempait son pain dans sa sauce. Émeri, puisque les victimes désignées par l'Armée sont censées être des créatures mauvaises, est-ce que cela colle avec le vitrier et son cousin ?

— Non seulement ça colle parfaitement, mais c'est en plus de notoriété publique.

— Qu'est-ce qu'on leur reproche ?

— Deux épisodes qui sont restés dans l'ombre. Aucune de mes enquêtes n'a pu aboutir, j'en fus enragé. Si on se déplaçait pour prendre les cafés ? Ils ont ici un petit salon où j'ai le privilège d'avoir le droit de fumer.

En se levant, le capitaine regarda à nouveau Zerk, mal vêtu dans un vieux tee-shirt très long, semblant se demander ce que le fils d'Adamsberg foutait là.

— Ton gosse travaille avec toi ? demanda-t-il en se dirigeant vers le petit salon. Il veut faire flic ou quoi ?

— Non, il doit faire un reportage sur les feuilles pourries, c'était l'occasion. Pour un journal suédois.

— Les feuilles pourries ? La presse, tu veux dire ? Les journaux ?

— Non, les autres, celles de la forêt.

— Il s'agit du micro-environnement de la décomposition des végétaux, intervint Danglard pour venir en aide au commissaire.

— Ah bien, dit Émeri, choisissant une chaise très droite pour s'asseoir tandis que les quatre autres hommes s'installaient dans les canapés.

Zerk offrit des cigarettes à la ronde et Danglard commanda une autre bouteille. Partager deux seules bouteilles à cinq personnes lui avait causé une souffrance irritante durant le repas.

— Autour de Glayeux et de Mortembot, il y a eu deux morts violentes, expliqua Émeri en remplissant les verres. Il y a sept ans, le collègue de travail de Glayeux est tombé de l'échafaudage de l'église de Louverain. Ils étaient tous les deux perchés à une vingtaine de mètres là-haut, ils restauraient les vitraux de la nef. Il y a quatre ans, la mère de Mortembot est morte dans la réserve de la boutique. Elle a glissé de l'escabeau, elle s'est raccrochée à l'étagère métallique qui s'est effondrée sur elle, lestée de pots de fleurs et de bacs remplis de kilos de terre. Deux accidents impeccables. Et quelque chose de semblable dans les deux cas : la chute. J'ai ouvert des enquêtes pour l'un et l'autre.

— Sur quels éléments ? demanda Danglard en avalant son vin d'un air soulagé.

— En réalité parce que Glayeux et Mortembot sont deux fils de pute, chacun dans leur genre. Deux rats d'égout, et ça se voit de loin.

— Il existe des rats d'égout sympathiques, dit Adamsberg, Toni et Marie par exemple.

— Qui est-ce ?

— Deux rats amoureux, mais oublie-les, répondit Adamsberg en secouant la tête.

— Mais eux ne sont pas sympathiques, Adamsberg. Ils vendraient leur âme pour le fric et la réussite, et je suis convaincu que c'est ce qu'ils ont fait.

— Vendue au Seigneur Hellequin, dit Danglard.

— Pourquoi pas, commandant. Je ne suis pas le seul à le penser ici. Quand la ferme du Buisson a brûlé, ils n'ont pas donné un centime à la collecte pour aider la famille. Ils sont comme ça. Ils tiennent tous les habitants d'Ordebec pour des ploucs indignes de leur intérêt.

— Sur quel motif avez-vous ouvert la première enquête ?

— Sur l'intérêt majeur qu'avait Glayeux à se débarrasser de son collègue. Le petit Têtard – c'était son nom – était beaucoup plus jeune que lui mais il devenait bon dans sa partie, excellent même. Les municipalités de la région commençaient à lui confier des chantiers, le préférant à Glayeux. Il était clair que le jeunot allait supplanter Glayeux rapidement. Un mois avant sa chute, la ville de Coutances – vous connaissez la cathédrale ?

— Oui, assura Danglard.

— Coutances venait de choisir Têtard pour restaurer un des vitraux du transept. Ce n'était pas rien. Si le jeunot réussissait le boulot, il était lancé. Et Glayeux quasiment foutu, et humilié. Mais Têtard est tombé. Et la ville de Coutances s'est rabattue sur Glayeux.

— Évidemment, murmura Adamsberg. Qu'a donné l'examen de l'échafaudage ?

— Il n'était pas conforme, les planches n'étaient pas bien assujetties aux tubes métalliques, il y avait du jeu dans les attaches. Glayeux et Têtard travaillaient sur des vitraux différents, donc sur des planches différentes. Il suffisait à Glayeux de desserrer quelques cordes, de déplacer une planche pendant la nuit – il avait la clef de l'église pendant les travaux – et de la poser en équilibre instable sur le bord du tube. Et c'était joué.

— Impossible à prouver.

— Non, dit Émeri avec amertume. On n'a même pas pu inculper Glayeux pour faute professionnelle, car c'est Tétard qui s'était chargé de monter l'échafaudage, avec un cousin. Pas de preuve non plus pour Mortembot. Il n'était pas dans la réserve quand sa mère est tombée, il rangeait les livraisons au magasin. Mais ce n'est pas sorcier de faire tomber un escabeau à distance. Il suffit d'accrocher une corde à un pied et de tirer de loin. En entendant le fracas, Mortembot s'est précipité, avec un employé. Mais il n'y avait pas de corde.

Émeri regarda Adamsberg un peu pesamment, semblant le mettre au défi de trouver la solution.

— Il n'a pas fait de nœud, dit Adamsberg, il a simplement passé la corde autour du pied de l'escabeau. Puis il lui a suffi de tirer sur un des bouts depuis sa place pour ramener vers lui toute la longueur de la corde. Ça prend quelques secondes à peine, si la corde glisse bien.

— Exactement. Et ça ne laisse pas de trace.

— Tout le monde ne peut pas laisser de la mie de pain quelque part.

Émeri se resservit un café, comprenant qu'il y avait un grand nombre de phrases d'Adamsberg qu'il valait mieux laisser sans réponse. Il avait cru en la réputation de ce flic mais, sans préjuger de la suite, il semblait clair qu'Adamsberg ne suivait pas une voie exactement normale. Ou bien qu'il n'était pas normal. Un type tranquille en tous les cas et qui, comme il l'avait espéré, ne le mettait pas sur la touche dans cette enquête.

— Mortembot ne s'entendait pas avec sa mère ?

— À ma connaissance, si. Il lui était même plutôt soumis. Sauf que la mère était indignée que son fils vive avec son cousin, parce que Glayeux était homo-sexuel et que ça lui faisait honte. Elle le harcelait sans cesse là-dessus, elle exigeait qu'il rentre à la maison, ou bien elle le priverait d'une part d'héri-tage. Mortembot acquiesçait pour avoir la paix, mais il ne changeait rien à sa vie. Et les scènes recom-mençaient. Le fric, le magasin, la liberté, c'est ce qu'il voulait. Il a dû estimer qu'elle avait fait son temps, et j'imagine que Glayeux l'a encouragé. C'était le genre de femme à vivre cent dix ans en s'occupant toujours de la boutique. Elle était maniaque mais elle n'avait pas tort. Depuis sa mort, on dit que la qualité des plants a baissé. Il vend des fuchsias qui meurent au premier hiver. Alors que pour faire cre-ver un fuchsia, il faut se lever de bonne heure. Il bâcle ses bouturages, voilà ce qu'on dit.

— Ah bon, dit Adamsberg qui n'avait jamais bou-turé.

— Je les ai acculés l'un et l'autre autant que j'ai pu, avec garde à vue sans sommeil et tout le bazar. Glayeux est resté ricanant, méprisant, il attendait que cela se passe. Mortembot n'a même pas eu la décence de sembler regretter sa mère. Il devenait seul propriétaire de la pépinière et de ses succur-sales, une très grosse affaire. Lui est du type fleg-matique, un lourd débonnaire, il ne réagissait à aucune provocation ou menace. Je n'ai rien pu faire mais, pour moi, ce sont tous les deux des tueurs, de l'espèce la plus intéressée et cynique. Et si le Sei-gneur Hellequin existait, alors oui, c'est des hommes comme cela qu'il choisirait d'emporter avec lui.

— Comment prennent-ils la menace de l'Armée furieuse ?

— Comme ils ont pris les enquêtes. Ils s'en foutent et considèrent Lina comme une cinglée hystérique. Voire une tueuse.

— Ce qui n'est peut-être pas faux non plus, dit Danglard qui fermait à moitié les yeux.

— Vous verrez la famille. Ne soyez pas trop surpris, les trois frères sont également tarés. Je te l'ai dit, Adamsberg, ils ont des excuses autant qu'on veut. Leur père les a proprement massacrés. Mais si tu souhaites que les choses se passent bien, ne t'approche jamais brusquement d'Antonin.

— Il est dangereux ?

— Au contraire. Il a peur dès que tu l'approches, et toute la famille se soude autour de lui. Il est convaincu que son corps est à moitié fabriqué en argile.

— Tu m'as parlé de ça.

— En argile friable. Antonin croit qu'il va se casser s'il reçoit un choc trop violent. Totalement cinglé. Hormis cela, il paraît normal.

— Il travaille ?

— Il bricole sur son ordinateur sans sortir de la maison. Ne t'étonne pas non plus si tu ne comprends pas tout ce que dit l'aîné, Hippolyte, que tout le monde appelle Hippo, si bien qu'on finit par l'associer à un hippopotame. Ce qui ne lui va pas si mal, par la carrure sinon par le poids. Quand ça lui chante, il fait ses phrases à l'envers.

— En verlan ?

— Non, il retourne les mots lettre par lettre.

Émeri s'interrompit pour réfléchir puis, semblant abandonner, il sortit une feuille et un crayon de sa sacoche.

— Suppose qu'il veuille dire « Vous allez bien, commissaire ? » Eh bien cela donnera ceci – et Émeri s'appliqua à écrire lettre après lettre sur le papier : « Suov zella neib, eriassimmoc ? »

Puis il passa la feuille à Adamsberg qui l'examina, stupéfait. Danglard avait rouvert les yeux, alerté par la survenue d'une expérience intellectuelle nouvelle.

— Mais il faut être un génie pour faire cela, dit Adamsberg, sourcils froncés.

— C'est un génie. Tous le sont dans la famille, dans leur genre. C'est pour cela qu'on les respecte ici, qu'on ne s'en approche pas trop. Un peu comme avec des êtres surnaturels. Certains estiment qu'on devrait s'en débarrasser, d'autres disent que ce serait très dangereux d'y toucher. Avec tous ses talents, Hippolyte n'a jamais cherché d'emploi. Il s'occupe de la maison, du potager, du verger, de la volaille. C'est un peu l'autarcie là-dedans.

— Et le troisième frère ?

— Martin est moins impressionnant mais ne te fie pas à l'apparence. Il est mince et long comme une crevette brune, avec de grandes pattes. Il ramasse dans les prés et la forêt toutes sortes de bestioles pour les bouffer, des sauterelles, des chenilles, des papillons, des fourmis, que sais-je. C'est répugnant.

— Il les mange crues ?

— Non, il les cuisine. En plat principal ou en condiment. Immonde. Mais il a sa petite clientèle dans la région, pour ses confitures de fourmis, à cause des vertus thérapeutiques.

— Toute la famille en mange ?

— Antonin surtout. Au début, c'est à cause de lui que Martin s'est mis à ramasser des insectes, afin de consolider son argile. Qui se dit « eligra », dans le langage d'Hippolyte.

— Et la fille ? Hormis qu'elle voit l'Armée furieuse ?

— Rien d'autre à signaler, sauf qu'elle comprend sans problème les phrases à l'envers de son frère Hippo. Ce n'est pas aussi difficile que de les faire, mais ça demande tout de même un sacré cerveau.

— Ils acceptent les visiteurs ?

— Ils sont très hospitaliers pour ceux qui consentent à venir chez eux. Ouverts, plutôt gais, même

Antonin. Ceux qui les craignent disent que cette cor-
dialité est une feinte pour attirer les gens chez eux
et que, une fois entré, tu es foutu. Ils ne m'aiment
pas pour les raisons que je t'ai dites, et parce que
je les tiens pour des tarés, mais si tu ne parles pas
de moi, tout ira bien.

— Qui était intelligent ? Le père, la mère ?

— Aucun des deux. Tu as déjà vu la mère à Paris,
si je ne me trompe pas. Elle est très ordinaire. Elle
ne fait aucun bruit, elle aide pour l'intendance. Si
tu veux lui faire plaisir, apporte-lui des fleurs. Elle
adore cela, parce que la brute tortionnaire – son
mari – ne lui en a jamais offert. Ensuite, elle les fait
sécher en les suspendant la tête en bas.

— Pourquoi dis-tu « tortionnaire » ?

Émeri se leva avec une grimace.

— Va les voir d'abord. Mais avant, ajouta-t-il avec
un sourire, passe sur le chemin de Bonneval,
prends un petit bout de terre et mets-le dans ta
poche. On dit ici que cela protège des pouvoirs de
Lina. N'oublie pas que cette fille est la porte battante
dans le mur qui sépare les vivants des morts. Avec
un morceau de terre, tu es à l'abri. Mais comme rien
n'est simple, ne t'approche pas d'elle à moins d'un
mètre car on dit qu'elle sent, avec ses narines
j'entends, si tu as de la terre du chemin sur toi. Et
elle n'aime pas cela.

En marchant vers la voiture aux côtés de Danglard, Adamsberg posa la main sur sa poche de pantalon et se demanda quel esprit lui avait soufflé
l'idée, bien avant, de prendre un fragment de la terre
de Bonneval. Et pourquoi il avait emporté ce morceau avec lui.

22

Adamsberg attendait devant le bureau des avocats – cabinet Deschamps et Poulain – dans une ruelle haute d'Ordebec. Il semblait que, où qu'on soit sur les sommets de la petite ville, on voie des vaches statufiées à l'ombre des pommiers. Lina allait sortir pour le rejoindre d'un instant à l'autre, il n'aurait pas le temps d'en voir bouger une. Peut-être était-il plus rentable, de ce point de vue, d'en observer une seule plutôt que de balayer tout le champ.

Il n'avait pas voulu brusquer les choses en convoquant Lina Vendermot à la gendarmerie, il l'avait donc invitée au Sanglier bleu, où l'on pouvait parler discrètement sous les poutres basses. Au téléphone, la voix était chaleureuse, sans crainte ni gêne. En fixant une vache, Adamsberg essayait de chasser son désir de voir la poitrine de Lina, depuis que le brigadier Blériot en avait fait un tel éloge spontané. De chasser aussi l'idée, si sa sexualité était aussi libre que l'annonçait Émeri, de pouvoir facilement coucher avec elle. Cette équipe d'Ordebec strictement composée d'hommes avait pour lui un aspect un peu désolant. Mais personne n'apprécierait qu'il couche avec une femme placée en tête de la liste noire des suspects. Son téléphone numéro 2 afficha un message et il se tourna côté ombre pour le déchiffrer. Retancourt, enfin. L'idée de Retancourt en plongée solitaire dans l'abysse des Clermont-Brasseur l'avait beaucoup tracassé la veille au soir, avant qu'il ne s'endorme dans le creux du matelas de laine. Il y avait tellement de squales dans ces fonds marins. Retancourt avait fait de la plongée il fut un temps, et elle avait touché sans s'émouvoir la peau râpeuse de quelques-uns d'entre eux. Mais les squales-hommes étaient autrement plus sérieux que les squales-poissons, dont le nom simple – les requins – lui échappait présentement. *Soirée crime : Sauveur 1 + Sv 2 + père présents à soirée de gala de la FIA, Fédération Ind. Aciers. Beaucoup bu, s'informer. C'est Sv 2 qui conduisait Mercedes et a tel flics. Sv 1 rentré seul avant avec sa propre voiture. Informé plus tard. Pas de pressing pour costumes Sv 1 et Sv 2. Examinés : impeccables, pas odeur essence. Un costume Sauveur 1 nettoyé mais n'est pas celui soirée. Photos jointes costumes portés soirée + photos des deux frères. Antipathiques avec le personnel.*

Adamsberg afficha les photos d'un costume bleu à fines rayures, porté par Christian Sauveur 1, et de la veste portée par Christophe Sauveur 2, affectant le style marin d'un propriétaire de yacht. Qu'il était sans doute, accessoirement. Il arrive que les squales possèdent des yachts pour s'y reposer après leurs longues balades en mer, après avoir gobé un ou deux calmars. Suivaient une vue de trois quarts de Christian, très élégant, portant cette fois les cheveux courts, et une de son frère, épais et sans grâce.

Me Deschamps sortit de son bureau avant sa collaboratrice et regarda avec attention à droite et à gauche avant de traverser la toute petite rue et de se diriger droit vers Adamsberg d'un pas pressé et maniéré, conforme à la voix qu'il avait entendue ce matin au téléphone.

— Commissaire Adamsberg, dit Deschamps en lui serrant la main, vous venez donc nous aider. Cela me rassure, oui, beaucoup. Je suis inquiet pour Caroline, beaucoup.

— Caroline ?

— Lina, si vous préférez. Au bureau, c'est Caroline.

— Et Lina, demanda Adamsberg, elle est inquiète ?

— Si oui, elle ne veut pas le montrer. Bien sûr, toute l'histoire ne la met pas à l'aise, mais je ne crois pas qu'elle mesure les conséquences que tout cela peut avoir pour elle et sa famille. La mise au ban de la ville, la vengeance, ou Dieu sait quoi. C'est très souciant, beaucoup. Il paraît que vous avez réussi le miracle de faire parler Léone hier.

— Oui.

— Cela vous ennuie de me confier ce qu'elle a dit ?

— Non, maître. « Hello », « Flem », et « sucre ».

— Cela vous avance à quelque chose ?

— À rien.

Il sembla à Adamsberg que le petit Deschamps était soulagé, peut-être parce que Léo n'avait pas prononcé le nom de Lina.

— Vous pensez qu'elle parlera à nouveau ?

— Le médecin l'a condamnée. C'est Lina ? demanda Adamsberg en voyant s'ouvrir la porte du cabinet.

— Oui. Ne la bousculez pas, je vous en prie. C'est la vie dure, vous savez, un salaire et demi pour cinq bouches à nourrir, et la petite pension de la mère. Ils tirent le diable par la queue, beaucoup. Pardon, reprit-il aussitôt, ce n'est pas ce que j'ai voulu dire. N'allez pas y chercher une quelconque insinuation, ajouta l'avocat avant de le quitter prestement, un peu comme s'il était en fuite.

Adamsberg serra la main de Lina.

— Merci d'avoir accepté de me voir, dit-il professionnellement.

Lina n'était pas une créature parfaite, loin de là. Elle avait le buste trop gros pour des jambes trop fines, un peu de ventre, le dos plutôt rond, les dents légèrement en avant. Mais oui, le brigadier avait raison, on avait envie de dévorer sa poitrine, et le reste avec, sa peau tendue, ses bras ronds, son visage clair un peu large, rougi sur ses pommettes hautes, très normand, le tout couvert de taches de rousseur qui la décoraient de petits points dorés.

— Je ne connais pas le Sanglier bleu, disait Lina.

— C'est en face du marché aux fleurs, à deux pas d'ici. Ce n'est pas très cher et c'est délicieux.

— En face du marché, c'est le Sanglier courant.

— C'est cela, courant.

— Mais pas bleu.

— Non, pas bleu.

En l'accompagnant à travers les ruelles, Adamsberg prit conscience que son envie de la manger primait sur celle de coucher avec elle. Cette femme lui ouvrait démesurément l'appétit, lui rappelant brusquement cette énorme part de kouglof qu'il avait avalée enfant, élastique et tiède, avec du miel, chez une tante en Alsace. Il choisit une table près d'une fenêtre, se demandant comment il allait pouvoir mener un interrogatoire correct avec une tranche tiède de kouglof au miel, exacte couleur de la chevelure de Lina, qui s'achevait en grandes boucles sur ses épaules. Épaules que le commissaire ne voyait pas bien, car Lina portait un long châle de soie bleue, étrange idée en plein été. Adamsberg n'avait pas préparé sa première phrase, préférant attendre de la voir pour improviser. Et à présent que Lina brillait de tout son duvet blond face à lui, il n'arrivait plus à l'associer au spectre noir de l'Armée furieuse, à celle qui voit l'épouvante et la transmet. Ce qu'elle était. Ils passèrent leur commande puis tous deux attendirent un moment en silence, mangeant du pain du bout des doigts. Adamsberg lui jeta un coup d'œil. Son visage était toujours clair et attentif, mais elle ne faisait pas d'effort pour l'aider. Il était flic, elle avait déclenché un orage dans Ordebec, il la soupçonnait, elle savait qu'on la pensait folle, telles étaient les données simples de la situation. Il se déplaça de côté, détournant son regard vers le bar en bois.

— C'est possible qu'il pleuve, dit-il finalement.

— Oui, ça se charge à l'ouest. Ça tombera peut-être dans la nuit.

— Ou ce soir. Tout est parti de vous, mademoiselle Vendermot.

— Dites Lina.

— Tout est parti de vous, Lina. Je ne parle pas de la pluie, mais de la tempête qui rôde sur Ordebec. Et cette tempête, personne ne sait encore où elle va s'arrêter, combien elle va faire de victimes, ni si elle ne va pas tourner et revenir sur vous.

— Rien n'est parti de moi, dit Lina en tirant sur son châle. Tout est venu de la Mesnie Hellequin. Elle est passée et je l'ai vue. Que voulez-vous que j'y fasse ? Il y avait quatre saisis, il y aura quatre morts.

— Mais c'est vous qui en avez parlé.

— Celui qui voit l'Armée est obligé de le dire, il y est obligé. Vous ne pouvez pas comprendre. D'où êtes-vous ?

— Du Béarn.

— Alors vraiment non, vous ne pouvez pas. C'est une Armée des plaines du Nord. Ceux qui ont été vus peuvent tenter de se protéger.

— Les saisis ?

— Oui. C'est pour cela qu'on doit parler. C'est rarement arrivé qu'un saisi puisse se libérer mais cela s'est produit. Glayeux et Mortembot ne méritent pas de vivre, mais ils ont encore une chance de s'en tirer. Cette chance, ils y ont droit.

— Vous avez une raison personnelle de les détester ?

Lina attendit qu'on eût apporté leurs plats avant de répondre. Elle avait faim de manière apparente, ou bien envie de manger, et posait sur la nourriture un regard très passionné. Cela sembla logique à Adamsberg qu'une femme aussi dévorable soit douée d'un appétit sincère.

— Personnelle, non, dit-elle en s'occupant aussitôt de son assiette. On sait que ce sont tous les deux des tueurs. On tâche de ne pas les fréquenter et cela ne m'a pas étonnée de les voir dans la main de la Mesnie.

— Comme Herbier ?

— Herbier était un être abominable. Il fallait toujours qu'il tire dans quelque chose. Mais il était détraqué. Glayeux et Mortembot ne sont pas détraqués, ils tuent si c'est avantageux. Pires qu'Herbier sans doute.

Adamsberg s'obligea à manger plus rapidement qu'à son habitude pour suivre le rythme de la jeune femme. Il ne souhaitait pas se retrouver face à elle avec son assiette à moitié pleine.

— Mais pour voir l'Armée furieuse, on dit qu'il faut être également détraqué. Ou mentir.

— Vous pouvez penser cela. Je la vois et je n'y peux rien. Je la vois sur le chemin, je suis sur ce chemin, alors que ma chambre est à trois kilomètres.

Lina roulait maintenant du bout de sa fourchette des morceaux de pommes de terre dans une sauce à la crème, en y mettant une énergie et une tension surprenantes. Une avidité presque gênante.

— On peut aussi dire qu'il s'agit d'une vision, reprit Adamsberg. Une vision dans laquelle vous mettez en scène des personnes que vous haïssez. Herbier, Glayeux, Mortembot.

— J'ai vu des médecins, vous savez, dit Lina en savourant intensément sa bouchée. L'hôpital de Lisieux m'a fait passer une batterie d'examens physiologiques et psychiatriques pendant deux ans. Le phénomène les intéressait, à cause de sainte Thérèse bien sûr. Vous cherchez une explication rassurante, mais moi aussi je l'ai cherchée. Et il n'y en a pas. Ils n'ont pas trouvé de manque de lithium ou d'autres substances qui vous font voir la Vierge ici ou là et entendre des voix. Ils m'ont estimée équilibrée, stable, et même très raisonnable. Et ils m'ont laissée à mon sort sans rien conclure.

— Et que faudrait-il conclure, Lina ? Que l'Armée furieuse existe, qu'elle passe réellement sur le chemin de Bonneval et que vous la voyez en vérité ?

— Je ne peux pas assurer qu'elle existe, commissaire. Mais je suis sûre que je la vois. Aussi loin qu'on sache, il a toujours existé quelqu'un qui voit passer l'Armée à Ordebec. Peut-être y a-t-il par là-bas un vieux nuage, une fumée, un désordre, un souvenir en suspension. Peut-être que je le traverse comme on passe à travers de la buée.

— Et comment est-il, ce Seigneur Hellequin ?

— Très beau, répliqua rapidement Lina. Un visage grave et splendide, des cheveux blonds et sales qui tombent jusqu'aux épaules sur son armure. Mais terrifiant. Enfin, ajouta-t-elle beaucoup plus bas en hésitant, c'est parce que sa peau n'est pas normale.

Lina interrompit sa phrase et termina hâtivement son assiette avec une grande avance sur Adamsberg. Puis elle s'adossa à sa chaise, rendue plus étincelante et détendue par cette réplétion.

— C'était bon ? demanda Adamsberg.

— Formidable, dit-elle avec candeur. Je n'étais jamais venue ici. On n'a pas les moyens.

— On va prendre du fromage et des desserts, ajouta Adamsberg, souhaitant que la jeune femme atteigne une détente complète.

— Finissez d'abord, dit-elle gentiment. Vous ne mangez pas vite, vous. On dit que les policiers doivent tout faire à la hâte.

— Je ne sais rien faire à la hâte. Même quand je cours, je vais lentement.

— La preuve, coupa Lina, c'est que la première fois que j'ai vu passer l'Armée, personne ne m'en avait jamais parlé.

— Mais on dit qu'à Ordebec, tout le monde la connaît sans même en être instruit. Il paraît qu'on l'apprend en naissant, à la première respiration, à la première gorgée de lait.

— Pas chez mes parents. Ils ont toujours vécu assez isolés. On a dû déjà vous dire que mon père n'était pas fréquentable.

— Oui.

— Et c'est vrai. Quand j'ai raconté à ma mère ce que j'avais vu – et je pleurais beaucoup à l'époque, je criais –, elle a cru que j'avais été malade, victime d'une sorte d'« affection des nerfs », comme on disait encore de son temps. Elle n'avait jamais entendu parler de la Mesnie Hellequin, pas plus que mon père. D'ailleurs, il rentrait souvent tard de ses chasses en prenant par le chemin de Bonneval. Or tous ceux qui connaissent l'histoire ne passent jamais par le chemin à la nuit tombée. Même ceux qui n'y croient pas l'évitent.

— Quand était-ce, cette première fois ?

— Quand j'avais onze ans. C'est arrivé juste deux jours après qu'une hache fende le crâne de mon père en deux. Je prendrai une île flottante, dit-elle à la serveuse, avec beaucoup d'amandes émincées.

— Une hache ? dit Adamsberg, un peu hébété. C'est comme cela que votre père est mort ?

— Fendu comme un porc, exactement, dit Lina qui imita calmement l'action, abattant le tranchant de sa main sur la table. Un coup dans le crâne, et un coup dans le sternum.

Adamsberg observa cette absence d'émotion, et envisagea que son kouglof au miel puisse être dépourvu de moelleux.

— Ensuite, j'ai fait des cauchemars longtemps, le médecin me donnait des calmants. Pas à cause de mon père coupé en deux, mais parce que l'idée de revoir les cavaliers me terrifiait. Vous comprenez, ils sont pourris, comme le visage du Seigneur Hellequin. Abîmés, ajouta-t-elle avec un léger frisson. Les hommes et les bêtes n'ont pas tous leurs membres, ils font un bruit épouvantable, mais les cris des vivants qu'ils entraînent avec eux sont pires encore. Par chance, rien ne s'est produit ensuite pendant huit ans et je me suis crue libérée, simplement atteinte dans mon enfance par cette « affection des nerfs ». Mais à dix-neuf ans, je l'ai revue. Vous voyez, commissaire, ce n'est pas une histoire amusante, ce n'est pas une histoire que j'inventerais pour m'en vanter. C'est une fatalité affreuse et j'ai voulu me tuer deux fois. Puis un psychiatre de Caen a réussi à me faire vivre malgré tout, avec l'Armée. Elle me gêne, elle m'encombre, mais elle ne m'empêche plus d'aller et venir. Vous pensez que je peux demander quelques amandes en plus ?

— Bien sûr, dit Adamsberg en levant la main vers la serveuse.

— Ça ne va pas coûter trop cher ?

— La police paiera.

Lina rit en agitant sa cuiller.

— Pour une fois que la police paie les amendes, dit-elle.

Adamsberg la regarda sans comprendre.

— Les amendes, expliqua Lina. Les amandes qu'on mange, les amendes qu'on paie. C'était un jeu de mots. Une plaisanterie.

— Ah bien sûr, dit Adamsberg en souriant. Pardonnez-moi, je n'ai pas l'esprit vif. Ça vous ennuie de continuer à me parler de votre père ? On a su qui l'avait tué ?

— Jamais.

— On a soupçonné quelqu'un ?

— Bien sûr.

— Qui ?

— Moi, dit Lina en retrouvant son sourire. Quand j'ai entendu hurler, j'ai couru à l'étage, je l'ai trouvé tout ensanglanté dans sa chambre. Mon frère Hippo, qui n'avait que huit ans, m'a vue avec la hache et il l'a dit aux gendarmes. Il ne pensait pas mal faire, il répondait aux questions.

— Comment cela, avec la hache ?

— Je l'avais ramassée. Les gendarmes ont pensé que j'avais essuyé le manche, parce qu'ils n'ont pas trouvé d'empreintes, sauf les miennes. Finalement, et grâce à l'aide de Léo et du comte, ils m'ont laissée en paix. La fenêtre de la chambre était ouverte, c'était très facile pour le meurtrier de s'enfuir par là. Personne n'aimait mon père, pas plus qu'on n'aimait Herbier. À chaque fois qu'il avait une crise de violence, les gens disaient que c'était la balle qui se retournait dans sa tête. Quand j'étais enfant, je ne comprenais pas.

— Moi non plus. Qu'est-ce qui tournait ?

— La balle. Ma mère assure qu'avant la guerre d'Algérie, quand elle l'a épousé, c'était plus ou moins un brave type. Après, il a reçu cette balle qu'on n'a pas pu lui retirer de la tête. Il a été déclaré inapte pour le terrain, il a été versé dans un peloton de renseignements. Tortionnaire, quoi. Je vous laisse un moment, je vais fumer dehors.

Adamsberg la rejoignit et sortit de sa poche une cigarette à moitié écrasée. Il voyait de tout près ses cheveux au miel de kouglof, très épais pour une femme de Normandie. Et les taches de rousseur sur ses épaules, quand son châle glissa, qu'elle rabattit rapidement.

— Il vous frappait ?

— Et le vôtre, il vous frappait ?

— Non. Il était cordonnier.

— Ça n'a rien à voir.

— Non.

— Il ne m'a jamais touchée. Mais avec mes frères, il a fait de la bouillie. Quand Antonin était bébé, il l'a attrapé par le pied et il l'a jeté dans l'escalier. Comme ça. Quatorze fractures. Il est resté emmailloté dans des plâtres pendant un an. Martin, lui, il ne mangeait pas. Alors il vidait discrètement sa nourriture dans le creux du pied métallique de la table. Un jour, mon père s'en est aperçu, il lui a fait vider le pied de table avec un hameçon, et il lui a tout fait bouffer. C'était pourri bien sûr. Des choses comme ça.

— Et l'aîné ? Hippo ?

— Pire.

Lina écrasa sa cigarette au sol et poussa proprement le mégot dans le caniveau. Adamsberg sortit le portable – le second, le clandestin – qui vibrait dans sa poche. *Te rejoins dans la soirée, donne ton adresse. LVB*

Veyrenc. Veyrenc qui allait venir lui manger son kouglof sous le nez, qui allait emporter le morceau, avec son visage tendre et sa lèvre de fille.

— *Inutile, tout va bien*, répondit Adamsberg.

— *Tout ne va pas bien. Donne adresse.*

— *Coup de fil suffit pas ?*

— *Donne adresse, merde.*

204

Adamsberg revint à la table et tapa l'adresse de la maison de Léo à contrecœur, l'humeur un instant obscurcie. Des nuages qui s'accumulent à l'ouest, il pleuvrait ce soir.

— Il y a des soucis ?

— Un collègue qui arrive, répondit Adamsberg en rempochant l'appareil.

— Alors on allait tout le temps chez Léo, enchaîna Lina sans logique. C'est elle qui nous a éduqués, elle et le comte. Ils disent que Léo ne va pas s'en sortir, que la machine est cassée. Il paraît que c'est vous qui l'avez trouvée. Et qu'elle vous a un peu parlé.

— Une minute, dit Adamsberg en étendant le bras.

Il tira un stylo de sa poche et écrivit « machine » sur sa serviette en papier. Un mot qu'avait déjà prononcé le médecin à nom de poisson. Un mot qui venait d'apporter une nuée devant ses yeux, et peut-être une idée dans la nuée, mais il ne savait pas laquelle. Il rangea la serviette et leva à nouveau les yeux vers Lina, les yeux voilés d'un type qui vient tout juste de se lever.

— Vous aviez vu votre père, dans l'Armée ? Quand vous aviez onze ans ?

— Il y avait un « saisi », oui, un homme. Mais il y avait du feu et beaucoup de fumée, il crispait ses mains sur son visage en hurlant. Je ne suis pas sûre que c'était lui. Mais je suppose que oui. J'ai reconnu ses chaussures en tout cas.

— Et la seconde fois, il y avait un « saisi » ?

— Il y avait une vieille femme. On la connaissait bien, elle lançait des cailloux la nuit sur les volets des maisons. Elle marmonnait des imprécations, elle était ce genre de femme à effrayer tous les gosses du coin.

— Accusée de meurtre ?

— Je n'en sais rien, je ne crois pas. Son mari peut-être, qui est décédé assez tôt.

— Elle est morte ?

— Neuf jours après l'apparition de l'Armée, paisiblement, dans son lit. Ensuite, la Mesnie n'est plus passée, jusqu'à ce que je la revoie il y a un mois.

— Et le quatrième saisi ? Vous ne l'avez pas reconnu ? Homme, femme ?

— Homme, mais je ne suis pas sûre. Car un cheval lui était tombé dessus et ses cheveux brûlaient, vous comprenez. Je n'ai pas pu bien distinguer.

Elle posa la main sur son ventre bien rond, comme pour apprécier des doigts le repas qu'elle avait avalé si vite.

Il était 4 h 30 quand Adamsberg rejoignit à pied l'auberge de Léo, le corps un peu engourdi d'avoir lutté contre ses désirs. De temps en temps, il sortait la serviette en papier, observait le mot « machine », et la rempochait. Cela ne lui disait absolument rien. S'il y avait une idée là-dedans, elle devait être engloutie très profondément, coincée sous un rocher marin, masquée par des bouquets d'algues. Un jour ou l'autre, elle se décrocherait, remonterait à la surface en vacillant. Adamsberg ne connaissait pas d'autre moyen de réfléchir. Attendre, jeter son filet à la surface des eaux, regarder dedans.

Dans l'auberge, Danglard, manches relevées, était en train de cuisiner en discourant, sous le regard attentif de Zerk.

— C'est très rare, disait Danglard, que le petit doigt de pied soit réussi. Il est généralement contrefait, tordu, recroquevillé, sans parler de l'ongle, qui est très amoindri. À présent que ça a doré sur une face, tu peux retourner les morceaux.

Adamsberg s'appuya au chambranle de la porte et regarda son fils exécuter les consignes du commandant.

— C'est les chaussures qui font cela ? demandait Zerk.

— C'est l'évolution. L'homme marche moins, le dernier doigt s'atrophie, il est en voie de disparition. Un jour, dans quelques centaines de milliers d'années, il n'en restera qu'un fragment d'ongle attaché au côté de notre pied. Comme chez le cheval. Les chaussures n'arrangent rien, bien sûr.

— C'est la même chose que nos dents de sagesse. Elles n'ont plus de place pour pousser.

— C'est cela. Le petit doigt est un peu la dent de sagesse du pied, si tu veux.

— Ou la dent de sagesse est le petit doigt de la bouche.

— Oui mais dit comme cela, on comprend moins bien.

Adamsberg entra, se servit une tasse de café.

— Comment était-ce ? demanda Danglard.

— Elle m'a irradié.

— Des ondes néfastes ?

— Non, dorées. Elle est un peu trop grosse, elle a les dents en avant, mais elle m'a irradié.

— Dangereux, commenta Danglard d'une voix désapprobatrice.

— Je ne pense pas vous avoir jamais parlé de ce kouglof au miel que j'ai mangé enfant chez une tante. Mais c'est cela, en un mètre soixante-cinq de hauteur.

— Souvenez-vous que cette Vendermot est une cinglée morbide.

— C'est possible. Elle ne le paraît pas. Elle est à la fois assurée et infantile, bavarde et prudente.

— Et si cela se trouve, ses doigts de pied sont laids.

— Amoindris, compléta Zerk.

— Cela m'est égal.

— Si c'est à ce point, maugréa Danglard, vous n'êtes plus fait pour l'enquête. Je vous laisse le dîner et je prends le relais.

— Non, je vais visiter ses frères à 7 heures. Veyrenc arrive ce soir, commandant.

Danglard prit le temps de verser un demi-verre d'eau sur les morceaux de poulet, de couvrir et de baisser le gaz.

— Tu laisses mijoter une heure comme cela, dit-il à Zerk avant de se retourner vers Adamsberg. On n'a pas besoin de Veyrenc, pourquoi lui avez-vous demandé de venir ?

— Il s'est invité tout seul et sans raison. À votre avis, Danglard, pourquoi une femme mettrait un châle sur ses épaules par un temps pareil ?

— En cas de pluie, dit Zerk. Il y a des nuages à l'ouest.

— Pour dissimuler une malfaçon, contra Danglard. Une pustule ou un signe du diable.

— Cela m'est égal, répéta Adamsberg.

— Ceux qui voient l'Armée furieuse, commissaire, ne sont pas des êtres bénéfiques et solaires. Ce sont des âmes sombres et néfastes. Irradié ou pas, ne l'oubliez pas.

Adamsberg ne répondit pas, et sortit à nouveau sa serviette en papier.

— Qu'est-ce que c'est ? demanda Danglard.

— C'est un mot qui ne me dit rien. « Machine ».

— Qui l'a écrit ?

— Mais moi, Danglard.

Zerk hocha la tête, comme s'il comprenait parfaitement.

23

Lina le fit entrer dans la pièce principale, ou trois hommes l'attendaient debout et circonspects, alignés côte à côte au long d'une grande table. Adamsberg avait demandé à Danglard de l'accompagner pour qu'il constate l'irradiation par lui-même. Il identifia facilement le frère cadet, Martin, celui qui était long, maigre et brun comme une branche de bois sec, celui qui avait dû avaler la nourriture pourrie tassée dans le pied de la table. Hippolyte, l'aîné des frères, une quarantaine d'années, avait une tête large et blonde assez similaire à celle de sa sœur, mais sans le principe d'étincellement. Il était haut et très solidement bâti, et lui tendit une main grande et un peu difforme. Au bout de la table, Antonin les regardait approcher avec appréhension. Brun et fluet comme son frère Martin mais mieux proportionné, les bras serrés sur son ventre creux en posture de protection. C'était le plus jeune, celui qui était en argile. Trente-cinq ans environ, peut-être accusés par son visage étroit, où ses yeux anxieux paraissaient trop grands. De son fauteuil, dissimulée dans un coin de la pièce, la mère n'adressa qu'un petit signe de tête. Elle avait délaissé la blouse à fleurs pour un vieux chemisier gris.

— On n'aurait pas fait entrer Émeri, expliqua Martin avec les gestes rapides et saccadés d'une longue sauterelle. Mais c'est différent avec vous. On vous attendait pour l'apéritif.

— C'est très gentil, dit Danglard.

— Nous sommes gentils, confirma Hippolyte, plus posé, en disposant les verres sur la table. Qui de vous deux est Adamsberg ?

— Moi, dit Adamsberg en s'asseyant sur une vieille chaise dont les pieds avaient été renforcés avec de la corde. Et voici mon adjoint, le commandant Danglard.

Il s'aperçut ensuite que toutes les chaises étaient renforcées à la corde, sans doute pour éviter qu'elles ne cassent et qu'Antonin ne tombe. Même cause sûrement pour les boudins de caoutchouc qui étaient cloués sur les cadres des portes. La maison était grande, à peine meublée, pauvre, avec ses plaques de plâtre manquantes, le mobilier en contreplaqué, les courants d'air sous les portes, les murs presque nus. Il y avait un tel grésillement dans la pièce qu'Adamsberg mit instinctivement un doigt sur son oreille, comme si ses acouphènes des mois passés revenaient le visiter. Martin se précipita vers un panier d'osier fermé.

— J'emporte cela dehors, dit-il. Ils font un bruit qui gêne, quand on n'est pas habitué.

— Ce sont des grillons, expliqua Lina à voix basse. Il y en a une trentaine dans le panier.

— Martin va réellement les manger ce soir ?

— Les Chinois le font, assura Hippolyte, et les Chinois ont toujours été plus malins que nous et depuis plus longtemps. Martin va les cuisiner en pâté, avec de la farce, de l'œuf et du persil. Moi, je préfère quand il en fait une quiche.

— La chair des grillons consolide l'argile, ajouta Antonin. Le soleil aussi, mais il faut faire attention à la dessiccation.

210

— Émeri m'en a parlé. Cela fait longtemps que vous avez ce problème d'argile ?

— Depuis mes six ans.

— Cela touche seulement les muscles ou également les ligaments, les nerfs ?

— Non, ça touche les os, par portions. Mais les muscles s'attachent sur les os et ils travaillent plus difficilement sur les parties argileuses. C'est pour ça que je ne suis pas très fort.

— Oui, je comprends.

Hippolyte ouvrit une bouteille neuve et versa du porto dans les verres – d'anciens verres à moutarde ternis, ou mal essuyés. Il en porta un à sa mère, qui n'avait pas bougé de son coin.

— Alec arinif rap riréug, dit-il avec un très large sourire.

— Cela finira par guérir, traduisit Lina.

— Comment faites-vous cela ? intervint Danglard. Inverser les lettres ?

— Il suffit de lire le mot à l'envers dans sa tête. Quel est votre nom, tout entier ?

— Adrien Danglard.

— Neirda Dralgnad. Cela sonne joliment, ça, Dralgnad. Vous voyez que ce n'est pas difficile.

Et pour une fois, Danglard se sentit vaincu par une intelligence tout à fait supérieure à la sienne, ou dont une branche, tout au moins, avait pris une ampleur démesurée. Vaincu et brièvement désolé. Le talent d'Hippolyte lui semblait balayer sa culture classique, éventée, ininventive. Il avala son porto d'un coup. Un alcool raide sûrement acquis au plus bas prix.

— Qu'attendez-vous de nous, commissaire ? demanda Hippolyte avec son sourire large, qui produisait un effet plutôt attrayant, joyeux même, mais cependant vaguement sinistre. Peut-être simplement parce qu'il avait conservé plusieurs dents de lait, ce qui rendait la ligne de ses crocs très irrégulière. Qu'on vous dise ce qu'on faisait le soir de la mort d'Herbier ? Quand était-ce au fait ?

— Le 27 juillet.

— À quelle heure ?

— On ne sait pas au juste, le corps a été trouvé beaucoup trop tard. Les voisins l'ont vu partir vers 6 heures du soir. De chez lui à la chapelle, comptons un quart d'heure, il a dû pousser sa mobylette sur les trente derniers mètres. L'assassin l'attendait là-bas, aux alentours de 18 h 15 donc. Et c'est vrai, j'ai besoin de savoir où vous étiez.

Les quatre frères et sœur se regardèrent comme si on leur avait posé une question imbécile.

— Mais qu'est-ce que ça prouvera ? demanda Martin. Si on vous ment, vous en ferez quoi ?

— Si vous me mentez, j'en ferai du soupçon, nécessairement.

— Mais comment vous le saurez ?

— Je suis flic, j'entends des mensonges par milliers. Avec le temps, forcément, on prend l'habitude de les reconnaître.

— À quoi ?

— Au regard, au battement des cils, à la contraction des gestes, à la vibration de la voix, à sa vitesse. Comme si la personne se mettait à boitiller au lieu de marcher normalement.

— Par exemple, proposa Hippolyte, si je ne vous regarde pas droit dans les yeux, je mens ?

— Ou le contraire, dit Adamsberg en souriant. Le 27, c'était un mardi. J'aimerais qu'Antonin en parle le premier.

— D'accord, dit le jeune homme en resserrant ses bras sur son ventre. Je ne sors presque jamais. C'est dangereux pour moi dehors, c'est cela que je veux dire. J'ai un travail à domicile, pour des sites de brocante et d'antiquités sur le réseau. C'est pas un gros travail, mais c'est un travail quand même. Le mardi, je ne sors jamais. C'est jour de marché et il y a de la bousculade jusque tard dans l'après-midi.

— Il n'est pas sorti, coupa Hippolyte en remplissant le seul verre déjà vide de la tablée, celui de Danglard. Moi non plus. No tiaté tnemerûs suot àl.

— Il dit qu'on était sûrement tous là, dit Lina. Mais ce n'est pas vrai, Hippo. Je suis restée tard au cabinet pour finir un dossier. On avait un gros mémoire à rendre pour le 30 du mois. Je suis rentrée pour faire à dîner. Martin est passé au bureau dans l'après-midi pour déposer du miel. Il avait ses paniers.

— C'est vrai, dit Martin, qui tirait sur ses longs doigts pour en faire craquer les articulations. Je suis allé glaner dans la forêt, jusque vers 7 heures probablement. Après c'est trop tard, les bestioles rentrent dans leurs trous.

— C'tse iarv, admit Hippo.

— Après le dîner, quand il n'y a rien à la télé, on joue souvent aux dominos, ou aux dés, dit Antonin. C'est bien, précisa-t-il avec candeur. Mais ce soir-là, Lina n'a pas pu jouer avec nous, elle relisait son dossier.

— C'tse sniom neib dnauq no euoj snas elle.

— Arrête-toi, Hippo, le pria rapidement Lina, le commissaire n'est pas venu pour s'amuser avec toi.

Adamsberg les considéra tous les cinq, la mère retranchée sur sa chaise, la sœur lumineuse qui les faisait vivre et manger, et les trois génies imbéciles de frères.

— Le commissaire sait, dit Hippolyte, qu'Herbier a été fracassé parce qu'il était une ordure, et que c'était le meilleur ami de notre père. Il est mort parce que la Mesnie avait décidé de le saisir. Nous, si on avait voulu, on aurait pu le tuer bien avant. Ce que je ne comprends pas, c'est pourquoi le Seigneur

Hellequin a saisi notre père il y a trente et un ans et Herbier tant d'années plus tard. Mais on n'est pas censés avoir une opinion sur les projets d'Hellequin.

— Lina dit que l'assassin de votre père n'a jamais été soupçonné. Même pas par vous, Hippo ? Vous qui avez trouvé Lina la hache à la main ?

— L'assassin, répondit Hippo en faisant un cercle dans l'air avec sa main déformée, vient d'on ne sait où, des fumées noires. On ne saura jamais, pas plus que pour Herbier et les trois autres saisis.

— Ils vont mourir ?

— Certainement, dit Martin en se levant. Pardonnez-moi, mais c'est l'heure du massage d'Antonin. Quand sonne la demie de 7 heures. Si on passe l'heure, ce n'est pas bon. Mais continuez, ça ne nous empêche pas d'écouter.

Martin alla prendre un bol de mixture jaunâtre dans le réfrigérateur pendant qu'Antonin ôtait délicatement sa chemise.

— C'est du jus de chélidoine et de l'acide formique, pour l'essentiel, expliqua Martin. Ça picote un peu. C'est très bon pour résorber son argile.

Martin commença à étaler doucement l'onguent sur le torse osseux de son frère et, dans les quelques regards échangés, Adamsberg comprit que pas un d'entre eux ne croyait réellement qu'Antonin était à moitié fait d'argile. Mais ils donnaient le change, ils sécurisaient et soignaient leur frère. Qui s'était retrouvé cassé en mille morceaux quand le père l'avait jeté bébé dans l'escalier.

— Nous sommes gentils, répéta Hippolyte en frottant d'une main ses longues boucles blondes un peu sales. Mais nous n'allons pas pleurer pour notre père, ni pour les salopards que Lina a vus dans la Mesnie. Vous avez remarqué mes mains, commissaire ?

— Oui.

— Je suis né avec six doigts à chaque main. Avec un petit doigt en plus.

— Hippo est un type sensationnel, dit Antonin en souriant.

— Ce n'est pas fréquent mais ça arrive, dit Martin, qui s'attaquait maintenant au bras gauche de son frère, déposant l'onguent à des emplacements très précis.

— Six doigts aux mains, c'est signe du diable, compléta Hippo en souriant plus encore. C'est ce qu'ils ont toujours dit ici. Comme si l'on pouvait croire à des bêtises pareilles.

— Vous croyez à l'Armée, dit Danglard en demandant d'un regard l'autorisation de se servir un nouveau doigt de porto, qui était décidément un véritable tord-boyaux.

— On sait que Lina voit l'Armée, c'est différent. Et si elle la voit, elle la voit. Mais on ne croit pas aux signes du diable et autres foutaises.

— Mais aux morts qui se promènent à cheval sur le chemin de Bonneval, oui.

— Commandant Dralgnad, dit Hippolyte, des morts peuvent revenir sans être envoyés par Dieu ou Diable. D'ailleurs, c'est Hellequin leur Seigneur. Et non pas Diable.

— C'est vrai, dit Adamsberg, qui ne souhaitait pas que Danglard amorce une polémique sur l'Armée de Lina.

Depuis quelques minutes, il suivait moins bien la conversation, occupé à chercher sans y parvenir ce que donnait son nom prononcé à l'envers.

— Mon père avait très honte de mes mains à six doigts. Il les cachait avec des moufles, il me demandait de manger sur mes genoux, pour que je ne les pose pas sur la table. Ça le dégoûtait de voir ça, et ça l'humiliait d'avoir fabriqué un fils comme ça.

À nouveau, des sourires éclairèrent les visages de la fratrie, comme si cette triste affaire du sixième doigt les amusait profondément.

— Raconte, demanda Antonin, joyeux à la perspective d'entendre à nouveau cette bonne histoire.

— Un soir, quand j'avais huit ans, j'ai posé mes deux mains sur la table, sans moufles, et le père est entré dans une rage plus terrifiante que la colère d'Hellequin. Il a pris sa hache. La même hache qui l'a coupé en deux plus tard.

— C'est la balle qui avait tourné dans sa tête, intervint soudain la mère, d'une voix un peu gémissante.

— Oui, maman, c'est sûrement la balle, dit Hippo avec impatience. Il m'a attrapé la main droite, et il a sectionné le doigt. Lina dit que je me suis évanoui, que maman hurlait, qu'il y avait du sang plein la table, que maman s'est jetée sur lui. Il a saisi la main gauche et l'autre doigt y est passé.

— La balle avait tourné.

— Énormément tourné, maman, dit Martin.

— Maman m'a pris dans ses bras et elle a couru à l'hôpital. Je me serais vidé de mon sang en route si le comte ne l'avait pas vue en chemin. Il revenait d'une soirée très chic, pas vrai ?

— Très chic, confirma Antonin en enfilant sa chemise. Et il a emmené maman et Hippo à fond de train, il y avait du sang plein sa belle voiture. Le comte est bon, c'est cela que je veux dire, et jamais la Mesnie ne le saisira. Tous les jours, il conduisait maman à l'hôpital pour qu'elle puisse voir Hippo.

— Le médecin ne l'a pas bien recousu, dit Martin avec rancœur. Aujourd'hui, quand on retire un sixième doigt, c'est presque invisible. Alors que Merlan – c'était déjà lui à l'époque – est une truffe. Il lui a massacré les mains.

— Ce n'est pas grave, Martin, dit Hippolyte.

— Nous, on va se faire soigner à Lisieux, jamais par Merlan.

— Il y a des gens, continua Martin, qui se font retirer leur sixième doigt, mais qui le regrettent ensuite toute leur vie. Ils racontent qu'ils ont perdu leur identité en abandonnant leur doigt. Hippo dit que ça ne le gêne pas. Il y a une fille, à Marseille, qui a été rechercher ses doigts dans la poubelle de l'hôpital et qui les a toujours gardés dans un pot. Vous imaginez ça ? On pense que c'est ce qu'a fait maman, mais elle ne veut pas le dire.

— Idiot, dit seulement la mère.

Martin s'essuya les mains dans un torchon et se tourna vers Hippolyte avec le même sourire engageant.

— Raconte la suite, dit-il.

— S'il te plaît, insista Antonin, raconte.

— Ce n'est peut-être pas nécessaire, dit prudemment Lina.

— Grebsmada en av ertê-tuep sap reicérppa. Il est flic tout de même.

— Il dit que vous n'allez peut-être pas apprécier, dit Lina.

— Grebsmada, c'est mon nom ?

— Oui.

— Ça rappelle le serbe. Il me semble que cela sonnait un peu comme ça.

— Hippo avait un chien, dit Antonin. C'était son animal exclusif, ils ne se quittaient jamais, j'en étais jaloux. Il s'appelait Suif.

— Une bête qu'il avait dressée à la perfection.

— Raconte, Hippo.

— Deux mois après qu'il m'a tranché les doigts, mon père m'a assis par terre dans le coin, en punition. C'est le soir où il avait forcé Martin à avaler tout ce qu'il avait fourré dans le pied de table, et j'avais pris sa défense. Je sais, maman, la balle avait encore tourné.

— Oui mon chéri, elle avait tourné.

— Plusieurs tours sur elle-même, maman.

— Hippo était tassé dans le petit coin, continua Lina, il avait la tête collée contre Suif. Puis il a murmuré quelque chose à l'oreille du chien et Suif a bondi comme une furie. Il a pris notre père à la gorge.

— Je voulais qu'il le tue, expliqua tranquillement Hippolyte. Je lui en ai donné l'ordre. Mais Lina m'a fait signe d'arrêter l'assaut, et j'ai dit à Suif de lâcher prise. Alors je lui ai demandé de manger ce qui restait dans le pied de la table.

— Suif n'en a pas été incommodé, précisa Antonin, alors que Martin a eu des coliques pendant quatre jours.

— Après cela, dit Hippolyte plus sombrement, quand notre père est sorti de l'hôpital, la gorge recousue, il a pris son fusil et il a abattu Suif pendant qu'on était à l'école. Il a posé le cadavre devant la porte pour qu'on le voie bien de loin à notre retour. C'est là que le comte est venu me chercher. Il estimait que je n'étais plus en sécurité ici et il m'a gardé pendant quelques semaines au château. Il m'a acheté un chiot. Mais son fils et moi, on ne s'entendait pas.

— Son fils est une truffe, affirma Martin.

— Nu elas titep drannoc, confirma Hippolyte.

Adamsberg interrogea Lina des yeux.

— Un sale petit connard, traduisit-elle avec réticence.

— Un drannoc, ça semble bien convenir, estima Danglard d'un air intellectuellement satisfait.

— À cause de ce drannoc, je suis revenu à la maison, et maman m'a caché sous le lit de Lina. Je vivais ici incognito et maman ne savait plus comment se

218

débrouiller. Mais Hellequin a trouvé la solution, il a coupé le père en deux morceaux. Et c'est juste après que Lina l'a vue pour la première fois.

— L'Armée furieuse ? dit Danglard.

— Oui.

— Qu'est-ce que cela donne à l'envers ?

Hippolyte secoua la tête fermement.

— Non, on n'a pas le droit de prononcer le nom de l'Armée à l'envers.

— Je comprends, dit Adamsberg. Votre père est mort combien de temps après votre retour du château ?

— Treize jours.

— D'un coup de hache dans la tête.

— Et dans le sternum, précisa gaiement Hippolyte.

— La bête était morte, confirma Martin.

— C'est cette balle, murmura la mère.

— Finalement, résuma Hippolyte, Lina n'aurait jamais dû me faire retenir Suif. Tout aurait été bien arrangé dès ce soir-là.

— Tu ne peux pas lui en vouloir, dit Antonin en haussant ses épaules avec précaution. Lina est trop gentille, c'est tout.

— Nous sommes gentils, affirma Hippolyte en hochant la tête.

En se levant pour les saluer, le châle de Lina glissa à terre et elle poussa un petit cri. D'un geste élégant, Danglard le ramassa et le reposa sur ses épaules.

— Qu'en pensez-vous, commandant ? demanda Adamsberg en marchant lentement sur le chemin qui revenait à l'auberge de Léo.

— Une possible famille de tueurs, dit Danglard posément, bien ramassée sur elle-même, abritée du monde extérieur. Tous déments, enragés, massacrés, surdoués et follement sympathiques.

— Je parle de l'irradiation. Vous avez perçu ? Encore qu'avec ses frères, elle se tienne en retrait.

— J'ai perçu, admit Danglard du bout des lèvres. Le miel sur sa poitrine et tout cela. Mais c'est une sale irradiation. Infrarouge ou ultraviolette, ou lumière noire.

— Vous dites cela à cause de Camille. Mais Camille ne veut plus m'embrasser que sur les joues. Avec ce baiser précis et ciblé qui veut signaler qu'on ne couchera plus jamais ensemble. C'est impitoyable, Danglard.

— Modeste châtiment en regard du préjudice.

— Et que voulez-vous que je fasse, commandant ? Que je m'installe des années sous un pommier en attendant Camille ?

— Le pommier n'est pas obligatoire.

— Que je ne remarque pas la fabuleuse poitrine de cette femme ?

— C'est le mot, concéda Danglard.

— Une seconde, dit Adamsberg en s'arrêtant sur le chemin. Message Retancourt. Notre cuirassé en plongée dans les abîmes squaleux.

— Les abysses, corrigea Danglard en se penchant vers l'écran du téléphone. Et « squaleux » n'existe pas. D'ailleurs, un cuirassé ne plonge pas.

Sv 1 rentré très tard soir incendie, non informé. Attitude quasi normale. Confirmerait sa non-implication. Mais était nerveux.

— *Nerveus comment ?* tapa Adamsberg.

— On met un « x » à « nerveux ».

— Ne m'emmerdez pas, Danglard.

— *A viré une femme de chambre.*

— *Pourquoi ?*

— *Long à expliquer, sans intérêt.*

— *Expliquez quand même.*

— *Sv 1 a donné sucre au labrador quand rentré.*

— Qu'est-ce qu'ils ont, les gens, Danglard, à toujours donner du sucre aux chiens ?

— C'est pour être aimés. Continuez.

— *Labrador refuse. Fem ch emmène animal pour donner sucre. Refuse bis. Femme chambre critique sucre. Sv 1 la vire soir même. Donc nerveux.*

— *Parce que la fem pas réussi à faire manger sucre ?*

— *Sans intérêt. Déjà dit. Coupé.*

Zerk venait vers eux à grands pas, les appareils photo en bandoulière.

— Le comte est passé, il veut te voir après le dîner, à 10 heures.

— C'est urgent ?

— Il n'a pas dit, il a plutôt commandé.

— Quel genre a-t-il ?

— On comprend que c'est le comte. Il est âgé, élégant, chauve, et il porte une vieille veste de travail en toile bleue. Commandant, j'ai terminé la cuisson du poulet.

— Tu as mis la crème et les herbes comme il fallait ?

— Oui, à la dernière minute. Je l'ai porté au Pigeon, il a adoré. Il a passé la journée à dessiner les vaches avec les crayons.

— Il dessine bien, finalement ?

— Pas tellement. Mais c'est très dur de faire une vache. Plus dur qu'un cheval.

— On avale ce poulet, Danglard, et on y va.

24

À la nuit tombée, Adamsberg arrêta la voiture devant la grille du château comtal, planté sur la colline qui faisait face à la cité d'Ordebec. Danglard sortit son grand corps du véhicule avec une agilité inaccoutumée et se planta rapidement devant l'édifice, les deux mains accrochées à la grille. Adamsberg lut sur son visage un ravissement assez pur, un état sans mélancolie que Danglard atteignait très rarement. Il jeta un coup d'œil au grand château de pierres claires, qui représentait sans doute pour son adjoint une sorte de kouglof au miel.

— Je vous avais dit que le coin vous plairait. Il est vieux, ce château ?

— On repère les premiers seigneurs d'Ordebec au début du XIe siècle. Mais c'est surtout à la bataille d'Orléans en 1428 que le comte de Valleray s'est distingué en rejoignant les troupes françaises commandées par le comte de Dunois, autrement dit Jean, bâtard de Louis, duc d'Orléans.

— Oui, Danglard, mais le château ?

— C'est ce que je suis en train de vous expliquer. Le fils de Valleray, Henri, l'a fait édifier après la guerre de Cent Ans, à la fin du XVe siècle. Toute l'aile gauche que vous voyez ici, et la tour à l'ouest datent de cette époque. En revanche le corps du château a été repris au XVIIᵉ siècle, et les grandes ouvertures basses sont des réfections du XVIIIᵉ siècle.

— Si on sonnait, Danglard ?

— Il y a au moins trois ou quatre chiens qui hurlent. On sonne et on attend une escorte. Je ne sais pas ce qu'ont les gens avec les chiens.

— Et le sucre, dit Adamsberg en tirant sur la chaîne.

Rémy François de Valleray, comte d'Ordebec, les attendait sans cérémonie dans la bibliothèque, encore vêtu de sa veste de drap bleu qui le faisait ressembler à un ouvrier agricole. Mais Danglard nota que chacun des verres gravés déjà disposés sur la table coûtait facilement un mois de son salaire. Et que, à sa seule couleur, l'alcool qui leur serait servi valait le voyage depuis Paris. Rien de comparable avec le porto avalé chez les Vendermot dans des verres à moutarde, et qui lui avait mis l'estomac en feu. La bibliothèque devait contenir environ un millier de volumes et les murs étaient couverts de haut en bas d'une quarantaine de tableaux, qui affolaient la vue du commandant Danglard. En somme, le décor attendu dans une demeure comtale non encore désargentée, si ce n'était qu'un désordre inouï ôtait toute solennité à la pièce. Des bottes, des sacs de graines, des médicaments, des sachets plastique, des boulons, des bougies fondues, des boîtes de clous, des paperasses, éparpillés au sol, sur les tables et les rayonnages.

— Messieurs, dit le comte en posant sa canne et en leur tendant la main, merci d'avoir répondu à mon appel.

Comte il l'était, assurément. Le ton de voix, le mouvement assez impérieux des gestes, le regard haut porté et jusqu'à son droit naturel de se présenter en veste de paysan. En même temps qu'on distinguait sans mal en lui le vieux Normand rural, la rougeur du teint, les ongles un peu noirs, le regard amusé et secret porté sur lui-même. Il emplit les verres d'une main, s'appuyant de l'autre sur sa canne, offrit les sièges d'un mouvement du bras.

— J'espère que vous apprécierez ce calva, c'est celui que je donne à Léo. Entre, Denis. Je vous présente mon fils. Denis, ces messieurs de la Brigade criminelle de Paris.

— Je ne pensais pas te déranger, dit l'homme en les saluant du bout des doigts et sans sourire.

Doigts blancs et ongles soignés, corps solide mais gras, cheveux gris lissés en arrière.

Le fameux sale petit *drannoc* donc, selon les Vendermot, celui qui avait écourté le séjour du jeune Hippolyte dans le refuge du château. Et en effet, observa Adamsberg, l'homme avait une tête assez drannocienne, les joues basses, les lèvres minces, les yeux furtifs et distants, ou tout au moins qui entendaient marquer les distances. Il se servit un verre, par courtoisie plus que par désir de rester. Toute sa posture indiquait que les invités ne l'intéressaient pas, et à peine son père lui-même.

— J'étais simplement passé te dire que la voiture de Maryse sera réparée demain. Il faudrait demander à Georges de la réceptionner, je serai en salle des ventes toute la journée.

— Tu n'as pas trouvé Georges ?

— Non, l'animal a dû s'endormir ivre mort dans l'écurie, je ne vais pas aller le secouer sous les ventres des chevaux.

— Très bien, j'y veillerai.

— Merci, dit Denis en reposant son verre.

— Je ne te chasse pas.

— Mais moi, je sors. Je te laisse avec tes invités.

Le comte eut une petite moue en entendant la porte se refermer.

— Désolé, messieurs, dit-il. Mes relations ne sont pas des meilleures avec mon beau-fils, surtout qu'il sait ce dont je souhaite vous parler et que cela ne lui plaît pas. Il s'agit de Léo.

— J'aime beaucoup Léo, dit Adamsberg sans avoir médité sa réplique.

— Je le crois. Et encore, vous ne l'avez connue que quelques heures. C'est vous qui l'avez trouvée blessée. Et c'est vous qui avez réussi à la faire parler. Ce qui nous a sans doute évité que le Dr Merlan ne décrète la mort cérébrale.

— J'ai eu quelques mots avec ce médecin.

— Cela ne me surprend pas. C'est un drannoc à ses heures, mais pas toujours.

— Vous aimez les mots d'Hippolyte, monsieur le comte ? demanda Danglard.

— Appelez-moi Valleray, nous y gagnerons tous. Je connais Hippo depuis le berceau. Et je trouve ce terme plutôt bien ajusté.

— À partir de quand a-t-il su inverser les lettres ?

— À treize ans. C'est un homme d'exception, et de même pour ses frères et sa sœur. Il y a chez Lina une lumière tout à fait inhabituelle.

— Cela n'a pas échappé au commissaire, dit Danglard que la succulence du calva, après la vision du château, apaisait profondément.

— Mais à vous si ? demanda Valleray, étonné.

— Non, reconnut Danglard.

— Très bien. Ce calva ?

— Parfait.

Le comte trempa un morceau de sucre dans son verre et le suçota sans distinction. Adamsberg se sentit fugitivement assailli de morceaux de sucre arrivés de toutes parts.

— On a toujours bu ce calva avec Léo. Il faut que vous sachiez que j'ai été passionnément amoureux de cette femme. Je l'ai épousée et ma famille, qui contient un grand nombre de drannocs, croyez-moi, m'a cassé les reins. J'étais jeune, faible, j'ai cédé, nous avons divorcé deux ans plus tard.

— Cela vous paraîtra étrange, reprit-il, et peu m'importera, mais si Léo survit au coup qu'elle a reçu de ce tueur infect, je l'épouserai de nouveau. J'en ai décidé, si elle l'accepte. Et c'est là que vous intervenez, commissaire.

— Pour mettre la main dessus.

— Non, pour faire revivre Léo. Ne croyez pas qu'il me vient une subite idée fixe de vieillard. Cela fait plus d'un an que j'y songe. J'espérais amener mon beau-fils à le comprendre, mais c'est sans espoir. Je le ferai donc sans son assentiment.

Le comte se mit debout avec difficulté, avança sur sa canne jusqu'à l'immense cheminée de pierre et y lança deux grosses bûches. Le vieil homme avait encore de la force, assez au moins pour décider de ce mariage insolite entre les deux quasi-nonagénaires, plus de soixante ans après leur première union.

— Rien de choquant à ce mariage ? dit-il en les rejoignant.

— Au contraire, répondit Adamsberg. J'y viendrai même volontiers, si vous m'invitez.

— Vous en serez, commissaire, si vous la sortez de là. Et vous allez le faire. Léo m'a appelé une heure avant son assassinat. Elle était ravie de sa soirée avec vous, son opinion me suffit. Il y a du destin là-dedans, si vous me pardonnez cette appréciation un peu simple. Nous sommes tous un peu fatalistes, nous qui vivons près du chemin de Bonneval. C'est vous, et vous seul, qui avez pu la sortir de son aphasie, la faire parler.

— Trois mots seulement.

— Je les connais. Vous étiez à son chevet depuis combien de temps ?

— Presque deux heures, je crois.

— Deux heures à lui parler, à la coiffer, à tenir sa joue. Je le sais. Ce que je vous demande, c'est d'y être dix heures par jour, quinze si nécessaire. Jusqu'à ce que vous la remontiez vers vous. Vous y parviendrez, commissaire Adamsberg.

Le comte s'interrompit, et son regard balaya lentement les murs de la pièce.

— Et si oui, je vous donnerai ceci, dit-il en pointant négligemment sa canne vers un petit tableau accroché près de la porte. Il est fait pour vous.

Danglard sursauta et examina la toile. Un fin cavalier posant devant un paysage de montagne.

— Approchez-vous, commandant Danglard, dit Valleray. Vous reconnaissez les lieux, Adamsberg ?

— Le pic des Gourgs Blancs, je pense.

— Exactement. Pas loin de chez vous, si je ne me trompe ?

— Vous êtes bien renseigné sur moi.

— Évidemment. Quand j'ai besoin de savoir quelque chose, j'y parviens généralement. C'est le reliquat, puissant, des privilèges. Comme je sais que vous vous attaquez au groupe Clermont-Brasseur.

— Non, monsieur le comte. Personne ne s'attaque aux Clermont, moi pas plus qu'un autre.

— Fin XVIe siècle ? demanda Danglard, penché sur le tableau. École de François Clouet ? ajouta-t-il plus bas, moins assuré.

— Oui, ou si l'on veut rêver, une œuvre du maître lui-même, qui aurait pour une fois lâché son fardeau de portraitiste. Mais nous n'avons pas d'élément certain pour assurer qu'il ait voyagé dans les Pyrénées. Néanmoins, il a peint Jeanne d'Albret, reine de Navarre, en 1570. Et peut-être dans sa ville de Pau.

Danglard revint s'asseoir, intimidé, son verre vide. Le tableau était une rareté, il valait une fortune, et Adamsberg ne paraissait pas en prendre conscience.

— Resservez-vous, commandant. Me déplacer m'est un peu difficile. Et emplissez mon verre aussi. Ce n'est pas souvent qu'un tel espoir entre dans ma maison.

Adamsberg ne regardait pas le tableau, ni Danglard ni le comte. Il pensait au mot « machine », venu brusquement s'extirper de sa gangue, se cognant contre le Dr Merlan, puis contre le jeune homme en argile et l'image des doigts de Martin appliquant la mixture sur la peau de son frère.

— Je ne peux pas, dit-il. Je n'ai pas les capacités.

— Si, affirma le comte en tapant du bout de sa canne contre le parquet ciré, découvrant que le regard d'Adamsberg, qu'il trouvait déjà flou, semblait s'être éloigné dans les limbes.

— Je ne peux pas, répéta Adamsberg d'une voix lointaine. Je suis chargé d'enquête.

— Je parlerai à votre hiérarchie. Vous ne pouvez pas laisser tomber Léo.

— Non.

— Alors ?

— Je ne peux pas mais quelqu'un peut. Léo est vivante, Léo est consciente, mais tout est en panne. Je connais un homme qui répare ce genre de panne, ces pannes qui n'ont pas de nom.

— Un charlatan ? demanda le comte en haussant ses sourcils blancs.

— Un scientifique. Mais qui pratique sa science avec un talent inhumain. Qui remet des circuits en route, qui réoxygène le cerveau, qui remet des chats à la tétée, qui débloque des poumons figés. Un expert du mouvement de la machine humaine. Un maître. Ce serait notre seule chance, monsieur le comte.

— Valleray.

— Ce serait notre seule chance, Valleray. Il pourrait la tirer de là. Sans rien promettre.

— Comment pratique-t-il ? Avec des médicaments ?

— Avec ses mains.

— Une sorte de magnétiseur ?

— Non. Il appuie sur des clapets, il replace les organes dans le bon sens, il tire sur les manettes, il débouche les filtres, enfin, il relance le moteur[1].

— Amenez-le, dit le comte.

Adamsberg marcha dans la pièce, faisant grincer le vieux parquet, secouant la tête.

— Impossible, dit-il.

— Il est à l'étranger ?

— Il est en prison.

— Bon sang.

— Il nous faudrait une autorisation de mise en liberté spéciale.

— Qui peut la donner ?

— Le juge d'application des peines. Dans le cas de notre médecin, il s'agit du vieux juge de Varnier, qui est une sorte de bouc buté et qui ne voudra pas même en entendre parler. Faire sortir un prisonnier de Fleury pour l'envoyer exercer ses talents au chevet d'une vieille femme à Ordebec, c'est un type d'urgence qu'il n'admettra jamais.

— Raymond de Varnier ?

— Oui, dit Adamsberg en continuant à tourner dans la bibliothèque, n'accordant pas un regard au tableau de l'école de Clouet.

— Aucun problème, c'est un ami.

Adamsberg se retourna vers le comte, qui souriait, les sourcils hauts.

---

1. Cf., du même auteur, *Un lieu incertain*.

— Raymond de Varnier n'a rien à me refuser. On fera venir votre expert.

— Il vous faudra un motif solide, véritable et vérifiable.

— Depuis quand nos juges en ont-ils besoin ? Pas depuis Saint Louis. Notez-moi seulement le nom de ce médecin et son lieu de détention. J'appellerai Varnier à l'aube, on peut espérer avoir cet homme ici demain soir.

Adamsberg regarda Danglard, qui hocha la tête, approbateur. Adamsberg s'en voulait d'avoir compris un peu tard. Dès que le Dr Merlan avait parlé irrévérencieusement de Léo comme d'une machine en panne, il aurait dû penser au médecin prisonnier, qui employait lui-même ce terme. Il l'avait sans doute fait mais il n'en avait pas eu conscience. Pas même quand Lina avait répété ce mot de « machine ». Mais assez pour l'écrire sur sa serviette de table. Le comte lui tendit un bloc et il y inscrivit les renseignements.

— Il y a un autre obstacle, dit-il en lui rendant le bloc. Si je saute, ils ne laisseront plus sortir notre protégé. Or si le docteur la tire de là, il lui faudra plusieurs séances. Et je peux sauter dans quatre jours.

— Je suis au courant.

— De tout ?

— De beaucoup de choses vous concernant. Je crains pour Léo et pour les Vendermot. Vous arrivez ici, je me renseigne. Je sais que vous sauterez si vous ne rattrapez pas l'assassin d'Antoine Clermont-Brasseur, qui s'est fait la belle depuis votre commissariat et, pire, depuis votre bureau, sous votre propre surveillance.

— Exactement.

— Vous êtes suspect d'ailleurs, commissaire. Vous le saviez ?

— Non.

— Eh bien, mieux vaut vous tenir sur vos gardes. Quelques messieurs du Ministère ont grande envie d'une investigation à votre endroit. Ils ne sont pas loin de penser que vous avez laissé filer le jeune homme.

— Ça n'a pas de sens.

— Bien sûr, dit Valleray en souriant. En attendant, le type est introuvable. Et vous fouinez du côté de la famille Clermont.

— L'accès est barré, Valleray. Je ne fouine pas.

— Vous avez tout de même souhaité interroger les deux fils d'Antoine. Christian et Christophe.

— Et on me l'a refusé. Je me suis arrêté là.

— Et vous n'aimez pas cela.

Le comte posa son reste de sucre sur une soucoupe, se lécha les doigts et les essuya sur sa veste bleue.

— Qu'auriez-vous aimé savoir au juste ? Sur les Clermont ?

— Comment s'était déroulée la soirée précédant l'incendie, au moins cela. Quelle était l'humeur des deux fils.

— Normale, et même très gaie, si tant est que Christophe peut être gai. Le champagne avait coulé, et de la meilleure marque.

— Comment le savez-vous ?

— J'y étais.

Le comte prit un nouveau sucre qu'il trempa avec précision dans son verre.

— Il existe en ce monde un petit noyau atomique où les industriels recherchent depuis toujours les aristocrates et vice-versa. L'échange entre eux, éventuellement marital, augmentant la puissance de déflagration de tous. J'appartiens aux deux cercles, noblesse et industrie.

— Je sais que vous avez vendu vos aciéries à Antoine Clermont.

— C'est notre ami Émeri qui vous l'a dit ?

— Oui.

— Antoine était un pur rapace qui volait haut, mais qu'on pouvait en un sens admirer. On ne peut pas en dire autant de ses fils. Mais si vous vous mettez en tête que l'un d'eux a mis le feu au père, vous n'y êtes pas.

— Antoine voulait épouser sa femme de ménage.

— Rose, oui, confirma le comte en tirant sur son sucre. Je crois qu'il s'amusait plutôt à provoquer sa famille et je l'avais mis en garde. Seulement, lire dans les yeux de ses fils l'attente ardente de sa mort le hérissait. Depuis quelque temps, il était découragé, blessé et porté aux extrêmes.

— Qui voulait le mettre sous tutelle ?

— Christian surtout. Mais il n'en avait aucun moyen. Antoine était sain d'esprit et c'était facile à prouver.

— Et opportunément, un jeune homme met le feu à la Mercedes, précisément quand Antoine attend seul dans la voiture.

— Je vois ce qui vous gêne. Voulez-vous savoir pourquoi Antoine était seul ?

— Beaucoup. Et pourquoi leur chauffeur ne les a pas raccompagnés.

— Parce que le chauffeur avait été convié à la cuisine et que Christophe l'a estimé trop ivre pour conduire. Il a donc quitté la soirée avec son père, ils sont allés à pied jusqu'à la voiture, rue Henri-Barbusse. Une fois au volant, il s'est aperçu qu'il n'avait plus son portable. Il a demandé à son père de l'attendre et il a refait le chemin en sens inverse. Il a retrouvé son appareil sur le trottoir de la rue du Val-de-Grâce. En tournant le coin de la rue, il a vu la voiture en feu. Écoutez-moi, Adamsberg,

Christophe était bien à cinq cents mètres de la Mercedes, et deux témoins l'ont vu. Il a crié et s'est mis à courir, et les témoins ont couru avec lui. C'est Christophe qui a appelé la police.

— C'est lui qui vous l'a dit ?

— Sa femme. Nous sommes en très bons termes – c'est moi qui l'avais présentée à son futur mari. Christophe était anéanti, horrifié. Quelle que soit la teneur des relations, ce n'est pas une partie de plaisir de voir son père brûler vif.

— Je comprends, dit Adamsberg. Et Christian ?

— Christian avait quitté la soirée plus tôt, il était très éméché et souhaitait dormir.

— Mais il semble qu'il soit rentré très tard à son domicile.

Le comte gratta son crâne chauve pendant un moment.

— Il n'y a rien de mal à dire que Christian voit une autre femme, plusieurs même, et qu'il profite des soirées officielles pour rentrer tardivement chez lui. Et je vous répète que les deux frères étaient de très bonne humeur. Christian a dansé, il nous a fait une excellente imitation du baron de Salvin, et Christophe, qui n'est pas aisé à dérider, s'est franchement amusé pendant quelques moments.

— Entente cordiale, soirée normale.

— Parfaitement. Tenez, sur la cheminée, vous trouverez une enveloppe avec une dizaine de photos de la soirée, envoyées par la femme de Christophe. Elle ne comprend pas qu'à mon âge, on n'aime pas regarder des portraits de soi. Voyez-les, cela vous instruira sur l'ambiance.

Adamsberg examina la dizaine de photos et, en effet, ni Christophe ni Christian ne présentaient la tête tourmentée d'un gars qui s'apprête à brûler son père.

— Je vois, dit Adamsberg en lui rendant les photos.

— Gardez-les, si elles peuvent vous convaincre. Et hâtez-vous de retrouver le jeune homme. Ce que je peux faire aisément, c'est plaider auprès des frères Clermont pour vous obtenir un délai.

— Cela me paraît nécessaire, dit soudainement Danglard, qui n'avait cessé d'aller d'un tableau à l'autre, comme une guêpe se déplaçant sur des gouttes de confiture. Le jeune Mo est insaisissable.

— Il finira par avoir besoin d'argent un jour ou l'autre, dit Adamsberg en haussant les épaules. Il est parti sans rien en poche. L'aide de ses amis n'aura qu'un temps.

— L'aide n'a toujours qu'un temps, murmura Danglard, et la lâcheté a l'éternité. C'est selon ce principe que l'on finit généralement par attraper les fuyards. À condition de ne pas avoir l'épée du Ministère pointée sur la nuque. Cela brise nos mouvements.

— J'ai bien compris, dit le comte en se levant. Nous allons donc écarter cette épée.

Comme s'il s'agissait, se dit Danglard, fils d'ouvrier du Nord, de déplacer une simple chaise pour se mouvoir plus à son aise. Il ne doutait pas que le comte y parvînt.

25

Veyrenc les attendait avec Zerk devant la porte de chez Léo. La soirée était tiède, les nuages s'étaient finalement éloignés, allant verser leur pluie ailleurs. Les deux hommes avaient sorti des chaises et fumaient dans la nuit. Veyrenc avait l'air tranquille mais Adamsberg ne s'y fiait pas. Le visage très romain du lieutenant, arrondi, dense et confortable, dessiné en douceur sans qu'aucune saillie ne paraisse, était une masse compacte d'action muette et d'obstination. Danglard lui serra la main brièvement et disparut dans la maison. Il était plus d'une heure du matin.

— On peut faire un tour dans les champs, proposa Veyrenc. Laisse tes téléphones ici.

— Tu veux voir bouger des vaches ? dit Adamsberg en lui prenant une cigarette. Tu sais qu'ici, contrairement à ce qui se passe chez nous, les vaches bougent très peu.

Veyrenc fit signe à Zerk de les accompagner, et attendit d'être assez éloigné pour s'arrêter devant la barrière d'un champ.

— Il y a eu un nouvel appel du Ministère. Un appel que je n'ai pas aimé.

— Tu n'as pas aimé quoi ?

— Le ton. L'agressivité sur le fait que Mo reste introuvable. Il n'a pas d'argent, sa photo est diffusée partout, où pouvait-il aller ? C'est ce qu'ils disent.

— Agressifs, ils le sont depuis le début. Quoi d'autre dans le ton ?

— Un ricanement, une ironie. Le type qui a appelé n'était pas une flèche. Il avait la voix de ces gars si fiers de savoir quelque chose qu'ils ne parviennent pas à le dissimuler.

— Par exemple ?

— Par exemple quelque chose contre toi. Je n'ai pas grand-chose pour interpréter ce ricanement, sa jouissance contenue, mais j'ai l'impression aiguë qu'ils s'imaginent des trucs.

Adamsberg tendit la main pour obtenir du feu.

— Des trucs que tu imagines aussi ?

— Ce n'est pas l'important. Moi, je sais seulement que ton fils t'a accompagné ici, avec une autre voiture. Eux aussi le savent, tu t'en doutes.

— Zerk fait un reportage sur les feuilles pourries pour un magazine suédois.

— Oui, c'est curieux.

— Il est comme ça, il saute sur les occasions.

— Non, Jean-Baptiste, Armel n'est pas comme ça. Je n'ai pas vu le pigeon dans la maison. Qu'est-ce que vous en avez fait ?

— Il s'est envolé.

— Ah, très bien. Mais pourquoi Zerk a-t-il pris une autre voiture ? Il n'y avait pas assez de place dans le coffre pour vos trois bagages ?

— Qu'est-ce que tu cherches, Louis ?

— J'essaie de te convaincre qu'ils imaginent quelque chose.

— Que tu crois qu'ils imaginent.

— Par exemple que Mo a disparu de manière un peu magique. Que trop de pigeons se sont envolés. Je crois que Danglard le sait. Le commandant sait mal dissimuler. Depuis la fuite de Mo, il a l'air d'une poule confuse qui couve un œuf d'autruche.

236

— Tu imagines trop. Tu me penses capable de faire une bourde pareille ?

— Tout à fait. Je n'ai d'ailleurs pas dit que c'était une bourde.

— Va jusqu'au bout, Louis.

— Je crois qu'ils ne vont pas tarder à faire une descente ici. Je ne sais pas où tu as rangé Mo, mais je pense qu'il faut qu'il décampe dès ce soir. Vite, et loin.

— Et comment ? Si toi, moi ou Danglard quittons les lieux, ce sera le signal. On sera épinglés dans l'heure.

— Ton fils, proposa Veyrenc en regardant le jeune homme.

— Tu ne te figures pas que je vais le mettre là-dedans, Louis ?

— C'est déjà fait.

— Non. Il n'y a pas de preuve tangible. Mais s'ils le saisissent au volant avec Mo, il ira directement en taule. Si tu as raison, nous sommes obligés de rendre Mo. On va le pousser sur une centaine de kilomètres et il se laissera prendre.

— Tu l'as dit toi-même : une fois dans les pattes des juges, il ne s'en sortira plus. C'est ficelé d'avance.

— Ta solution ?

— Zerk doit prendre la route ce soir. La nuit, il y a beaucoup moins de barrages. Et une bonne partie de ces barrages n'est plus efficiente. Les gars fatiguent.

— Je suis d'accord, dit Zerk. Laisse, dit-il en retenant Adamsberg, je l'emmène. Je vais où, Louis ?

— Tu connais les Pyrénées aussi bien que nous, tu connais les passages vers l'Espagne. De là, tu files à Grenade.

— Et ensuite ?

— Tu t'y planques jusqu'à nouvel ordre. Je t'ai apporté plusieurs adresses d'hôtels. Deux plaques pour la voiture, une carte grise, de l'argent, deux cartes d'identité, une carte de crédit. Quand vous serez assez éloignés d'ici, mettez-vous sur un bas-côté pour que Mo se coupe les cheveux, en garçon sage.

— C'est la preuve qu'il n'a pas fait brûler la Mercedes, dit Zerk. Il a les cheveux longs en ce moment.

— Et alors ? demanda Adamsberg.

— Tu sais bien qu'on l'appelle Momo-mèche-courte ?

— Parce qu'il utilise des mèches d'allumage courtes, dangereuses, pour incendier les bagnoles. Ça corse le jeu.

— Non, c'est parce qu'à chaque fois, l'incendie lui brûle des mèches. Alors ensuite, il se rase la tête pour que ça ne se voie pas.

— D'accord Armel, dit Veyrenc, mais nous sommes pressés. Où l'as-tu planqué, Jean-Baptiste ? Loin ?

— À trois kilomètres, dit Adamsberg, un peu sonné. Deux en passant par les bois.

— On y va maintenant. Pendant que les garçons se préparent, on fixe les plaques, on nettoie les empreintes.

— Juste au moment où il commençait à dessiner, dit Zerk.

— Et juste au moment où les frères Clermont semblent tirés d'affaire, dit Adamsberg, écrasant sa cigarette d'un coup de talon.

— Et le pigeon, qu'est-ce qu'on fait du pigeon ? demanda soudain Zerk, alarmé.

— Tu l'emmènes à Grenade. C'est ce qu'on a dit.

— Non, l'autre. Qu'est-ce qu'on fait d'Hellebaud ?

— Tu nous le laisses. Tu vas te faire repérer avec ça.

— Faut encore lui mettre du désinfectant sur les pattes tous les trois jours. Promets-moi que tu le fais, promets que t'y penses.

À presque 4 heures du matin, Adamsberg et Veyrenc regardaient s'éloigner les feux arrière de la voiture, le pigeon roucoulant dans sa cage à leurs pieds. Adamsberg avait rempli une pleine thermos de café pour son fils.

— J'espère que tu ne l'as pas fait partir pour rien, dit Adamsberg à voix basse. J'espère que tu ne l'envoies pas dans le bourbier. Ils vont devoir conduire toute la nuit et tout le jour. Ils seront crevés.

— Tu t'inquiètes pour Armel ?

— Oui.

— Il y arrivera. *Tentative audacieuse, entreprise hasardeuse, / C'est un cœur valeureux qui la fera chanceuse.*

— Comment ont-ils soupçonné pour Mo ?

— Tu t'y es pris trop vite. Très bien joué, mais trop vite.

— Pas eu le temps, pas eu le choix.

— Je sais. Mais tu t'y es pris trop seul aussi. *Ne crois pas, esseulé, parvenir à tes fins, / Les amis que tu fuis étaient ton seul soutien.* Fallait m'appeler.

26

Le comte agit dans la soirée et à l'aube avec une efficacité impressionnante, à la mesure de sa tendresse pour la vieille Léone, car le médecin arriva discrètement à 11 h 30 à l'hôpital d'Ordebec. Valleray avait réveillé le vieux juge à 6 heures du matin, lancé son commandement, et les grilles de Fleury s'étaient ouvertes dès 9 heures pour laisser sortir le convoi qui emportait le prisonnier vers la Normandie.

Les deux voitures banalisées se garèrent dans le parking réservé au personnel médical, hors du regard des passants. Encadré par quatre hommes, le médecin sortit menottes aux poignets avec un air replet et même jovial qui détendit Adamsberg. Il n'avait encore reçu aucun signe de Zerk et pas un mot de Retancourt. Pour une fois, il lui semblait que sa torpille Retancourt était désamorcée, inapte. Ce qui, peut-être, allait dans le sens de l'hypothèse du comte. Si Retancourt ne trouvait rien, c'est qu'il n'y avait rien à trouver. Hormis le fait que Christian était rentré tard – un point auquel il s'accrochait –, rien ne permettait de soupçonner l'un ou l'autre frère.

Le médecin s'avança vers lui de sa démarche dandinante, propre et bien vêtu. Il n'avait pas perdu un gramme en prison et s'était peut-être même étoffé.

— Merci pour cette petite sortie, Adamsberg, dit-il en lui serrant la main, c'est bien rafraîchissant de voir la campagne. Surtout ne m'appelez pas par mon nom devant les autres, j'entends le garder sans tache.

— Que dirons-nous ? Docteur Hellebaud ? Ça fera l'affaire ?

— Parfaitement. Où en sont vos acouphènes ? Revenus vous tracasser ? Quand je pense que je n'ai pu vous faire que deux séances.

— Disparus, docteur. À peine un léger sifflement parfois dans l'oreille gauche.

— Parfait. Je vous réglerai cette vétille avant de repartir avec ces messieurs. Et la petite chatte ?

— Bientôt sevrée. Et la prison, docteur ? Je n'ai pas eu le temps de venir vous rendre visite depuis votre incarcération. Je m'en excuse.

— Que voulez-vous que je vous dise, mon ami ? Je suis débordé. Il y a les soins donnés au directeur – une très mauvaise et ancienne dorsalgie –, aux prisonniers – des somatisations dépressives et des traumatismes d'enfance de toute beauté, des cas tout à fait passionnants, je l'avoue –, et les soins aux gardiens, beaucoup d'addictions, beaucoup de violences contenues. Je ne prends pas plus de cinq patients par jour, j'ai été très ferme là-dessus. Je ne fais pas payer, bien entendu, je n'en ai pas le droit. Mais vous voyez ce que c'est, j'ai de grosses compensations. Cellule spéciale, traitement de faveur, repas cuisinés, livres à volonté, je ne peux pas me plaindre. Avec tous les cas que j'ai là-bas, je prépare un livre assez formidable sur le traumatisme carcéral. Parlez-moi de votre malade. Événement ? Diagnostic ?

Adamsberg s'entretint un quart d'heure dans le sous-sol avec le médecin puis monta à l'étage où, devant la chambre de Léo, les attendaient le capitaine Émeri, le Dr Merlan, le comte de Valleray et Lina Vendermot. Adamsberg leur présenta le Dr Paul

Hellebaud, et l'un des gardiens lui ôta les menottes avec un soin respectueux.

— Ce gardien-là, murmura le médecin à l'oreille d'Adamsberg, je l'ai ramené à la vie. Il était devenu impuissant. Le pauvre gars était anéanti. Il m'apporte le café au lit tous les matins. Qui est cette femme pleine comme un œuf et appétissante comme tout ?

— Lina Vendermot. Celle qui a mis le feu aux poudres, celle par qui le premier meurtre est arrivé.

— C'est une tueuse ? demanda-t-il en lui jetant un regard surpris et désapprobateur, semblant oublier qu'il était lui-même un meurtrier.

— On n'en sait rien. Elle a eu une vision funeste, elle l'a racontée, et tout est parti de là.

— Vision de quoi ?

— C'est une vieille légende locale, une Armée furieuse qui passe ici depuis des siècles, à moitié morte, et qui emporte avec elle des vivants fautifs.

— La Mesnie Hellequin ? demanda vivement le médecin.

— Elle-même. Vous la connaissez ?

— Qui n'en a entendu parler, mon ami ? Ainsi, le Seigneur chevauche dans les parages ?

— À trois kilomètres d'ici.

— Merveilleux contexte, apprécia le médecin en se frottant les mains, et ce geste rappela à Adamsberg le soir où il avait choisi pour lui un excellent vin.

— La vieille dame figurait parmi les saisis ?

— Non, on suppose qu'elle savait quelque chose.

Quand le médecin s'approcha du lit et regarda Léone, toujours trop blanche et trop froide, il perdit subitement son sourire et Adamsberg chassa de sa nuque la boule d'électricité qui était revenue s'y placer.

— Mal au cou ? lui demanda le médecin à voix basse, sans quitter Léone des yeux, comme s'il inspectait un plan de travail.

— Ce n'est rien. Une simple boule d'électricité qui vient se mettre là de temps à autre.

— Ça n'existe pas, dit le médecin avec dédain. On verra cela plus tard, le cas de votre vieille est autrement tangent.

Il fit reculer les quatre gardiens jusqu'au mur, leur demandant le silence. Merlan aggravait son état de drannoc en affichant une mine suspicieuse et sciemment amusée. Émeri était presque au garde-à-vous comme pour une revue spéciale de l'Empereur, et le comte, auquel on avança une chaise, tenait ses mains pour les empêcher de trembler. Lina était debout derrière lui. Adamsberg comprima dans sa main son téléphone qui vibrait, le téléphone clandestin numéro 2, et jeta un œil sur le message. *Ils sont là. Fouillent maison Léo. LVB*. Il montra discrètement le message à Danglard.

Qu'ils fouillent, pensa-t-il, en adressant une pensée pleine de gratitude au lieutenant Veyrenc.

Le médecin avait posé ses énormes mains sur le crâne de Léone, qu'il parut écouter longuement, passa au cou et à la poitrine. Il contourna le lit en silence et prit dans ses doigts les pieds maigres, qu'il palpa et manipula, avec des temps d'arrêt, pendant plusieurs minutes. Puis il revint vers Adamsberg.

— Tout est mort, à plat, Adamsberg. Fusibles sautés, circuits déconnectés, fascias médiastinal et encéphalique bloqués, cerveau en sous-oxygénation, décompression respiratoire, système digestif non sollicité. Quel âge a-t-elle ?

Adamsberg entendit la respiration du comte s'accélérer.

— Quatre-vingt-huit ans.

— Bien. Je vais devoir lui faire un premier soin de quarante-cinq minutes environ. Puis un second, plus court, vers 17 heures. C'est possible, René ? demanda-t-il en se tournant vers le gardien-chef.

Le gardien-chef ex-impuissant hocha la tête aussitôt, une réelle vénération dans les yeux.

— Si elle est réceptive au soin, je devrai revenir dans quinze jours pour stabiliser.

— Aucun problème, assura le comte d'une voix tendue.

— Maintenant, si vous voulez bien me laisser, j'aimerais être seul avec la patiente. Le Dr Merlan peut rester s'il le souhaite, à la condition qu'il comprime son ironie, même muette. Ou je serai également contraint de le prier de sortir.

Les quatre gardiens se consultèrent, croisèrent le regard impérieux du comte, l'expression de doute d'Émeri, et finalement, le gardien-chef René donna son assentiment.

— Nous serons derrière la porte, docteur.

— Cela va sans dire, René. De toute façon, si je ne me trompe pas, il y a deux caméras dans la chambre.

— C'est exact, dit Émeri. Mesure de protection.

— Je ne vais donc pas m'envoler. Je n'en ai pas l'intention d'ailleurs, le cas est fascinant. Tout fonctionne et rien ne marche. Un indiscutable effet de la terreur qui, par réflexe inconscient de survie, a tétanisé les fonctions. Elle ne veut pas revivre son agression, elle ne veut pas revenir pour y faire face. Déduisez-en, commissaire, qu'elle connaît son assaillant et que cette connaissance lui est intolérable. Elle est en fuite, très loin, et trop loin.

Deux des gardiens se postèrent devant la porte et deux autres descendirent monter la garde à l'aplomb de la fenêtre. Le comte, claudiquant sur sa canne dans le couloir, attira Adamsberg vers lui.

— Il ne va la soigner qu'avec ses doigts ?

— Oui, Valleray, je vous l'ai dit.

— Mon Dieu.

Le comte consulta sa montre.

— Cela ne fait que sept minutes, Valleray.

— Mais vous ne pourriez pas entrer voir comment cela se passe ?

— Quand le Dr Hellebaud fait un soin difficile, il y met tant d'intensité qu'il en sort généralement trempé de sueur. On ne peut pas le déranger.

— Je comprends. Vous ne me demandez pas si j'ai pu déplacer l'épée ?

— L'épée ?

— Celle que le Ministère appuie sur votre nuque.

— Dites-moi.

— Cela n'a pas été aisé de convaincre les deux fils d'Antoine. Mais c'est passé. Vous avez huit jours de répit supplémentaire pour mettre la main sur ce Mohamed.

— Merci, Valleray.

— Cependant le chef de cabinet du ministre m'a paru étrange. Quand il a donné son accord, il a ajouté « si on ne le trouve pas aujourd'hui ». Il parlait de ce Mohamed. Un peu comme s'il s'amusait. Ils ont une piste ?

Adamsberg sentit la boule d'électricité lui picoter plus intensément le cou, à lui faire presque mal. Pas de boule, avait déclaré le médecin, ça n'existe pas.

— Je ne suis pas informé, dit-il.

— Ils mènent une enquête parallèle dans votre dos ou quoi ?

— Aucune idée, Valleray.

À cette heure, l'équipe spéciale des barbouzes du Ministère devait avoir fini de ratisser tous les lieux où il avait mis les pieds depuis son arrivée à Ordebec. L'auberge de Léo, la maison des Vendermot – et Adamsberg espérait de toutes ses forces qu'Hippolyte leur ait parlé continûment à l'envers –, la gendarmerie – et Adamsberg espérait de toutes ses forces que Flem leur ait sauté dessus. Il y avait peu de risques qu'ils aient aussi visité la maison d'Herbier, mais un lieu abandonné peut toujours intéresser des fouinards de flics. Il passait en revue le travail accompli avec Veyrenc. Les empreintes effacées, la vaisselle faite à l'eau bouillante, les draps ôtés – avec charge pour les jeunes gens de les jeter à plus de cent kilomètres d'Ordebec –, les scellés posés. Restaient les crottes d'Hellebaud, qu'ils avaient raclées comme ils avaient pu, mais il en demeurait des traces. Il avait demandé à Veyrenc s'il connaissait le secret de la résistance phénoménale des fientes d'oiseau, mais Veyrenc n'en savait pas plus que lui là-dessus.

27

Les deux jeunes gens s'étaient relayés sur la route, dormant à tour de rôle, Mo cheveux coupés et portant lunettes et moustaches, modification sommaire mais rassurante, puisque tel il était sur la photo que Veyrenc avait fixée sur la carte d'identité. Mo était fasciné par ce faux papier et le tournait dans tous les sens pour l'admirer, se disant que les flics étaient autrement mieux doués en illégalités de haute qualité que sa bande d'amateurs de la Cité des Buttes. Zerk n'avait pris que les routes sans péage, et ils rencontrèrent leur premier barrage sur la voie rapide qui contournait Saumur.

— Fais semblant de dormir, Mo, dit-il entre ses dents. Quand ils m'arrêtent, je te réveille, tu farfouilles dans tes affaires, tu sors ta carte. Prends l'air d'un gars qui ne comprend pas, qui ne comprend jamais grand-chose. Pense à quelque chose de simple, pense à Hellebaud, concentre-toi bien sur lui.

— Ou aux vaches, dit Mo d'une voix inquiète.

— Oui, et ne parle pas. Fais juste un signe de tête ensommeillé.

Deux gendarmes s'avancèrent lentement vers le véhicule, comme deux gars abrutis d'ennui et enfin soulagés d'avoir quelque chose à se mettre sous la dent. L'un fit pesamment le tour de la voiture avec sa lampe, l'autre éclaira rapidement les visages des deux hommes tout en prenant leurs papiers.

— Les plaques sont neuves, dit-il.

— Oui, dit Zerk. Je les ai fait poser il y a quinze jours.

— La voiture a sept ans et les plaques sont neuves.

— C'est Paris, expliqua Zerk. Pare-chocs emboutis à l'avant et à l'arrière. Les plaques étaient cabossées, je les ai fait changer.

— Pourquoi ? On lisait plus les chiffres ?

— Si. Mais vous savez bien que dans cette ville, brigadier, quand vos plaques sont foutues, plus personne ne se gêne pour vous démolir en se garant.

— Vous n'êtes pas de Paris ?

— Des Pyrénées.

— Alors ça vaut toujours mieux que la capitale, répondit le gendarme avec un semblant de sourire en rendant les papiers.

Ils roulèrent en silence pendant plusieurs minutes, le temps que le rythme de leur cœur se normalise.

— Tu as été un as, dit Mo. Je n'y aurais pas pensé.

— Faut qu'on s'arrête pour abîmer les plaques. Quelques coups de pied dedans.

— Et un peu de noir du tuyau d'échappement.

— En même temps, on mangera un morceau. Mets ta carte d'identité dans ta poche de pantalon. Qu'elle se torde un peu. On paraît trop neufs.

À 11 heures du matin, ils passaient un second barrage à Angoulême. À 4 heures de l'après-midi, Zerk arrêtait la voiture dans un chemin de montagne, près de Laruns.

— On se repose encore une heure, Mo, mais pas plus. Il faut qu'on passe.

— On est à la frontière ?

— Presque. On va passer en Espagne par la trouée des Socques. Et tu sais ce qu'on fera ? On ira bouffer à la petite auberge de Hoz de Jaca et on sera comme des princes. Et on ira dormir à Berdún. Demain, Grenade, douze heures de route.

— Et on se décrassera aussi. J'ai l'impression qu'on pue.

— C'est certain qu'on pue. Et deux types qui puent, ça se fait remarquer tout de suite.

— Ton père, il va se faire exploser. À cause de moi. Tu crois qu'il prendra ça comment ?

— Je ne sais pas, dit Zerk en avalant quelques gorgées au goulot de la bouteille d'eau. Je ne le connais pas.

— Comment ? dit Mo en attrapant la bouteille.

— Il m'a trouvé il y a juste deux mois.

— T'es un enfant trouvé ? Merde. Tu lui ressembles, pourtant.

— Non, je dis qu'il m'a trouvé quand j'avais vingt-huit ans. Avant, il ne savait même pas que j'existais.

— Merde, répéta Mo en frottant ses joues. Moi, mon père, c'est le contraire. Il savait que j'existais, mais il n'a jamais essayé de me trouver.

— Lui non plus. C'est moi qui lui suis tombé dessus. Je crois que les pères, c'est très compliqué, Mo.

— Je crois qu'il vaut mieux dormir une heure.

Mo eut l'impression que la voix de Zerk s'était un peu fendue. Soit son père, soit la fatigue. Les deux jeunes gens se rencognèrent, cherchant une position pour dormir.

— Zerk ?

— Oui ?

— Il y a quand même un petit truc que je peux faire pour ton père, en échange.

— Trouver l'assassin de Clermont ?

— Non, trouver celui qui a attaché les pattes d'Hellebaud.

— L'enfant de salaud.

— Oui.

— Ce n'est pas un petit truc. Mais tu ne peux pas le trouver.

— Sur le buffet chez toi, le panier à fraises où il y avait des plumes, c'est là-dedans qu'on avait transporté Hellebaud ?

— Et alors ? dit Zerk en se redressant.

— La ficelle qui était dedans, c'était celle qui attachait ses pattes ?

— Oui, mon père l'avait gardée pour l'analyse. Et après ?

— Eh ben c'est une ficelle de diabolo.

Zerk se redressa, alluma une cigarette, en donna une à Mo et ouvrit la fenêtre.

— Comment tu le sais, Mo ?

— On utilise des ficelles spéciales pour faire glisser le diabolo. Sinon ça s'use, ça se tord et l'engin part en vrille.

— Les mêmes que pour le yo-yo ?

— Ah non. Parce que le diabolo use beaucoup la ficelle au centre, et même il l'écrase, alors il faut un fil de nylon renforcé.

— D'accord, et ensuite ?

— Ça ne se trouve pas n'importe où. Ça s'achète chez les marchands de diabolos. Et il n'y en a pas beaucoup dans Paris.

— Même, dit Zerk après un moment de réflexion. Ce n'est pas en surveillant les boutiques qu'on saura qui s'est servi de ça pour torturer le pigeon.

— Il y a un moyen, insista Mo. Parce que cette ficelle, ce n'était pas une ficelle de pro. Je ne pense pas que son âme soit tressée.

— Son âme ? s'inquiéta Zerk.

— Son cœur, son milieu. Les pros choisissent des ficelles plus chères, qui s'achètent par rouleaux de dix mètres ou vingt-cinq mètres. Mais celle-là, non. C'est vendu avec le diabolo et les baguettes, en kit.

— Et donc ?

— Elle n'a pas l'air usée du tout. Mais peut-être les gens qui travaillent avec ton père pourraient voir ça avec une loupe ?

— Ou un microscope, confirma Zerk. Qu'est-ce que ça peut faire qu'elle soit neuve ?

— Ben pourquoi l'enfant de salaud bousillerait la ficelle neuve de son diabolo ? Pourquoi il prend celle-là et pas de la ficelle de cuisine ?

— Parce qu'il y en a chez lui, à portée de main ?

— C'est ça. Son père a une boutique de diabolos. Et le gars, il en a pris un bout sur un gros rouleau, un bout neuf, et il a choisi la moins chère. Donc son père il est grossiste ou semi-grossiste, et il la vend à ceux qui fabriquent les kits. Et les grossistes, il y en a peut-être qu'un seul à Paris. Faut croire qu'il habite pas loin du commissariat, parce qu'Hellebaud, après, il a pas pu faire des kilomètres.

Zerk fumait les yeux presque fermés, observant Mo.

— Tu y avais beaucoup réfléchi, à ça ? demanda-t-il.

— Oui, j'ai eu le temps dans la maison vide. Tu trouves que c'est des conneries ?

— Je trouve que dès qu'on peut se brancher sur le Net, on aura l'adresse de la boutique et le nom de famille de l'enfant de salaud.

— Mais on ne peut pas se brancher.

— Non, on est peut-être en fuite pour des années. Sauf si tu peux trouver l'enfant de salaud qui a accroché tes pattes.

— On ne peut pas lutter pareil. Les Clermont, c'est tout le pays.

— C'est plusieurs pays, même.

28

Dans le couloir de l'hôpital, l'inquiétude avait aboli les liens de simple courtoisie et personne ne s'adressait la parole. Lina eut un frisson, son châle glissa à nouveau au sol. Danglard fut plus rapide qu'Adamsberg. En deux de ses grandes enjambées maladroites, il était derrière elle et replaçait le châle sur ses épaules, avec une lenteur et un soin un peu démodés.

Irradié, jugea Adamsberg, tandis qu'Émeri, fronçant ses sourcils blonds, semblait désapprouver la scène. Tous irradiés, conclut Adamsberg. Tous dans sa main, elle raconte ce qu'elle veut, elle attrape qui elle veut.

Puis les regards reprirent leur position fixe, dirigés vers la porte fermée de la chambre, attendant que la poignée frémisse, comme on guette un lever de rideau exceptionnel. Tous aussi immobiles que les vaches dans les prés.

— C'est reparti, ça ronronne, annonça simplement le docteur en sortant.

Il tira un grand mouchoir blanc de sa poche, s'essuya le front avec méthode, en retenant la porte de sa main.

— Vous pouvez entrer, dit-il au comte, mais ne dites pas un mot. N'essayez pas de la faire parler maintenant. Et pas avant quinze jours. Il lui faudra au moins tout ce temps avant d'accepter, il est hors de question de la brusquer avant, ou bien elle repartira vers les limbes. Si j'ai votre parole à tous, je vous laisse la regarder.

Les têtes acquiescèrent ensemble.

— Mais qui peut me donner sa parole de faire respecter la consigne ? insista le Dr Hellebaud.

— Moi, dit Merlan, que personne n'avait remarqué et qui suivait Hellebaud, un peu voûté par l'efffarement.

— Je vous prends au mot, cher collègue. Vous accompagnerez ou ferez accompagner chaque visiteur. Ou je vous tiendrai responsable d'une rechute.

— Faites-moi confiance. Je suis médecin, je ne laisserai personne massacrer le travail.

Hellebaud hocha la tête et laissa le comte s'approcher du lit, Danglard soutenant son bras tremblant. Il resta un moment immobile et bouche ouverte face à une Léo aux joues rosies, au souffle régulier, qui le salua d'un sourire et d'un coup d'œil vif. Le comte posa ses doigts sur les mains de la vieille femme, redevenues tièdes. Il se tourna vers le docteur pour le remercier, ou l'idolâtrer, et chancela soudain au bras de Danglard.

— Attention, dit Hellebaud avec une grimace. Choc, malaise vagal. Asseyez-le, ôtez-lui sa chemise. Les pieds sont bleus ?

Valleray s'était affaissé sur la chaise, et Danglard eut du mal à le déshabiller. Le comte, dans sa confusion, le repoussait autant qu'il le pouvait, comme s'il refusait absolument de se retrouver dénudé et humilié dans une chambre d'hôpital.

— Il a cela en horreur, commenta le Dr Merlan, laconique. Il nous a fait le même cirque un jour chez lui. Par chance j'étais là.

— Il a souvent des malaises ? demanda Adamsberg.

— Non, le dernier remonte à un an. Un excès de stress, rien de grave finalement. Plus de peur que de mal. Pourquoi me demandez-vous cela, commissaire ?

— Pour Léo.

— Ne vous en faites pas. C'est un robuste, Léo l'aura encore bien des années.

29

Le capitaine Émeri entra dans la chambre et secoua le bras d'Adamsberg, les traits bouleversés.

— Mortembot vient de trouver son cousin Glayeux, mort, massacré.

— Quand ?

— Apparemment cette nuit. La légiste est en route. Et tu ne sais pas le pire, il a eu le crâne fendu. Avec une hache. L'assassin revient à sa première méthode.

— Tu parles du père Vendermot ?

— Évidemment, c'est à la naissance de tout. Qui sème la sauvagerie récolte la bestialité.

— Tu n'étais pas ici quand on a tué ce type.

— Ça n'empêche. Demande-toi plutôt pourquoi on n'a arrêté personne à l'époque. Pourquoi on a peut-être voulu n'arrêter personne.

— Qui, « on » ?

— Ici, Adamsberg, dit Émeri péniblement, pendant que Danglard emmenait Valleray torse nu, la vraie loi, la seule loi, c'est celle que désire le comte de Valleray d'Ordebec. Droit de vie et de mort sur ses terres, et bien au-delà, si tu savais.

Adamsberg hésita, se rappelant les ordres qu'il avait reçus la veille au château.

— Constate, ajouta Émeri. Il a besoin de ton prisonnier pour soigner Léo ? Il l'a. Tu as besoin d'un délai pour ton enquête ? Il l'obtient.

— Comment sais-tu que j'ai un délai ?

— Il me l'a dit lui-même. Il aime à faire connaître l'étendue de son pouvoir.

— Qui aurait-il protégé ?

— On a toujours pensé qu'un des gosses avait tué le père. N'oublie pas qu'on a trouvé Lina en train d'essuyer la hache.

— Elle ne le cache pas.

— Elle ne le peut pas, ça a été dit à l'enquête. Mais elle a pu nettoyer la hache pour protéger Hippo. Tu as su ce que son père lui avait fait ?

— Oui, les doigts.

— À la hache. Mais Valleray aurait pu tout aussi bien se charger de tuer ce démon pour protéger les gosses. Suppose qu'Herbier l'ait su. Suppose qu'il se soit mis à faire chanter Valleray.

— Trente ans après ?

— Il chante peut-être depuis des années.

— Et Glayeux ?

— Pure mise en scène.

— Tu supposes que Lina et Valleray s'entendent. Qu'elle annonce le passage de l'Armée pour que Valleray puisse se débarrasser d'Herbier. Que le reste, Glayeux, Mortembot, soit un simple décor pour t'envoyer chercher un dément qui croit à la Mesnie Hellequin et qui exécute les volontés de son Seigneur.

— Ça colle, non ?

— Peut-être, Émeri. Mais je crois, moi, qu'il existe bien un dément qui redoute l'Armée. Soit un des saisis qui tente de sauver sa peau, soit un futur saisi qui essaie de se concilier les grâces d'Hellequin en s'en faisant le servant.

— Pourquoi crois-tu ça ?

— Je ne sais pas.

— Parce que tu ne les connais pas, ici. Que t'a promis Valleray si tu sortais Léo de là ? Une œuvre d'art, peut-être ? N'y compte pas. Il fait cela tout le temps. Et pourquoi veut-il à tout prix faire soigner Léo ? Tu te l'es demandé ?

— Parce qu'il y est attaché, Émeri, tu le sais.

— Ou pour savoir ce qu'elle sait ?

— Merde, Émeri, il vient presque de s'évanouir. Il veut l'épouser si elle survit.

— Ça tomberait bien. Le témoignage d'une épouse ne vaut rien devant la justice.

— Décide-toi, Émeri. Si tu soupçonnes Valleray ou les Vendermot.

— Vendermot, Valleray, Léo, c'est le même bataillon. Le père Vendermot et Herbier, c'est la face diabolique. Le comte et les enfants, la face innocente. Tu mélanges le tout, tu obtiens une foutue engeance incontrôlable, mêlée d'argile.

30

— Attaqué dans la soirée, vers minuit, affirma la médecin légiste Chazy. Il y a eu deux coups de hache. Le premier avait largement suffi.

Glayeux était étendu tout habillé dans son bureau, la tête fendue par deux fois, son sang ayant abondamment coulé sur la table et le tapis, et recouvert les esquisses préparatoires qu'il avait étalées au sol. On distinguait encore le visage de la Madone à travers les taches.

— C'est moche, ça, dit Émeri en désignant les dessins. La Sainte Vierge toute couverte de sang, dit-il avec dégoût, comme si cette souillure lui répugnait plus que la scène de boucherie qu'il avait sous les yeux.

— Le Seigneur Hellequin n'y a pas été de main morte, murmura Adamsberg. Et la Madone ne l'impressionne nullement.

— Évidemment, dit Émeri, maussade. Glayeux avait une commande pour l'église de Saint-Aubin. Et il travaillait toujours tard. Le tueur est entré, homme ou femme, ils se connaissaient. Glayeux l'a reçu ici. S'il planquait une hache sur lui, il devait porter un imperméable. Un peu incongru par cette chaleur.

— Souviens-toi qu'il risquait de pleuvoir. Il y avait des nuages à l'ouest.

Depuis le bureau, on entendait les sanglots de Michel Mortembot, des cris plutôt que des pleurs, comme en produisent les hommes dont les larmes ont du mal à couler.

— Il n'a pas gémi autant pour la mort de sa mère, dit Émeri d'un ton mauvais.

— Tu sais où il était hier ?

— À Caen depuis deux jours, pour une grosse commande de poiriers. Des tas de gens confirmeront. Il est rentré aujourd'hui en fin de matinée.

— Et vers minuit hier ?

— Il était en boîte, au Sens dessus dessous. Il a passé la nuit avec des putes et des tarlouzes et il a des remords. Quand il aura fini de se moucher, le brigadier l'emmènera faire sa déposition.

— Calme-toi, Émeri, ça ne sert à rien. Quand arrive ton équipe technique ?

— Le temps qu'ils démarrent de Lisieux, calcule. Si au moins ce salaud de Glayeux avait suivi mes conseils, si au moins il avait accepté une surveillance.

— Calme-toi, Émeri. Tu le regrettes ?

— Non. Qu'Hellequin l'emporte. Ce que je vois, c'est que deux saisis de la Mesnie ont été tués. Tu sais ce que ça va faire dans Ordebec ?

— Une traînée de terreur.

— Les gens se foutent bien que Mortembot y passe aussi. Mais le nom de la quatrième victime, on ne le connaît pas. On peut protéger Mortembot mais pas toute la ville. Si je voulais savoir qui a quelque chose sur la conscience ici, qui redoute d'avoir été désigné par Hellequin, ce serait le moment d'être aux aguets. Rien qu'en épiant les gens, ceux qui tremblent ou ceux qui restent placides. Et je ferais ma liste.

— Attends-moi, dit Adamsberg en refermant son téléphone. Le commandant Danglard est dehors, je vais le chercher.

— Il ne sait pas entrer tout seul ?

— Je ne veux pas qu'il voie Glayeux.

— Et pourquoi ça ?

— Il ne supporte pas le sang.

— Et il est flic ?

— Calme-toi, Émeri.

— Il aurait fait un bon tire-au-flanc sur un champ de bataille.

— Ce n'est pas grave, il ne descend pas d'un maréchal. Tous ses aïeux ont pioché dans la mine. C'est également brutal, mais c'est sans gloire.

Une petite foule s'était déjà constituée devant la maison de Glayeux. On savait qu'il était un des saisis du Seigneur Hellequin, on avait vu la voiture de la gendarmerie, cela suffisait pour comprendre. Danglard se tenait en arrière, immobilisé.

— Je suis avec Antonin, expliqua-t-il à Adamsberg. Il veut vous parler, à vous et à Émeri. Mais il n'ose pas traverser la foule tout seul, il faut lui faire un chemin.

— On va passer par la porte arrière, dit Adamsberg en attrapant doucement la main d'Antonin.

Il avait compris, pendant le massage du frère, que la main était solide, mais que tout le poignet était en argile. Il fallait donc y aller avec précaution.

— Comment va le comte ? reprit Adamsberg.

— Il est debout. Et surtout rhabillé, et furieux qu'on lui ait ôté sa chemise. Le Dr Merlan a totalement viré de bord. Il a mis humblement une salle à disposition du collègue Hellebaud, qui pérore et déjeune avec ses gardiens. Merlan ne le quitte pas d'un pouce, il a la tête d'un type dont les certitudes ont été mises à bas par un cyclone. Glayeux, comment ça se présente ?

— D'une manière telle qu'il vaut mieux que vous évitiez de le voir.

Adamsberg contourna la maison, lui et Danglard protégeant Antonin de part et d'autre. Ils croisèrent Mortembot qui marchait tête baissée comme un bœuf harassé, et que le brigadier Blériot guidait assez gentiment jusqu'à la voiture. Blériot arrêta le commissaire d'un signe discret.

— Le capitaine vous en veut pour la mort de Glayeux, murmura-t-il. Il dit – sauf votre respect – que vous n'avez rien foutu. Je dis cela pour vous mettre en garde, il sait devenir mauvais.

— J'ai vu.

— N'en tenez pas compte, ça passe.

Antonin s'assit prudemment sur une des chaises de la cuisine de Glayeux, et rangea ses bras sous la table.

— Lina est à son travail, Hippo est parti acheter du bois et Martin est dans la forêt, expliqua-t-il. Alors je suis venu.

— On vous écoute, dit doucement Adamsberg.

Émeri s'était placé à l'écart du groupe, indiquant ostensiblement que ce n'était pas son enquête et qu'Adamsberg, si fameux qu'il fût, n'avait pas fait mieux que lui.

— On dit que Glayeux a été tué.

— C'est exact.

— Vous savez que Lina l'a vu crier pitié dans la Mesnie ?

— Oui. Avec Mortembot, et un quatrième, inconnu.

— Ce que je veux dire, c'est que quand la Mesnie tue, elle le fait à sa manière. Jamais avec une arme moderne, c'est cela que je veux dire. Pas avec un revolver ou un fusil. Parce que Hellequin ne connaît pas ces armes. Hellequin est trop vieux.

— C'est faux pour Herbier.

— D'accord, mais c'est peut-être pas Hellequin qui s'en est chargé.

— Mais c'est vrai pour Glayeux, admit Adamsberg. Il n'a pas été tué d'un coup de feu.

— Mais à la hache ?

— Comment le savez-vous ?

— Parce que la nôtre a disparu. C'est cela que je voulais dire.

— Tiens, dit Émeri avec un petit rire, tu viens jusqu'ici, fragile comme tu es, pour nous donner l'arme du crime ? C'est gentil, cela, Antonin.

— Ma mère a dit que ça pouvait aider.

— Tu n'as pas peur au contraire que ça puisse vous retomber dessus ? À moins que tu ne penses qu'on va la retrouver, et que tu préfères prendre les devants ?

— Calme-toi, Émeri, coupa Adamsberg. Quand avez-vous vu que la hache n'était plus là ?

— Ce matin, mais avant que je sache pour Glayeux. Moi je ne m'en sers pas, je ne peux pas me permettre. Mais j'ai vu qu'elle n'était plus là où on la range d'habitude, dehors, calée contre le tas de bois.

— Si bien que tout le monde peut la prendre ?

— Oui, mais personne ne le fait.

— Elle a quelque chose de spécial, cette hache ? Quelque chose qui permet de la reconnaître ?

— Hippo a gravé un V sur le manche.

— Vous pensez que quelqu'un s'en est servi pour vous faire accuser ?

— C'est possible, mais ce que je veux dire, c'est que ça ne serait pas très rusé. Si on avait voulu tuer Glayeux, on n'aurait pas pris notre propre hache, pas vrai ?

— Mais si, ce serait rusé, intervint Émeri. Ce serait une gaffe si balourde que vous ne pourriez pas l'avoir commise. Surtout pas vous, les Vendermot, les plus dégourdis d'Ordebec.

Antonin haussa les épaules.

— Tu ne nous aimes pas, Émeri, alors je n'écoute pas ton avis. Peut-être bien que ton aïeul savait y faire sur le terrain, même quand il était inférieur en nombre.

— Ne te mêle pas de ma famille, Antonin.

— Tu te mêles bien de la mienne, c'est cela que je veux dire. Mais toi, qu'as-tu gardé de lui ? Tu cours à travers champs sur le premier lièvre que tu vois. Mais sans jamais regarder ce qui se passe autour, sans jamais te demander ce que pensent les autres. Et tu n'es plus chargé de l'enquête. Je m'adresse au commissaire de Paris.

— Et tu fais bien, répondit Émeri avec son sourire guerrier. Tu vois comme il a été efficace depuis son arrivée.

— C'est normal. Parce que ça prend du temps, de se demander ce que les gens pensent.

L'équipe technique de Lisieux entrait dans la maison, et Antonin leva son délicat visage, alerté par le bruit.

— Danglard vous raccompagne, Antonin, dit Adamsberg en se levant. Merci d'être venu nous voir. Émeri, je te retrouve ce soir, à dîner si tu l'acceptes. Je n'aime pas les contentieux. Non par vertu mais parce qu'ils me lassent, qu'ils soient justifiés ou non.

— D'accord, dit Émeri après un moment. À ma table ?

— À ta table. Je te laisse avec les techniciens. Garde Mortembot le plus longtemps possible en cellule, au prétexte de garde à vue. Dans la gendarmerie au moins, il sera hors de portée.

— Qu'est-ce que tu vas faire ? Déjeuner ? Voir quelqu'un ?

— Marcher. Je dois marcher.

— Tu veux dire ? Tu vas explorer quelque chose ?

— Non, je vais juste marcher. Tu sais que le Dr Hellebaud m'a assuré que les boules d'électricité n'existaient pas ?

— Mais ce serait quoi alors ?

— On en parle ce soir.

Toute mauvaise humeur avait disparu du visage du capitaine. Le brigadier Blériot avait raison, ça passait vite, un atout finalement assez rare.

31

L'inquiétude allait monter d'un cran dans Ordebec, une frayeur, une quête de réponse qui, pensait
Adamsberg, se tournerait plus vers la hantise de
l'Armée furieuse que contre l'impuissance du commissaire de Paris. Car qui, ici, imaginerait sérieusement qu'un homme, juste un homme, ait le pouvoir
de dévier les traits du Seigneur Hellequin ? Adamsberg choisit néanmoins un chemin peu fréquenté,
qui lui éviterait les rencontres et les interrogations,
bien que les Normands fussent peu doués pour les
demandes directes. Mais ils savaient compenser par
des regards longs ou des insinuations lourdes qui
vous attrapaient dans le dos et vous plaçaient finalement devant la question frontale.

Il contourna Ordebec par la route de la mare aux
libellules, coupa par le bois des Petites-Alindes et se
dirigea vers le chemin de Bonneval sous un soleil
de plomb. Aucun risque de croiser quiconque en
cette période sur ce sentier maudit. Ce chemin, il
aurait déjà dû le faire et le refaire. Car c'était là et
seulement là que Léo avait pu savoir ou comprendre
quelque chose. Mais il y avait eu Mo, mais il y avait
eu les Clermont-Brasseur, Retancourt en plongée,
Léo en inertie, les ordres du comte, et il n'avait pas
agi assez vite. Possible aussi qu'un certain fatalisme
soit ici à l'œuvre, le portant à poser naturellement

la faute sur les épaules du Seigneur Hellequin plutôt que de chercher l'homme réel, le mortel, qui détruisait des êtres à la hache. Aucune nouvelle de Zerk. En cela, son fils suivait ses consignes, interdiction de tenter de le joindre. Car à cette heure, et après la descente des hommes du Ministère, son second portable devait être à coup sûr repéré et placé sur écoute. Il lui fallait prévenir Retancourt de ne plus communiquer avec lui. Dieu sait quel sort pouvait attendre une taupe découverte dans le terrier grandiose des Clermont-Brasseur.

Au bord de ce chemin de traverse se dressait une ferme isolée, gardée par un chien fatigué d'aboyer. Ici, aucun risque que le téléphone fût sur écoute. Adamsberg tira plusieurs fois la vieille sonnette, appelant à voix haute. Sans réponse, il poussa la porte et trouva le téléphone sur la table de l'entrée, au milieu d'un fouillis de lettres, de parapluies et de bottes boueuses. Il le décrocha pour appeler Retancourt.

Puis le reposa. Soudain alerté, dans la poche arrière de son pantalon, par la forme dure du paquet de photos que le comte lui avait donné la veille. Il ressortit et s'éloigna derrière un hangar à foin pour les feuilleter lentement, sans comprendre encore le cri insistant qu'elles lui lançaient. Christian en train de faire l'imitation d'on ne sait qui devant un cercle de rieurs, Christophe inélégant et souriant, une épingle d'or en fer à cheval piquée dans sa cravate, des verres dans toutes les mains, des plats ornés de cascades de fleurs, des robes échancrées, des bijoux, des chevalières incrustées dans la chair de vieux doigts, des serveurs en habit. Beaucoup à voir pour un zoologue spécialisé dans les parades et postures des dominants, rien pour un flic en quête d'un assassin parricide. Il fut distrait par le passage d'un vol de canards, qui composait une impeccable formation en V, considéra le bleu pâle du ciel – alourdi par des nuages à l'ouest –, rangea le paquet de photos, caressa le chanfrein d'une jument qui secouait la mèche de poils tombant sur ses yeux, et consulta ses montres. Si quoi que ce soit était arrivé à Zerk, il en serait déjà informé. À cette heure, ils devaient s'approcher de Grenade, hors de portée des recherches les plus actives. Il n'avait pas prévu qu'il se ferait du souci pour Zerk, il ne savait pas quelle y était la part de culpabilité ou d'une affection qu'il ne connaissait pas encore. Il les imagina arrivant un peu crasseux en vue de la ville, il vit le petit visage osseux et souriant de Zerk, Mo et ses cheveux coupés comme ceux d'un bon élève. Mo, c'est-à-dire Momo-mèche-courte.

Il rempocha vivement les photos et revint d'un pas rapide vers la ferme déserte, vérifia les alentours et composa le numéro de Retancourt.

— Violette, dit-il, la photo que tu m'as envoyée de Sauveur 1.

— Oui.

— Il a les cheveux courts. Mais à la soirée, il porte les cheveux plus longs. Quand l'as-tu prise ?

— Le lendemain de mon arrivée.

— Donc trois jours après l'incendie du père. Tâche de savoir quand il s'est fait couper les cheveux. À l'heure près. Avant ou après son retour de la soirée. Tu dois y arriver.

— J'ai amadoué le majordome le plus rogue de toute la maison. Il ne parle à personne mais il consent à une exception avec moi.

— Ça ne me surprend pas. Envoie-moi le renseignement, puis n'utilise plus jamais ces portables et tire-toi de là.

— Problème ? demanda placidement Retancourt.

— Considérable.

— Bien.

— S'il s'est coupé les cheveux lui-même avant son retour, il peut en avoir laissé sur l'appuie-tête de sa voiture. Il a conduit depuis le meurtre ?

— Non, il a utilisé son chauffeur.

— On cherche donc de minuscules cheveux sur le siège conducteur.

— Mais sans autorisation de fouille.

— Exact, lieutenant, on ne l'obtiendra jamais.

Il marcha encore vingt minutes pour atteindre l'entrée du chemin de Bonneval, l'esprit occupé et embrouillé par la subite coupe de cheveux de Christian Clermont-Brasseur. Mais ce n'était pas lui qui avait reconduit son père dans la Mercedes. Lui était parti plus tôt, éméché, et s'était arrêté chez une femme dont on ne saurait jamais le nom. Et, après la nouvelle, il avait peut-être souhaité une coupe plus austère pour porter le deuil de son père.

Peut-être. Mais il y avait Mo, dont les cheveux grillaient parfois sous la chaleur de ses incendies. Si Christian avait mis le feu à la voiture, s'il y avait roussi quelques mèches, il avait dû les masquer en hâte en coupant le tout au plus court. Mais Christian n'était pas sur place, on en revenait toujours là, et rien ne lassait plus Adamsberg que de tourner dans le même manège, tout au contraire de Danglard qui pouvait s'y obstiner jusqu'au vertige, s'enfonçant dans ses propres empreintes.

Il s'obligea à négliger les mûres pour concentrer son attention sur le chemin de Bonneval, dans les traces de la vieille Léo. Il passa près du gros tronc où il s'était assis près d'elle, lui adressa une pensée intense, s'attarda longtemps autour de la chapelle Saint-Antoine, qui fait retrouver tout ce qu'on a perdu. Sa mère psalmodiait le nom de ce saint en une rengaine irritante sitôt qu'elle avait égaré la moindre babiole. « Saint Antoine de Padoue, vous qui faites trouver tout. » Enfant, Adamsberg était assez choqué que sa mère sollicite sans gêne saint Antoine pour mettre la main sur un dé à coudre. En attendant, le saint ne l'aidait pas et il ne trouvait rien sur le chemin. Il le refit consciencieusement dans l'autre sens et s'assit à mi-chemin sur le tronc abattu, cette fois avec une réserve de mûres qu'il déposa sur l'écorce. Il repassait sur l'écran de son téléphone les photos que lui avait adressées Retancourt, les comparait à celles données par Valleray. Il y eut un fracas dans son dos et Flem débuula du bois, avec la gueule béate du gars qui vient de rendre une visite fructueuse à la fille de la ferme. Flem posa sa tête baveuse sur son genou et le regarda de cet air suppliant qu'aucun humain ne reproduit avec une telle détermination. Adamsberg lui tapota le front.

— Et maintenant, tu veux ton sucre ? Mais je n'en ai pas, mon vieux. Je ne suis pas Léo.

Flem insista, posa ses pattes terreuses sur sa jambe de pantalon, accroissant sa supplique.

— Pas de sucre, Flem, répéta lentement Adamsberg. Le brigadier t'en donnera un à 6 heures. Tu veux une mûre ?

Adamsberg lui présenta un fruit, que l'animal bouda. Semblant comprendre la vanité de sa demande ou la stupidité de ce type, il entreprit de gratter le sol aux pieds d'Adamsberg, faisant voler des quantités de feuilles mortes.

— Flem, tu détruis le microcosme vital des feuilles pourries.

Le chien se mit à l'arrêt et posa sur lui un regard soutenu, sa gueule allant du sol au visage d'Adamsberg. L'une de ses griffes était posée sur un petit papier blanc.

— Je vois, Flem, c'est un papier d'emballage de sucre. Mais il est vide. Il est vieux.

Adamsberg avala une poignée de mûres et Flem insista, déplaçant sa patte, guidant cet homme qui mettait tant de temps à le comprendre. En une minute, Adamsberg récolta dans le sol six vieux emballages de sucre.

— Tous vides, mon vieux. Je sais ce que tu me racontes : c'est une mine de sucres ici. Je sais que c'est là que Léo te donnait ton morceau après tes exploits à la ferme. Je comprends ta déception. Mais moi, je n'ai pas de sucre.

Adamsberg se leva et fit quelques mètres dans l'idée d'arracher Flem à son obsession vaine. Le chien le suivit avec un petit gémissement et Adamsberg revint brusquement sur ses pas, se rassit dans l'exacte position où il avait été avec Léo, rappelant cette scène à sa mémoire, les premiers mots, l'arrivée du chien. Si l'esprit d'Adamsberg était calamiteux pour stocker les mots, il était d'une précision extrême en ce qui touchait aux images. Le geste de Léo était à présent sous ses yeux, net comme un trait de plume. Léo n'avait pas ôté le papier du sucre, parce qu'il n'y avait pas de papier. Elle avait donné le morceau directement à Flem. Léo n'était pas femme à transporter des sucres emballés, elle se foutait bien de salir ses poches, ses doigts ou le sucre.

Il ramassa avec soin les six papiers salis exhumés par Flem. Quelqu'un d'autre avait mangé des sucres ici. Cela devait bien faire deux semaines que ces papiers étaient là, les uns à côté des autres, comme s'ils avaient tous été jetés au même moment. Et après, et alors ? Hormis le fait qu'on était sur le chemin de Bonneval ? Justement. Un adolescent avait pu s'asseoir sur ce tronc pendant la nuit, attendant de voir passer l'Armée – puisque tel était le défi que certains se donnaient – et avait pu avaler ces sucres pour reprendre des forces. Ou stationner pendant la nuit du meurtre ? Voir passer l'assassin ?

— Flem, dit-il au chien, est-ce que tu as montré ces papiers à Léo ? Dans l'espoir d'avoir un petit supplément ?

Adamsberg se reporta au lit d'hôpital et considéra autrement les trois seuls mots que lui avait soufflés la vieille femme : « Hello », « Flem », « sucre ».

— Flem, répéta-t-il, Léo a vu ces papiers, c'est cela ? Elle les a vus ? Et je vais même te dire quand elle les a vus. Le jour où elle a découvert le corps d'Herbier. Autrement, elle n'en aurait pas parlé à l'hôpital, avec le peu de forces qu'elle avait. Mais pourquoi n'a-t-elle rien dit le soir ? Tu penses qu'elle a compris plus tard ? Comme moi ? À retardement ? Le lendemain ? Qu'elle a compris quoi, Flem ?

Adamsberg glissa délicatement les papiers dans la pochette à photos.

— Quoi, Flem ? reprit-il en descendant le sentier par le même raccourci qu'avait emprunté Léo. Elle a compris quoi ? Qu'il y avait eu un témoin au meurtre ? Comment savait-elle que les papiers avaient été jetés ce soir-là ? Parce qu'elle était venue avec toi la veille du meurtre ? Et qu'ils n'y étaient pas ?

Le chien descendait le sentier avec entrain, pissant sur les mêmes arbres que la première fois, s'approchant de l'auberge de Léo.

— Ce ne peut être que cela, Flem. Un témoin qui bouffait du sucre. Qui n'a compris l'importance de ce qu'il avait vu que lorsqu'il a appris, plus tard, le meurtre et la date du meurtre. Mais un témoin qui ne dit rien parce qu'il a peur. Léo savait peut-être quel jeune gars avait été faire ses preuves sur le chemin cette nuit-là.

À cinquante pas de l'auberge, Flem partit en courant vers une voiture arrêtée sur le bas-côté. Le brigadier Blériot vint à la rencontre du commissaire.

Adamsberg accéléra le pas, espérant qu'il était passé à l'hôpital et qu'il apportait des nouvelles.

— Il n'y a rien à faire, on ne peut pas trouver ce qu'elle a, dit-il à Adamsberg sans le saluer, écartant ses bras courts dans un gros soupir.

— Merde, Blériot. Que se passe-t-il ?

— Elle a un cliquetis dans les côtes.

— Un cliquetis ?

— Oui, pas de résistance à l'effort, elle s'essouffle tout de suite. En revanche, normale en descente ou sur du plat.

— Mais de qui parlez-vous, Blériot ?

— Ben, de la voiture, commissaire. Et avant que la préfecture nous la remplace, on a le temps de voir tomber les pommes cinq fois.

— OK, brigadier. Comment s'est passé l'interrogatoire de Mortembot ?

— Il ne sait rien, vraiment. Une chiffe, dit Blériot avec un peu de tristesse, tout en caressant Flem qui s'était dressé contre lui. Sans Glayeux, ce type ne tient pas debout.

— Il veut son sucre, expliqua Adamsberg.

— Il veut surtout rester dans la cellule. Ce gros crétin m'a injurié puis il a tenté de me casser la gueule dans l'espoir d'aller faire un long tour en taule. Je connais la musique.

— Entendons-nous, Blériot, dit Adamsberg en essuyant son front avec sa manche de tee-shirt. Je suis seulement en train de dire que le chien veut son sucre.

— Ben c'est pas l'heure.

— Je sais, brigadier. Mais on a été dans la forêt, il a été voir la fille de la ferme, et il veut un sucre.

— Va falloir lui donner vous-même alors, commissaire. Parce que je viens de tripatouiller le moteur, et quand j'ai les mains qui sentent l'essence, il n'y a plus rien à faire, il accepte rien.

— Je n'ai pas de sucre, brigadier, expliqua Adamsberg patiemment.

Sans répondre, Blériot présenta sa poche de chemise, bourrée de morceaux de sucre enveloppés dans du papier.

— Servez-vous, dit-il.

Adamsberg tira un sucre, ôta le papier et le donna à Flem. Une affaire enfin réglée, minuscule.

— Vous trimballez toujours autant de sucres sur vous ?

— Et après ? marmonna Blériot.

Adamsberg sentit que sa question avait été infiniment trop directe et touchait à un point personnel que Blériot n'avait pas l'intention d'éclaircir. Peut-être le gros brigadier était-il sujet à des crises d'hypoglycémie, à ces chutes de sucre brutales qui vous mettent les jambes en coton et la sueur au front, telle une *chiffe* au bord de l'évanouissement. Ou peut-être cajolait-il les chevaux. Ou peut-être glissait-il des morceaux dans les réservoirs à essence de ses ennemis. Ou peut-être les fourrait-il dans un verre de calva matinal.

— Vous pouvez me pousser jusqu'à l'hôpital, brigadier ? Je dois voir le médecin avant son départ.

— Paraît qu'il a repêché la Léo comme on sort une carpe de la vase, dit Blériot en se réinstallant au volant, Flem sautant à l'arrière. Un jour, comme ça, j'ai tiré une truite fario de la Touques. Je l'ai carrément prise à la main. Elle avait dû s'assommer sur une roche ou quoi. J'ai pas eu le cœur de la bouffer, je sais pas pourquoi, je l'ai remise à l'eau.

— Qu'est-ce qu'on fait pour Mortembot ?

— La chiffe préfère rester dans la gendarmerie cette nuit. Il y a droit jusqu'à 14 heures demain. Après, ma foi, je ne sais pas. C'est maintenant qu'il doit regretter d'avoir tué sa mère. Il aurait été en sûreté avec elle, c'était pas le genre de femme à se laisser conter des sottises. Et puis s'il s'était tenu tranquille, Hellequin n'aurait pas lancé son Armée sur lui.

— Vous croyez à l'Armée, brigadier ?

— Mais non, marmonna Blériot. Je dis ce qu'on dit, c'est tout.

— Les jeunes qui vont sur le chemin la nuit, il y en a souvent ?

— Oui. Des petits crétins qui n'osent pas se défiler.

— À qui obéissent-ils ?

— À des crétins plus vieux qu'eux. Ici, c'est le truc. Tu vas passer la nuit à Bonneval ou t'as pas de couilles. Aussi simple que ça. Je l'ai fait, moi, quand j'ai eu quinze ans. Je peux vous dire qu'à cet âge-là, on n'en mène pas large. Et il n'y a pas le droit de faire du feu, c'est interdit par la règle des crétins.

— Ceux qui y ont été cette année, on sait qui c'est ?

— Ni cette année ni les autres. Personne ne s'en vante après. Parce que les copains vous attendent à la sortie et ils voient que vous avez pissé dans votre froc. Ou pire. Alors pas un gars ne la ramène. C'est comme une secte, commissaire, c'est secret.

— Les filles, elles doivent le faire aussi ?

— Entre nous, commissaire, les filles, c'est mille fois moins crétin que les gars pour ces trucs-là. Elles ne vont pas se créer des embarras pour rien. Non, bien sûr, elles n'y vont pas.

Le Dr Hellebaud achevait un petit repas dans la salle qu'on avait mise à sa disposition. Il bavardait légèrement avec deux infirmières et le Dr Merlan, conquis, affable.

— Vous me voyez, mon ami, dit-il en saluant Adamsberg, avaler un goûter dînatoire avant mon départ.

— Comment est-elle ?

— J'ai opéré un second soin vérificatoire, tout est resté en place, je suis satisfait. Sauf erreur de ma part, les fonctions vont se remettre tranquillement en marche, jour après jour. Vous en verrez surtout les effets dans quatre jours, puis elle entrera en phase de consolidation. Mais attention, Adamsberg, souvenez-vous. Pas de question de flic, qu'avez-vous vu, qui était-ce, que s'est-il passé ? Elle n'est pas encore capable d'affronter ce souvenir, et l'y ramener enrayerait tous nos efforts.

— J'y veillerai personnellement, docteur Helle-baud, assura servilement Merlan. Sa chambre sera fermée à clef et personne n'y entrera sans ma permission. Et personne ne lui parlera sans que je sois témoin.

— Je compte tout à fait sur vous, mon cher confrère. Adamsberg, si vous m'obtenez le droit à une autre promenade, je dois la revoir dans quinze jours. J'ai été charmé, vraiment.

— Et moi je vous remercie, Hellebaud, vraiment.

— Allons, mon ami, c'est mon métier. À ce propos, votre boule d'électricité ? On s'en occupe ? René, demanda-t-il en se tournant vers le gardien-chef, a-t-on cinq minutes ? Avec le commissaire, je n'ai pas besoin de plus. Il est anormalement infra-symptomatique.

— Ça ira, dit René en consultant la pendule. Mais nous devons être partis à 18 heures, docteur, pas plus tard.

— C'est plus qu'il ne m'en faut.

Le médecin sourit, se tamponna les lèvres avec une serviette en papier et entraîna Adamsberg dans un couloir, suivi de deux gardiens.

— Pas besoin de vous allonger. Asseyez-vous sur cette chaise, ce sera très suffisant. Otez simplement vos chaussures. Où est-elle, cette fameuse boule ? Où, sur la nuque ?

Le médecin travailla quelques instants sur le crâne, le cou et les pieds du commissaire, s'attarda aussi sur ses yeux et le haut de ses pommettes.

— Vous êtes toujours aussi singulier, mon ami, dit-il finalement en lui faisant signe de se rechausser. Il suffirait de couper çà et là quelques rares liens terrestres pour que vous montiez vous mêler aux nuages, sans même être pourvu d'un idéal. Comme un ballon. Prenez-y garde, Adamsberg, je vous l'ai déjà dit. La vie réelle est une montagne de merde, de bassesse et de médiocrité, soit, nous en sommes bien d'accord. Mais nous sommes obligés de piétiner là-dedans, mon ami. Obligés. Heureusement, vous êtes aussi un animal assez simple, et une part de vous est bloquée au sol comme le sabot d'un taureau embourbé. C'est votre chance, et je l'ai consolidée au passage sur l'écaille occipitale et le malaire.

— Et la boule, docteur ?

— La boule venait, physiologiquement, d'une zone comprimée entre les cervicales C1, qui était figée, et C2. Somatiquement, elle s'est créée à la suite d'un gros choc de culpabilité.

— Je ne crois pas éprouver jamais de culpabilité.

— Heureuse exception. Mais non sans faille. Je dirais – et vous savez combien j'ai suivi de près cette résurrection – que l'irruption dans votre vie d'un fils inconnu, et déséquilibré par votre absence, voire débilité par votre négligence, pourriez-vous penser, a généré une pleine brassée de culpabilité. D'où cette réaction aux cervicales. Je dois vous laisser, mon ami. Nous nous reverrons peut-être dans quinze jours, si le juge signe à nouveau l'autorisation.

Saviez-vous que le vieux juge Varnier était totalement corrompu, pourri jusqu'aux os ?

— Oui, c'est grâce à cela que vous êtes là.

— Bonne chance, mon ami, dit le médecin en lui serrant la main. Cela me ferait plaisir de recevoir parfois votre visite à Fleury.

Il avait dit « Fleury » comme s'il avait donné le nom de sa maison de campagne, comme s'il l'invitait sans façon à un amical après-midi dans son salon champêtre. Adamsberg le regarda s'éloigner avec un sentiment d'estime qui l'émut un peu, fait rarissime chez lui, et sans doute effet immédiat du soin qu'il venait de recevoir.

Avant que le Dr Merlan n'eût fermé la porte à clef, il s'introduisit doucement dans la chambre de Léo, toucha ses joues tièdes, caressa ses cheveux. Il eut l'idée, aussitôt refoulée, de lui parler des papiers de sucre.

— Hello, Léo, c'est moi. Flem a été voir la fille de la ferme. Il est content.

32

Dans le hall d'un hôtel assez lugubre de Grenade situé à la périphérie de la ville, Zerk et Mo éteignirent l'antique ordinateur qu'ils venaient de consulter et se dirigèrent d'un pas volontairement négligent vers les escaliers. On ne pense jamais à la manière dont on marche, sauf quand on se sent surveillé, par la police ou par l'amour. Et rien n'est plus difficile alors que d'en imiter le naturel perdu. Ils avaient décidé d'éviter l'ascenseur, un lieu où les passagers ont, faute de mieux, plus de temps qu'ailleurs pour vous observer.

— Je ne sais pas si c'était très prudent d'aller consulter Internet, dit Mo en refermant la porte de la chambre.

— Calme-toi, Mo. Rien n'est plus repérable qu'un type crispé. Au moins, on a nos renseignements.

— Je ne crois pas que ce soit une bonne idée de téléphoner au restaurant d'Ordebec. Comment tu l'appelles ?

— Le Sanglier courant. Non, on n'appelle pas. C'est juste une assurance en cas d'embrouille. Maintenant, on a le nom de cette foutue boutique de jeux et de diabolos : Sur le fil. Ce ne sera rien d'obtenir le nom du gars qui tient la boutique, et de savoir s'il a des enfants. Plutôt un garçon, entre douze et seize ans.

— Un fils, confirma Mo. Ça viendrait moins à l'idée d'une fille d'attacher les pattes d'un pigeon pour lui en faire baver.

— Ou de foutre le feu à des bagnoles.

Mo s'assit sur son lit, étira ses jambes, s'appliqua à respirer lentement. Il avait l'impression qu'un deuxième cœur lui battait en permanence dans l'estomac. Adamsberg lui avait expliqué, dans la maison aux vaches, qu'il s'agissait sans doute de petites boules d'électricité qui se posaient ici ou là. Il appliqua sa main sur son ventre pour tâcher de les dissiper, feuilleta le journal français de la veille.

— Mais il peut venir à l'idée d'une fille, ajouta Zerk, de regarder en riant le type qui attache le pigeon ou qui fout le feu à une bagnole. Il y a du nouveau sur Ordebec ?

— Rien. Mais je me dis que ton père a autre chose à foutre que de connaître le nom du gars de la boutique de diabolos.

— Je ne pense pas. Je crois que le gars qui a torturé le pigeon, le gars qui a tué à Ordebec, le gars qui a brûlé Clermont-Brasseur, je crois que tout cela se promène bras dessus, bras dessous dans sa tête sans qu'il fasse vraiment de sélection.

— Je croyais que tu ne le connaissais pas.

— Mais je commence à avoir l'impression de lui ressembler. Demain, Mo, il faut qu'on quitte la chambre à 8 h 50. Ainsi tous les jours. Faut donner l'impression qu'on part faire un boulot régulier. Si on est là demain.

— Ah. T'as remarqué toi aussi ? demanda Mo en massant son ventre.

— Le type qui nous a regardés en bas ?

— Oui.

— Il nous a regardés un peu longtemps, hein ?

— Oui. Ça te fait penser à quoi ?

— À un cogne, Mo.

Zerk ouvrit la fenêtre pour fumer au-dehors. De la chambre, on ne voyait qu'une petite cour, de gros tuyaux d'évacuation, du linge et des toits en zinc. Il jeta son mégot par la fenêtre, le regarda atterrir dans l'ombre.

— On ferait mieux de dégager maintenant, dit-il.

33

Émeri avait ouvert fièrement la double porte de sa salle à manger Empire, avide de saisir les expressions de ses hôtes. Adamsberg sembla surpris mais indifférent – inculte, conclut Émeri –, mais l'étonnement de Veyrenc et les commentaires admiratifs de Danglard le comblèrent assez pour effacer les dernières traces de l'altercation du jour. En réalité, si Danglard appréciait la qualité du mobilier, il n'aimait pas l'excès de cette reconstitution trop méticuleuse.

— Merveilleux, capitaine, conclut-il en acceptant son verre d'apéritif, car Danglard savait se conduire de manière beaucoup plus courtoise que les deux Béarnais.

Ce pour quoi le commandant Danglard mena à peu près toute la conversation durant le dîner, avec cette vivacité sincère qu'il savait très bien feindre, et dont Adamsberg lui était toujours reconnaissant. D'autant que la quantité de vin distribuée dans des carafes d'époque, gravées aux armes du prince d'Eckmühl, était largement suffisante pour prévenir une éventuelle angoisse de manque chez le commandant. Encouragé par Danglard, qui brillait par sa connaissance de l'histoire du comté d'Ordebec comme de celle des batailles du maréchal Davout, Émeri buvait assez sec et devenait plus ouvert, familier

souvent, et même sentimental. Il semblait à Adamsberg que le manteau du maréchal, et la posture qu'il
imposait à son héritier, glissait de plus en plus de
ses épaules jusqu'à s'affaler au sol.

En même temps qu'un aspect neuf lissait le visage
de Danglard. Adamsberg le connaissait assez pour
savoir que cette touche d'amusement intime n'était
pas l'effet usuel du relâchement que l'alcool produisait chez lui. C'était une note d'espièglerie, comme
si le commandant préparait un amusant petit coup
qu'il comptait bien tenir au secret. Et, songea
Adamsberg, un petit coup dirigé, par exemple, contre
le lieutenant Veyrenc, avec lequel il se montrait pour
une fois presque aimable, un signe potentiellement
dangereux. Un petit coup lui permettant de sourire
ce soir à celui qu'il allait duper plus tard.

Le drame d'Ordebec, enfoui, relégué hors des
fastes impériaux, finit par faire son apparition à
l'heure du calvados.

— Que vas-tu faire de Mortembot, Émeri ?
demanda Adamsberg.

— Si tes hommes viennent prêter main-forte, on
pourrait monter une surveillance à six ou sept pendant une semaine. Tu aurais cela sous la main ?

— J'ai une lieutenant qui vaut dix hommes, mais
elle est en plongée. Je peux libérer un ou deux gars
normaux.

— Ton fils ne pourrait pas nous donner un coup
de main ?

— Je n'expose pas mon fils, Émeri. D'ailleurs il
n'est pas formé pour, et il ne sait pas tirer. Et puis
il est parti en voyage.

— Ah bon ? Je pensais qu'il faisait un reportage
sur les feuilles pourries.

— C'était vrai. Mais une fille l'a appelé d'Italie et
il y est allé. Tu sais ce que c'est.

— Oui, dit Émeri en se renversant sur son dossier, si tant est que son droit fauteuil Empire le lui permettait. Mais après bien des amusettes communes, j'ai rencontré ma femme ici. Quand elle m'a suivi à Lyon, elle s'ennuyait déjà et je l'aimais encore. J'ai pensé que ma mutation à Ordebec lui plairait. Retrouver le pays, les anciens amis. C'est pourquoi je me suis échiné à revenir ici. Mais non, elle est demeurée à Lyon, obstinément. Pendant mes deux premières années à Ordebec, je n'ai rien fait de correct. Ensuite j'ai couru sans joie les bordels de Lisieux. Tout le contraire de mon ancêtre, mes amis, si je puis me permettre de vous nommer ainsi. Je n'ai pas livré une bataille sans la perdre, hormis de menues arrestations que le premier imbécile aurait pu faire.

— Je ne sais pas si gagner ou perdre sont les bons termes pour jauger la vie, murmura Veyrenc. C'est-à-dire que je ne pense pas qu'il faille jauger sa vie. On y est sans cesse contraint et c'est un crime.

— « Pire qu'un crime, une faute », compléta mécaniquement Danglard, citant la supposée réplique de Fouché à l'Empereur.

— Ça me plaît, dit Émeri revigoré, qui se leva de manière imprécise pour verser une seconde tournée de calvados. On a retrouvé la hache, annonça-t-il sans transition. Elle a été jetée derrière le muret qui longe la maison de Glayeux, elle est tombée dans le champ en contrebas.

— Si l'un des Vendermot l'a tué, dit Adamsberg, crois-tu vraiment qu'il aurait employé l'outil familial ? Et si oui, le plus simple était de le remporter chez eux, non ?

— Ça plaide des deux côtés, Adamsberg, je te l'ai dit. Ça les innocente et c'est donc très malin.

— Pas assez malin pour eux.

— Tu les aimes bien, hein ?

— Je n'ai rien contre eux. Rien d'encore assez sérieux.

— Mais tu les aimes bien.

Émeri sortit quelques instants et revint avec une vieille photo de classe qu'il déposa sur les genoux d'Adamsberg.

— Regarde, dit-il, on a tous huit à dix ans là-dessus. Hippo est déjà très grand, c'est le troisième derrière à partir de la gauche. Il a encore ses six doigts à chaque main. Tu connais l'histoire atroce ?

— Oui.

— Moi je suis au rang devant, le seul qui ne sourit pas. Tu vois que je ne le connais pas d'hier. Eh bien je peux te dire qu'Hippo était une terreur. Pas le gentil gars qu'il s'amuse à te montrer. On filait doux. Et même moi qui avais deux ans de plus que lui.

— Il cognait ?

— Pas besoin. Il avait une arme autrement puissante. Avec ses six doigts, il disait qu'il était un soldat du Diable et qu'il pouvait faire tomber sur nous tous les malheurs qu'il souhaitait, si on l'emmerdait.

— Et on l'emmerdait ?

— Au début, oui. Tu imagines comment une cour de gamins réagit à un camarade à six doigts. Quand il avait cinq ans, six ans, on l'a persécuté, on s'est foutus de lui sans pitié. C'est vrai. Il y avait une bande particulièrement féroce contre lui, menée par Régis Vernet. Une fois, Régis a planté des clous dans la chaise d'Hippo, les pointes vers le haut, et Hippo s'est empalé dessus. Il saignait des fesses – six trous – et tout le monde se marrait dans la cour. Une autre fois, on l'a attaché à un arbre et on lui a tous pissé dessus. Mais un jour, Hippo s'est réveillé.

— Il a retourné ses six doigts contre vous.

— Exactement. Sa première victime a été ce salaud de Régis. Hippo l'a menacé, puis il a dirigé ses deux mains vers lui, avec une grande gravité. Et crois-moi ou non, cinq jours plus tard, le petit Régis a été fauché par la voiture d'un Parisien et privé de ses deux jambes. Horrible. Mais nous, à l'école, on savait bien que ce n'était pas la voiture qui était responsable, mais le sort qu'Hippo lui avait jeté. Et Hippo ne démentait pas, au contraire. Il disait qu'au prochain qui l'emmerderait, il enlèverait les bras, les jambes et même les couilles. Alors tout s'est inversé, et on a vécu dans la terreur. Plus tard, Hippo a cessé ses gamineries. Mais je peux t'assurer qu'aujourd'hui encore, qu'on y croie ou non, personne ne va lui chercher des noises. Ni à lui, ni à sa famille.

— On peut le voir, ce Régis ?

— Il est mort. Je n'invente rien, Adamsberg. Le malheur s'est acharné sur lui sans répit. Maladies, licenciements, deuils et pauvreté. Il a fini par aller se noyer dans la Touques il y a trois ans. Il n'avait que trente-six ans. Nous, les anciens de l'école, on savait que c'était la vengeance d'Hippo qui n'avait jamais cessé de s'exercer. Hippo l'avait dit. Que quand il décidait de pointer ses doigts sur un type, eh bien le type avait la damnation à vie.

— Et qu'en penses-tu, toi, aujourd'hui ?

— Heureusement, j'ai quitté le pays à onze ans et j'ai pu oublier tout ça. Si tu questionnes Émeri le flic, il te répond que ces histoires de sort sont des aberrations. Si tu interroges Émeri le gosse, il m'arrive de penser que Régis a été damné. Disons que le petit Hippo s'est défendu comme il pouvait. On le traitait de suppôt de Satan, de rebut infirme de l'enfer, alors il a finalement joué au diable. Mais il a joué à une hauteur spectaculaire, même après que ses doigts ont été tranchés. Il n'empêche que je peux te dire que, si le gars n'est pas un envoyé du diable, il est dur, et peut-être dangereux. Il a souffert avec son père plus qu'on ne peut l'imaginer. Mais quand il a jeté son chien sur lui, c'était un pur assaut meurtrier. Je ne jurerais pas que ça lui a passé. Comment veux-tu que les enfants Vendermot soient devenus de braves petits anges, avec tout ce qu'ils ont subi ?

— Tu mets Antonin dans le même sac ?

— Oui. Je ne crois pas qu'un bébé qu'on a cassé en mille morceaux puisse développer une nature tranquille, si ? On suppose qu'Antonin a trop peur de se briser pour agir lui-même. Mais il pourrait appuyer sur une détente. Peut-être soulever une hache, je ne sais pas.

— Il dit que non.

— Mais il soutiendrait aveuglément tous les actes d'Hippo. On peut penser que sa visite d'aujourd'hui, pour la hache, était commandée par son frère. Même chose pour Martin, qui se nourrit comme une bête sauvage et qui suit son aîné à la trace.

— Reste Lina.

— Qui voit l'Armée d'Hellequin et n'est pas plus saine d'esprit que ses frères. Ou qui feint de la voir, Adamsberg. L'important, c'est de désigner des futures victimes, d'apeurer les autres, comme le faisait Hippo avec ses doigts. Victimes qu'Hippo se charge ensuite de détruire pendant que la famille lui fabrique tous les alibis nécessaires. Alors les voilà maîtres de jeter la terreur sur Ordebec, et les voilà transformés en vengeurs, puisque ces victimes sont en outre d'authentiques crapules. Mais je crois plutôt que Lina a eu réellement une vision. C'est ce qui a tout déclenché. Vision que les frères ont prise au mot et ont décidé d'exécuter. Ils y croient. Parce que la première vision de Lina a eu lieu presque en même temps que la mort du père. Avant ou après, je ne sais plus.

— Deux jours après. Elle me l'a dit.

— Elle le raconte volontiers. Tu as noté avec quel calme ?

— Oui, dit Adamsberg en revoyant le tranchant de la main de Lina s'abattre sur la table. Et pourquoi Lina tiendrait-elle secret le nom de la dernière victime ?

— Soit elle ne l'a réellement pas bien vue, soit ils se gardent ce petit secret pour affoler la population. Ils sont doués. L'horreur de cette menace fait sortir tous les rats de leurs trous. Ça les amuse, ça les comble, et ils trouvent ça juste. Comme il était juste que leur père meure.

— Tu as probablement raison, Émeri. Sauf si quelqu'un exploite la culpabilité évidente des Vendermot pour commettre les meurtres. Il tue sereinement parce qu'il est certain qu'on accusera la famille diabolique.

— Et quel serait son motif ?

— Sa terreur de l'Armée furieuse. Tu as dit toi-même que beaucoup y croyaient à Ordebec, et que certains y croyaient tellement qu'ils n'osaient pas même en parler. Penses-y, Émeri. On pourrait dresser une liste de tous ceux-là.

— Trop nombreux, dit Émeri en secouant la tête.

Adamsberg marcha silencieusement sur le chemin du retour, précédé par Veyrenc et Danglard qui allaient d'un pas tranquille. Finalement, les nuages de l'ouest n'avaient toujours pas crevé et la nuit était trop chaude. Danglard adressait la parole à Veyrenc de temps en temps, autre petit fait surprenant, outre cet air de cachotterie goguenarde qui n'avait pas déserté son visage.

L'accusation d'Émeri envers les Vendermot contrariait Adamsberg. Augmentée des détails d'enfance qu'il venait d'apprendre sur Hippolyte, elle était crédible. On imaginait mal par quelle faculté de sagesse ou par quelle grâce de comportement les enfants Vendermot auraient pu échapper à la colère, à la vengeance. Un grain de sable tournait cependant dans ses pensées éparses. La vieille Léo. Il ne voyait pas un seul des quatre Vendermot capable de la fracasser au sol. Mais même dans ce cas, Adamsberg supposait qu'Hippo – par exemple – eût employé une manière moins sauvage envers la vieille femme qui l'avait aidé durant toute son enfance.

Il passa par la cave avant de gagner sa chambre, et fourra les enveloppes de sucre et les photographies dans un ancien tonneau de cidre. Puis il adressa un message à la Brigade pour obtenir deux hommes de plus, avant 14 heures, à Ordebec. Estalère et Justin feraient très bien l'affaire, car tous deux peu sensibles à l'ennui accablant d'une surveillance, le premier en raison de son « heureux caractère » – comme le disaient certains pour ne pas dire crétin –, le second parce que la patience était un des piliers de son perfectionnisme. La maison de Mortembot ne serait pas très complexe à protéger. Deux fenêtres à l'avant et trois à l'arrière, toutes munies de volets. Seule faille, la petite lucarne des toilettes, sur le côté, sans volet mais armée d'un barreau de fer. Il faudrait que l'assassin s'approche de très près pour briser la vitre et tirer une balle par cet espace étroit, ce qui serait impossible avec deux hommes tournant autour de la maison. Et, si l'on suivait la tradition des tueries du Seigneur Hellequin, l'arme employée ne serait sans doute pas une balle. Hache, épée, lance, masse, pierre, étranglement, tout moyen médiéval seulement utilisable depuis l'intérieur. Sauf qu'Herbier avait été tué au fusil à canon scié, et cela détonnait.

Adamsberg referma la porte de la cave et traversa la grande cour. Les lumières de l'auberge étaient déjà éteintes, Veyrenc et Danglard dormaient. Avec ses poings, il creusa plus encore la dépression au cœur de son matelas de laine et s'y enfonça.

34

Zerk et Mo étaient sortis par la porte de secours donnant sur l'escalier de l'hôtel, et gagnèrent la rue sans rencontrer quiconque.

— On va où ? demanda Mo en montant dans la voiture.

— On va chercher un petit village au sud, à deux pas de l'Afrique. Des tas de bateaux et plein de mariniers prêts à un bon petit arrangement pour nous emmener de l'autre côté.

— Tu comptes traverser ?

— On avisera.

— Merde, Zerk, j'ai vu ce que t'as fourré dans ton sac.

— Le flingue ?

— Oui, dit Mo d'un ton mécontent.

— À notre halte dans les Pyrénées, quand je t'ai laissé dormir, j'étais à un kilomètre de mon village. Ça ne m'a pas pris plus de vingt minutes pour aller chercher l'arme du grand-père.

— T'es cinglé, qu'est-ce que tu veux foutre d'un revolver ?

— D'un pistolet, Mo. Un automatique 1935A, calibre 7,5 mm. Il date de 1940 mais, crois-moi, ça fonctionne.

— Et des munitions, t'as des munitions ?

— Une pleine boîte.

— Mais pour quoi faire, bon sang ?

— Parce que je sais tirer.

— Mais merde, t'as pas l'intention de tirer sur un flic ?

— Non, Mo. Mais faudra bien qu'on passe, non ?

— Je croyais que t'étais un type tranquille. Pas cinglé.

— Je suis un type tranquille. Mon père t'a sorti de la nasse, à nous de nous démerder pour ne pas y retourner.

— On passe tout de suite en Afrique ?

— On commence à démarcher auprès des bateaux. Si t'es pris, Mo, mon père y passe. J'ai beau ne pas le connaître, ce n'est pas une idée qui me plaît.

35

Veyrenc ne dormait pas. Debout, il guettait à travers la fenêtre. Danglard avait eu un air singulier durant toute la soirée, Danglard anticipait un plaisir, une victoire, Danglard méditait un coup. Un coup de type professionnel, estimait Veyrenc, car le commandant n'était pas homme à aller visiter les bordels de Lisieux signalés par Émeri. Ou bien il l'aurait annoncé sans faire d'embarras. L'amabilité qu'il avait déployée envers lui, faisant taire sa jalousie infantile, avait achevé de mettre Veyrenc en alerte. Il supposait Danglard sur le point de réaliser une belle avancée dans l'enquête et de n'en souffler mot, afin de le doubler et d'assurer son avantage face à Adamsberg. Demain, il apporterait fièrement son tribut au commissaire. De cela, Veyrenc n'avait rien à faire. Pas plus qu'il ne s'irritait du projet qui agitait la tête ordinairement bien faite du commandant. Mais dans une enquête où se succédaient de tels massacres, on ne va pas seul.

À 1 h 30 du matin, Danglard n'avait pas paru. Déçu, Veyrenc s'allongea sur le lit tout habillé.

Danglard avait réglé son réveil à 5 h 50 et s'était assoupi rapidement, ce qui lui arrivait rarement, sauf quand l'excitation d'un acte à accomplir lui commandait de dormir vite et bien. À 6 h 25 du matin, il s'installa au volant, desserra le frein à main et laissa descendre doucement la voiture sur le chemin en pente pour n'éveiller personne. Il lança le moteur une fois sur la route communale et roula lentement sur vingt-deux kilomètres, le pare-soleil baissé. Son correspondant, homme ou femme, l'avait prié de ne pas se faire remarquer. Le fait que ce correspondant l'ait pris à tort pour le commissaire était un bon coup de chance. Il avait trouvé le message dans la poche de sa veste la veille, écrit au crayon et de la main gauche, ou bien d'une main autodidacte. *Comissaire, J'ai quelque chose à dire sur Glayeux mais à la condission que je suis caché. Trop dangereux. Rendé vous a la gare de Cérenay, quai A, 6 h 50 préssis. MERCI. Soillez* – ce mot avait été raturé et réécrit plusieurs fois – *très discrèt, ne soillez pas en retard surtout.*

En repassant les événements de la veille, Danglard avait acquis la certitude que l'auteur du billet n'avait pu le glisser dans sa poche que lorsqu'il s'était mêlé à la petite foule, devant la maison de Glayeux. Il ne l'avait pas avant, à l'hôpital.

Le commandant se gara sous une rangée d'arbres et rejoignit le quai A en contournant discrètement la petite gare. Le bâtiment était situé à l'écart de la bourgade, fermé et désert. Personne non plus sur les voies. Danglard consulta le panneau d'affichage, constata qu'aucun train ne s'arrêtait à Cérenay avant 11 h 12. Donc aucun risque que quiconque se trouve sur les lieux avant 4 heures. Le correspondant avait choisi un de ces emplacements rares où la solitude était assurée.

À 6 h 48 à l'horloge de la gare, Danglard s'assit sur un banc du quai, voûté comme à son habitude, impatient et un peu fourbu. Il n'avait dormi que quelques heures et, en deçà de neuf heures de sommeil, son énergie partait en loques. Mais l'idée de clouer Veyrenc au poteau le stimula, lui apportant un nouveau sourire et un sentiment d'expansion. Il travaillait avec Adamsberg depuis plus de vingt ans, et la complicité spontanée du commissaire et du lieutenant Veyrenc le hérissait, au sens propre. Danglard était trop fin pour se nourrir de leurres et il savait que son aversion était simple affaire de jalousie honteuse. Il n'était pas même certain que Veyrenc lui disputât la place, mais la tentation était irrépressible. Marquer le pas pour devancer Veyrenc. Danglard redressa la tête, avala sa salive, chassant une vague sensation d'indignité. Adamsberg n'était ni sa référence, ni son modèle. Au contraire, les manières et les pensées de cet homme le contrariaient généralement. Mais son estime, voire son affection, lui était nécessaire, comme si cet être flottant pouvait le protéger ou le justifier d'être. À 6 h 51, il sentit une violente douleur dans la nuque, y porta la main et s'écroula sur le quai. Une minute plus tard, le corps du commandant était allongé en travers des rails.

La visibilité sur le quai était si totale que Veyrenc n'avait pu trouver un point d'observation qu'à deux cents mètres de Danglard, à l'abri d'un poste de triage. L'angle de vue n'était pas bon, et quand il aperçut l'homme, celui-ci était déjà à deux mètres du commandant. Le coup qu'il lui donna sur la carotide avec le tranchant de la main et l'effondrement de Danglard ne durèrent que quelques secondes. Quand l'homme se mit à rouler le corps vers le bord du quai, Veyrenc avait déjà entamé sa course. Il était encore à une quarantaine de mètres quand Danglard chuta sur les rails. L'homme prenait déjà la fuite, d'une foulée lourde et efficace.

Veyrenc sauta sur les rails, attrapa le visage de Danglard, qui lui parut livide dans la lumière du matin. La bouche était ouverte et molle, les yeux clos. Veyrenc trouva le pouls, souleva les paupières sur des yeux vides. Danglard était sonné, drogué, ou en train de mourir. Un large bleu se formait déjà sur le côté du cou, autour d'une trace nette de piqûre. Le lieutenant passa ses bras sous ses épaules pour le hisser vers le quai, mais les quatre-vingt-quinze kilos de ce corps inerte paraissaient impossibles à déplacer. Il lui fallait de l'aide. Il se relevait en sueur pour appeler Adamsberg quand il entendit le sifflement caractéristique d'un train qui s'avance au loin à grande vitesse. Affolé, il vit arriver sur sa gauche la masse bruyante de la machine, lancée dans la ligne droite. Veyrenc se jeta sur le corps de Danglard et, multipliant son effort, l'allongea entre les rails, cala les bras le long des cuisses. Le train lança un coup de trompe qui parut comme un cri désespéré, le lieutenant se hissa d'une traction sur le quai et s'y projeta en roulant. Les wagons passèrent en meuglant puis le fracas s'éloigna, le laissant incapable de bouger, soit que la puissance de l'effort brisât ses muscles, soit que affronter la vision de Danglard ne lui fût pas tolérable. La tête roulée dans son bras, il sentit que des larmes avaient mouillé ses joues. Un fragment d'information, un seul, tournait dans sa tête vide. *L'espace entre le dessus du corps et le dessous du train n'est que de vingt centimètres.*

Quinze minutes plus tard sans doute, le lieutenant finit par se soulever sur les coudes et s'approcher de la voie. Ses mains supportant sa tête, il ouvrit les yeux d'un seul coup. Danglard avait l'air d'un mort proprement disposé entre les rails luisants, qui lui faisaient comme les bras d'un brancard de luxe, mais Danglard était intact. Veyrenc laissa retomber son front sur son bras, extirpa son portable et appela Adamsberg. Venir tout de suite, gare de Cérenay.

Puis il dégagea son revolver, ôta la sécurité et l'assura dans sa main droite, doigt sur la détente. Et referma les yeux. *L'espace entre le dessus du corps et le dessous du train n'est que de vingt centimètres.* Il se souvenait de l'histoire à présent, l'an passé, sur la voie du rapide Paris-Granville. L'homme était tellement ivre et inerte quand le train lui était passé dessus que son absence totale de réflexe lui avait sauvé la vie. Il sentit des fourmillements dans les jambes et commença à les remuer lentement. Elles lui semblaient réagir comme du coton en même temps qu'elles pesaient comme des tronçons de granite. *Vingt centimètres.* Une chance que l'absence radicale de musculature chez Danglard lui ait permis de s'aplatir entre les rails comme une loque.

Quand il entendit courir derrière lui, il était assis en tailleur sur le quai, le regard rivé sur Danglard, comme si cette attention de chaque instant eût pu lui éviter le passage d'un deuxième train ou le glissement vers la mort. Il lui avait parlé par fragments de phrases ineptes, *tiens le coup, bouge pas, respire,* sans recueillir de cillement en réponse. Mais il voyait maintenant ses lèvres molles frémir à chaque respiration, et il surveillait cette petite palpitation. L'entendement commençait à lui revenir. Le type qui avait donné rendez-vous à Danglard avait conçu un plan irréprochable en le jetant sous le rapide Caen-Paris à une heure où nul témoin ne risquait d'intervenir. On l'aurait découvert plusieurs heures plus tard, quand l'anesthésiant, quel qu'il soit, aurait disparu de son corps. On n'aurait pas même songé à chercher un anesthésiant. Qu'aurait-on dit à l'enquête ? Que la mélancolie de Danglard s'était beaucoup alourdie ces derniers temps, qu'il redoutait de mourir à Ordebec. Que, totalement saoul, il était venu se coucher sur ces rails pour s'y tuer. Étrange choix bien sûr, mais le délire d'un homme ivre et suicidaire ne se mesurant pas avec une toise, on eût conclu en ce sens.

Il tourna les yeux vers la main qui se posait sur son épaule, celle d'Adamsberg.

— Descends vite, lui dit Veyrenc. Je ne risque pas de bouger.

Émeri et Blériot avaient déjà saisi le corps de Danglard par les épaules et Adamsberg sauta sur la voie pour soulever les jambes. Blériot fut ensuite incapable de se hisser seul sur le quai et il fallut l'aider en lui tirant les deux mains.

— Le Dr Merlan arrive, dit Émeri, penché sur la poitrine de Danglard. À mon avis, totalement drogué, mais pas en danger. Ça bat lent mais régulier. Que s'est-il passé, lieutenant ?

— Un type, dit Veyrenc d'une voix encore molle.

— Tu ne peux pas te relever ? lui demanda Adamsberg.

— Je ne crois pas. T'as pas un coup de gnôle ou quelque chose ?

— Moi oui, dit Blériot en sortant une flasque bon marché. Il n'est pas 8 heures du matin, ça risque d'arracher un peu.

— C'est ce qu'il faut, assura Veyrenc.

— Vous avez mangé ce matin ?

— Non, j'ai veillé toute la nuit.

Veyrenc avala une gorgée avec cette grimace convenue qui signale que, en effet, le liquide arrache. Puis une deuxième et rendit la flasque à Blériot.

— Tu peux parler ? demanda Adamsberg, qui s'était assis en tailleur à ses côtés, notant sur ses joues les sillons clairs qu'avaient tracés ses larmes.

— Oui. J'ai eu un choc, c'est tout. J'ai dépassé ma mesure physique.

— Pourquoi tu as veillé ?

— Parce que Danglard méditait un coup d'imbécile en solitaire.

— Tu l'avais remarqué aussi ?

— Oui. Il voulait me doubler et je pensais que c'était dangereux. J'ai cru qu'il sortirait le soir mais il n'a foutu le camp qu'à 6 h 30 du matin. J'ai pris l'autre voiture, je l'ai suivi de loin. On est arrivés ici, dit Veyrenc en montrant les lieux d'un geste vague. Un type l'a frappé au cou, puis piqué je crois, et il l'a balancé en travers des rails. J'ai couru, le type aussi, et quand j'ai essayé de sortir Danglard de là, impossible. Et le train est arrivé.

— Le rapide Caen-Paris, dit gravement Émeri, qui passe à 6 h 56.

— Oui, dit Veyrenc en baissant un peu la tête. Et on peut dire qu'il est vraiment rapide.

— Merde, dit Adamsberg entre les dents.

Pourquoi était-ce Veyrenc qui avait surveillé Danglard ? Pourquoi pas lui ? Pourquoi avait-il laissé le lieutenant aller dans cet enfer ? Parce que le plan de Danglard était dirigé contre Veyrenc et qu'Adamsberg l'avait considéré comme chose négligeable. Une affaire entre hommes.

— J'ai eu seulement le temps de déplacer Danglard et de l'allonger entre les rails, je ne sais pas comment, et de me hisser sur le quai, je ne sais pas comment. Merde il était très lourd, et le bord du quai très haut. Le vent du train m'a frôlé le dos. Vingt centimètres. Il y a vingt centimètres entre le dessus d'un corps – d'un corps mou, d'un corps ivre – et le dessous d'un train.

— Je ne sais pas si j'y aurais pensé, dit Blériot qui regardait Veyrenc avec une expression un peu ahurie. En même temps qu'il observait, fasciné, la chevelure brune de ce lieutenant, semée d'une quinzaine de mèches rousses anormales, qui formaient comme des coquelicots sur un champ de terre brune.

— Le type ? demanda Émeri. Il aurait pu avoir la corpulence d'Hippolyte ?

— Oui. Il était costaud. Mais j'étais loin, et il portait une cagoule et des gants.

— Pour le reste, il était habillé comment ?

— Avec des tennis et une sorte de sweat-shirt. Bleu marine ou vert sombre, je ne sais pas. Aidemoi, Jean-Baptiste, je peux me mettre debout maintenant.

— Pourquoi ne m'as-tu pas appelé quand tu l'as suivi ? Pourquoi es-tu parti seul ?

— C'était une affaire entre lui et moi. Une initiative grotesque de Danglard, inutile de te mettre làdedans. Je n'imaginais pas de telles proportions. *Il s'en est allé seul avec le fiel au cœur...*

Veyrenc interrompit son début de versification en haussant les épaules.

— Non, marmonna-t-il, pas envie.

Le Dr Merlan était arrivé et s'activait auprès du commandant Danglard. Il secouait la tête régulièrement en répétant « passé sous le train, passé sous le train », comme cherchant à se convaincre du caractère exceptionnel de l'événement qu'il vivait.

— Probablement une bonne dose d'anesthésiant, dit-il en se relevant et en faisant signe à deux infirmiers, mais j'ai l'impression que l'effet s'est presque dissipé. On l'emporte, je vais accélérer délicatement le réveil. Mais l'élocution ne sera pas rétablie avant deux heures, ne venez pas plus tôt, commissaire. Il y a des contusions, dues au coup sur la carotide et à sa chute sur les rails. Mais rien de cassé, je crois. Passé sous le train, je n'en reviens pas.

Adamsberg regarda s'éloigner la civière avec une bouffée de détresse rétroactive. Mais la boule d'électricité ne réapparut pas sur sa nuque. Effet du traitement du Dr Hellebaud, sans doute.

— Léo ? demanda-t-il à Merlan.

— Hier soir, elle s'est assise et elle a mangé. On a ôté la sonde. Mais elle ne parle pas, elle sourit seulement de temps en temps, avec l'air d'avoir sa petite idée sans être capable de l'atteindre. À croire que votre Dr Hellebaud a bloqué la fonction du verbe, comme il aurait abaissé un disjoncteur. Et qu'il la remettra en route quand cela lui semblera bon.

— C'est assez sa manière.

— Je lui ai écrit à sa maison de Fleury pour lui donner des nouvelles. En adressant la lettre au directeur, comme vous me l'avez conseillé.

— Sa prison de Fleury, précisa Adamsberg.

— Je sais, commissaire, mais je n'aime ni le dire ni le penser. Comme je sais que c'est vous qui l'avez fait arrêter et je ne veux rien savoir de ses fautes. Rien de médical au moins ?

— Rien.

— Passé sous un train, je n'en reviens pas. Seuls les suicidaires se jettent sous un train.

— Précisément, docteur. Ce n'est pas une arme usuelle. Mais comme c'est un moyen réputé pour se tuer, la mort de Danglard devait passer sans souci pour un suicide. Pour tout le personnel de l'hôpital, maintenez la version du suicide et, dans la mesure du possible, faites en sorte que rien ne filtre à l'extérieur. Je ne souhaite pas affoler le meurtrier. Qui, à cet instant, doit supposer sa victime déchiquetée par les roues du rapide. Laissons-lui cette certitude pour quelques heures.

— Je vois, dit Merlan en plissant les yeux, se composant une expression plus perspicace que nécessaire. Vous voulez surprendre, épier, guetter.

Adamsberg ne fit rien de cela. L'ambulance s'éloigna et il marcha de long en large sur le quai A, sur une courte distance de vingt mètres, répugnant à s'éloigner de Veyrenc à qui le brigadier Blériot – il avait vu cela – avait fait avaler trois ou quatre sucres. Blériot le sucreur. Sans le vouloir, il nota que le brigadier ne laissait pas tomber les papiers de sucre à terre. Il les froissait en une petite boule serrée qu'il glissait ensuite dans sa poche avant de pantalon. Émeri, dont l'uniforme était pour la première fois mal assujetti, tant il s'était habillé en hâte pour les rejoindre, revint vers lui en secouant la tête.

— Je ne vois aucune trace autour du banc. Rien, Adamsberg, on n'a rien.

Veyrenc fit signe à Émeri de lui offrir une cigarette.

— Et ça m'étonnerait que Danglard puisse nous aider, dit Veyrenc. Le gars est arrivé par-derrière et ne lui a pas laissé le temps de tourner la tête.

— Comment se fait-il que le conducteur du train ne l'ait pas vu ? demanda Blériot.

— À cette heure, il avait le soleil face à lui, dit Adamsberg. Il roulait plein est.

— Même s'il l'avait vu, dit Émeri, il n'aurait pas pu stopper l'engin avant plusieurs centaines de mètres. Lieutenant, d'où vous est venue l'idée de le suivre ?

— L'obéissance au règlement, je suppose, dit Veyrenc en souriant. Je l'ai vu sortir et je l'ai filé. Car on ne va pas seul dans ce type d'enquête.

— Et pourquoi est-il parti seul ? Il me paraît un homme plutôt prudent, non ?

— Mais solitaire, ajouta Adamsberg pour le disculper.

— Et celui qui lui a fixé rendez-vous a sans doute exigé qu'il vienne sans escorte, soupira Émeri. Comme d'habitude. On se retrouve au commissariat pour organiser les rondes chez Mortembot. Adamsberg, tu as pu avoir tes deux gars de Paris ?

— Ils devraient être ici avant 14 heures.

Veyrenc se sentait assez bien pour reprendre le volant et Adamsberg le suivit de près jusqu'à l'auberge de Léo, où le lieutenant se nourrit rapidement d'une soupe en boîte et partit aussitôt dormir. En revenant vers sa chambre, Adamsberg se souvint qu'il avait oublié de donner des grains au pigeon la veille. Et sa fenêtre était restée ouverte.

Mais Hellebaud s'était couché dans une de ses chaussures, comme d'autres congénères s'installeraient sur le haut d'une cheminée, et l'attendait patiemment.

— Hellebaud, dit Adamsberg en soulevant la chaussure et le pigeon, et en posant le tout sur le rebord de la fenêtre, il faut qu'on parle sérieusement. Tu es en train de sortir de l'état de nature, tu es en train de dégringoler sur la pente de la civilisation. Tes pattes sont guéries, tu peux voler. Regarde dehors. Du soleil, des arbres, des femelles, des asticots et des insectes à foison.

Hellebaud émit un roucoulement qui parut de bon augure et Adamsberg le cala plus fermement sur l'appui de la fenêtre.

— Décolle quand tu veux, lui dit-il. Ne laisse pas de mot, je comprendrai.

36

Adamsberg s'était souvenu qu'il fallait apporter des fleurs à la mère Vendermot et il frappa doucement à la porte à 10 heures du matin. On était mercredi, il avait des chances que Lina soit là, c'était sa matinée de congé en échange de sa permanence du samedi. C'est eux deux qu'il voulait voir, Lina et Hippo, séparément, pour un interrogatoire plus serré. Il les trouva tous installés à la table du petit déjeuner, aucun d'eux n'étant encore habillé. Il les salua l'un après l'autre, examinant leurs mines ensommeillées. Le visage fripé d'Hippo lui parut convaincant mais, avec la chaleur qui régnait déjà, on pouvait sans doute se composer la tête approximative d'un dormeur chiffonné. Hormis le gonflement nocturne des paupières, qui ne s'imite pas, Hippo avait naturellement l'œil lourd, ce qui ne rendait pas toujours son regard éveillé ni sympathique.

La mère – la seule déjà vêtue – accueillit les fleurs avec un contentement réel et offrit aussitôt du café au commissaire.

— Il paraît qu'il y a eu un drame à Cérenay, dit-elle, et c'était la première fois qu'il la réentendait vraiment parler, de sa voix aussi humble que nettement posée. Ce n'est pas cette horrible affaire qui continue, au moins ? Il n'est rien arrivé à Mortembot ?

— Qui vous l'a dit ? demanda Adamsberg.

— C'est Mortembot ? insista-t-elle.

— Non, ce n'est pas lui.

— Sainte Mère, dit la vieille en soufflant. Parce que si cela va à ce train, moi et les petits, on devra partir ailleurs.

— Mais non, maman, dit Martin d'une voix mécanique.

— Je sais ce que je dis, mon garçon. Vous ne voulez rien voir, tous autant que vous êtes. Mais un jour ou l'autre, il y en a un qui viendra, et il y en a un qui nous tuera.

— Mais non, maman, répéta Martin. Ils ont trop peur.

— Ils ne comprennent rien, dit la mère en s'adressant à Adamsberg. Ils ne comprennent pas qu'ils nous croient tous coupables. Ma pauvre fille, si au moins t'avais gardé ta langue.

— Je n'avais pas le droit, dit Lina un peu sévèrement, sans s'émouvoir de l'inquiétude de sa mère. Tu sais bien. On doit laisser leur chance aux saisis.

— C'est vrai, dit la mère en s'asseyant à table. Mais on n'a nulle part où aller. Il faut bien que je les protège, moi, expliqua-t-elle en se tournant à nouveau vers Adamsberg.

— Personne ne nous touchera, maman, dit Hippolyte, et il leva vers le plafond ses deux mains difformes et tous éclatèrent de rire.

— Ils ne comprennent rien, répéta doucement la mère, désolée. Joue pas avec tes doigts, Hippolyte. Ce n'est pas le moment de faire des pitreries quand il y a eu un mort à Cérenay.

— Que s'est-il passé ? demanda Lina, dont Adamsberg détourna le regard, sa poitrine étant trop visible à travers son pyjama blanc.

— Maman te l'a dit, dit Antonin. Une personne s'est jetée sous le rapide de Caen. C'est un suicide, c'est ce qu'elle a voulu dire.

— Comment l'avez-vous su ? demanda Adamsberg à la mère.

— En allant à mes courses. Le chef de gare est arrivé à 7 h 45 et il a vu la police et l'ambulance. Il a parlé à un des infirmiers.

— À 7 h 45 ? Alors que le premier train ne s'arrête pas avant 11 heures ?

— Il a eu un appel du conducteur de l'express. Il lui semblait avoir vu quelque chose sur la voie, alors le chef est venu se rendre compte. Vous savez qui s'est tué ?

— À vous, on vous l'a dit ?

— Non, dit Hippo. C'est peut-être la Marguerite Vanout.

— Pourquoi elle ? demanda Martin.

— Tu sais bien ce qu'on dit à Cérenay. Elle ega-néméd.

— Elle déménage, expliqua Lina.

— Ah bon ? Comment ? demanda Antonin, avec l'air franc d'un homme intrigué, d'un homme qui ne réalise aucunement qu'il déménage lui-même.

— C'est depuis que son mari l'a quittée. Elle crie, elle déchire ses habits, elle raye les murs des maisons, elle écrit dessus. Sur les murs.

— Elle écrit quoi ?

— *Porcs ideux*, expliqua Hippo. Sans « h ». Soit au singulier, soit au pluriel. Elle l'écrit partout dans le village et les gens de Cérenay commencent à en avoir assez. Tous les jours, le maire doit faire effacer tous les *Porcs ideux* qu'elle a gravés pendant la nuit. Avec ça, comme elle a de l'argent, elle va cacher un gros billet par-ci par-là, sous une pierre, dans un arbre, et le lendemain, dès le matin, les gens ne peuvent pas s'empêcher de chercher l'argent éparpillé, comme dans un jeu de cache-cache. Plus personne n'arrive à l'heure au boulot. Alors, à elle toute seule, elle désorganise tout. En même temps, c'est pas interdit de cacher des billets.

— C'est plutôt marrant, dit Martin.

— Plutôt, approuva Hippo.

— C'est pas marrant, tança la mère. C'est une pauvre femme qui a perdu la tête, et elle a de la souffrance.

— Oui, mais c'est marrant quand même, dit Hippo en se penchant pour poser un baiser sur sa joue.

La mère se transforma radicalement, comme si elle s'avisait soudain que toute réprimande était inutile et injuste. Elle tapota la main de son grand fils et alla se rasseoir sur le fauteuil du coin, d'où, sans doute, elle ne prendrait plus part à la conversation. C'était comme une obscure et calme sortie, comme si un personnage disparaissait de la scène alors qu'on pouvait encore l'y voir.

— On va envoyer des fleurs pour l'enterrement, dit Lina. On connaît quand même bien sa tante.

— Si j'allais en cueillir dans la forêt ? proposa Martin.

— Ça ne se fait pas d'envoyer des fleurs cueillies à un enterrement.

— Il faut des fleurs payées, approuva Antonin. On peut acheter des lys ?

— Mais non, les lys, c'est pour un mariage.

— Et on n'a pas l'argent pour des lys, dit Lina.

— Des anémones ? proposa Hippo. Ec tse'n sap rehc, sel senoména.

— Ce n'est pas la saison, répliqua Lina.

Adamsberg les laissa un moment débattre du choix des fleurs pour Marguerite, et cette conversation, à moins d'avoir été préparée par des esprits supérieurs, lui prouvait mieux que tout qu'aucun

Vendermot n'avait trempé dans l'accident de Cére-nay. Mais, supérieurs, tous les Vendermot l'étaient, sans discussion.

— Mais Marguerite n'est pas morte, dit enfin Adamsberg.

— Ah ? Eh bien plus de fleurs, conclut vivement Hippolyte.

— Qui, alors ? interrogea Martin.

— Personne n'est mort. L'homme était couché entre les voies et le train est passé dessus sans le toucher.

— Bravo, dit Antonin. J'appelle cela une expé-rience artistique.

En même temps, le jeune homme tendait un sucre à sa sœur, et Lina, comprenant sur-le-champ, le cassa en deux pour lui. Un geste qui exigeait une forte pression des doigts à laquelle Antonin ne se risquait pas. Adamsberg éloigna son regard. Cet assaut de sucres en toutes situations lui donnait à présent une sorte de frisson, comme s'il se retrouvait encerclé par un assaillant multiple, dont les sucres auraient fait des pierres de jet et des murailles.

— S'il voulait se tuer, dit Lina en regardant Adamsberg, il fallait qu'il se mette en travers.

— C'est vrai, Lina. Il ne voulait pas se tuer, on l'a posé là. Il s'agit de mon adjoint, Danglard. Quelqu'un a voulu le tuer.

Hippolyte fronça les sourcils.

— Utiliser un train comme arme, observa-t-il, ce n'est pas se faciliter la tâche.

— Mais pour faire croire à un suicide, ce n'est pas bête, dit Martin. Quand on voit une voie ferrée, on pense suicide.

— Oui, dit Hippolyte avec une moue. Mais une pareille organisation, ça vient d'un cerveau lourd. Ambitieux, mais épais. Totalement éganéméd. Tota-lement déménagé.

— Hippo, dit Adamsberg en repoussant sa tasse, j'aurais besoin de vous parler seul. À Lina ensuite aussi, si c'est possible.

— Épais, épais, répéta Hippo.

— Mais j'ai besoin de vous parler, insista Adamsberg.

— Je ne sais pas qui a voulu tuer votre adjoint.

— C'est à propos d'autre chose. De la mort de votre père, ajouta-t-il plus bas.

— Alors oui, dit Hippo en jetant un regard à sa mère, il vaut mieux sortir. Donnez-moi juste le temps de m'habiller.

Adamsberg marchait sur la petite route empierrée aux côtés d'Hippolyte, qui le dépassait bien de vingt centimètres.

— Je ne sais rien sur sa mort, dit Hippo. Il s'est pris la hache dans la tête et la poitrine et puis voilà.

— Mais vous savez que Lina a essuyé le manche.

— C'est ce que j'ai dit à l'époque. Mais j'étais petit.

— Hippo, pourquoi Lina a-t-elle essuyé le manche ?

— Je ne sais pas, dit Hippo d'une voix boudeuse. Pas parce qu'elle l'avait tué. Je connais ma sœur, allez. C'est pas qu'elle n'aurait pas eu envie, comme nous tous. Mais c'était le contraire. C'est elle qui a empêché Suif de le dévorer.

— Alors elle aurait essuyé la hache parce qu'elle pensait que l'un de vous l'avait tué. Ou parce qu'elle a vu l'un de vous le tuer. Martin, ou Antonin.

— Ils avaient six et quatre ans.

— Ou vous.

— Non. On avait trop peur de lui, tous, pour oser un truc pareil. On n'était pas de taille.

— Mais vous aviez quand même lancé le chien sur lui.

— Alors sa mort aurait été la faute de Suif, pas la mienne. Vous voyez la différence ?

— Oui.

— Et le résultat, c'est que ce salaud a abattu mon chien. On avait l'impression que si l'un de nous avait osé toucher le père, directement, il était capable de nous descendre tous, comme Suif, et ma mère d'abord. C'est peut-être ce qui serait arrivé si le comte ne m'avait pas pris chez lui.

— Émeri dit que vous n'étiez pas un enfant craintif. Il dit que vous avez semé le chaos à l'école quand vous étiez petit.

— J'ai semé un sacré bordel, oui, dit Hippolyte en retrouvant son grand sourire. Qu'est-ce qu'il dit, Émeri ? Que j'étais une petite saloperie qui terrorisait tout le monde ?

— À peu près ça.

— Exactement ça. Mais Émeri n'était pas un ange non plus. Et il n'avait pas d'excuse, lui. Il était couvé et friqué. Avant que Régis ne forme sa bande de tortionnaires, il y avait un Hervé qui avait lancé l'hallali sur moi. Eh bien je peux vous dire qu'Émeri n'était pas le dernier quand ils faisaient des rondes autour de moi et qu'ils me tapaient dessus. Non, commissaire, je ne regrette rien, j'ai dû me défendre. Il suffisait que je tende les mains vers eux pour qu'ils s'éparpillent en hurlant. Quelle rigolade. C'était bien de leur faute. Ce sont eux qui ont dit que j'avais les mains du diable, que j'étais l'infirme de l'enfer. Ça ne me serait pas venu à l'idée tout seul. Alors je m'en suis servi. Non, s'il y a une seule chose que je regrette, c'est d'être le fils du pire fumier de ce pays.

Lina s'était habillée entre-temps, avec un chemisier serré qui fit frémir Adamsberg. Hippolyte lui laissa la place en lui tapotant le bras.

— Il ne te mangera pas, petite sœur, dit-il. Mais il n'est pas inoffensif non plus. Il aime savoir où les gens ont dissimulé leurs saletés, et c'est un méchant métier.

— Il a sauvé Léo, dit Lina en jetant un regard contrarié à son frère.

— Mais il se demande si j'ai tué Herbier et Glayeux. Il fouille dans mon tas de saletés. Pas vrai, commissaire ?

— C'est normal qu'il se pose la question, coupa Lina. Tu as été correct au moins ?

— Très, assura Adamsberg en souriant.

— Mais comme Lina ne cache aucun tas de saletés, je vous l'abandonne sans m'en faire, dit Hippo en s'éloignant. Cependant, en zehcuot sap à nu ed ses xuevehc.

— Ce qui veut dire ?

— « Ne touchez pas à un de ses cheveux », dit Lina. Pardon, commissaire, c'est son tempérament. Il se sent responsable pour nous tous. Mais nous sommes gentils.

Nous sommes gentils. La carte de visite simplette des Vendermot. Si niaise, si sotte qu'Adamsberg avait envie d'y croire. Leur idéal du moi en quelque sorte, leur devise proclamée. *Nous sommes gentils.* Pour cacher quoi ? aurait rétorqué Émeri. Un type aussi intelligent qu'Hippolyte, et le mot était faible, un type capable de renverser les lettres des mots comme s'il jouait aux billes, ne pouvait pas être simplement *gentil.*

— Lina, je vous pose la même question qu'à Hippo. Quand vous avez trouvé votre père assassiné, pourquoi avez-vous essuyé la hache ?

— Pour faire quelque chose, je suppose. Par réflexe.

— Vous n'avez plus onze ans, Lina. Vous ne pensez plus que ce genre de réponse peut suffire. Est-ce que vous avez essuyé la hache pour effacer les traces d'un de vos frères ?

— Non.

— Ça ne vous est pas venu à l'idée qu'Hippo aurait pu lui fendre la tête ? Ou Martin ?

— Non.

— Pourquoi ?

— On avait tous trop peur de lui pour se présenter dans sa chambre. De toute façon, on n'osait même pas y monter. C'était interdit.

Adamsberg s'arrêta sur le chemin, fit face à Lina et passa un doigt sur sa joue très rose, sans inconvenance, comme Zerk l'avait fait sur la plume du pigeon.

— Eh bien, qui protégiez-vous, Lina ?

— Le tueur, dit-elle soudainement, levant la tête. Et je ne savais pas qui c'était. Je n'ai pas été choquée quand je l'ai trouvé dans son sang. J'ai simplement pensé que quelqu'un, enfin, l'avait écrasé, qu'il ne reviendrait plus, et c'était un soulagement immense. J'ai effacé les empreintes sur la hache pour qu'on ne punisse jamais l'auteur. Quel qu'il soit.

— Merci, Lina. Hippo, à l'école, c'était une terreur ?

— Il nous protégeait. Parce que mes frères, les petits, dans l'autre cour, ils en bavaient aussi. Quand Hippo a eu le courage d'affronter les autres, avec ses pauvres doigts anormaux, on a eu enfin la paix. Nous sommes gentils, mais Hippo a dû nous défendre.

— Il leur disait qu'il était l'envoyé du diable, qu'il pouvait les anéantir.

— Et ça a marché ! dit-elle en riant sans compassion. Ils s'écartaient tous devant nous ! Pour nous, les gosses, ce fut un paradis. On était devenus les rois. Il n'y a que Léo qui nous a mis en garde. La vengeance est un plat qui se mange froid, elle disait, mais je ne comprenais pas, à l'époque. Mais aujourd'hui, ajouta-t-elle plus sombrement, on le paie. Avec ce souvenir d'Hippo le Diable, avec l'Armée d'Hellequin, je comprends que ma mère ait peur pour nous. En 1777, ici, ils ont tué à coups de fourche François-Benjamin, un éleveur de porcs.

— Oui, j'ai su cela. Parce qu'il avait vu l'Armée.

— Avec trois victimes qu'il avait nommées, et une qu'il n'avait pas pu reconnaître. Comme moi. La foule s'est ruée sur lui après la mort de la deuxième victime, et ils l'ont éventré pendant plus de deux heures. François-Benjamin a passé le don à son neveu, Guillaume, qui l'a passé à sa cousine, Élodine, puis c'est allé à Sigismond, le tanneur, puis à Hébrard, puis à Arnaud, vendeur de toiles, puis à Louis-Pierre, le claveciniste, à Aveline et finalement à Gilbert, qui, paraît-il, me l'a transmis sur le bénitier. Votre adjoint, il savait quelque chose pour qu'on veuille le tuer ?

— Aucune idée.

Il s'en est allé seul avec le fiel au cœur, se récita muettement Adamsberg, surpris de voir ressurgir le petit vers de Veyrenc.

— Ne cherchez pas, dit-elle d'une voix soudain dure. Ce n'est pas lui qu'on voulait tuer. C'est vous.

— Mais non.

— Si. Car si vous ne savez rien aujourd'hui, vous finirez par tout savoir demain. Vous êtes bien plus dangereux qu'Émeri. Le temps est compté.

— Le mien ?

— Le vôtre, commissaire. Vous n'avez plus qu'à partir, courir. Rien n'arrête jamais le Seigneur, ni lui ni ses soldats. Ne restez pas sur sa route. Croyez-moi ou non, je tente de vous aider.

Mots si âpres et inconséquents qu'Émeri l'eût arrêtée pour moins que ça. Adamsberg ne bougea pas.

— Je dois protéger Mortembot, dit-il.

— Mortembot a tué sa mère. Il ne vaut pas la peine qu'on se donne du mal pour lui.

— Ce n'est pas mon problème, Lina, vous le savez.

— Vous ne comprenez pas. Il va mourir, quoi que vous fassiez. Partez avant.

— Quand ?

— Maintenant.

— Je veux dire : quand mourra-t-il ?

— Hellequin décide. Partez. Vous et vos hommes.

37

Adamsberg entra d'un pas lent dans la cour de l'hôpital, qu'il commençait à connaître aussi bien que le bar de la Brigade. Danglard avait refusé de porter la tenue de malade, il avait ôté la chemise réglementaire de papier tissé bleu et siégeait sur son lit avec son costume, si sali fût-il. L'infirmière avait hautement désapprouvé, la chose n'étant pas hygiénique. Mais comme c'était un ex-suicidé, et qu'il avait passé tout entier sous un train – un événement qui forçait le respect –, elle n'avait pas osé l'obliger.

— Il me faudrait une tenue un peu plus convenable, fut la première phrase de Danglard.

En même temps que ses yeux glissaient vers le mur jaune, fuyant sa honte, son ridicule et sa dégradation, qu'il ne voulait surtout pas lire dans le regard d'Adamsberg. Le Dr Merlan lui avait résumé l'essentiel des événements sans formuler d'opinion, et Danglard ne savait pas comment s'affronter lui-même. Il n'avait pas été professionnel, il avait été grotesque et, pire que tout, imbécile. Lui, Danglard, le grand esprit. La jalousie primaire, le désir mordant d'écraser Veyrenc n'avaient plus laissé place à la moindre parcelle de dignité et d'intelligence. Peut-être ces parcelles avaient-elles tenté de se manifester, de dire quelque chose, mais il n'avait rien entendu, rien voulu savoir. Comme le pire des crétins, ce pire qui mène à la destruction. Et c'est celui qu'il avait voulu humilier qui l'avait protégé, et qui avait manqué laisser sa vie sous les roues du train. Lui, Veyrenc de Bilhc, qui avait eu le réflexe, le cran et la capacité de l'allonger entre les rails. Lui-même, ruminait Danglard, n'aurait certainement pas accompli ce triple exploit. Sans doute n'aurait-il pas songé à déplacer le corps, et sûrement n'en aurait-il pas eu la force. Et peut-être, pire encore, il aurait fui avant de le faire, tout empressé de rejoindre le quai.

Le visage du commandant était gris de détresse. On eût dit un rat coincé dans un couloir, et non pas blotti dans une bonne miche de pain chez Tuilot Julien.

— Mal ? demanda Adamsberg.

— Seulement si je tourne la tête.

— Paraît que vous n'avez pas eu conscience que le rapide vous passait dessus, dit Adamsberg sans introduire de note consolante dans sa voix.

— Non. C'est vexant de vivre une pareille affaire sans rien se rappeler, non ? dit Danglard, tentant d'introduire un grain d'ironie.

— Ce n'est pas cela qui est vexant.

— Si au moins j'avais été bourré plus que d'habitude.

— Mais même pas, Danglard. Au contraire, vous vous êtes contrôlé chez Émeri pour garder la tête à peu près claire afin de réussir votre opération solitaire.

Danglard leva les yeux vers le plafond jaune et décida de se maintenir fixement dans cette position. Il avait aperçu le regard d'Adamsberg et vu l'éclat précis dans ses prunelles. Éclat qui portait à longue distance et auquel il essayait d'échapper. Éclat rare qui n'apparaissait chez le commissaire qu'en état de colère, d'intérêt puissant, ou d'irruption d'idée.

— Veyrenc l'a senti, lui, le passage du train, insista Adamsberg.

Rageur contre la médiocrité de Danglard, déçu, navré, il l'était certainement. Il ressentait le besoin de le contraindre à regarder et à savoir. *Il s'en est allé seul avec le fiel au cœur.*

— Comment va-t-il ? demanda Danglard entre ses dents, à peine audible.

— Il dort. Il récupère. On aura de la chance s'il ne nous fabrique pas de nouvelles mèches rousses. Ou bien des mèches blanches.

— Comment savait-il ?

— Comme je le savais. Vous êtes un mauvais conspirateur, commandant. La joie d'un projet secret, excitant et orgueilleux, se lisait sur votre mine et dans vos gestes tout au cours du dîner.

— Pourquoi Veyrenc a-t-il veillé ?

— Parce qu'il a bien pensé. Il a pensé que, si quelque fait pouvait vous échauffer ainsi, quelque fait que vous vouliez accomplir seul, c'était probablement une action qui se dirigeait contre lui. Par exemple la collecte d'un renseignement neuf. Tandis que vous, commandant, vous avez oublié que lorsqu'un informateur désire garder l'anonymat, il ne cherche pas à se présenter en personne. Il écrit sans donner rendez-vous. Même Estalère aurait senti le traquenard. Pas vous. Veyrenc oui. Enfin et surtout, il a pensé que, dans un tel massacre, on n'agit pas seul. Sauf si l'on veut récolter un laurier dans son coin et que ce désir fasse oublier l'évidence. Car vous avez bien reçu un message, Danglard ? Un rendez-vous ?

— Oui.

— Où ? Quand ?

— J'ai trouvé le mot dans ma poche. Le type a dû le glisser dans la petite foule, devant chez Glayeux.

— Vous l'avez conservé ?

— Non.

— Bravo, commandant. Pourquoi ?

Danglard mangea plusieurs fois l'intérieur de ses joues avant de se décider à répondre.

— Je ne voulais pas qu'on sache que j'avais gardé un message pour moi. Que j'avais agi avec préméditation. J'avais l'intention, après avoir ramassé l'information, d'inventer une version plausible.

— Par exemple ?

— Que j'avais remarqué un type dans la foule. Que je m'étais renseigné sur lui. Que j'étais allé faire un tour à Cérenay pour en savoir un peu plus. Quelque chose d'anodin.

— Quelque chose de digne, au fond.

— Oui, siffla Danglard. De digne.

— Et c'est manqué, dit Adamsberg en se levant, marchant sur les quelques mètres de la chambre, encerclant le lit du commandant.

— OK, dit Danglard. Je suis tombé dans la fosse à purin et je m'y suis enlisé.

— Ça m'est arrivé avant vous, vous vous souvenez ?

— Oui.

— Donc vous n'inventez rien. Le plus difficile n'est pas d'y tomber, mais de nettoyer après coup. Quel était ce message ?

— Une écriture d'analphabète, avec beaucoup de fautes. Soit réelle, soit déguisée, les deux sont possibles. En tout cas, c'était bien fait si c'était truqué. Surtout le mot « Soillez », qu'il a rayé plusieurs fois.

— Qui disait quoi ?

— De me rendre sur le quai de la gare de Cérenay à 6 h 50 précises. J'ai supposé que le type habitait ce village.

— Je ne crois pas. L'avantage de Cérenay, c'est que les trains y passent. À 6 h 56. Tandis que la gare d'Ordebec est désaffectée. Qu'a dit Merlan sur la drogue ?

Les yeux d'Adamsberg étaient revenus à leur état presque normal, aqueux, « algueux » disaient certains, obligés d'inventer un mot pour décrire cet aspect fondu, indistinct, presque pâteux.

— D'après les premiers résultats, je n'ai plus rien dans le corps. Il pense à un anesthésiant utilisé par les vétérinaires, calculé pour m'assommer un quart d'heure et se volatiliser. Du chlorhydrate de kétamine à faible dose, car je n'ai pas eu d'hallucinations. Commissaire, peut-on arranger quelque chose ? Je veux dire, peut-on faire en sorte que la Brigade ne soit pas informée de cette débandade ?

— Pas d'objection en ce qui me concerne. Mais nous sommes trois à savoir. Ce n'est pas avec moi qu'il faut traiter la chose, c'est avec Veyrenc. Après tout, il pourrait être tenté de prendre sa revanche. Ça pourrait se comprendre.

— Oui.

— Je vous l'envoie ?

— Pas maintenant.

— Au fond, dit Adamsberg en se dirigeant vers la porte, vous n'aviez pas tort en imaginant que vous alliez jouer votre vie à Ordebec. Quant à savoir pourquoi on a voulu vous tuer, commandant, il va vous falloir réfléchir, rassembler tous les petits débris. Trouver ce que le tueur a redouté chez vous.

— Non, cria presque Danglard quand Adamsberg ouvrait la porte. Non, ce n'est pas moi. Le type m'a pris pour vous. Le début de sa lettre commençait par « Commissaire ». C'est vous qu'il voulait tuer. Vous n'avez pas l'air d'un flic de Paris, moi oui. Quand je suis arrivé à la maison de Glayeux, en costume gris, le type a cru que j'étais le commissaire.

— C'est ce que pense aussi Lina. Et je ne sais pas pourquoi elle le pense. Je vous laisse, Danglard, on doit distribuer les tours de ronde autour de la maison de Mortembot.

— Vous allez voir Veyrenc ?

— S'il est réveillé.

— Est-ce que vous pourriez lui dire quelque chose ? De ma part ?

— Sûrement pas, Danglard. Cela, c'est à vous de le faire.

38

Les caractéristiques du lieu d'intervention, selon
l'expression d'Émeri – c'est-à-dire la maison de
Mortembot –, avaient été longuement exposées aux
flics de l'équipe mixte Ordebec-Paris, et les heures
de ronde distribuées. Le demi-homme auquel avait
droit Émeri – le brigadier Faucheur – avait été cédé
à plein temps par la gendarmerie de Saint-Venon,
consciente de l'urgence de la situation. On disposait
de quatre groupes de deux hommes, ce qui permettait de mettre en place quatre rondes de six heures
par vingt-quatre heures. Un homme au côté arrière,
face aux champs, en charge de cette façade et du
flanc est. Un homme à l'avant, responsable du côté
rue et du pignon ouest. La maison n'était pas longue, aucun angle ne resterait sans surveillance. Il
était 14 h 35 et Mortembot, affaissant son gros
corps sur la petite chaise en plastique, transpirait
en écoutant les instructions. Consigné dans la maison jusqu'à nouvel ordre, volets fermés. Il n'était
pas contre. S'il l'avait pu, il aurait prié qu'on
l'enferme dans un caisson de ciment. On régla le
code qui permettrait à Mortembot de s'assurer que
c'était bien un flic qui frappait à sa porte, pour le
ravitaillement et les informations. Le code serait
modifié tous les jours. Interdiction, bien sûr,
d'ouvrir au facteur, à un quelconque coursier

envoyé par ses pépinières, à un ami désireux de nouvelles. Les brigadiers Blériot et Faucheur prendraient la première garde, jusqu'à 21 heures. Justin et Estalère relaieraient jusqu'à 3 heures du matin, Adamsberg et Veyrenc jusqu'à 9 heures, et Danglard et Émeri boucleraient à 15 heures. Adamsberg avait dû négocier, sous des prétextes fallacieux, pour que Danglard et Veyrenc ne tournent pas ensemble – les réconciliations brusquées lui semblant vaines et de mauvais goût. Le programme était établi pour trois jours.

— Mais après les trois jours ? demanda Mortembot, passant et repassant les doigts dans ses cheveux mouillés.

— On avisera, dit Émeri sans douceur. On ne va pas te couver pendant des semaines si on accroche le tueur.

— Mais vous ne l'accrocherez jamais, dit Mortembot, presque geignant. On n'accroche pas le Seigneur Hellequin.

— Parce que tu y crois ? Je pensais que toi et ton cousin étiez des incrédules.

— Jeannot oui. Moi, j'ai toujours pensé qu'il y avait une puissance dans la forêt d'Alance.

— Et tu lui avais dit, ça, à Jeannot ?

— Non non. Il estimait que c'était des inepties d'arriérés.

— Et si t'y crois, tu sais donc pourquoi Hellequin t'a choisi ? Tu sais pourquoi t'as peur de lui ?

— Non, non, je ne sais pas.

— Bien sûr.

— Peut-être parce que j'étais l'ami de Jeannot.

— Et que Jeannot a tué le jeune Tétard ?

— Oui, dit Mortembot en frottant ses yeux.

— Tu l'as aidé ?

— Non, non, parole de Dieu.

— Et ça ne te gêne pas de balancer ton cousin sitôt qu'il est mort ?

— Hellequin exige le regret.

— Ah, c'est pour cela. Pour que le Seigneur t'épargne. Dans ce cas, t'aurais tout intérêt à raconter ce qui s'est passé pour ta mère.

— Non, non. Je n'y ai pas touché. C'est ma mère.

— T'as seulement touché le pied de l'escabeau avec une corde. Tu ne vaux rien, Mortembot. Lève-toi, on va te boucler chez toi. Et puisque tu auras du temps pour penser, mets-toi en règle avec Hellequin, rédige tes confessions.

Adamsberg passa à l'auberge où il trouva Hellebaud installé sur son propre lit, dans le creux du matelas, et Veyrenc réveillé, douché, changé, attablé devant une portion de pâtes réchauffées qu'il mangeait directement dans la casserole.

— On prend le tour de garde tous les deux de 3 heures du matin à 9 heures. Ça ira ?

— Très bien, je me crois à nouveau normal. Voir un train te foncer dessus, c'est indescriptible. J'ai manqué flancher, j'ai manqué laisser Danglard sur les rails et sauter sur le quai.

— Tu seras décoré, dit Adamsberg avec un court sourire. De la médaille d'honneur de la police. Toute la médaille en argent.

— Même pas. Ou il faudrait tout dire et saborder Danglard. Je ne crois pas que le vieux s'en remettrait. L'albatros tombé au sol, l'intelligence déchue.

— Il rame déjà à terre, Louis. Il ne sait pas comment s'extirper de sa débâcle.

— Normal.

— Oui.

— Tu veux des pâtes ? Je ne mangerai pas tout, dit Veyrenc en tendant la casserole.

Adamsberg avalait les pâtes tièdes quand son portable sonna. Il l'ouvrit d'une main et lut le message de Retancourt. Enfin.

D'après Sv 1 à majordome, chev coupés jeudi nuit, cause choc deuil, 3 h du mat. Mais d'après fem chambre virée, déjà coupés jeudi retour soirée. Mais fem ch très vengeresse, témoin suspect. M'en vais. M'occupe voiture.

Adamsberg montra le texte à Veyrenc, le cœur un peu battant.

— Comprends pas, dit Veyrenc.

— Je t'explique.

— Moi aussi je t'explique, dit Veyrenc en baissant ses très longs cils. Ils sont en route.

Veyrenc s'interrompit et dessina le contour de l'Afrique sur une feuille de papier qui avait servi pour une liste de courses.

— *Tu l'as su quand ?* écrivit Adamsberg sous les mots *fromage, pain, briquet, graines pour pigeon.*

— *Message reçu il y a 1 h,* écrivit Veyrenc.

— *De qui ?*

— *D'un ami dont ton fils a le n°.*

— *S'est passé quoi ?*

— *Sont tombés sur un flic à Grenade.*

— *Sont où ?*

— *À Casares, à quinze kilomètres d'Estepona.*

— *C'est où ?*

— *En face de l'Afrique.*

— On sort, dit Adamsberg en se levant. Je n'ai plus faim.

39

— Rien à signaler, dit Justin quand Veyrenc et Adamsberg vinrent prendre la relève, à 2 h 55 du matin.

Adamsberg contourna la maison et rejoignit Estalère qui faisait consciencieusement les cent pas, regardant alternativement la maison et les champs.

— Rien, confirma Estalère. Sauf qu'il ne dort toujours pas, dit-il en désignant la lumière à travers les volets.

— Il a plus de quoi penser que de quoi dormir.

— C'est sûrement ça.

— Qu'est-ce que tu manges ?

— Un sucre. C'est pour bien conserver mon énergie. Vous en voulez un ?

— Non merci, Estalère. Il y a quelque chose qui m'horripile en ce moment avec les sucres.

— Une allergie ? s'inquiéta le brigadier en ouvrant grand ses yeux verts immenses.

Adamsberg n'avait pas pu fermer l'œil non plus, malgré ses tentatives pour faire une provision de sommeil avant sa nuit de garde. Zerk et Mo étaient en danger, au bord de disparaître en Afrique – et pourquoi son Zerk suivait-il à ce point le destin de Mo ? ; le tueur d'Ordebec lui échappait comme l'authentique spectre puant qu'il était, à croire qu'ils avaient tous raison et que nul ne pourrait s'emparer du Seigneur Hellequin à la longue chevelure ; la famille Clermont restait insaisissable mais il y avait cette histoire de mèches courtes. Un élément si faible qu'il se dissolvait à la première inspection. À moins que la femme de chambre congédiée n'ait eu raison et que Sauveur 1, Christian, fût rentré chez lui les cheveux coupés. Sorti à 20 heures les cheveux longs, revenu à 2 heures du matin les cheveux courts. Courts comme quand Mo se rasait la tête, après que le feu l'eut attaqué. Pour qu'on ne voie pas les boucles brûlées, les manques, pour que les flics ne le soupçonnent pas. Mais c'était Christophe et non Christian qui avait raccompagné son père. Et leurs deux costumes étaient impeccables, et n'avaient pas été envoyés au nettoyage.

Adamsberg se concentra sur la surveillance. La lune éclairait assez bien les champs et la lisière du bois, même si, avait signalé Émeri, des nuages s'étaient accumulés à l'ouest. Il semblait qu'après quinze jours de chaleur sans pluie, les Normands commençaient à s'inquiéter de cette anomalie. Cette affaire de nuages à l'ouest tournait à l'idée fixe.

À 4 heures du matin, les lumières étaient toujours allumées dans les deux pièces du rez-de-chaussée, la cuisine et les toilettes. Que Mortembot veille n'avait rien d'étonnant, mais les insomniaques que connaissait Adamsberg éteignaient la plupart des lampes sauf dans la pièce où ils se rencognaient. À moins que Mortembot, glacé de peur, n'ait pas osé laisser la maison dans l'ombre. À 5 heures, il rejoignit Veyrenc.

— Tu trouves cela normal ? lui demanda-t-il.

— Non.

— On contrôle ?

— Oui.

Adamsberg frappa contre la porte les coups convenus. Quatre longs, deux courts, trois longs. Il répéta le code plusieurs fois sans obtenir de réponse.

— Ouvre, dit-il à Veyrenc, et prépare ton arme. Reste à l'extérieur pendant que je vérifie le gars.

Adamsberg, arme au poing et cran levé, parcourut les pièces vides en longeant les murs. Pas de livre ouvert, pas de télévision allumée, pas de Mortembot. Dans la cuisine, les restes d'un repas froid qu'il n'avait pas eu l'énergie de finir. Des habits dans la salle de bains, ceux qu'il portait tout à l'heure au commissariat. Mortembot n'avait pu s'échapper que par le velux du toit, attendre qu'un des flics tourne au coin pour sauter au sol. Il n'avait pas eu confiance, il avait préféré disparaître. Adamsberg ouvrit la porte des toilettes et le gros corps s'écroula sur ses pieds, sur le dos. Le sang avait inondé le sol et Mortembot, le pantalon encore baissé aux cuisses, avait la gorge trouée par un long et épais projectile d'acier. Un carreau d'arbalète, si Adamsberg ne se trompait pas. Il était mort depuis au moins trois heures. La vitre de la lucarne s'était brisée à terre.

Le commissaire rappela Veyrenc.

— Touché net à la gorge pendant qu'il pissait. Regarde la hauteur, dit Adamsberg en se positionnant devant les toilettes, face à la petite fenêtre. Le projectile lui est arrivé droit dans le cou.

— Merde, Jean-Baptiste, la lucarne a un barreau de fer. De part et d'autre, il n'y a pas plus de vingt centimètres de large. C'est quoi cette flèche ? Un archer derrière la fenêtre ? Mais Estalère l'aurait vu, bon Dieu !

— C'est un carreau, un très puissant carreau d'arbalète.

Veyrenc siffla entre ses dents, de colère ou de surprise.

— Pour une arme médiévale, c'en est une.

— Pas tant que cela, Louis. D'après ce qui dépasse de la plaie, je parie pour un carreau pointe chasse. Très contemporain. Léger, solide et précis, muni d'ailettes en lame de rasoir qui provoquent une hémorragie. La mort à coup sûr.

— Si on peut viser, dit Veyrenc en contournant le corps et en appuyant son visage entre le barreau et le montant de la lucarne. Regarde l'espace. Je peux à peine passer mon bras. Avec de la chance, le tireur devait se poster à moins de cinq mètres pour réussir un coup pareil, sans buter contre le barreau. Estalère l'aurait vu. Le réverbère de la rue porte jusque-là.

— Pas avec de la chance, Louis. Avec une arbalète à poulie, la compound par exemple. À quarante mètres, avec une visée et une optique de nuit, l'homme ne ratait pas son coup. À cinquante mètres même, s'il est bon. Et pour posséder une arme pareille, il est sûrement bon. Dans tous les cas de figure, cela veut dire que le tueur était dans les bois, posté juste à l'orée. Tir parfaitement silencieux, il avait tout le temps de s'en aller avant que les flics ne s'aperçoivent du dégât.

— Tu t'y connais en arbalètes ?

— J'ai été tireur d'élite sans le vouloir pendant mon service. Ils m'ont fait tirer avec tous les engins imaginables.

— C'est curieux, dit Veyrenc en se retournant. Il s'est changé.

Adamsberg composait le numéro d'Émeri.

— Changé quoi ? dit-il.

— Ses habits. Mortembot a changé d'habits. Polo et pantalon de sweat gris assortis. Pour quoi faire, alors qu'il était cloîtré seul chez lui ?

— Pour se décrasser de son séjour en prison, non ? Ça paraît normal. Émeri, je te réveille ? Galope. Mortembot est mort.

— Ça ne pouvait pas attendre demain ? demanda Veyrenc.

— Quoi ?

— Pour se changer.

— Merde, Louis, on s'en fout. Il est parti pisser, le tueur attendait ce moment. Mortembot s'est présenté pleine face et pleine lumière devant la lucarne, immobile. Cible parfaite. Il s'est écroulé dans le silence, le Seigneur Hellequin l'a eu, et à l'ancienne encore.

— À l'ancienne remaniée commando, c'est toi qui l'as dit.

— Pour un tir pareil, je ne vois que ça. Mais c'est quand même un engin de plus de trois kilos, et long de presque un mètre. Même repliable, ça ne se glisse pas sous une veste. Il fallait que le gars sache où s'en défaire ensuite.

— Qui possède un truc pareil aujourd'hui ?

— Beaucoup de chasseurs. C'est l'arme typique des braconniers qui jouent gros, à cause de la discrétion. Ça s'appelle encore une « arme de loisir », engin de sixième catégorie, détention libre, considéré comme un jeu ou un sport. Tu parles d'un jeu.

— Pourquoi tu n'y as pas pensé ?

Adamsberg regarda longuement la lucarne, la vitre brisée, le barreau de fer.

— J'ai surtout pensé qu'avec l'obstacle de la vitre, n'importe quel tir aurait forcément dévié. À balle ou à flèche. Le résultat était trop incertain pour qu'un tueur ose tirer par là. Mais regarde bien cette vitre, Louis. C'est cela qu'on n'a pas vérifié.

Émeri entrait dans la maison, avec seulement deux boutons de sa veste fermés.

— Désolé, Émeri, dit Adamsberg. Un carreau d'arbalète à travers la lucarne des toilettes. Quand le gars était en train de pisser.

— La lucarne ? Mais elle a une barre !

— C'est passé, Émeri. Et c'est entré droit dans sa gorge.

— Une arbalète ? Mais c'est seulement bon pour blesser un cerf à dix mètres.

— Pas celle-ci, Émeri. Tu as prévenu Lisieux ?

— Ils arrivent. Tu prends la responsabilité sur toi, Adamsberg. C'est toi le chargé d'enquête. Et c'est tes gars qui étaient de ronde.

— Ils ne peuvent pas voir à quarante mètres dans un bois, mes gars. Et t'aurais dû prévoir l'accès par cette lucarne. C'est toi qui étais chargé de dresser l'inventaire des risques du lieu.

— Et de prévoir un tir d'arbalète à travers un trou de souris ?

— Je dirais un trou de rat.

— Ce trou de rat avait une vitre épaisse, qui aurait fait dévier n'importe quel projectile. Le tireur ne pouvait pas choisir ce passage.

— Regarde la vitre, Émeri. Pas un morceau de verre n'est resté accroché au bois. Elle a été soigneusement prédécoupée, de telle sorte qu'une simple poussée du doigt suffisait à la faire tomber.

— De telle sorte qu'elle n'a pas dévié le tir.

— Non. Et on n'a pas remarqué la rayure du diamant contre le chambranle.

— Ça n'explique pas que le gars ait choisi l'arbalète.

— Pour le silence. Ajoute que le tireur connaissait la maison de la mère de Mortembot. Il y a de la moquette partout, jusque dans les toilettes. La vitre est tombée sans un bruit.

Émeri redressa le col de sa veste, grommelant de déplaisir.

— Dans le coin, dit-il, les gars ont plutôt des fusils. S'il ne voulait pas donner l'alerte, l'assassin pouvait tirer avec un silencé et une balle subsonique.

— Même, ça claque fort. À peu près comme une 22 à air comprimé, et donc bien plus qu'une arbalète.

— On entend quand même le bruit de la corde.

— Mais ce n'est pas un son auquel on s'attend. De si loin, on peut assimiler la vibration à un fort bruissement d'ailes. Et c'est bien une arme d'Hellequin, non ?

— Oui, dit Émeri avec amertume.

— Pense à cela, Émeri. C'est un choix non seulement techniquement parfait, mais artistique aussi. Historique et poétique.

— Il n'a pas poétiquement tiré sur Herbier.

— Disons qu'il évolue. Qu'il raffine.

— Tu penses que le tueur se prend pour Hellequin ?

— Je n'en sais rien. On sait seulement que c'est un excellent arbalétrier. On a au moins cela pour démarrer. Enquêter sur les clubs de tir, éplucher les noms des membres.

— Pourquoi s'est-il changé ? demanda Émeri en regardant le corps de Mortembot.

— Pour se décrasser de la prison, dit Veyrenc.

— Elle est propre, ma cellule. Et les couvertures aussi. Qu'est-ce que tu crois, Adamsberg ?

— Je me demande juste pourquoi toi et Veyrenc vous vous énervez parce qu'il s'est changé. Encore que tout compte, dit-il en montrant la lucarne avec lassitude. Même un trou de rat. Et surtout un trou de rat.

40

Adamsberg participa à la fouille dans les bois jusqu'à 7 heures du matin, rejoint par les cinq autres hommes tirés de leur lit. Danglard paraissait éreinté. Lui non plus, pensa Adamsberg, n'avait pas pu s'endormir, cherchant vainement un lieu calme pour déposer ses pensées, comme on tente de se mettre à l'abri du vent. Mais pour le moment, Danglard n'avait plus d'abri. Son esprit brillant, insoupçonnable de bassesse ou de stupidité, gisait en morceaux à ses pieds.

Aux premières lueurs du jour, on repéra assez rapidement l'endroit où le tueur avait attendu. Ce fut Faucheur qui appela les autres. De manière insolite, il était clair que l'assassin, abrité par un chêne à sept troncs, s'était assis sur un petit tabouret pliant, dont le piètement métallique s'était enfoncé dans le tapis de feuilles.

— Jamais vu ça, dit Émeri, presque scandalisé. Un assassin soucieux de son confort. Le type se prépare à tuer un homme, mais il ne veut pas que ça lui fatigue les jambes.

— Il est vieux peut-être, dit Veyrenc. Ou bien il a du mal à rester debout longtemps. Avant que Mortembot se présente aux toilettes, l'attente pouvait durer des heures.

— Pas si vieux que ça, dit Adamsberg. Pour armer la corde d'une arbalète et encaisser le choc retour, il faut être plutôt costaud. Être assis lui donnait de la précision. Et l'on fait moins de bruit qu'en piétinant debout. À combien est-on de la cible ?

— Je dirais quarante-deux, quarante-trois mètres, dit Estalère qui, comme l'avait toujours affirmé Adamsberg, avait de bons yeux.

— À Rouen, dit Danglard très bas, comme si son éclat perdu l'empêchait désormais de placer sa voix normalement, on conserve le cœur de Richard Cœur de Lion dans la cathédrale, tué au combat par un tir d'arbalète.

— Ah bon ? dit Émeri, toujours revigoré par les affaires glorieuses des champs de bataille.

— Oui. Il fut blessé au siège de Châlus-Chabrol en mars 1199, et il est mort onze jours après de la gangrène. Pour lui au moins, on connaît le nom du meurtrier.

— Qui est ? demanda Émeri.

— Pierre Basile, un petit noblaillon du Limousin.

— Bon sang, en quoi ça nous regarde ? dit Adamsberg, irrité que, dans son désastre, Danglard persiste à dérouler son érudition.

— C'est juste, dit Danglard à voix sourde, que c'est une des plus célèbres victimes de l'arbalète.

— Et après Richard, le lamentable Michel Mortembot, dit Émeri. Décadence complète, conclut-il en secouant la tête.

Les hommes continuèrent à battre la forêt, cherchant sans y croire la trace des pas du meurtrier. Le tapis de feuilles était desséché par l'été et ne gardait pas les empreintes. C'est Émeri qui les siffla trois quarts d'heure plus tard, les regroupant à quelques mètres de la lisière opposée du bois. Il avait achevé de boutonner sa veste et les attendait, à nouveau très droit, devant un carré de terre fraîchement remué, mal recouvert de feuilles éparses.

— L'arbalète, dit Veyrenc.

— Je le crois, dit Émeri.

La fosse n'était pas profonde, d'une trentaine de centimètres, et les brigadiers dégagèrent rapidement une housse en plastique.

— C'est cela, dit Blériot. Le gars n'a pas eu envie de détruire son arme. Il l'a enterrée ici pour parer au plus pressé. Il a dû préparer la fosse avant.

— Comme il a découpé la vitre avant.

— Comment aurait-il pu deviner que Mortembot se cloîtrerait ici ?

— Pas sorcier de deviner qu'après la mort de Glayeux, Mortembot réintégrerait la maison de sa mère, dit Émeri. Très mal enterrée, ajouta-t-il avec une moue en désignant la fosse. Comme il a très mal caché la hache.

— Possible qu'il soit borné, dit Veyrenc. Qu'il soit très efficace dans l'immédiat mais incapable de penser le long terme. Une organisation mentale avec des blancs, des manques.

— Ou bien l'arme appartient à quelqu'un, comme la hache, dit Adamsberg, dont la tête commençait à lui tourner de fatigue, par exemple à un Vendermot. Et le tueur a bien l'intention qu'on la trouve.

— Vous savez ce que je pense d'eux, dit Émeri. Mais je ne crois pas qu'Hippo possède une arbalète.

— Et Martin ? Toujours fourré dans la forêt à butiner ?

— Je ne le vois pas capturer ses bestioles avec une commando. Mais celui qui en possédait sans doute une, c'est Herbier.

— Il y a deux ans, confirma Faucheur, on a trouvé une laie avec un carreau dans le flanc.

— Le tueur a pu facilement prendre l'arme chez lui après sa mort, avant qu'on ne pose les scellés.

— Encore que, dit doucement Adamsberg, il y ait toujours moyen de briser et refaire des scellés.

— Faut être un professionnel.

— C'est vrai.

L'équipe d'Émeri emporta le matériel pour son transfert à Lisieux, clôtura la zone de la fosse et celle du tabouret, laissant Blériot et Faucheur en surveillance dans l'attente de l'équipe technique.

Ils revinrent à la maison de Mortembot en même temps que le Dr Merlan, appelé pour les premières constatations. La médecin légiste était retenue à Livarot, où un ardoisier avait chuté d'un toit. Rien de criminel en apparence, mais les gendarmes avaient préféré l'appeler en raison du commentaire de l'épouse, qui avait signalé avec un haussement d'épaules que son mari était « boursouflé de cidre comme une panse de vache ».

Merlan observa le corps de Mortembot et secoua la tête.

— Si on ne peut plus pisser tranquille, dit-il simplement.

Une oraison funèbre un peu fruste, songea Adamsberg, mais non dénuée de justesse. Merlan confirma que le tir avait dû avoir lieu entre 1 heure et 2 heures du matin, en tous les cas avant 3 heures. Il ôta le carreau sans déplacer le corps, afin de laisser les choses en l'état pour sa collègue.

— Foutu truc de sauvage, dit-il en l'agitant devant Adamsberg. C'est ma collègue qui l'ouvrira mais, vu l'impact, le carreau a traversé le larynx jusqu'à l'œsophage. Je pense qu'il est mort d'étouffement avant que l'hémorragie n'ait fait son œuvre. On le rhabille ?

— On ne peut pas, docteur. Faut que les techniciens passent.

— Quand même, dit Merlan avec une grimace.

— Oui, docteur, je sais.

— Et vous, dit Merlan en regardant fixement Adamsberg, vous feriez bien d'aller dormir en vitesse. Lui aussi, ajouta-t-il en désignant Danglard d'un simple signe du pouce. Il y en a qui ne se reposent pas assez ici. Ça va tomber comme des quilles sans même qu'on lance la boule.

— Vas-y, dit Émeri en donnant une légère tape sur l'épaule d'Adamsberg. J'attendrai les gars. Moi et Blériot, on a dormi.

Hellebaud avait laissé dans la chambre des signes de sa promenade matinale en abandonnant des graines un peu partout. Mais il était revenu occuper la chaussure gauche et roucoula à la vue d'Adamsberg. Cette affaire de chaussure, si contre nature fût-elle, avait au moins un grand avantage. Le pigeon ne déposait plus ses fientes à la volée dans toute la pièce, mais strictement dans cette chaussure. Quand il aurait dormi, il gratterait l'intérieur. Avec quoi ? se demanda-t-il en se roulant dans le trou du matelas. Un couteau ? Une petite cuiller ? Un chausse-pied ?

La violence de cette pointe chasse l'avait écœuré, ces ailes tranchantes trouant le type en pleine pissée. Beaucoup plus que la mie de pain bourrée dans la gorge de la vieille femme, Tuilot Lucette, méthode qui, par son aspect inédit et rudimentaire, avait quelque chose d'un peu touchant. Et Danglard l'avait irrité avec son commentaire sur Richard Cœur de Lion, pour ce qu'on en avait à faire. Veyrenc de même, qui se demandait pourquoi Mortembot avait changé d'habits. Irritation rapide et peu juste, qui prouvait son état de fatigue. Mortembot avait ôté sa veste bleue – qui devait sentir l'odeur de la cellule,

quoi qu'on en dise, ne serait-ce que celle de l'anti-
septique –, et il avait enfilé une tenue de coton gris
pâle, pantalon gansé de gris foncé. Et après ? Et si
Mortembot avait eu besoin de confort ? Ou d'élé-
gance ? Émeri l'avait agacé également, avec sa
manière de lui annoncer à nouveau qu'il lui aban-
donnait toute la responsabilité du désastre. Lâche
soldat, Émeri. Ce troisième meurtre allait achever
d'embraser Ordebec, puis la région tout entière. Les
journaux locaux étaient déjà emplis de la fureur
meurtrière d'Hellequin, quelques courriers de lec-
teurs pointaient le doigt vers les Vendermot sans
encore les nommer, et il lui avait semblé la veille
que les rues s'étaient vidées au soir plus rapidement
que d'habitude. Et à présent que le tueur assassinait
de loin à l'arbalète, nul n'était plus à l'abri dans son
trou de rat. Et lui encore moins, qu'on avait voulu
couper en trois morceaux sous un train. Si le meurtrier avait pu savoir à quel point il était ignorant et
démuni, il ne se serait pas donné la peine de convo-
quer un train pour le détruire. Peut-être la poitrine
de Lina lui barrait-elle toute visibilité sur la faute
de la famille Vendermot.

41

Adamsberg ouvrit les yeux trois heures plus tard, attentif au vacarme d'une mouche qui traversait la chambre d'un bout à l'autre comme une furie, sans avoir paru remarquer, tel Hellebaud, que la fenêtre était grande ouverte. À ce premier instant d'éveil, il ne pensa ni à Mo et Zerk au bord du péril, ni aux morts du Seigneur Hellequin, ni à la vieille Léo. Il se demanda seulement pourquoi il avait cru que la veste que portait Mortembot dans sa cellule était bleue, alors qu'elle était marron.

Il ouvrit la porte, répandit un peu de grain sur le seuil pour engager Hellebaud à s'aventurer à au moins un mètre de la chaussure, et partit se préparer un café dans la cuisine. Danglard y était installé, silencieux, le visage penché sur un journal qu'il ne lisait pas, et Adamsberg commença d'éprouver quelque compassion pour son vieil ami incapable de sortir de sa fosse à purin.

— Ils disent dans *Le Reportage d'Ordebec* que les flics de Paris n'en captent pas une. Pour résumer.

— Ils n'ont pas tort, dit Adamsberg en versant de l'eau sur le marc.

— Ils rappellent que, déjà, en 1777, le Seigneur Hellequin avait aplati la maréchaussée sous sa botte sans coup férir.

— Ce n'est pas faux non plus.

— Il y a néanmoins un truc. Rien à voir avec l'enquête mais j'y pense tout de même.

— S'il s'agit du cœur de Richard, ce n'est pas la peine, Danglard.

Adamsberg sortit dans la grande cour en laissant l'eau bouillir sur le gaz. Danglard secoua la tête, leva un corps qui lui sembla dix fois plus lourd que d'habitude, et acheva de passer le café. Il se rapprocha de la fenêtre pour voir Adamsberg tourner sous les pommiers, les mains enfoncées dans les poches de son pantalon déformé, le regard – à ce qu'il lui sembla – vide, déserté. Danglard se préoccupait du café – fallait-il l'apporter dehors ? ou le boire seul sans le prévenir ? – tout en surveillant la cour du coin de l'œil. Adamsberg disparut de son champ de vision, puis émergea de la cave et revint vers la maison d'un pas un peu rapide. Il s'assit d'un bloc sur le banc, sans sa souplesse habituelle, posa ses deux mains à plat sur la table et le fixa raidement sans parler. Danglard, qui ne se sentait plus en ce moment le droit de questionner ou critiquer, plaça deux tasses sur la table et servit le café comme une bonne épouse, faute de savoir mieux faire.

— Danglard, dit Adamsberg, de quelle couleur était la veste de Mortembot, quand il était à la gendarmerie ?

— Marron.

— Exactement. Et moi je l'ai vue bleue. Enfin, en y pensant plus tard, j'ai dit « bleue ».

— Oui ? dit Danglard prudemment, plus alarmé des phases de fixité d'Adamsberg que lorsque la lumière s'allumait dans ses yeux algueux.

— Et pourquoi, Danglard ?

Le commandant porta sa tasse à ses lèvres, muet. L'idée le tentait d'y verser une goutte de calva, comme ils le faisaient ici pour « animer le corps », mais il pressentait que ce geste, à 3 heures de l'après-midi, risquait de réveiller la colère à peine apaisée d'Adamsberg. Surtout depuis que *Le Reportage d'Ordebec* publiait qu'ils n'en captaient pas une et aussi – il l'avait tu au commissaire – qu'ils n'en foutaient pas une. Ou bien au contraire, Adamsberg était tellement ailleurs qu'il ne s'en apercevrait pas. Il allait se lever pour prélever cette petite goutte quand Adamsberg tira de sa poche un paquet de photographies qu'il étala devant lui.

— Les frères Clermont-Brasseur, dit-il.

— D'accord, dit Danglard. Les photos que vous a données le comte.

— Précisément. Habillés pendant la fameuse soirée. Ici Christian, en veste bleue à fines rayures, ici Christophe, avec son blazer de yachtman.

— Vulgaire, jugea Danglard à voix basse.

Adamsberg sortit son portable, fit défiler quelques images et le tendit à Danglard.

— Voici la photo envoyée par Retancourt, celle du costume que portait Christian en rentrant chez lui le soir. Costume qui n'a pas été envoyé chez le teinturier, pas plus que celui de son frère. Elle a contrôlé.

— Alors on doit la croire, dit Danglard en examinant le petit cliché.

— Costume bleu rayé pour Christian. Vous le voyez ? Pas brun.

— Non.

— Alors pourquoi ai-je pensé que la veste de Mortembot était bleue ?

— Par erreur.

— Parce qu'il s'est *changé*, Danglard. Vous voyez le lien à présent ?

— Franchement non.

— Parce que je savais, au fond, que Christian s'était *changé*. Comme l'a fait Mortembot.

— Et pourquoi Mortembot s'est-il changé ?

— Mais on se fout de Mortembot, s'énerva Adamsberg. On croirait que vous faites exprès de ne pas comprendre.

— N'oubliez pas que je suis quand même passé sous un train.

— C'est vrai, reconnut brièvement Adamsberg. Christian Clermont *s'est changé*, et c'était sous mes yeux depuis des jours. À ce point sous mes yeux que lorsque j'ai pensé à la veste de Mortembot, je l'ai vue bleue. Comme celle de Christian. Comparez bien, Danglard : le costume que porte Christian pendant la réception, et celui photographié par Retancourt, c'est-à-dire celui avec lequel il est rentré ce soir-là chez lui.

Adamsberg posa devant Danglard la photo donnée par le comte et, en parallèle, celle du portable. Il sembla réaliser qu'il y avait du café devant lui et avala la moitié de sa tasse.

— Alors, Danglard ?

— Je ne le remarque que parce que vous l'avez dit. Les deux costumes de Christian sont quasi semblables, d'un même bleu tous les deux, mais en effet, ce ne sont pas les mêmes.

— Voilà, Danglard.

— Rayures moins fines sur le second costume, revers plus larges, emmanchures plus étroites.

— Voilà, répéta Adamsberg en souriant, puis se levant, marchant à pas longs depuis la cheminée jusqu'à la porte. Voilà. Entre le moment où Christian a quitté la soirée vers minuit et celui où il est rentré chez lui vers 2 heures, il s'est changé. C'est très bien fait, c'est à peine perceptible, mais la chose est là. Le costume qu'il a envoyé le lendemain au pressing, ce n'est pas en effet celui qu'il avait sur le dos en rentrant, Retancourt ne s'est pas trompée. Mais c'est celui qu'il portait à la soirée. Et pourquoi, Danglard ?

— Parce qu'il puait l'essence, dit le commandant en retrouvant un faible sourire.

— Et il puait l'essence parce que Christian a foutu le feu à la Mercedes, avec son père bouclé dedans. Autre chose, ajouta-t-il en frappant de la main sur la table, il s'est coupé les cheveux avant de rentrer. Reprenez les photos : à la soirée, coupe un peu longue, mèche sur le front. Vous voyez ? Mais quand il revient chez lui, selon la femme de chambre qu'il a virée, ils sont très courts. Parce que, comme c'est souvent arrivé à Mo, le souffle ardent de l'incendie lui a brûlé des cheveux, et que les manques se voyaient. Alors il les a coupés, égalisés, et il a enfilé un autre costume. Et que dit-il à son valet de chambre le lendemain ? Que dans la nuit, il s'est rasé la tête, en réflexe de deuil, pense-t-on, en acte de désespoir. Christian-mèche-courte.

— Pas de preuve directe, dit Danglard. La photo de Retancourt n'a pas été prise le soir même, et rien ne prouve qu'elle – ou la femme de chambre qui l'a renseignée – ne se soit pas trompée de costume. Ils sont si semblables.

— On peut trouver des cheveux dans la voiture.

— Depuis le temps, tout a dû être nettoyé.

— Pas forcément, Danglard. C'est très ardu d'ôter tous les petits cheveux coupés, surtout sur le tissu d'un appuie-tête, si on a la chance que l'intérieur de la voiture soit en tissu. On peut supposer que Christian a un peu hâté le travail, d'autant qu'il pensait ne rien risquer. Ni même subir le moindre interrogatoire. Retancourt doit examiner la voiture.

— Comment aura-t-elle l'autorisation d'accéder au véhicule ?

— Elle ne l'aura pas. Troisième preuve, Danglard. Le chien, le sucre.

— L'histoire de votre Léo.

— Je parle de l'autre chien, de l'autre sucre. Nous traversons une période infestée de sucres, commandant. Certaines années, ce sont des nuées de coccinelles qui s'abattent au sol, et d'autres fois, ce sont des sucres.

Adamsberg chercha les messages de Retancourt concernant la femme de chambre brusquement congédiée et les fit lire au commandant.

— Je ne saisis pas, dit Danglard.

— C'est parce que vous êtes passé sous un train. Avant-hier, sur la route, Blériot m'a demandé de donner moi-même un sucre à Flem. Il venait de bricoler le moteur de la voiture et il m'a expliqué que Flem refusait le sucre quand ses mains sentaient l'essence.

— Très bien, dit Danglard plus vivement, se levant pour aller chercher le calva dans le bas de l'armoire.

— Que faites-vous, Danglard ?

— Je prends une seule goutte. C'est pour égayer le café, et donc ma fosse à purin.

— Merde, commandant, c'est le calva de Léo, celui que lui offre le comte. De quoi aura-t-on l'air quand elle rentrera ? D'une armée d'occupation ?

— D'accord, dit Danglard en versant rapidement la goutte pendant qu'Adamsberg allait vers la cheminée, lui tournant un instant le dos.

— C'est pour cela que la femme de chambre a été virée. Christian s'était changé, nettoyé, mais ses mains sentaient encore l'essence. C'est une odeur qui vous colle à la peau pendant des heures. Une odeur qu'un chien détecte sans faillir. C'est ce que Christian a compris quand l'animal s'est détourné du sucre. Sucre que la femme de chambre avait ramassé. Et qu'elle a critiqué. Il devait donc se débarrasser du morceau pollué. Et de la femme de chambre, qu'il a congédiée sur-le-champ.

— Il faudrait qu'elle témoigne.

— Sur cela et sur les cheveux coupés. Elle n'est pas la seule à avoir vu Christian ce soir-là. Il y a les deux flics qui sont venus lui annoncer la nouvelle. Ensuite, il est allé s'enfermer dans sa chambre. Il faut en savoir plus sur la phrase de Retancourt : *fem chambre critique sucre*. Qu'est-ce qu'elle critique ? Vous lancez Retancourt là-dessus dès ce soir.

— Ce soir où ?

— À Paris, Danglard. Vous rentrez, vous informez Retancourt et vous repartez comme une ombre.

— Pour Ordebec ?

— Non.

Danglard avala son café-calva, réfléchit pendant un instant. Adamsberg manipula les deux portables et en ôta les batteries.

— Vous voulez que j'aille chercher les gosses ? C'est cela ?

— Oui. Vous ne mettrez pas très longtemps à les trouver dans Casares. En Afrique en revanche, ce serait une autre affaire. Si des flics les ont repérés à Grenade, ils peuvent très bien commencer à fouiner dans les villes de la côte, à l'heure où l'on parle. Il faut arriver avant eux, Danglard. Vous foncez et vous les ramenez.

— Ça me paraît trop tôt.

— Non, je pense que notre accusation tiendra. Il faudra organiser leur retour avec tact. Zerk semblera rentrer d'Italie, appelé là-bas par quelque affaire sentimentale, et Mo sera cueilli au domicile d'un ami. Le père de l'ami flanche et le dénonce. Ce sera plausible.

— Comment je vous joins ?

— Appelez-moi au Sanglier bleu, en termes codés. Convenons qu'à partir de demain, j'y dîne tous les soirs, moi ou Veyrenc.

— Sanglier courant, rectifia mécaniquement Danglard, qui laissa soudain tomber ses longs bras mous. Mais c'est l'autre, bon sang, c'est Christophe qui conduisait la Mercedes. Christian avait déjà quitté la soirée.

— Ils s'y sont mis à deux. Christian a pris sa propre voiture bien plus tôt, il l'a garée à proximité de la Mercedes, puis il a attendu la sortie de son frère. Il était prêt, avec des baskets neuves aux pieds. Mais qu'il a lacées comme un vieil ignorant. Quand Christophe s'est éloigné de la Mercedes en laissant leur père bouclé là-dedans, soi-disant cherchant son portable qu'il avait en effet laissé tomber sur le trottoir, Christian a versé l'essence, foutu le feu, puis rejoint sa voiture en vitesse. Christophe était donc assez loin quand le feu a pris, il a appelé les flics, il a même couru devant témoins. Christian a achevé l'opération : il a déposé les chaussures chez Mo – la porte est pourrie et s'ouvre avec un crayon –, il s'est changé, il a rangé son costume dans son coffre. Et il s'aperçoit qu'une partie de ses cheveux a brûlé. Il se rase la tête. Le lendemain, il récupère son costume et le fait nettoyer. Il ne reste plus qu'à enfoncer Mo.

— Et pourquoi Christian aurait-il eu un rasoir sur lui ?

— Ces types ont toujours un sac de voyage prêt dans leur coffre. Pour sauter dans un avion pour un oui pour un non. Donc il avait un rasoir.

— Le juge refusera d'entendre, dit Danglard en secouant la tête. Les murailles sont impassables, le système est clos.

— On entrera donc par le système. Je ne crois pas que le comte de Valleray appréciera que les deux frères aient fait brûler son vieil ami Antoine. Et donc il poussera.

— Quand dois-je partir ?

— Je crois que c'est maintenant, Danglard.

— Je n'aime pas vous laisser seul face au Seigneur Hellequin.

— Je ne crois pas que ce soit Hellequin qui attaque avec le rapide Caen-Paris. Ni avec une arbalète de commando.

— Fautes de goût.

— Oui.

42

Danglard achevait de charger son bagage dans le coffre d'une des voitures quand il aperçut Veyrenc dans la cour. Il n'avait pas encore trouvé la force ni les mots, ni l'humilité certainement, pour parler au lieutenant. La mort de Mortembot avait permis de reporter l'épreuve. La simple idée de lui tendre la main en disant « merci » lui paraissait solennellement ridicule.

— Je vais rejoindre les gosses, dit-il un peu piteusement en arrivant à sa hauteur.

— Risqué, dit Veyrenc.

— Adamsberg a trouvé le passage. Le trou de rat pour entrer chez les Clermont. On a peut-être de quoi asseoir l'accusation contre les deux frères.

Le regard de Veyrenc s'éclaircit, sa lèvre se retroussa sur son dangereux sourire de fille. Danglard se souvint qu'il aimait son neveu Armel, dit Zerk, comme son propre fils.

— Là-bas, dit Veyrenc, vérifiez un truc. Qu'Armel n'ait pas fauché au passage le pistolet du grand-père.

— Adamsberg a dit qu'il ne savait pas tirer.

— Il ne connaît pas ce garçon. Il sait très bien tirer.

— Bon Dieu, Veyrenc, dit Danglard en oubliant pour un instant la pesanteur qui embarrassait son dialogue. J'avais un truc à dire à Adamsberg, rien à

voir avec l'enquête, mais un truc tout de même. Vous
pouvez lui transmettre ?

— Dites.

— À l'hôpital, j'ai ramassé le châle qui était tombé
des épaules de Lina. Quelle que soit la chaleur, elle
serre toujours ce bout de tissu sur elle. Puis j'ai aidé
le médecin à transporter le comte quand il a tourné
de l'œil. On l'a mis torse nu, il se révoltait tant qu'il
pouvait. Là, dit Danglard en posant son majeur sur
le haut de son omoplate gauche, il a sur la peau
une tache violette assez moche, un peu comme un
cloporte de deux centimètres de long. Eh bien, Lina
a la même.

Les deux hommes échangèrent un regard, presque
direct.

— Lina Vendermot est la fille de Valleray, dit
Danglard. Aussi sûr que j'ai traversé la fosse à purin.
Et comme elle et son frère Hippo se ressemblent
comme deux gouttes d'eau, blond cendré comme un
champ de lin, ils font la paire. En revanche, les deux
bruns, Martin et Antonin, sont sûrement du père
Vendermot.

— Merde. Ils le savent ?

— Le comte, assurément. C'est pourquoi il se
débattait pour qu'on ne le mette pas torse nu. Les
gosses, je n'en sais rien. Ça n'en a pas l'air.

— Mais pourquoi Lina cacherait-elle sa tache ?

— C'est une femme. Ce cloporte est très disgra-
cieux.

— Je cherche ce que cela peut changer aux
manœuvres d'Hellequin.

— Pas eu le temps d'y penser, Veyrenc. Je vous
laisse le chantier, dit-il en lui tendant la main. Merci,
ajouta-t-il.

Il l'avait fait. Il l'avait dit.

Comme la plus ordinaire des personnes. Comme
le plus commun des hommes pour une médiocre

résolution de drame, se dit-il en s'essuyant les paumes avant de se mettre au volant. Serrer la main, dire merci, c'était facile sans doute, usé, éventuellement courageux, mais c'était fait, et mérité. Il en dirait plus après, s'il y parvenait. Une brusque bouffée d'allégresse hargneuse le fit se redresser quand il prit la route, à l'idée qu'Adamsberg avait mis la main sur les assassins du vieux Clermont. Grâce à la veste de Mortembot et peu importe sa méthode, il n'était pas certain d'avoir bien suivi l'enchaînement. Mais le dispositif était en place et, sur l'instant, cela le consola beaucoup des turpitudes du monde, et très modérément des siennes.

À 9 heures du soir, il rejoignait Retancourt à la terrasse d'un petit restaurant en bas de son immeuble, en Seine-Saint-Denis. Chaque fois qu'il revoyait Violette, même après trois jours, il la trouvait plus grande et plus grosse que dans son souvenir et il en était impressionné. Elle était assise sur une chaise en plastique dont les pieds s'écartaient sous son poids.

— Trois choses, récapitula Retancourt, qui avait passé peu de temps à s'informer des états d'âme de ses collègues coincés dans le bourbier d'Ordebec, la vibration sensible n'étant pas son meilleur terrain. La voiture de Sauveur 1, Christian. Je me suis informée, elle est parquée dans leur garage privé, avec celles du frère et des épouses. Si je veux l'examiner, il va falloir que je la sorte de là. Donc couper la sécurité, et brancher les fils. Noël saura faire ça d'un claquement de doigts. Ensuite, je ne prends pas le risque de la rapporter, ils se débrouilleront pour remettre la main dessus, ce n'est pas notre problème.

— On ne pourra pas utiliser les prélèvements si on n'a pas suivi la voie officielle.

— Mais on n'aura jamais d'autorisation officielle. On procède donc autrement. Cueillette illicite des indices, montage du dossier, et assaut ensuite.

— Admettons, dit Danglard qui remettait rarement en question les manœuvres assez brutales du lieutenant.

— Deuxième point, dit-elle en posant son doigt puissant sur la table, le costume. Celui qui est passé discrètement chez le teinturier. La vapeur d'essence, de même que les cheveux, surtout les tout petits, sont des éléments difficiles à éradiquer. Avec un peu de chance, il en reste des vestiges fugaces dans le tissu. Évidemment, il faut voler le costume.

— Problème.

— Pas tant que cela. Je connais les horaires, je sais à quel moment Vincent, le majordome, est chargé de la porte. Je viens avec un sac, j'explique que j'ai oublié une veste à l'étage, ou quoi que ce soit d'autre, et j'avise.

Impréparation, culot et confiance, tous moyens que Danglard n'utilisait jamais.

— Quel prétexte avez-vous donné pour votre départ ?

— Que mon époux était à mes trousses, qu'il m'avait retrouvée, que je devais fuir pour ma sécurité. Vincent m'a exprimé sa compassion mais il a semblé surpris que je sois mariée, et plus encore qu'un époux me recherche avec autant d'obstination. Je ne crois même pas que Christian se soit aperçu de mon départ. Troisième point, le sucre. Donc la femme de chambre, Leila. Elle est ulcérée, elle parlera à coup sûr si elle se rappelle quelque chose. Sur le sucre ou sur les cheveux coupés. Comment Adamsberg a-t-il pensé à un changement de costume ?

— Je ne saurais vous le dire exactement, Violette. Ça tenait par des fils d'araignée qui n'étaient pas complets et n'allaient pas tous dans le même sens.

— Je vois très bien, dit Retancourt, qui s'était souvent opposée au nébuleux système mental du commissaire.

— À l'arrestation des Clermont-Brasseur, dit Danglard en emplissant le verre de Retancourt, à seule fin de pouvoir s'en servir un autre. Ce sera beau à voir, moral, hygiénique et satisfaisant, mais ce sera court. L'empire passera aux neveux et tout recommencera. Vous ne pourrez pas me donner de nouvelles sur mon portable. Faites votre rapport à Adamsberg au Sanglier courant, le soir. C'est un restaurant d'Ordebec. S'il vous dit de le rappeler au Sanglier bleu, ne vous en faites pas, il s'agit du même endroit, mais il n'arrive pas à se souvenir du nom. Je ne sais pas pourquoi il tient à ce que ce sanglier soit bleu. Je vous écris le numéro.

— Vous partez, commandant ?

— Oui, ce soir.

— Sans qu'on puisse vous joindre ? C'est-à-dire, sans qu'on puisse vous repérer ?

— C'est cela.

Retancourt hocha la tête sans manifester de surprise, ce qui fit craindre à Danglard qu'elle n'ait compris l'essentiel de leur trafic avec Mo.

— Donc vous comptez filer sans qu'on vous voie ?

— Oui.

— Et comment pensez-vous vous y prendre ?

— Furtivement. À pied, en taxi, je ne sais pas encore.

— Mauvais, cela, dit Retancourt en secouant la tête avec désapprobation.

— Je n'ai pas mieux.

— Moi si. On remonte chez moi pour un dernier verre, ça paraît naturel. De là, mon frère vous emmène. Vous savez que Bruno est un mauvais sujet ? Très connu de tous les flics de la zone ?

— Oui.

— Et si inoffensif et maladroit que quand ils l'arrêtent au volant, ils lui font un petit signe et le laissent repartir. Il n'est pas doué pour grand-chose mais il sait conduire. Il peut vous emmener cette nuit jusqu'à Strasbourg, Lille, Toulouse, Lyon ou autre lieu. Quelle direction conviendrait le mieux ?

— Disons Toulouse.

— Très bien. De là, vous prenez un train pour où bon vous semble.

— Ça semble parfait, Violette.

— Sauf votre habillement. Où que vous alliez, à supposer que vous ne souhaitiez pas être repéré comme un Parisien, ce n'est pas bon. Vous prendrez deux costumes de Bruno, ce sera un peu long aux jambes, un peu serré au ventre, mais rien d'impossible. Et ce sera un peu voyant. Ça ne va pas vous plaire. Une allure un rien vantarde, avantageuse.

— Vulgaire ?

— Assez, oui.

— Ça fera l'affaire.

— Une dernière chose. Larguez Bruno dès votre arrivée à Toulouse. Ne le mettez pas dans vos ennuis, il en a son lot.

— Ce n'est pas mon habitude, dit Danglard en pensant simultanément qu'il avait manqué causer la mort de Veyrenc.

— Comment va le pigeon ? demanda simplement Retancourt en se levant.

Trente-cinq minutes plus tard, Danglard quittait Paris allongé sur le siège arrière de la voiture du frère, dans un costume en mauvais tissu qui le serrait aux manches, et muni d'un nouveau portable.

Vous pouvez dormir, avait dit Bruno. Danglard ferma les yeux, se sentant, au moins jusqu'à Toulouse, protégé par le bras puissant et souverain du lieutenant Violette Retancourt.

43

— Comme un cloporte ? répéta Adamsberg pour la seconde fois.

Il n'était revenu de la gendarmerie puis de l'hôpital qu'à 7 heures du soir. Veyrenc l'attendait devant l'entrée du chemin de l'auberge et il lui résuma l'essentiel de la récolte. La recherche des techniciens de Lisieux était stérile, le tabouret du tueur était de ce type commun utilisé par tous les pêcheurs, l'arbalète était bien celle d'Herbier, elle ne portait que ses empreintes, Estalère et Justin avaient regagné la Brigade et Léo retrouvait une partie de sa force tout en restant muette.

— Un cloporte de deux centimètres. Sur l'omoplate gauche de Valleray et sur celle de Lina.

— Comme une sorte de gros insecte peint dans le dos ?

— Je ne voudrais pas t'accabler comme Danglard mais le cloporte n'est pas un insecte. C'est un crustacé.

— Un crustacé ? Comme une crevette, tu veux dire ? Une crevette sans eau ?

— Une petite crevette de terre, oui. La preuve, il a quatorze pattes. Les insectes ont six pattes. C'est comme cela que tu comprends que les araignées, qui en ont huit, ne sont pas non plus des insectes.

— Tu te fous de moi ? Tu essaies de me dire que les araignées sont des crevettes de terre ?

En même temps que Veyrenc ouvrait des routes de science à Adamsberg, il se demandait pourquoi le commissaire ne réagissait pas à l'annonce qu'Hippolyte et Lina étaient les enfants naturels de Valleray.

— Non, ce sont des arachnides.

— Ça modifie quelque chose, dit Adamsberg en se mettant lentement en marche sur le chemin. Mais quoi ?

— Ça ne modifie pas tellement la vision qu'on a du cloporte. C'est un crustacé qu'on ne mange pas, voilà tout. Encore qu'on peut se demander ce que Martin en fait.

— Je te parle de Valleray. Si un type a une marque comme cela dans le dos, et si deux autres personnes l'ont, ils sont forcément de la même famille ?

— C'est certain. Et la description de Danglard était précise. Taille deux centimètres, teinte violette, corps en ovale allongé, et comme deux antennes sur la partie supérieure.

— Un crustacé, quoi.

— Oui. Si tu tiens compte du fait que Valleray ne voulait pas qu'on le dénude, tu peux en déduire à coup sûr qu'il sait que cette tache peut le trahir. Donc il sait que les deux enfants Vendermot sont de lui.

— Mais eux ne le savent pas, Louis. Hippo m'a dit, et c'était hargneusement sincère, que la seule chose qu'il regrettait dans sa vie, c'était d'être le fils de son fumier de père.

— Cela signifie que le comte se garde bien de le leur dire. Il s'est occupé d'eux petits, il en a confié l'éducation à Léo, il a abrité le jeune Hippo quand il l'a senti menacé mais il a refusé de reconnaître ses enfants. Qu'il laisse vivoter avec leur mère, conclut sèchement Veyrenc.

— La crainte du scandale, la stabilité de l'héritage. Assez moche finalement, le comte de Valleray.

— Tu l'avais trouvé sympathique ?

— Ce n'est pas le mot. Je l'avais trouvé franc et décidé. Généreux aussi.

— Il serait plutôt sournois et lâche.

— Ou bien fixé sur le rocher de ses ancêtres sans oser en bouger. Comme une anémone. Non, je t'en prie, ne me dis pas ce que sont les anémones. Un mollusque, je suppose.

— Non, un cnidaire.

— Très bien, admit Adamsberg, un cnidaire. Assure-moi juste qu'Hellebaud est un oiseau et tout ira bien.

— C'est un oiseau. Enfin c'était. Depuis qu'il confond ta chaussure avec son milieu naturel, les choses changent.

Adamsberg prit une cigarette à Veyrenc et poursuivit sa marche lente.

— Après que le comte a épousé Léo tout jeune, dit-il, il a cédé aux pressions du clan Valleray et il a divorcé pour épouser une femme bien née, veuve avec un fils.

— Denis de Valleray n'est pas son fils ?

— Cela, Louis, tout le monde le sait. C'est le fils de la mère, il l'a adopté à l'âge de trois ans.

— Pas d'autres enfants ?

— Pas officiellement. On chuchote que le comte est stérile, on sait maintenant que c'est faux. Imagine qu'Ordebec apprenne qu'il a eu deux enfants d'une femme de ménage.

— La mère Vendermot était employée au château ?

— Non. Mais elle a travaillé pendant une quinzaine d'années dans une sorte d'hôtel-château aux environs d'Ordebec. Ça a dû être une fille irrésistible, si elle avait la poitrine de Lina. Je t'ai déjà parlé de la poitrine de Lina ?

— Oui. Et même je l'ai vue. Je l'ai croisée quand elle sortait de son étude.

— Et qu'as-tu fait ? demanda Adamsberg avec un rapide coup d'œil au lieutenant.

— Comme toi. Je l'ai regardée.

— Et alors ?

— Et alors tu as raison. On ressent comme une fringale.

— C'est dans cet hôtel-château que le comte retrouvait sans doute la jeune mère Vendermot. Résultat, deux enfants. Du côté de la mère, le comte n'avait rien à craindre. Elle n'allait pas crier sur les toits qu'Hippo et Lina étaient les enfants du comte. Parce que, tel qu'on nous décrit le père Vendermot, il aurait pu la tuer, et pourquoi pas les petits avec.

— Elle aurait pu en parler après sa mort.

— Question de déshonneur, toujours, dit Adamsberg en secouant la tête. Elle a sa réputation.

— Et donc Valleray était tranquille. Sauf cette tache qui pouvait le trahir. Le rapport avec le Seigneur Hellequin ?

— Finalement aucun. Le comte a deux enfants naturels, très bien. Rien qui touche de près ou de loin aux trois assassinats. Je suis fatigué de penser, Louis. Je vais m'asseoir sous ce pommier.

— Tu risques d'avoir de la pluie.

— Oui j'ai vu, ça se charge à l'ouest.

Sans savoir pourquoi, Adamsberg décida d'aller passer une partie de la nuit sur chemin de Bonneval. Il le parcourut sur toute sa longueur, incapable de distinguer une seule mûre dans l'obscurité, puis revint s'asseoir sur le tronc où Flem réclamait son sucre. Il resta posé là pendant plus d'une heure, passif et même réceptif à toute visite impromptue du Seigneur, qui ne daigna pas venir à sa rencontre. Peut-être parce qu'il ne ressentait rien dans la solitude des bois, ni malaise ni appréhension, pas même quand le passage bruyant d'un cerf lui fit tourner la tête. Pas même quand une chouette effraie souffla non loin de lui, avec ce son si particulier qui imite la respiration humaine. En espérant que la chouette fût bien un oiseau, comme il le pensait. En revanche il était devenu certain que Valleray était un type de peu de valeur, et cette idée contrariait Adamsberg. Autocrate, égoïste, sans amour pour son fils adopté. Se pliant aux règles d'honneur de la famille. Mais pourquoi décider d'épouser à nouveau Léo à quatre-vingt-huit ans ? Pourquoi cette provocation ? Pourquoi, sur le dernier bout du chemin, relancer un scandale après toute une vie de soumission ? Précisément pour secouer cette trop longue servitude, peut-être. Il arrive que certains relèvent la tête dans un moment ultime. En ce cas, cela changeait tout bien sûr.

Un fracas plus bruyant lui donna un bref espoir, une lourde cavalcade, des halètements. Il se mit debout, attentif, prêt à s'éclipser devant l'arrivée du Seigneur à la longue chevelure. Rien d'autre qu'une troupe de sangliers en course vers sa bauge. Non, pensa Adamsberg en se remettant en route, il n'intéressait pas Hellequin. L'ancêtre préférait des femmes comme Lina, et il lui donnait raison.

44

— En ce cas, cela changerait tout, annonça
Adamsberg à Veyrenc au petit déjeuner.

Le commissaire avait apporté le café et le pain sous
un des pommiers de la cour. Pendant qu'Adamsberg
emplissait les bols, Veyrenc lançait des petites
pommes à cidre à quatre mètres devant lui.

— Réfléchis, Louis. Ma photo a été publiée dans
Le Reportage d'Ordebec le lendemain de mon arrivée.
L'assassin ne pouvait pas me confondre avec Danglard. C'est donc bien lui qu'on a tenté de tuer sur
les rails, et non pas moi. Pourquoi ? Parce qu'il avait
vu les cloportes. Il n'existe pas d'autre solution.

— Et qui aurait su qu'il les avait vus ?

— Tu es placé pour savoir que Danglard dissimule
mal. Il a dû flâner dans Ordebec, parler et faire parler. Il s'est sans doute trahi. On a donc bien un lien
entre les meurtres et les cloportes. L'assassin ne veut
à aucun prix qu'on sache d'où viennent les gosses
Vendermot.

— *Cache ta descendance, les fruits de ta semence.*
/ *Ils reviendront un jour arracher leur vengeance*, marmonna Veyrenc en lançant une nouvelle pomme.

— À moins que le comte ne désire plus les cacher.
Cela fait un an que le vieux Valleray relève la tête,
en décidant d'épouser Léo. De refaire ce qu'il avait
défait par faiblesse. Il a obéi toute sa vie, il le sait,

il se rachète. Ça laisse croire qu'il se rachète aussi avec les enfants.

— Comment ? demanda Veyrenc en lançant une septième pomme.

— En les ayant couchés sur son testament. Part à trois. Aussi certainement qu'une anémone n'est pas un mollusque, je pense que Valleray a testé en leur faveur, et qu'Hippolyte et Lina seront reconnus, après sa mort.

— Il n'en a pas le courage avant.

— Apparemment non. Qu'est-ce que tu fabriques avec ces pommes ?

— Je vise les trous de campagnols. Pourquoi es-tu si sûr de ce testament ?

— Dans la forêt cette nuit, j'en ai été sûr.

Comme si la forêt pouvait lui dicter des vérités, en quelque sorte. Veyrenc préféra passer sur l'inco-hérence typique de cette réponse d'Adamsberg.

— Qu'est-ce que tu foutais dans la forêt ?

— J'ai été passer un bout de la nuit sur le chemin de Bonneval. Il y a eu des sangliers, un brame de cerf et une effraie. Qui est bien un oiseau, n'est-ce pas ? Pas un crustacé, pas une araignée.

— Un oiseau. La chouette qui souffle comme un homme.

— Exactement. Pourquoi vises-tu les terriers de campagnols ?

— Pour jouer au golf.

— Tu rates tous tes trous.

— Oui. Tu veux dire que si Valleray a testé en faveur des trois enfants, cela changerait tout. Mais seulement si quelqu'un le sait.

— Quelqu'un le sait. Denis de Valleray n'aime pas son beau-père. Il doit le guetter depuis longtemps. On peut supposer que sa mère l'avait mis en garde, afin qu'il ne soit pas dépouillé des deux tiers de sa fortune par des bâtards culs-terreux. Cela m'étonnerait qu'il n'ait pas connaissance du testament de son père.

Veyrenc déposa sa poignée de pommes, se servit une seconde tasse de café et tendit la main vers Adamsberg pour demander du sucre.

— J'en ai assez de ces histoires de sucre, dit le commissaire en lui passant un morceau.

— Tu en as fini avec ça. Le sucre de Flem t'a mené au sucre de Christian Clermont, la boîte se referme.

— Espérons, dit Adamsberg en appuyant fort sur le couvercle de la boîte, qui s'enclenchait mal. Il faut replacer l'élastique autour. C'est ce que fait Léo, nous devons respecter ses manies. Il faut qu'elle retrouve tout intact quand elle reviendra. Danglard a déjà prélevé du calva, c'est assez. Donc je tiens pour certain que Denis n'est pas un mollusque et qu'il connaît le testament de son père. Peut-être depuis un an, depuis que la révolte du comte a commencé. Si son père décède, c'est la débâcle financière et sociale. Le vicomte Denis de Valleray, commissaire-priseur à Rouen, devient le frère de deux paysans, le frère du fou aux six doigts, le frère de la folle aux visions, le beau-fils d'un comte dévoyé.

— Sauf s'il élimine les enfants Vendermot. Ce n'est pas une petite décision.

— Sous un certain angle, si. Le vicomte voit sans doute les Vendermot très petits. Je pense qu'il les méprise de manière spontanée, instinctive. Leur disparition peut même lui sembler légitime. Ce ne serait pas très *grave*, à son sens. Pas plus grave que, pour toi, boucher des trous de campagnols.

— Je les déboucherai.

— En tous les cas infiniment moins grave que de perdre les deux tiers de son héritage et la totalité de sa considération sociale. L'enjeu est très lourd.

— Tu as une guêpe sur l'épaule.

— Un insecte, précisa Adamsberg en la chassant d'un geste.

— Vrai. Et si Denis connaît le testament – si ce testament existe –, il ne méprise pas seulement les Vendermot, il les hait.

— Depuis un an ou plus. On ne sait pas quand le comte l'a fait.

— Mais ce ne sont pas Hippo et Lina qui sont morts.

— Je sais, dit Adamsberg en plaçant la boîte à sucre dans son dos, comme si sa vue le gênait. Ce n'est pas un tueur impulsif. Il réfléchit, il rôde. Se débarrasser d'Hippo et Lina est dangereux. Suppose que quelqu'un soit au courant de leur ascendance. Si Danglard a pu le comprendre en deux jours, on peut imaginer que d'autres le savent aussi. Si bien que Denis hésite. Car si les deux Vendermot meurent, il sera mécaniquement soupçonné.

— Par Léo, par exemple. Elle a couvé les petits et fréquente le comte depuis soixante-dix ans.

— C'est Denis qui lui a fracassé la tête. Et dans ce cas cette attaque n'aurait rien à voir avec une découverte de Léo. C'est toi qui as la guêpe.

Veyrenc souffla sur son épaule et retourna son bol pour que le liquide sucré n'attire plus l'insecte.

— Retourne aussi ton bol, dit-il à Adamsberg.

— Je n'ai pas mis de sucre.

— Je croyais que tu en mettais.

— Je t'ai dit qu'en ce moment, le sucre m'énervait. Si tant est que le sucre soit bien un insecte. En tout cas, il me tourne autour comme un essaim de guêpes.

— Au fond, dit Veyrenc, Denis guette une occasion favorable qui lui permette de tuer sans s'exposer aux soupçons. Et cette occasion se présente, parfaite, lorsque Lina a sa vision.

Adamsberg s'adossa au tronc, tournant presque le dos à Veyrenc qui occupait l'autre moitié de l'arbre. À 9 h 30, le soleil commençait déjà à chauffer sérieusement. Le lieutenant alluma une cigarette et en passa une au commissaire par-dessus son épaule.

— Occasion idéale, approuva Adamsberg. Car si les trois saisis meurent, la terreur des habitants d'Ordebec se retournera nécessairement contre les Vendermot. Contre Lina, responsable de la vision, passeuse entre les vivants et les morts. Mais aussi contre Hippo, dont tout le monde sait qu'il avait les six doigts du diable. Dans un tel contexte, l'assassinat des deux Vendermot ne surprendrait personne, et la moitié des habitants pourrait être soupçonnée. Exactement comme quand les villageois, en mille sept cent quelque chose, ont massacré à coups de fourche un nommé Benjamin qui avait décrit les saisis. Pour mettre fin à l'hécatombe, la foule l'a tué.

— Mais nous ne sommes pas au XVIIIe siècle, la méthode changera. On n'éventrera pas Lina et Hippo sur la place publique, on fera cela plus discrètement.

— Denis assassine donc Herbier, Glayeux et Mortembot. Hormis Herbier, il le fait à la manière ancienne, en suivant plus ou moins le rite, pour renforcer la crainte populaire. C'est assez le genre de gars à appartenir à un club d'arbalétriers triés sur le volet, non ?

— Première chose à vérifier, acquiesça Veyrenc en lançant une vingtième pomme.

— Tu ne peux pas espérer viser bien en restant assis. Et comme les trois victimes sont des salopards notoires, et sans doute des assassins, Denis a d'autant moins de scrupules à les sacrifier.

— Ce qui fait qu'à l'heure où l'on parle, Lina et Hippo sont en danger immédiat.

— Pas avant la nuit.

— Tu te rends bien compte que, pour l'instant, toute l'histoire ne repose que sur ce cloporte violet.

— On peut travailler sur les alibis de Denis.

— Tu n'approcheras pas plus de ce type que tu n'as pu approcher des Clermont.

Les deux hommes restèrent un long moment silencieux, après quoi Veyrenc lança d'un coup toute sa réserve de pommes et commença à rassembler la vaisselle sur le plateau.

— Regarde, lui dit Adamsberg à voix basse, en lui attrapant le bras. Hellebaud sort.

Et en effet, le pigeon s'était éloigné jusqu'à deux mètres du seuil de la chambre.

— Tu as mis des grains jusque-là ? demanda Veyrenc.

— Non.

— Alors c'est qu'il cherche des insectes par lui-même.

— Des insectes, des crustacés, des arthropodes.

— Oui.

45

Le capitaine Émeri écoutait Adamsberg et Veyrenc avec saisissement. Il n'avait jamais vu cette marque, il n'avait jamais entendu dire que les gosses Vendermot étaient les enfants de Valleray.

— Qu'il ait couché dans toutes les directions, ça, on le savait. Comme on savait que sa femme le détestait et a monté le jeune Denis contre lui.

— Comme on sait que, plus tard, sa femme ne s'est pas gênée non plus, dit Blériot.

— Ce n'est pas la peine de tout déballer, brigadier. La situation est assez pénible comme cela.

— Si, Émeri, dit Adamsberg, il faut tout déballer. Il y a ce crustacé, et cela, on ne peut pas l'effacer.

— Quel crustacé ? demanda Émeri.

— Le cloporte, expliqua Veyrenc. C'est un crustacé.

— Mais qu'est-ce que ça peut nous foutre ? s'emporta Émeri en se levant brusquement. Ne restez pas planté comme ça, Blériot, allez nous faire du café. Je te préviens, Adamsberg, et écoute-moi bien. Je me refuse à concevoir le moindre soupçon contre Denis de Valleray. Tu m'entends ? Je refuse.

— Parce que c'est le vicomte.

— Ne m'insulte pas. Tu oublies que la noblesse d'Empire n'avait rien à faire des aristocrates.

— Alors pourquoi ?

— Parce que ton histoire n'a pas de sens. L'histoire du type qui tue trois gars uniquement pour pouvoir se défaire des Vendermot.

— Ça se tient parfaitement.

— Non, ou il faudrait que Denis soit taré ou sanguinaire. Je le connais, il n'est ni l'un ni l'autre. Il est malin, opportuniste, ambitieux.

— Mondain, infatué, méprisant.

— Tout cela, oui. Mais également flemmard, prudent, peureux, sans esprit de décision. Tu fais fausse route. Denis n'aurait jamais l'énergie de tirer sur Herbier en pleine face, de trucider Glayeux à la hache, de lancer un carreau sur Mortembot. On cherche un cinglé téméraire, Adamsberg. Et les cinglés téméraires, tu sais très bien où ils habitent à Ordebec. Qui te dit que ce n'est pas le contraire ? Qui te dit que ce n'est pas Hippo qui a massacré les trois hommes, avant de se préparer à attaquer Denis de Valleray ?

Blériot posa un plateau sur la table, disposa les quatre tasses à la va-vite, d'une manière bâclée très différente de celle d'Estalère. Émeri se servit sans se rasseoir, fit passer le sucre à la ronde.

— Hein, qui te dit ? reprit-il.

— Je n'y avais pas pensé, reconnut Adamsberg. Ça peut coller.

— Ça colle très bien, même. Imagine qu'Hippo et Lina connaissent leur filiation, connaissent le testament. Possible, non ?

— Oui, dit Adamsberg en refusant fermement le sucre que lui tendait Émeri.

— Ton raisonnement s'applique alors parfaitement, mais dans l'autre sens. Ils ont tout intérêt à éliminer Denis. Mais dès la lecture du testament, ils seront les premiers suspects. Alors Lina invente une vision, en laissant la quatrième victime inconnue.

— D'accord, admit Adamsberg.

— Quatrième victime qui sera Denis de Valleray.

— Non ça ne va pas, Émeri. Ça ne mettrait pas les Vendermot à l'abri du soupçon, au contraire.

— Et pourquoi cela ?

— Parce qu'il faudrait croire que c'est l'Armée d'Hellequin qui a tué les quatre hommes. Donc on en reviendrait aux Vendermot.

— Merde, dit Émeri en reposant sa tasse. Alors trouve autre chose.

— D'abord vérifier si Denis de Valleray tire à l'arbalète, dit Veyrenc, qui avait gardé une petite pomme verte et la faisait rouler entre ses paumes.

— Tu as travaillé sur les clubs sportifs des environs ?

— Il y en a beaucoup, dit Émeri, découragé. Onze en tout pour la région, cinq dans le seul département.

— Il y a un club plus élégant que les autres, parmi ces onze ?

— La Compagnie de la Marche, à Quitteuil-sur-Touques. Il faut être parrainé par deux autres membres pour y entrer.

— Parfait. Demande-leur si Denis en fait partie.

— Et comment ? Ils ne me donneront jamais le renseignement. Ces cercles protègent leurs membres. Et je n'ai pas l'intention de leur dire que la gendarmerie ouvre une enquête sur le vicomte.

— Trop tôt en effet.

Émeri tourna dans la pièce, le buste raide, les mains dans le dos, le visage fermé.

— C'est bon, dit-il après un moment, sous le regard insistant d'Adamsberg. Je le ferai au bluff. Sortez tous les trois, j'ai horreur de mentir en public.

Le capitaine ouvrit la porte dix minutes plus tard et leur fit signe de revenir, d'un geste agressif.

— Je me suis fait passer pour un certain François de Rocheterre. J'ai expliqué que le vicomte de

Valleray acceptait de me parrainer pour entrer dans la Compagnie. J'ai demandé s'il était nécessaire d'avoir deux parrains, ou si la seule recommandation du vicomte suffisait.

— Très bon, apprécia Blériot.

— Oubliez cela, brigadier. J'ai l'habitude de travailler droit, je n'aime pas ce genre de combine.

— Résultat ? demanda Adamsberg.

— Oui, soupira Émeri, Valleray appartient bien au club. Et c'est un bon tireur. Mais il n'a jamais accepté de participer aux concours de la Ligue de Normandie.

— Trop commun sans doute, dit Veyrenc.

— Sûrement. Mais nous avons un problème. Le secrétaire du club parlait trop. Non par plaisir de m'informer mais parce qu'il voulait me tester. Il était méfiant, j'en suis certain. Ce qui veut dire que la Compagnie de la Marche risque d'appeler Denis de Valleray pour savoir s'il est vrai qu'il connaît un certain François de Rocheterre. Si bien que Denis comprendra que quelqu'un, sous un faux nom, s'interroge sur lui.

— Et plus précisément sur ses capacités d'arbalétrier.

— Exactement. Denis n'est pas un génie, mais il saisira vite qu'on le soupçonne du meurtre de Mortembot. Soit les flics, soit un inconnu. Il va se tenir sur ses gardes.

— Ou finir très rapidement le travail. Supprimer Hippo et Lina.

— Ridicule, dit Émeri.

— Denis a tout à perdre, insista Adamsberg. Penses-y sérieusement. Le mieux serait de placer une surveillance devant le château.

— Hors de question. J'aurais le comte et le vicomte sur le dos, c'est-à-dire toute ma hiérarchie.

Surveillance non motivée, soupçons diffamants, faute professionnelle.

— Exact, reconnut Veyrenc.

— Alors on surveille la maison des Vendermot. Mais c'est beaucoup moins sûr. Tu peux rappeler Faucheur ?

— Oui.

— Pas nécessaire avant qu'il fasse nuit noire. On commence à 10 heures du soir, on s'arrête à 6 heures du matin. Cela fait huit heures de guet, on peut s'en sortir.

— Très bien, admit Émeri, qui parut soudain fatigué. Où est passé Danglard ?

— Il était sonné par le contrecoup. Il est rentré.

— Si bien que vous n'êtes plus que deux.

— Ça suffira. Tu prends la garde de 22 heures à 2 heures, je te relaie ensuite avec Veyrenc. On a le temps de dîner au Sanglier avant.

— Non, on fait le contraire. Je prends la seconde garde avec Faucheur, de 2 heures à 6 heures. Crevé, je dormirai avant.

46

Depuis trois jours, Adamsberg avait apporté à l'hôpital un livre de chez Léo. Il la recoiffait, puis s'installait sur le lit, appuyé sur un coude, et lui lisait une vingtaine de pages. C'était un livre ancien, qui détaillait les méandres d'un amour fou promis à la catastrophe. L'affaire n'avait pas l'air de passionner la vieille femme mais elle souriait beaucoup pendant la lecture en agitant la tête et les doigts, comme si elle entendait une chanson et non pas une histoire. Aujourd'hui, Adamsberg avait volontairement changé de volume. Il lut un chapitre technique sur le poulinage des juments, et Léo parut danser de la même façon. De même que l'infirmière, qui ne manquait pas les demi-heures de lecture, et que le changement de sujet ne parut pas affecter. Adamsberg commençait à s'alarmer de cet état de paix presque béate, il avait connu Léo tout autre, prolixe, directe, un peu grincheuse et brutale. Le Dr Merlan, qui gardait en son collègue Hellebaud une foi constante que le commissaire commençait à perdre, lui réassura que le processus suivait le cours exact décrit par l'ostéopathe, qu'il avait eu la permission de joindre au téléphone la veille, dans sa « maison de Fleury ». Léone était tout à fait capable de parler et de penser, mais son inconscient avait placé ces fonctions en pause, avec l'aide du médecin, abritant la vieille femme dans un refuge salutaire, et il faudrait encore plusieurs jours avant que la grille de protection ne se lève.

— Ça ne fait que sept jours, dit Merlan. Laissez-lui le temps.

— Vous ne lui avez rien dit pour Mortembot ?

— Pas un mot. On suit les consignes. Vous avez lu le journal d'hier ?

— L'article sur les flics de Paris qui ne comprennent rien ?

— En quelque sorte.

— Ils ont raison. Deux morts depuis mon arrivée.

— Mais deux d'évitées. Celle de Léone et celle du commandant.

— Éviter n'est pas combattre, docteur.

Le Dr Merlan écarta les bras, compatissant.

— Les médecins ne peuvent pas diagnostiquer sans symptômes et les flics ne peuvent pas le faire sans indices. Votre assassin est un être asymptomatique. Il ne laisse pas une trace, il passe comme un spectre. Pas normal, commissaire, pas normal. Valleray est de mon avis.

— Le père ou le fils ?

— Le père, bien sûr. Denis se moque de tout ce qui se passe ici.

— Vous le connaissez bien ?

— Comme ça. On le voit très rarement en ville. Mais deux fois par an, le comte organise un dîner de notables et j'en suis. Pas très plaisant mais incontournable. Nourriture excellente néanmoins. Vous avez le vicomte dans votre viseur ?

— Non.

— Vous faites bien. Il n'aurait jamais tenté de tuer quiconque, et savez-vous pourquoi ? Parce qu'il aurait dû s'y décider, et il en est incapable. Ce n'est même pas lui qui a choisi sa femme, alors rendez-vous compte. Enfin c'est ce qu'on dit.

— Nous en reparlerons, docteur, dès que vous aurez un moment pour moi.

Hippolyte étendait le linge devant sa maison, sur un fil bleu accroché entre deux pommiers. Adamsberg le regarda faire, il secouait une des robes de sa sœur pour en ôter les plis, avant de la suspendre avec minutie. Hors de question bien sûr de lui annoncer de but en blanc sa nouvelle parenté. Cela ne pourrait pour l'instant que déclencher des effets violents et imprévisibles, et l'assassin était trop fugace et mobile pour qu'on ajoute de nouveaux impromptus à cette situation incontrôlée. Hippolyte s'interrompit en voyant s'approcher Adamsberg, frottant machinalement le bord de sa main droite.

— Ruojnob, commissaire.

— Bonjour, répondit Adamsberg. Vous avez mal ?

— Ce n'est rien, c'est ce doigt manquant. Quand il va pleuvoir, ça m'élance. Le temps se bouche à l'ouest.

— Cela fait des jours que le temps se bouche à l'ouest.

— Mais cette fois c'est sûr, dit Hippo en reprenant son travail. Ça va pleuvoir, et pas qu'un peu. Ça me lance fort.

Adamsberg passa la main sur son visage, hésitant. Émeri n'aurait pas manqué de supposer que ce n'était pas le doigt manquant qui provoquait cette douleur, mais le coup violent qu'il avait asséné à Danglard, du tranchant de la main.

— Et ça ne vous lance pas à la main gauche ?

— Des fois c'est l'une, des fois c'est l'autre, des fois c'est les deux. Pas mathématique.

Intelligence anormale, esprit affûté, allure non bénigne. Si Adamsberg n'avait pas dirigé l'enquête, Émeri aurait bouclé Hippo depuis un moment.

Hippo concrétisant la vision de sa sœur, tuant les saisis, éliminant l'héritier Valleray dans la foulée.

Hippo était tranquille, il secouait à présent un des chemisiers fleuris de Lina, ce qui amena instantanément l'image de sa poitrine dans les yeux d'Adamsberg.

— Elle se change tous les jours, c'est fou ce que ça donne comme travail.

— On va surveiller votre maison cette nuit, Hippo. C'est ce que j'étais venu vous dire. Si vous voyez deux gars dehors, ne tirez pas dessus. Moi et Veyrenc de 10 heures à 2 heures. Émeri et Faucheur en relais jusqu'à l'aube.

— Pourquoi ? demanda Hippo en haussant les épaules.

— Les trois sont morts à présent. Votre mère a raison d'avoir peur pour vous. J'ai vu une inscription neuve sur le mur de l'entrepôt en venant ici : *Mort aux V.*

— « Mort aux vaches », dit Hippo en souriant.

— Ou « Mort aux Vendermot ». À ceux par qui la tempête arrive.

— À quoi ça servirait de nous tuer ?

— À rompre la malédiction.

— Des blagues. Je vous ai dit que personne n'osera nous approcher. Et les surveillances, j'y crois pas. La preuve, Mortembot a été tué. Je ne veux pas faire de peine, commissaire, mais vous n'avez servi à rien. Vous avez tourné comme des buses autour de sa maison et ça vous est passé sous le nez. Vous voulez bien m'aider ?

Hippolyte tendit avec candeur les extrémités d'un drap à Adamsberg, et les deux hommes secouèrent le linge dans l'air chaud.

— L'assassin, reprit Hippo en donnant deux pinces à linge au commissaire, il était tranquillement installé sur son pliant, il a dû bien rigoler après. Un flic, ça n'a jamais empêché personne de tuer. Si le gars est décidé, c'est comme un cheval lancé. Les obstacles, il les passe et puis c'est tout. Et celui-là, il est salement décidé. Pour aller jeter un homme sur les rails, il faut un sacré sang-froid. Vous savez pourquoi il s'est attaqué à votre adjoint ?

— Toujours pas, répondit Adamsberg en alerte. Il semble qu'il l'ait pris pour moi.

— Des blagues, répéta Hippo. Un type comme ça ne se trompe pas de cible. Gare à vous si vous faites le guet cette nuit.

— Ça n'a jamais servi à rien de tuer des flics. Car c'est comme le chardon, il en repousse toujours.

— C'est vrai, mais ce gars, c'est un sanglant. Hache, arbalète, train, c'est répugnant. Un tir par balle, c'est plus propre, non ?

— Pas tant que ça. Herbier avait la tête explosée. Et puis ça fait du bruit.

— C'est juste, dit Hippo en se grattant la nuque. Et lui, c'est un fantôme, ni vu ni connu.

— C'est ce que dit Merlan.

— Pour une fois il n'a pas tort. Faites votre surveillance si ça vous chante, commissaire. Au moins, ça tranquillisera ma mère. Elle est sens dessus dessous en ce moment. Et elle doit s'occuper de Lina.

— Elle est malade ?

— Là, dit Hippo en désignant son front. Quand Lina a vu l'Armée, elle reste secouée pendant des semaines. Elle a des crises.

L'appel de Danglard parvint au Sanglier courant un peu avant 21 heures. Adamsberg se leva avec appréhension. Il se dirigea lentement vers l'appareil en se demandant comment il allait coder la conversation. Jouer avec les mots était le dernier de ses talents.

— Vous pouvez rassurer votre expéditeur, dit Danglard. J'ai retrouvé les deux paquets à la consigne. C'était la bonne clef.

D'accord, réfléchit Adamsberg avec soulagement. Danglard avait mis la main sur Zerk et Mo, ils étaient bien à Casares.

— Pas trop abîmés ?

— Papier un peu froissé, ficelle usée mais encore très présentables.

D'accord, se répéta Adamsberg. Les jeunes gens étaient fatigués mais en bon état.

— Qu'est-ce que j'en fais ? demanda Danglard. Je les renvoie à l'expéditeur ?

— Si ce n'est pas trop encombrant, gardez-les encore avec vous. Je n'ai pas de nouvelles du centre de tri.

— Mais c'est encombrant, commissaire. Je les mets où ?

— Pas mon problème. Vous êtes en train de dîner ?

— Pas encore.

— C'est l'heure de l'apéritif ? Alors buvez un porto à ma santé.

— Je n'en bois jamais.

— Mais j'aime ça, moi. Buvez-le.

D'accord, se dit Danglard. C'était assez pesant mais pas sot. Adamsberg lui demandait de conduire les garçons à Porto, c'est-à-dire dans la direction opposée à celle qu'ils avaient prise jusque-là. Et on n'avait aucune nouvelle des investigations de Retancourt. Trop tôt donc pour les faire repasser la frontière.

— Ça bouge à Ordebec ?

— Ça croupit. Cette nuit peut-être.

Adamsberg rejoignit Veyrenc à table et termina sa viande presque froide. Un coup de tonnerre ébranla soudain les murs du restaurant.

— Nuages à l'ouest, murmura Adamsberg en levant sa fourchette.

Les deux hommes débutèrent leur veillée nocturne sous une pluie battante et dans le fracas de la foudre. Adamsberg tendit son visage sous le déluge. À ces moments d'orage, et à ceux-là seulement, il se sentait partiellement relié avec la masse d'énergie qui explosait là-haut, sans motif, sans objectif, sans autre impulsion que le déploiement d'une fantastique et inutile puissance. Puissance qui lui avait singulièrement manqué ces derniers jours, puissance entièrement laissée aux mains de l'ennemi. Et qui ce soir consentait enfin à couler sur lui.

47

La terre était encore mouillée au matin, et Adamsberg, assis sous son pommier du petit déjeuner, la boîte à sucre placée derrière son dos, sentait son pantalon s'imprégner d'humidité. Avec ses pieds nus, il s'occupait à attraper des herbes entre ses doigts et à les tirer. La température avait chuté d'au moins dix degrés, le ciel était brumeux, mais la guêpe du matin, valeureuse, était revenue le trouver. Hellebaud picorait à quatre mètres du seuil de la chambre, ce qui représentait une avancée notable. Aucune en revanche du côté du spectre tueur, la nuit s'était déroulée sans alerte.

Blériot venait vers lui en bougeant son gros corps aussi vite que possible.

— Messagerie saturée, dit-il en soufflant quand il arriva à sa hauteur.

— Comment ?

— Votre messagerie, elle est saturée. Je n'ai pas pu vous joindre.

De grands cernes sous les yeux, les joues pas rasées.

— Que se passe-t-il, brigadier ?

— Denis de Valleray ne risquait pas de venir trucider les Vendermot cette nuit. Il est mort, commissaire. Dépêchez-vous, on vous réclame au château.

— Mort comment ? cria Adamsberg en courant pieds nus vers sa chambre.

— Il s'est tué en se jetant par sa fenêtre, cria Blériot à son tour, et cela le gêna car ce n'est pas le genre de fait qu'on énonce à voix forte.

Adamsberg ne prit pas le temps de passer un pantalon propre, attrapa son téléphone, enfila directement ses chaussures disponibles et courut secouer Veyrenc. Quatre minutes plus tard, il montait dans la vieille voiture du brigadier.

— Allez-y, Blériot, je vous écoute. Qu'est-ce qu'on sait ?

— Le comte a découvert le corps de Denis à 8 h 05 ce matin, il a appelé Émeri. Le capitaine est parti sans vous, vous étiez injoignable. Il m'a renvoyé vous chercher.

Adamsberg serra les lèvres. En rentrant de sa veille nocturne, lui et Veyrenc avaient débranché leurs portables pour faire librement le point sur les deux jeunes gens en cavale. Et il avait oublié de réinsérer sa batterie avant de dormir. À force de considérer son téléphone comme un ennemi personnel, ce qu'il était en effet, il ne lui avait plus porté assez d'attention.

— Qu'est-ce qu'il dit ?

— Que Denis de Valleray s'est tué, aucun doute là-dessus. Le corps sent le whisky à plein nez. Émeri dit que le vicomte s'est chargé autant que possible pour se donner du cran. Moi je n'en suis pas si sûr. Parce que le vicomte a été malade, il s'est penché et a vomi par la fenêtre. Il habite au deuxième étage, la cour en contrebas est pavée.

— Il a pu basculer par accident ?

— Oui. Les rambardes des fenêtres du château sont très basses. Mais comme deux de ses boîtes de calmants sont presque vides, et celle de somnifères ouverte, le capitaine pense qu'il a voulu se tuer.

— Vers quelle heure ?

— Minuit, ou 1 heure du matin. Pour une fois, la légiste arrive en vitesse et les techniciens aussi. Ils se déplacent plus vite quand il s'agit du vicomte.

— Il prenait beaucoup de médicaments ?

— Vous verrez, sa table de nuit en est couverte.

— Il buvait beaucoup ?

— On le dit. Mais jamais au point d'être ivre ou malade. L'emmerdant, dit Blériot avec une grimace, c'est qu'Émeri affirme que Denis ne se serait pas tué si vous n'aviez pas lancé cette enquête sur sa compagnie d'arbalétriers.

— Que c'est de ma faute ?

— En quelque sorte. Parce qu'hier soir, le secrétaire de la Compagnie s'est présenté au château pour l'apéritif.

— Ils n'ont pas traîné.

— Mais ensuite, d'après le comte, Denis n'a pas paru soucieux au dîner. Néanmoins dans cette famille, personne ne fait franchement attention à l'autre. Chacun mange dans son coin sur une table immense sans échanger trois mots. Pas d'autre témoignage, sa femme est en Allemagne avec les enfants.

— Émeri devrait aussi penser que, si le vicomte s'est tué, c'est qu'il était en effet coupable.

— C'est ce qu'il dit aussi. Vous connaissez un peu le capitaine. Il monte sur ses grands chevaux – c'est le cas de le dire pour un arrière-arrière-petit-fils de maréchal – et puis il en redescend aussitôt. Il dit seulement que vous auriez pu vous y prendre autrement. Y aller plus prudemment, accumuler les preuves en douceur et placer Denis en garde à vue. À ce compte-là, il ne serait pas mort.

— Mais emprisonné à perpétuité, et ses meurtres étalés au grand jour. Exactement ce qu'il n'a pas voulu. Comment est le comte ?

— Choqué, muré dans sa bibliothèque. Mais sans chagrin. Ces deux-là ne pouvaient plus s'endurer.

Adamsberg prit Émeri sur son portable, à deux kilomètres du château.

— J'ai le papier, dit le capitaine d'une voix dure.

— Quel papier ?

— Mais ton foutu testament, nom de Dieu. D'accord, les deux gosses Vendermot héritent, chacun un tiers. Seul avantage pour Denis, il garde le château.

— Tu en as parlé au comte ?

— On ne peut rien en tirer, il est devenu coupant comme du silex. Je crois qu'il ne sait pas comment maîtriser la situation.

— Et sur les homicides commis par Denis ?

— Il refuse tout en bloc. Il reconnaît que son beau-fils ne lui était pas sympathique, et inversement. Mais il affirme que Denis ne peut pas avoir tué les trois hommes, ni fracassé Léo, ni poussé le commandant Danglard sur les voies.

— Motif ?

— Parce qu'il le connaît depuis ses trois ans. Il s'accrochera à sa version sans faiblir. La hantise du scandale, tu comprends.

— Et quelle est sa version ?

— Que Denis a bu à s'en rendre malade, pour une raison intime qu'on ne connaît pas. Que se sentant mal, il s'est précipité vers la fenêtre pour vomir. Que la fenêtre était ouverte pour faire entrer le frais de l'orage. Que la tête lui tournait, qu'il est tombé.

— Ton idée ?

— Il y a de ta faute, grommela Émeri. La visite du secrétaire de la Compagnie a sonné l'alerte. Il s'est administré un mélange de médicaments et d'alcool et il en est mort. Mais pas de la manière qu'il avait choisie. Pas en perdant connaissance sur son lit. Il a titubé vers la fenêtre, il s'est penché pour vomir et il est tombé.

— Bien, dit Adamsberg, sans relever le reproche du capitaine. Comment as-tu fait pour arracher le testament au comte ?

— Par pression. En lui disant que j'en connaissais le contenu. Il était coincé. Sale travail, Adamsberg, abject. Sans pureté, sans grandeur.

Adamsberg examina la tête fracassée du vicomte, la hauteur de la fenêtre, la rambarde basse, l'emplacement du corps, les vomissures qui avaient éclaboussé le sol. Le vicomte avait bien basculé depuis sa chambre. Dans la vaste pièce, une bouteille de whisky avait roulé sur le tapis, et trois boîtes de médicaments étaient ouvertes à côté du lit.

— Un neuroleptique, un anxiolytique et un somnifère, dit Émeri en désignant successivement les boîtes. Il était sur son lit quand il les a pris.

— Je vois, dit Adamsberg en suivant les traces de vomissures, l'une sur le drap, la seconde au sol à vingt centimètres de la fenêtre, la dernière sur l'appui. Quand il s'est senti mal, il a eu le réflexe de se précipiter à la fenêtre. Question de dignité.

Adamsberg s'assit sur un fauteuil à l'écart pendant que deux techniciens prenaient possession de la chambre. Oui, sa recherche au club de tir avait déclenché le suicide de Valleray. Et oui, le vicomte, après trois assassinats et deux tentatives d'assassinat, avait choisi sa voie de sortie. Adamsberg revit sa tête chauve écrasée au sol de la cour. Non, Denis de Valleray n'avait ni la stature ni l'expression d'un assassin hardi. Rien de sauvage ni d'intimidant, mais un homme distant et feutré, tout au plus cassant. Mais il l'avait fait. Au fusil, à la hache, à l'arbalète. C'est à cet instant seulement qu'il réalisa que l'affaire d'Ordebec avait pris fin. Que les événements épars et stagnants s'étaient soudainement roulés en une boucle rapide, comme on ferme un gros sac d'un coup sec. Comme se vident les nuages de l'ouest. Qu'il irait voir Léo une dernière fois, qu'il lui lirait un nouveau développement de l'histoire d'amour ou un passage sur les juments gravides. Une dernière fois les Vendermot, Merlan, le comte, Flem, une dernière fois Lina, le creux dans le matelas de laine, sa place sous le pommier penché. À l'idée de ces éloignements et de ces oublis, il ressentit une déplaisante sensation d'incomplétude. Aussi légère que le doigt de Zerk sur les plumes du pigeon. Demain il ramènerait Hellebaud en ville, demain il roulerait vers Paris. L'Armée furieuse s'évanouissait, le Seigneur réintégrait les ombres. Ayant finalement, se dit-il avec dépit, accompli la totalité de sa mission. On ne vainc pas le Seigneur Hellequin. Tous l'avaient prédit et dit, et c'était vrai. Cette année-ci s'ajouterait dans les annales de la légende lugubre d'Ordebec. Quatre saisis, quatre morts. Lui n'avait su empêcher que les interventions humaines, il avait au moins sauvé Hippo et Lina d'une destruction à la fourche.

La médecin légiste lui secoua le bras sans façon pour l'aborder.

— Pardon, dit Adamsberg. Je ne vous avais pas vue entrer.

— Ce n'est pas un accident, dit-elle. Les tests le confirmeront, mais l'examen préliminaire indique l'absorption d'une dose létale de benzodiazépines et surtout de neuroleptiques. S'il n'avait pas basculé par la fenêtre, il en serait probablement mort. Suicide.

— Ça se confirme, dit un des techniciens en s'approchant. Je n'ai qu'une seule série d'empreintes, à première vue les siennes.

— Que s'est-il passé ? demanda la légiste. Je sais que sa femme a décidé de vivre en Allemagne avec ses fils, mais cela fait des années que le couple était devenu virtuel.

— Il venait d'apprendre qu'il était à découvert, dit Adamsberg d'un ton las.

— Argent ? La ruine ?

— Non, l'enquête. Il avait tué trois hommes, il avait failli en tuer un autre et la vieille Léone, il s'apprêtait à en assassiner deux autres. Ou quatre. Ou cinq.

— Lui ? dit la légiste en dirigeant son regard vers la fenêtre.

— Ça vous surprend ?

— Plus que ça. C'était un homme qui jouait petit bras.

— Comment cela ?

— Une fois par mois environ, je vais tenter ma chance au casino de Deauville. C'est là que je le croisais. Je n'ai jamais vraiment parlé avec lui, mais on en apprend beaucoup en regardant quelqu'un au tapis vert. Il hésitait à prendre ses décisions, il demandait conseil, il retardait toute la table de manière exaspérante, et tout cela pour miser modique. Pas un audacieux, pas un gagneur, mais un joueur pusillanime et assisté. On l'imagine mal avoir élaboré une idée personnelle. Encore moins une résolution si féroce. Il ne vivait que grâce aux effets de son rang, de son prestige, au soutien de ses relations. C'était sa sécurité, son filet. Vous savez, ces filets qui assurent les trapézistes.

— Et si ce filet menaçait de rompre ?

— En ce cas tout est possible, bien sûr, dit la légiste en s'éloignant. Quand une alarme vitale se déclenche, la réplique humaine est impondérable et foudroyante.

Adamsberg enregistra la phrase, il n'aurait jamais formulé les choses ainsi. Cela pouvait lui servir pour apaiser le comte. Meurtres foudroyants, suicide impondérable, ne jamais acculer un animal dans un angle, si mondain et policé soit-il. On savait tous cela, il y avait simplement diverses manières de le dire. Il descendit le grand escalier de chêne ciré en se murmurant les mots, attrapa son portable qui vibrait dans sa poche arrière. Ce qui lui rappela, au contact de la boue séchée, qu'il n'avait pas pris le soin de passer un pantalon propre. Il s'arrêta devant la porte de la bibliothèque, déchiffrant le message de Retancourt. *Six cheveux coupés sur appuie-tête av gauche, deux sur veste costume soirée. Fem chambre confirme chev coupés et sucre odeur de garage.* Adamsberg serra ses doigts sur l'appareil, saisi de cette sensation de puissance puérile et troublante qui l'avait traversé la veille pendant l'orage. Joie primaire, brutale, barbare, triomphe contre les colosses. Il respira deux fois lentement, passa la main sur son visage pour en ôter le sourire et frappa au battant. Le temps d'attendre la réponse du comte, qui fut coléreuse et accompagnée d'un coup de canne au sol, la phrase de la légiste avait disparu tout entière, noyée dans les eaux opaques de son cerveau.

48

Il avait rendu visite à Léo, lu un chapitre sur les cas de naissance gémellaire chez les équidés, embrassé la vieille femme sur la joue, dit : « Je reviendrai », et salué le Dr Merlan. Il était passé chez les Vendermot, avait interrompu les frères qui s'occupaient à installer un hamac dans la cour, et exposé l'issue de la situation en peu de mots, sans aborder la question cruciale de la paternité du comte de Valleray. Il laissait ce soin à Léo, ou bien au comte lui-même, s'il en avait jamais le cran. L'emportement de Valleray avait commencé à s'émousser, mais avec ce choc qui ébranlait le château, Adamsberg doutait qu'il maintienne sa résolution bravache d'épouser Léo. Dès demain, les médias nationaux détailleraient les crimes du vicomte et s'approcheraient au plus près de la traînée de sang qui menait directement au château.

La conférence de presse aurait lieu à 9 heures, et Adamsberg en laissait tout le profit au capitaine Émeri, juste retour de sa collaboration à peu près aimable. Émeri l'en avait vivement remercié, sans se douter, lui qui aimait les annonces et les parades un peu rigides, qu'Adamsberg se réjouissait d'y échapper. Émeri avait insisté pour fêter la fin de l'enquête en le conviant à un apéritif dans sa salle Empire, avec Veyrenc, Blériot et Faucheur. Blériot avait coupé le saucisson, Faucheur avait préparé des kirs écœurants, et Émeri avait levé son verre à l'anéantissement de l'ennemi, évoquant dans la foulée les grandes victoires de son aïeul, Ulm, Austerlitz, Auerstaedt, Eckmühl et surtout Eylau, sa préférée. Quand Davout, attaqué sur sa droite, avait reçu le renfort du corps d'armée du maréchal Ney. Quand l'Empereur, aiguillonnant ses hommes, avait crié à Murat : « Nous laisseras-tu dévorer par ces gens-là ? » Enjoué et comme repu, le capitaine avait passé et repassé une main sur son ventre, certainement débarrassé de toutes ses boules d'électricité.

Il était allé voir Lina à son cabinet, avait jeté un dernier regard sur l'objet de sa convoitise. Avec Veyrenc, il avait remis la maison de Léo en ordre, hésitant à verser un peu d'eau dans la bouteille de calva pour en rétablir le niveau. Sacrilège d'adolescent ignorant, avait décrété Veyrenc, on ne met pas d'eau dans un tel calva. Il avait gratté les fientes du pigeon dans sa chaussure gauche, balayé les grains épars, tapé sur le creux du matelas pour l'égaliser. Il avait fait le plein d'essence, bouclé son sac, et grimpé tout en haut du vieux bourg d'Ordebec. Assis sur un muret tiède encore exposé au soleil, il examinait chaque détail des prés et collines, guettant le mouvement d'une vache impassible. Il devait attendre son dîner au Sanglier bleu avant de prendre la route, c'est-à-dire attendre l'appel de Danglard pour lui demander de ramener les jeunes gens. Le commandant devait diriger Zerk vers l'Italie et poser Mo chez un de ses camarades, dont le père jouerait le rôle de délateur. Il n'avait pas à coder ces instructions, il les avait établies avec Danglard avant son départ. Il suffisait de donner le signal. Aucune vache ne se décidait à remuer et, face à cet échec, Adamsberg ressentit la même sensation d'incomplétude qu'au matin. Tout aussi légère, et tout aussi nette.

C'était au fond semblable à ce que lui racontait sans cesse son voisin, le vieux Lucio, qui, enfant, avait perdu un bras pendant la guerre d'Espagne. Le problème, expliquait Lucio, ce n'était pas tant ce bras que le fait que, au moment de cette perte, il y avait dessus une piqûre d'araignée qu'il n'avait pas fini de gratter. Et soixante-dix ans plus tard, Lucio la grattait encore dans le vide. Ce qui n'est pas terminé revient vous agacer toujours. Qu'est-ce qu'il n'avait pas achevé à Ordebec ? Le mouvement des vaches ? Le rétablissement définitif de Léo ? L'envol du pigeon ? Ou bien, plus certainement, la conquête de Lina, qu'il n'avait même pas touchée ? En tous les cas, ça le grattait et, dans l'ignorance de la cause, il se concentra sur les bovins figés dans les champs.

Veyrenc et lui se quittèrent à la tombée de la nuit. Adamsberg se chargea de fermer la maison, sans y mettre aucune hâte. Il rangea la cage à oiseau dans le coffre, transporta Hellebaud dans la chaussure et l'installa sur le siège avant. Le pigeon lui paraissait à présent suffisamment civilisé, c'est-à-dire dénaturé, pour ne pas se mettre à voleter durant le voyage. La pluie de l'orage s'était infiltrée dans l'habitacle, dans le moteur aussi peut-être, et il eut un peu de mal à démarrer. Preuve que les véhicules de la Brigade n'étaient pas en meilleur état que celui de Blériot, très loin des Mercedes des Clermont-Brasseur. Il jeta un œil à Hellebaud, placidement calé sur le siège, et pensa au vieux père Clermont, assis sur un même siège avant, attendant en confiance, pendant que ses deux fils se préparaient à l'incendier.

Deux heures et demie plus tard, il traversait le petit jardin sombre de sa maison, guettant l'arrivée du vieux

Lucio. Son voisin l'avait sûrement entendu rentrer, il allait fatalement surgir avec sa bière, faisant mine de pisser sous l'arbre avant d'engager la conversation. Adamsberg eut juste le temps de sortir son sac et Hellebaud, qu'il posa sur la table de la cuisine avec sa chaussure, avant de voir apparaître Lucio dans l'ombre, deux bouteilles de bière à la main.

— Ça va mieux, hombre, diagnostiqua Lucio.

— Je crois.

— Les fouille-merde sont revenus deux fois. Et puis ils ont disparu. T'as arrangé tes affaires ?

— Presque.

— Et dans ta campagne ? T'as arrangé ça ?

— C'est terminé. Mais mal. Trois morts et un suicide.

— Du coupable ?

— Oui.

Lucio hocha la tête, semblant apprécier le bilan macabre, et décapsula les bières en faisant levier contre une branche.

— Déjà quand tu pisses dessus, protesta Adamsberg, tu attaques les racines, et maintenant, tu arraches l'écorce.

— Pas du tout, s'indigna Lucio. Il y a plein d'azote dans l'urine, il n'y a pas mieux pour le compost. Pourquoi tu crois que je pisse sous l'arbre ? L'azote, répéta Lucio en dégustant le mot. Tu savais pas ça ?

— Je ne sais pas grand-chose, Lucio.

— Assieds-toi, hombre, dit l'Espagnol en désignant la caisse en bois. Il a fait chaud ici, dit-il en avalant une gorgée au goulot, on a souffert.

— Là-bas aussi. Les nuages s'accumulaient à l'ouest mais ça ne venait pas. Finalement tout a explosé hier, le ciel et l'enquête. Il y avait une femme aussi, dont j'aurais voulu avaler la poitrine tout cru. Tu n'as pas idée. J'ai l'impression que j'aurais dû le faire, j'ai l'impression que je n'ai pas fini un truc.

— Ça te gratte ?

— Oui, c'est pourquoi je voulais t'en parler. Ça ne me gratte pas sur le bras mais ça m'agace dans la tête. Comme une porte battante, une porte que je n'ai pas fermée.

— Alors faut que t'y retournes, hombre. Sinon ça va battre toute ta vie. Tu connais le principe.

— L'enquête est bouclée, Lucio. Je n'ai plus rien à y faire. Ou alors c'est parce que je n'ai pas vu bouger les vaches. Dans les Pyrénées, oui. Mais là-bas, rien à faire.

— Tu ne peux pas avoir la femme ? Plutôt que de surveiller les vaches ?

— Je ne veux pas l'avoir, Lucio.

— Ah.

Lucio avala la moitié de sa bouteille, déglutit bruyamment puis rota, réfléchissant au cas difficile que lui présentait Adamsberg. Il était terriblement sensible aux choses qu'on n'avait pas fini de gratter. C'était son terrain, sa spécialité.

— Quand tu penses à elle, tu penses à une nourriture ?

— À un kouglof avec des amandes et du miel.

— C'est quoi ?

— Une sorte de brioche spéciale.

— C'est précis, dit Lucio en connaisseur. Mais les piqûres, c'est toujours précis. Tu ferais bien de te mettre en quête de ce kouglof. Ça devrait faire l'affaire.

— Je ne vais pas en trouver un vrai à Paris. C'est une spécialité de l'Est.

— Je peux toujours demander à Maria de t'en faire un. Il doit bien exister des recettes, non ?

49

La réunion de bilan débuta à la Brigade le dimanche matin à 9 h 30, un 15 août, avec quatorze membres présents. Adamsberg avait attendu Retancourt avec impatience et, en signe de gratitude et d'admiration, avait serré son épaule dans une effusion rude, un peu militaire, un geste qu'Émeri aurait apprécié. Une accolade pour saluer le plus brillant de ses soldats. Retancourt, qui perdait toute subtilité quand on la plaçait sur le terrain des émotions, avait secoué la tête comme un enfant fuyant et boudeur, gardant sa satisfaction pour plus tard, c'est-à-dire pour elle seule.

Les agents s'étaient placés en cercle autour de la grande table, Mercadet et Mordent prenaient les notes pour le procès-verbal de la réunion. Adamsberg aimait peu ces grandes assemblées, où il lui fallait résumer, expliquer, commander et conclure. Son attention fléchissait pour un oui pour un non, échappant au devoir du moment, et Danglard se plaçait toujours à ses côtés pour le rappeler aux réalités quand nécessaire. Mais Danglard était à l'heure actuelle à Porto avec Momo-mèche-courte, ayant évacué Zerk vers Rome, et se préparant sans doute à rentrer à Paris. Adamsberg l'espérait vers la fin de journée. Puis on attendrait quelques jours pour la vraisemblance, et le pseudo-délateur alerterait la

Brigade. Mo serait amené comme un trophée dans les mains du commissaire. Adamsberg révisait un peu son rôle pendant que le lieutenant Froissy exposait le déroulé des tâches des derniers jours, entre autres un sanglant affrontement entre deux collègues d'une compagnie d'assurances, l'un ayant traité l'autre de « pédé lunaire », le premier s'étant retrouvé avec la rate déchirée au coupe-papier, on l'avait sauvé de justesse.

— Apparemment, précisa Justin, toujours méticuleux, ce n'est pas « pédé » qui a fait problème, mais « lunaire ».

— Mais qu'est-ce qu'un « pédé lunaire » ? demanda Adamsberg.

— Personne ne le sait, même pas celui qui l'a dit. On a demandé.

— D'accord, dit Adamsberg en commençant à dessiner sur le bloc qu'il tenait sur ses genoux. La petite fille à la gerbille ?

— Le tribunal a donné son accord pour son accueil chez une demi-sœur qui vit en Vendée. Le juge a ordonné une prise en charge psychiatrique de la petite. La demi-sœur accepte de prendre également la gerbille. Qui est aussi une fille, a dit le médecin.

— Brave femme, jugea Mordent, en donnant une secousse rapide à son long cou maigre, ce qu'il faisait chaque fois qu'il lançait un commentaire, comme pour marquer le coup. L'allure de Mordent rappelant celle d'un vieux héron déplumé, ce geste évoquait toujours pour Adamsberg un gloussement de l'oiseau avalant un bon poisson. Si tant est que le héron fût un oiseau et le poisson un poisson.

— Son grand-oncle ?

— En détention. Chefs d'inculpation retenus par le juge : séquestration, violences et mauvais traitements. Au moins, pas de viol. Ce qu'il y a, c'est que le grand-oncle ne voulait la laisser à personne d'autre.

— D'accord, répéta Adamsberg en dessinant le pommier penché du petit déjeuner.

Autant il ne pouvait retenir les mots de la légiste plus de quelques secondes, autant chaque branche et brindille du pommier était restée intacte et précise dans sa mémoire.

— Tuilot Julien, annonça le lieutenant Noël.

— L'assassinat à la mie de pain.

— Exactement.

— Une arme unique en son genre, dit Adamsberg en tournant la feuille de son bloc. Aussi efficace et silencieuse qu'une arbalète, mais exige une totale proximité.

— Quel rapport ? demanda Retancourt.

Adamsberg fit un signe indiquant qu'il s'expliquerait plus tard, et commença à dessiner le visage du Dr Merlan.

— Placé en détention préventive, dit Noël. Une cousine s'apprête à payer sa défense, pour cause de vie sabotée par la tyrannie de l'épouse.

— Tuilot Lucette.

— Oui. Cette cousine lui a apporté des mots croisés en prison. Ça ne fait pas douze jours qu'il y est, et il a déjà organisé un tournoi avec les détenus volontaires, niveau débutant.

— En pleine forme, si je comprends bien.

— Jamais été aussi fringant, selon la cousine.

Il se fit un silence, tous se tournant à présent vers Retancourt, dont on avait connu le rôle majeur dans l'affaire Clermont-Brasseur sans en savoir les détails. Adamsberg fit signe à Estalère d'apporter la tournée de cafés.

— On cherche toujours Momo-mèche-courte, amorça Adamsberg, mais ce n'est pas lui qui a incendié la Mercedes.

Pendant l'assez long récit de Retancourt – le premier costume, le second costume, la coupe de cheveux, la femme de chambre, le labrador, l'odeur d'essence – Estalère distribuait les cafés, puis proposait du lait et du sucre en tournant autour de la table, soignant son style et redoublant d'attention. Le lieutenant Mercadet leva silencieusement la main pour refuser, ce qui mortifia Estalère, convaincu que le lieutenant sucrait toujours son café.

— Plus maintenant, lui expliqua Mercadet à voix basse. Régime, dit-il en posant la main sur son ventre.

Rasséréné, Estalère acheva sa tournée pendant qu'Adamsberg se figeait sans raison. Une question de Morel le surprit, il prit conscience que Retancourt concluait son compte-rendu et qu'il en avait manqué une partie.

— Où est Danglard ? répéta Morel.

— Au repos, dit rapidement Adamsberg. Il est passé sous un train. Pas de blessure, mais on ne s'en remet pas comme ça.

— Il est passé sous un train ? demanda Froissy avec la même expression stupéfaite et admirative qu'avait eue le Dr Merlan.

— Veyrenc a eu le réflexe de l'allonger entre les rails.

— Vingt centimètres entre le dessus du corps et le dessous du train, expliqua Veyrenc. Il ne s'est rendu compte de rien.

Adamsberg se leva maladroitement, abandonnant son carnet sur la table.

— Veyrenc prend la suite pour le rapport Ordebec, dit-il. Je reviens.

« Je reviens », ce qu'il disait toujours, comme s'il était hautement possible qu'un jour il ne revienne jamais. Il sortit de la salle d'un pas plus dansant qu'à l'ordinaire et s'échappa dans la rue. Il savait qu'il

s'était immobilisé d'un coup, telle une vache d'Ordebec, qu'il avait perdu quelque cinq à six minutes de
la conférence. Pourquoi, il ne pouvait pas le dire, et
c'est ce qu'il cherchait en marchant au long des trottoirs. Il n'était pas inquiet de cette brutale absence,
il en avait l'habitude. Il n'en savait pas la raison,
mais il en connaissait la cause. Quelque chose avait
traversé son esprit comme un trait d'arbalète, si vite
qu'il n'avait pas été capable de le saisir. Mais qui
avait suffi à le pétrifier. Comme lorsqu'il avait
aperçu ce scintillement dans l'eau du port à Marseille, comme lorsqu'il avait vu cette affiche sur les
murs de Paris, comme lors de cette insomnie dans
le train Paris-Venise. Et l'image invisible qui avait
passé avait drainé le champ aqueux de son cerveau,
entraîné dans son sillage d'autres figures impercep-
tibles qui s'étaient accrochées les unes aux autres
comme des aimants en chaîne. Il n'en voyait ni l'origine ni le terme, mais il revoyait Ordebec, et précisément une portière, celle de la vieille voiture de
Blériot, ouverte, à laquelle il n'avait pas spécialement
prêté attention. C'était ce qu'il avait dit à Lucio hier,
il y avait une porte qui n'était pas bien fermée, une
porte qui battait encore, une piqûre qu'il n'avait pas
fini de gratter.

Il marcha lentement dans les rues, avec prudence,
s'éloignant vers la Seine où ses pas le conduisaient
toujours en cas de secousse. C'est en ces moments
qu'Adamsberg, presque inaccessible à l'anxiété ou à
toute émotion vive, se tendait comme une corde, serrant les poings, s'efforçant de saisir ce qu'il avait vu
sans le voir, ou pensé sans le penser. Il n'y avait pas
de méthode pour parvenir à dégager cette perle du
monceau informe que lui présentaient ses pensées.
Il savait seulement qu'il lui fallait faire vite, puisque
tel était son esprit que tout y sombrait. Parfois il
l'avait attrapée en demeurant totalement immobile,

attendant que la fluette image remonte en vacillant à la surface, parfois en marchant, remuant le désordre de ses souvenirs, parfois en dormant, laissant agir les lois de la pesanteur, et il redoutait, s'il choisissait à l'avance une stratégie théorique, de manquer sa proie.

Après plus d'une heure de marche, il s'assit sur un banc à l'ombre, posant son menton dans ses mains. Il avait perdu le fil de la discussion pendant le discours de Retancourt. Que s'était-il passé ? Rien. Tous les agents étaient restés en place, attentifs au récit du lieutenant. Mercadet luttait contre le sommeil et prenait péniblement des notes. Tous sauf un. Estalère avait bougé. Évidemment, il avait servi les cafés, avec le perfectionnisme coutumier qu'il mettait dans cette opération. Le jeune homme avait été froissé parce que Mercadet avait refusé le sucre qu'il prenait d'habitude, et le lieutenant avait désigné son ventre. Adamsberg ôta les mains de son visage, serra les genoux. Mercadet avait fait un autre geste, il avait levé la main en signe de refus. C'est à ce moment que le tir d'arbalète était passé dans sa tête. Le sucre. Il y avait quelque chose avec ce foutu sucre, depuis les débuts. Le commissaire éleva la main devant lui, imitant le geste de Mercadet. Il répéta le geste une dizaine de fois, revit la portière ouverte, et Blériot devant sa voiture en panne. Blériot. Blériot avait lui aussi refusé de mettre du sucre dans son café quand Émeri en avait proposé. Il avait levé silencieusement la main, exactement comme l'avait fait Mercadet. Dans la gendarmerie, le jour où ils parlaient de Denis de Valleray. Blériot, avec ses poches de chemise gonflées de morceaux de sucre, mais qui n'en avait pas pris avec son café. Blériot.

Adamsberg immobilisa ses gestes. La perle était là, brillante dans le creux du rocher. La porte qu'il n'avait pas refermée. Quinze minutes plus tard, il se leva tout doucement, afin de ne pas effaroucher ses sensations encore mal formées et non comprises, et rejoignit sa maison à pied. Il n'avait pas défait son sac de la veille, il l'attrapa, fourra Hellebaud dans la chaussure et mit le tout, aussi silencieusement qu'il put, dans sa voiture. Il ne voulait pas faire de bruit, craignant que parler à voix haute ne perturbe les particules de ses pensées en train de se souder maladroitement. Il envoya donc un simple message à Danglard sur le portable que lui avait fourni Retancourt : *Je repars là-bas. En cas de nécessité, même lieu même heure.* Il se retrouva incapable d'orthographier « nécessité », et changea le mot pour « besoin ». *En cas de besoin, même lieu même heure.* Puis il adressa un message au lieutenant Veyrenc : *Viens 20 h 30 à l'auberge Léo. Emmène absolument Retancourt. Ne vous faites pas remarquer, arrivez par le sentier de forêt. Apporte un rouleau de corde et de quoi manger.*

50

Adamsberg se fit discret en entrant à nouveau dans Ordebec à 2 heures de l'après-midi, une heure favorable où les rues étaient vides un dimanche. Il prit la route forestière pour gagner la maison de Léo, ouvrit la porte de la chambre qu'il considérait comme sienne. S'enfoncer dans le creux du matelas de laine lui parut une priorité évidente. Il déposa le docile Hellebaud sur l'appui de la fenêtre et se lova sur le lit. Sans s'endormir, écoutant le roucoulement du pigeon qui paraissait satisfait de retrouver son emplacement. Laissant s'emmêler toutes ses pensées sans plus tenter d'en faire le tri. Il avait vu récemment une photographie qui l'avait frappé, lui offrant une claire illustration de l'idée qu'il se faisait de son cerveau. C'était le contenu des filets de pêche déversés sur le pont d'un gros bateau, formant une masse plus haute que les marins, hétéroclite et défiant l'identification, mêlant inextricablement l'argent des poissons, le brun des algues, le gris des crustacés – de mer et non de terre comme ce foutu cloporte –, le bleu des homards, le blanc des coquilles, sans qu'on puisse distinguer les limites des différents éléments. C'est avec cela, toujours, qu'il se battait, avec un agglomérat confus, ondoyant et protéiforme, toujours prêt à s'altérer ou s'effondrer, voire repartir en mer. Les marins triaient la masse en rejetant à l'eau les bestioles trop petites, les bouchons d'algues, les matières impropres, conservant les formes utiles et connues. Adamsberg, lui semblait-il, opérait à l'inverse, rejetant les éléments sensés et scrutant ensuite les fragments ineptes de son amas personnel.

Il reprit du point de départ, depuis la main de Blériot se levant devant son café, et laissa libre cours aux images et aux sons d'Ordebec, le beau visage rongé du Seigneur Hellequin, Léo qui l'attendait dans la forêt, la bonbonnière Empire sur la table d'Émeri, Hippo secouant la robe mouillée de sa sœur, la jument dont il avait caressé les naseaux, Mo et ses crayons de couleur, l'onguent sur les parties argileuses d'Antonin, le sang sur la Madone de Glayeux, Veyrenc effondré sur le quai de la gare, les vaches et le cloporte, les boules d'électricité, la bataille d'Eylau, qu'Émeri avait réussi à lui raconter trois fois, la canne du comte frappant le vieux parquet, le bruit des grillons chez les Vendermot, la harde de sangliers sur le chemin de Bonneval. Il se retourna sur le dos, plaça ses mains sous la nuque, fixant les poutres du plafond. Ce sucre. Ce sucre l'avait harcelé tout au long des jours, lui causant une irritation anormale, au point de l'avoir supprimé de son café.

Adamsberg se releva après deux heures, les joues trop chaudes. Il n'avait qu'une seule personne à voir, Hippolyte. Il attendrait 19 heures, l'heure où tous les habitants d'Ordebec sont massés dans les cuisines et les cafés pour l'apéritif. En passant par l'extérieur du bourg, il pourrait atteindre la maison Vendermot sans risque de rencontre. Eux aussi prendraient l'apéritif, peut-être finiraient-ils ce terrible porto qu'ils avaient acheté pour l'accueillir. Amener doucement Hippo à ses vues, le faire aller à l'endroit exact où il le souhaitait, le diriger sans un écart. *Nous sommes gentils.* Ce qui était une définition bien rapide pour un enfant amputé des doigts qui avait terrorisé ses camarades pendant des années. *Nous sommes gentils.* Il consulta ses montres. Il avait trois appels à passer pour confirmation. L'un au comte de Valleray, l'autre à Danglard et le dernier au Dr Merlan. Il se mettrait en route dans deux heures et demie.

Il se glissa hors de la chambre jusqu'à la cave. Là, en montant sur un tonneau, il atteignait une petite lucarne poussiéreuse, seule ouverture qui donnait sur une portion de pré à vaches. Il avait le temps, il attendrait.

En rejoignant prudemment la maison Vendermot quand sonnait l'angélus, il se sentait satisfait. Trois vaches avaient bougé, pas moins. Et sur plusieurs mètres encore, sans décoller les naseaux de l'herbe. Ce qui lui paraissait un excellent signe pour l'avenir d'Ordebec.

51

— Pas pu faire de courses, toutes les boutiques étaient fermées, dit Veyrenc en vidant un sac de provisions sur la table. Il a fallu piller l'armoire de Froissy, il faudra lui remplacer cela en vitesse.

Retancourt s'était calée dos à la cheminée éteinte, sa tête blonde dépassant largement le manteau de pierre. Adamsberg se demanda où il allait la faire dormir dans cette maison, où les lits étaient tous anciens, c'est-à-dire bien trop courts pour ses dimensions corporelles. Elle regardait Veyrenc et Adamsberg préparer les sandwiches au pâté de lièvre aux pleurotes, une expression assez joviale sur le visage. On ne savait jamais pourquoi Retancourt prenait selon les jours une mine âpre ou aimable, on ne demandait pas. Même souriante, l'allure de la grosse femme avait toujours quelque chose de rugueux et de légèrement impressionnant, qui dissuadait de faire des confidences ou de poser des questions légères. Pas plus qu'on aurait donné une tape amicale – irrespectueuse au fond – sur le tronc d'un séquoia millénaire. Quelle que fût sa mine, Retancourt forçait la déférence, parfois la dévotion.

Après le repas sommaire – mais le pâté de Froissy était indiscutablement succulent –, Adamsberg leur dessina un plan des lieux. Depuis l'auberge de Léo, prendre le sentier vers le sud-est, puis couper à travers champs, obliquer par le chemin de terre de la Bessonnière et atteindre le vieux puits.

— Une petite trotte de six kilomètres. Je n'ai pas trouvé mieux que ce vieux puits. Le puits de l'Oison. Je l'avais remarqué en longeant la Touques.

— C'est quoi, la Touques ? s'informa Retancourt, toujours précise.

— La rivière d'ici. Le puits est sur la commune voisine, à l'abandon depuis quarante ans, profond d'une douzaine de mètres. C'est facile et tentant de basculer un homme là-dedans.

— Si l'homme se penche assez sur la margelle, dit Veyrenc.

— Ce sur quoi je compte. Car le tueur a déjà effectué cette manœuvre en basculant le corps de Denis par la fenêtre. Il sait y faire.

— Si bien que Denis ne s'est pas suicidé, constata Veyrenc.

— On l'a tué. Il est la quatrième victime.

— Et non la dernière.

— Exact.

Adamsberg posa son crayon et exposa ses derniers raisonnements – si tant est que ce fût le mot. Retancourt fronça le nez à plusieurs reprises, comme toujours incommodée par la façon dont le commissaire s'y prenait pour arriver au but. Mais ce but, il l'avait atteint, elle devait l'admettre.

— Ce qui explique, évidemment, qu'il n'ait pas laissé la moindre trace, dit Veyrenc, que ces nouveaux éléments rendaient méditatif.

Retancourt, elle, revenait aux éléments pragmatiques de l'action.

— Elle est large ? La margelle ?

— Non, trente centimètres à peu près. Et surtout, elle est basse.

— Ça peut coller, approuva Retancourt. Et le diamètre du puits ?

— Suffisant.

— Comment opère-t-on ?

— À vingt-cinq mètres de là, il y a un ancien bâtiment de ferme. Un hangar fermé par deux grandes portes de bois délabrées. On se tiendra là, on ne peut pas planquer plus près. Attention, Hippo est un type solide. Il y a un gros risque.

— C'est dangereux, dit Veyrenc. On met une vie en jeu.

— On n'a pas le choix, il n'y a pas de preuve, sauf quelques malheureux papiers de sucre, hors contexte.

— Tu les as conservés ?

— Dans un des tonneaux de la cave.

— Tu auras peut-être des empreintes dessus. Il n'y a pas eu de pluie pendant des semaines.

— Mais ce ne sera pas une preuve. S'asseoir sur un tronc d'arbre et bouffer du sucre n'a rien de criminel.

— On a les paroles de Léo.

— Paroles d'une vieille femme en état de choc. Et que je suis seul à avoir entendues.

— Avec Danglard.

— Qui n'était pas attentif.

— Ça ne tiendra jamais, confirma Retancourt. Pas d'autre solution que le flag.

— Dangereux, répéta Veyrenc.

— C'est pour cela que Retancourt est ici, Louis. Elle foncera plus vite et plus sûrement. Elle peut rattraper le gars s'il commence à faire le plongeon. C'est elle qui aura la corde, en cas de besoin.

Veyrenc alluma une cigarette, secouant la tête sans marquer de dépit. Qu'on place la puissance de Retancourt plus haut que la sienne était une évidence qui ne se discutait pas. Elle aurait sans doute été capable de hisser Danglard sur le quai.

— Si on rate le coup, dit-il, l'homme est mort et nous avec.

— Ça ne peut pas se rater, objecta calmement Retancourt. Si tant est que l'événement ait lieu.

— Il aura lieu, assura Adamsberg. Le gars n'a pas le choix. Et tuer cet homme lui plaira beaucoup.

— Admettons, dit Retancourt, tendant son verre pour qu'on le lui remplisse.

— Violette, dit doucement Adamsberg en obéissant, c'est le troisième verre. Et il nous faut toutes vos forces.

Retancourt haussa les épaules, comme si le commissaire venait d'exprimer une niaiserie indigne de commentaire.

52

Retancourt était placée derrière le battant gauche de la porte du hangar, les deux hommes à droite. Rien ne devait gêner la course du lieutenant vers le puits.

Dans l'ombre, Adamsberg leva les mains vers ses adjoints, les dix doigts étendus. Dix minutes encore. Veyrenc écrasa sa cigarette au sol et colla son œil contre une large fente de la cloison de bois. Le massif lieutenant tendait ses muscles pour se préparer tandis que Retancourt, appuyée au chambranle, et en dépit des quinze mètres de corde qu'elle avait enroulés sur son torse, dégageait une impression de décontraction totale. Adamsberg s'en inquiétait, eu égard aux trois verres de vin.

Hippolyte arriva le premier et s'assit sur le bord de la margelle, enfonçant ses mains dans ses poches.

— Costaud, sûr de lui, murmura Veyrenc.

— Guette du côté du pigeonnier. C'est par là qu'Émeri va arriver.

Trois minutes plus tard, le capitaine s'avançait à son tour, très droit, l'uniforme bien boutonné, mais le pas un peu hésitant.

— C'est le problème, dit Adamsberg à voix basse. Il est plus craintif.

— Ça peut lui donner l'avantage.

Les deux hommes engagèrent la conversation, inaudible depuis le hangar. Ils se tenaient à moins d'un mètre l'un de l'autre, défiants, offensifs. Hippolyte parlait plus qu'Émeri, rapidement, avec des intonations agressives. Adamsberg jeta un regard inquiet à Retancourt, toujours calée contre le chambranle, n'ayant pas modifié d'un pouce sa position placide. Ce qui n'était pas forcément rassurant, Retancourt étant capable de dormir debout sans vaciller, tel un cheval.

Le rire d'Hippolyte éclata dans la nuit, dur, mauvais. Il donna une tape sur le dos d'Émeri, dans un geste qui n'avait rien d'amical. Puis il se pencha sur la margelle, en tendant un bras comme s'il voulait désigner quelque chose. Émeri éleva la voix, gueula quelque chose comme « salopard », et se pencha à son tour.

— Attention, murmura Adamsberg.

Le geste fut plus expert et rapide qu'il ne l'avait prévu – le bras de l'homme qui passe sous les jambes et les soulève toutes deux ensemble –, et sa réaction plus lente qu'il ne l'avait espéré. Il prit son élan avec une bonne seconde de retard, en léger retrait par rapport à Veyrenc qui lançait toute sa masse. Retancourt était déjà au puits quand il lui restait encore trois mètres à parcourir. Selon une technique qui n'appartenait qu'à elle, elle avait projeté Émeri à terre et s'était assise sur lui à califourchon, maintenant ses bras collés au sol, bloquant implacablement la cage thoracique de l'homme qui gémissait sous son poids. Hippolyte se releva, soufflant, les phalanges blessées par les pierres sur lesquelles il s'était écorché.

— C'était juste, dit-il.

— Tu ne risquais rien, dit Adamsberg en désignant Retancourt.

Il attrapa les poignets du capitaine, ferma les menottes dans son dos pendant que Veyrenc attachait les jambes.

— Ne tente même pas un geste, Émeri. Violette peut t'écraser comme un cloporte, comprends bien cela. Comme une crevette de terre.

Adamsberg, suant, le cœur cognant, composa le numéro de Blériot pendant que Retancourt se relevait puis s'asseyait commodément sur le puits, allumant une cigarette aussi tranquillement que si elle revenait du marché. Veyrenc allait et venait en balançant ses bras, évacuant sa tension. De loin, son contour s'estompait, on ne voyait de lui que l'éclat de ses mèches rousses.

— Rejoignez-nous au vieux puits de l'Oison, Blériot, disait Adamsberg. On a saisi l'homme.

— Quel homme ? dit Blériot qui n'avait décroché qu'après une dizaine de sonneries et parlait d'une voix engourdie.

— Le tueur d'Ordebec.

— Mais Valleray ?

— Ce n'était pas Valleray. Amenez-vous, brigadier.

— Où ? À Paris ?

— Il n'y a pas de puits de l'Oison à Paris, Blériot. Secouez-vous.

— Quel homme ? répéta Blériot en éclaircissant sa voix.

— Émeri. Je suis navré, brigadier.

Et navré, Adamsberg l'était. Il avait travaillé avec ce type, ils avaient marché, bu et mangé ensemble, trinqué à la victoire chez lui. Ce jour-là – hier en fait, se rappela Adamsberg –, Émeri était convivial, disert, sympathique. Il avait tué quatre hommes, basculé Danglard sur la voie, écrasé la tête de Léo au sol. La vieille Léo qui l'avait sauvé, petit, au milieu de la mare gelée. Hier, Émeri levait son verre de kir à la mémoire de son aïeul, il était confiant. Il y avait un coupable, même si ce n'était pas celui qu'il avait prévu. Le travail n'était pas achevé, deux morts encore pour en finir, trois si Léo retrouvait la parole. Mais tout se présentait au mieux. Quatre assassinats accomplis, deux tentatives avortées, trois autres en vue, il avait son plan. Total, sept morts, un beau bilan pour un fier soldat. Adamsberg allait rentrer dans sa Brigade avec son coupable Denis de Valle-ray, l'affaire était bouclée et le champ de bataille était libre.

Adamsberg s'assit en tailleur dans l'herbe à ses côtés. Émeri, les yeux dirigés vers le ciel, se composait le visage d'un combattant ne cillant pas devant l'ennemi.

— Eylau, lui dit Adamsberg, une des victoires de ton aïeul, et l'une de tes préférées. Tu en connais la stratégie par cœur, tu en parles à qui le veut et à qui ne le veut pas. Car c'est bien « Eylau » qu'a dit Léo. Et non pas « Hello » bien sûr. « Eylau, Flem, sucre. » C'est toi qu'elle désignait.

— Tu commets la faute de ta vie, Adamsberg, dit Émeri d'une voix lourde.

— Nous sommes trois à pouvoir témoigner. Tu as tenté de balancer Hippo dans le puits.

— Parce que c'est un assassin, un diable. Je te l'ai toujours dit. Il m'a menacé, je me suis défendu.

— Il ne t'a pas menacé, il t'a dit qu'il te savait coupable.

— Non.

— Si, Émeri. C'est moi qui lui ai dicté son rôle. T'annoncer qu'il avait vu un corps dans le puits, te demander de venir le rejoindre pour constater. Tu étais inquiet. Pourquoi un rendez-vous à la nuit ? Qu'est-ce qu'Hippo racontait avec ce corps dans le puits ? Tu es venu.

— Et alors ? S'il y avait un cadavre, c'était mon devoir de me déplacer. Quelle que soit l'heure.

— Mais il n'y avait pas de cadavre. Il y avait juste Hippo qui t'accusait.

— Pas de preuve, dit Émeri.

— Exactement. Depuis le début, aucune preuve, aucun indice. Ni pour Herbier, ni pour Glayeux, ni pour Léo, Mortembot, Danglard, Valleray. Six victimes, quatre morts et pas une trace. C'est rare, un assassin qui passe ainsi comme un spectre. Ou comme un flic. Car quoi de mieux qu'un flic pour dissoudre toutes les traces ? C'est toi qui te chargeais de la partie technique, c'est toi qui me donnais les résultats. Bilan : on n'avait rien, pas une empreinte, pas un indice.

— Il n'y a pas d'indice, Adamsberg.

— Je te fais confiance pour avoir tout détruit. Mais il y a le sucre.

Blériot garait la voiture près du pigeonnier, accourait en balançant son gros ventre, tenant une lampe torche. Il considéra le corps de son capitaine ficelé à terre, jeta un regard affolé et coléreux à Adamsberg, puis se retint. Il ne savait pas s'il fallait intervenir, parler, il ne savait plus où étaient amis et ennemis.

— Brigadier, délivrez-moi de ces abrutis, commanda Émeri. Hippo m'a donné rendez-vous ici au prétexte d'un cadavre dans le puits, il m'a menacé et je me suis défendu.

— En essayant de me foutre dedans, dit Hippo.

— Je n'avais pas d'arme, dit Émeri. J'aurais donné l'alerte ensuite pour te sortir de là. Même si les démons de ton espèce doivent crever de cette manière. Pour qu'ils retournent dans les profondeurs de la terre.

Blériot regardait tour à tour Émeri et Adamsberg, toujours incapable de choisir son camp.

— Brigadier, dit Adamsberg en levant la tête, vous ne sucrez pas votre café. De sorte que vos réserves de sucre, c'était bien pour le capitaine, pas pour vous ?

— J'en ai toujours sur moi, dit Blériot d'une petite voix sèche.

— Pour lui en donner quand il a une crise ? Quand ses jambes se dérobent, quand il se met à suer et trembler ?

— On n'a pas le droit d'en parler.

— Pourquoi est-ce vous qui trimballez les réserves ? Parce que ça déforme ses poches ? Parce qu'il a honte ?

— Les deux, commissaire. On n'a pas le droit d'en parler.

— Ces sucres, ils doivent être enveloppés ?

— Pour l'hygiène, commissaire. Ils peuvent rester des semaines dans mes poches sans qu'il y touche.

— Vos papiers de sucre, Blériot, ce sont les mêmes que ceux que j'ai ramassés sur le chemin de Bonneval, devant le tronc couché. C'est là qu'Émeri a eu une crise. C'est là qu'il s'est assis et qu'il en a mangé six, là qu'il a laissé les papiers, là que Léo les a trouvés. Après le meurtre d'Herbier. Parce que dix jours avant, ils n'y étaient pas. Léo sait tout, Léo associe les détails, les ailes de papillons, Léo sait qu'Émeri doit parfois avaler plusieurs sucres de suite pour se remettre d'aplomb. Qu'est-ce qu'Émeri fabriquait sur le chemin de Bonneval ? C'est la question qu'elle lui a posée. Il est venu y répondre, c'est-à-dire qu'il l'a massacrée.

— Ce n'est pas possible. Le capitaine n'a jamais de sucre sur lui. Il me les demande.

— Mais ce soir-là, Blériot, il allait seul à la chapelle, il en a emporté. Il connaît son problème. Une émotion trop forte, une dépense brutale d'énergie peuvent déclencher une crise d'hypoglycémie. Il n'allait pas risquer de s'évanouir après l'assassinat d'Herbier. Comment déchire-t-il le papier ? Par les côtés ? Par le milieu ? Et ensuite ? Il le met en boule ? Il le froisse ? Il le laisse tel quel ? Il le plie ? On a tous nos manies avec les papiers. Vous, vous en faites une petite bille très serrée que vous glissez dans votre poche avant.

— Pour ne pas salir par terre.

— Et lui ?

— Il l'ouvre par le milieu, il le défait sur les trois quarts.

— Et ensuite ?

— Il le laisse comme ça.

— Exactement, Blériot. Et Léo le savait sûrement. Je ne vais pas vous demander d'arrêter votre capitaine. Moi et Veyrenc l'installerons à l'arrière de la voiture. Vous monterez devant. Tout ce que j'attends de vous, c'est que vous nous conduisiez à la gendarmerie.

53

Adamsberg avait ôté les liens et les menottes d'Émeri une fois dans la salle d'interrogatoire. Il avait alerté le commandant Bourlant, à Lisieux. Blériot avait été envoyé à la cave de Léo pour récupérer les papiers de sucre.

— Ce n'est pas prudent de lui laisser les mains libres, observa Retancourt du ton le plus plat possible. Souvenez-vous de la fuite de Mo. Pour un oui pour un non, les prévenus s'en vont.

Adamsberg croisa le regard de Retancourt et y trouva, avec certitude, la marque d'une ironie provocante. Retancourt avait compris la fuite de Mo, comme Danglard, et elle n'avait pas parlé. Pourtant, rien n'avait dû lui déplaire autant que cette méthode aux effets incertains.

— Mais cette fois vous êtes sur les lieux, Retancourt, répondit Adamsberg en souriant. Nous ne risquons donc rien. On attend Bourlant, dit-il en se tournant vers Émeri. Je ne suis pas habilité à t'interroger dans cette gendarmerie où tu es encore officier. Ce poste n'a plus de chef, Bourlant va te déférer à Lisieux.

— Tant mieux, Adamsberg. Bourlant, au moins, respecte les principes basés sur les faits. Toi, tout le monde sait et répète que tu pellettes des nuages et ton avis n'a aucune crédibilité dans les forces de l'ordre, gendarmes ou flics. J'espère que tu le sais ?

— Et c'est pour cela que tu as insisté pour me faire venir à Ordebec ? Ou parce que tu pensais que je serais plus conciliant que ton collègue, qui ne t'aurait pas laissé mettre un doigt dans l'enquête ?

— Parce que tu n'es rien, Adamsberg. Du vent, des nuées, un ectoplasme analphabète et incapable d'un seul début de raisonnement.

— Tu es bien renseigné.

— Évidemment. C'était mon enquête, et je n'avais pas l'intention qu'un flic efficace vienne me l'ôter. Dès que je t'ai vu, j'ai compris que tout ce qu'on disait sur toi était vrai. Que je pourrais faire à ma guise pendant que tu t'éloignerais dans tes brumes. T'es même allé nulle part, Adamsberg, tu n'as rien foutu, et de cela, tout le monde pourra témoigner. La presse y compris. Tout ce que tu as fait, c'est m'empêcher d'arrêter cette ordure d'Hippo. Et pourquoi le protèges-tu ? Tu le sais au moins ? Pour que personne ne touche à sa sœur. Tu es inapte, et tu es obsédé. Tout ce que tu as fait à Ordebec, c'est regarder sa poitrine et t'occuper de ton foutu pigeon. Sans compter que la police des polices a fait une descente pour fouiller le secteur. Tu penses que je ne l'ai pas su ? Qu'est-ce que tu bricolais ici, Adamsberg ?

— Je ramassais des papiers de sucre.

Émeri ouvrit les lèvres, puis prit une inspiration et se tut. Adamsberg crut savoir ce qu'il avait manqué dire : « Pauvre crétin, ils ne te serviront à rien, tes papiers de sucre. »

Très bien, il ne trouverait pas d'empreintes. Des papiers vierges et sans plus.

— Tu comptes convaincre un jury avec tes petits papiers ?

— Tu oublies une chose, Émeri. Celui qui a tenté de tuer Danglard a également assassiné les autres.

— Évidemment.

— Un homme costaud qui s'est avéré bon coureur. Tu as dit, comme moi, que Denis de Valleray avait commis les meurtres et que c'était lui, aussi, qui avait donné rendez-vous à Danglard à Cérenay. C'est consigné dans ton premier rapport.

— Évidemment.

— Et qu'il s'était tué quand le secrétaire du club l'avait informé d'un début d'enquête.

— Pas le « club ». La Compagnie de la Marche.

— Comme tu veux, ça ne m'impressionne pas. Mon ancêtre, à moi, a été conscrit pendant tes guerres napoléoniennes et il y est mort à vingt ans, si ça t'intéresse. À Eylau, si tu veux comprendre pourquoi ce nom m'est resté en mémoire. Les deux jambes dans la boue pendant que ton aïeul défilait pour la victoire.

— La fatalité familiale, dit Émeri en souriant, le dos plus droit que jamais, passant un bras assuré sur le dossier de sa chaise. Tu n'auras pas plus de chance que ton aïeul, Adamsberg. Tu es déjà dans la boue jusqu'aux cuisses.

— Denis s'est tué, tu l'as écrit, parce qu'il se savait accusé. Accusé des meurtres d'Herbier, Glayeux, Mortembot, et des tentatives d'assassinat contre Léo et Danglard.

— Bien entendu. Tu n'as pas eu connaissance de la suite du rapport du labo. Une dose de cheval d'anxiolytiques, de neuroleptiques et presque cinq grammes d'alcool dans le sang.

— Pourquoi pas ? Il est facile de verser le tout dans la gorge d'un homme à moitié assommé. Tu lèves sa tête et tu déclenches le réflexe de déglutition. Il n'empêche, Émeri : pourquoi Denis aurait-il voulu tuer Danglard ?

— Tu me l'as expliqué toi-même, pelleteur. Parce que Danglard savait la vérité sur les enfants Vendermot. À cause de leur tache en forme d'insecte.

— De crustacé.

— Je m'en fous, s'emporta Émeri.

— Je te l'ai dit et je me suis trompé. Car dis-moi comment Denis de Valleray aurait appris si rapidement que Danglard avait vu le crustacé ? Et compris ce qu'il signifiait ? Alors que je ne l'ai su moi-même que le soir de son départ ?

— Par la rumeur.

— C'est ce que j'avais supposé. Mais j'ai appelé Danglard et il n'en a parlé à personne, hormis Veyrenc. L'homme qui a glissé le billet dans sa poche l'a fait très peu de temps après le malaise du comte à l'hôpital. Les seuls qui ont pu voir Danglard reposer le châle sur les épaules de Lina, Danglard découvrir le dos nu du comte, Danglard fixer cette tache violette et s'en étonner, étaient donc Valleray père, le Dr Merlan, les infirmiers, les gardiens de prison, le Dr Hellebaud, Lina, et toi. Élimine les gardiens et Hellebaud, qui sont hors de l'histoire. Élimine les infirmiers, qui n'ont jamais vu la tache des enfants Vendermot. Élimine Lina, qui n'a jamais vu le dos du comte.

— Elle l'a vu ce jour-là.

— Non, elle se tenait très en retrait dans le couloir, Danglard me l'a confirmé. Si bien que Denis de Valleray ne savait donc pas que le commandant avait découvert l'existence de ses frère et sœur. Il n'avait donc aucune raison de le jeter sous le Caen-Paris. Toi oui. Qui d'autre ?

— Merlan. Il a opéré les doigts d'Hippo quand il était petit.

— Merlan ne se trouvait pas dans la petite foule face la maison de Glayeux. Outre que les descendants de Valleray ne le concernent en rien.

— Lina a pu voir, quoi qu'en dise ton commandant.

— Elle n'était pas devant chez Glayeux.

— Mais son argileux de frère, oui. Antonin. Qui te dit qu'elle ne l'a pas prévenu ?

— Merlan. Lina a quitté l'hôpital bien après les autres, elle discutait avec une amie à l'accueil. Élimine-la.

— Reste le comte, Adamsberg, affirma hautement Émeri. Qui ne voulait pas qu'on sache qu'ils étaient ses enfants. Pas de son vivant au moins.

— Lui non plus n'était pas devant chez Glayeux, mais en observation à l'hôpital. Toi seul as vu, as compris, et toi seul as pu glisser le message dans la poche de Danglard. Et plus probablement quand il est entré dans la maison de Glayeux.

— Et qu'est-ce que ça pouvait me foutre que le comte ait engendré ces enfants du diable ? Je ne suis pas un fils Valleray, moi. Tu veux voir mon dos ? Trouve au moins un seul rapport entre moi et la mort de tous ces pauvres types.

— C'est simple, Émeri. La terreur. Et l'éradication nécessaire de la cause de la terreur. Tu as toujours été apeuré, et mortifié de ne pas avoir la superbe de ton aïeul. Par malchance, on t'a donné son prénom.

— La terreur ? dit Émeri en écartant les mains. Et de quoi, mon Dieu ? Du minable Mortembot, mort le froc aux genoux ?

— D'Hippolyte Vendermot. Le responsable, à tes yeux, de toutes tes impuissances. Et cela depuis trente-deux ans. La perspective de finir comme Régis te hante, il te fallait détruire celui qui t'avait damné enfant. De cette « damnation », tu es certain. Car après cela, tu as fait une chute de vélo quasi mortelle. Mais tu ne me l'as pas dit. Je me trompe ?

— Pourquoi voudrais-tu que je te raconte mon enfance ? Tous les gosses se cassent la gueule à vélo. Ça ne t'est jamais arrivé ?

— Si. Mais pas juste après avoir été « damné » par le petit Hippo satanique. Pas après avoir su l'accident tragique de Régis. Tout a été de mal en pis pour toi ensuite. Tes échecs scolaires, tes déboires professionnels à Valence, à Lyon, ta stérilité, ta femme qui s'en va. Ta peur, ta pusillanimité, tes vertiges. Tu n'es pas un maréchal comme l'avait voulu ton père, tu n'es même pas un soldat. Et ce vaste fiasco est un drame à tes yeux, un drame qui va empirant. Mais ce drame, il n'est pas de ta faute, Émeri, car c'est Hippo qui l'a engendré, en te « damnant ». En t'interdisant toute descendance, en t'empêchant toute vie heureuse, ou glorieuse, ce qui pour toi revient au même. Hippo est la source de ton mal, de ton mauvais sort, et il te terrifie encore.

— Sois raisonnable, Adamsberg. Qui craindrait ce dégénéré qui parle à l'envers ?

— Crois-tu qu'il faille être dégénéré pour savoir inverser les lettres ? Bien sûr que non. Il faut être doté d'un génie spécial. Diabolique. Tu le sais, comme tu sais qu'Hippo doit être détruit, pour ta sauvegarde. Tu n'as que quarante-deux ans, tu peux refaire ta vie. Depuis le départ de ta femme, et depuis le suicide de Régis il y a trois ans, qui a mis le comble à ton affolement, c'est ton idée fixe. Car tu es un homme d'idées fixes. Ta salle Empire entre autres.

— Simple respect, tu n'es pas capable de comprendre.

— Non, manie mégalomane. Ton uniforme impeccable, qu'aucun sucre ne doit déformer. Ta posture de fier soldat. Il y a un seul responsable de ce que tu considères comme une débâcle injuste, insupportable, honteuse et surtout menaçante : Hippolyte

Vendermot. Mais le sort qu'il t'a jeté ne peut s'éteindre qu'avec sa mort. Un cas de légitime défense névrotique en quelque sorte, si tu n'en avais tué quatre autres.

— En ce cas, dit Émeri en se rejetant à nouveau sur le dossier de sa chaise, pourquoi ne pas simplement tuer Hippo ?

— Parce que tu crains par-dessus tout d'être accusé de sa mort. Et cela se conçoit. Car tout le monde ici connaît votre enfance, ton accident de vélo à dix ans après ta damnation, la haine que tu voues aux Vendermot. Il te faut un alibi pour te sentir totalement à l'abri. Un alibi et un coupable. Il te faut une stratégie vaste et ingénieuse, comme à Eylau. La stratégie bien pensée, unique moyen de vaincre, comme le fit l'Empereur, une armée deux fois plus forte. Et Hippolyte Vendermot est bien dix fois plus fort que toi. Mais tu es descendant de maréchal, nom de Dieu, et tu peux l'écraser. « Te laisseras-tu dévorer par ces gens-là ? », comme aurait dit l'Empereur. Non, certes non. Mais à la condition de préparer la moindre anfractuosité de terrain. Il te faut un maréchal Ney qui vienne prêter main-forte quand Davout est menacé sur son flanc droit. C'est pour cela que tu as été voir Denis.

— J'ai été le voir ?

— Il y a un an, tu dînais chez le comte avec des notables, le Dr Merlan, le vicomte Denis bien sûr, le commissaire-priseur d'Évreux et autres. Le comte a été pris d'un malaise, tu l'as conduit à sa chambre avec l'aide du docteur. Merlan m'a raconté cela. Je pense que c'est ce soir-là que tu as pris connaissance du testament.

Émeri rit rapidement, et naturellement.

— Tu étais là, Adamsberg ?

— En quelque sorte. J'ai demandé confirmation au comte. Il s'est cru mourant, il t'a demandé en urgence son testament, il t'a donné la clef du coffre. Il voulait, avant de mourir, y coucher ses deux enfants Vendermot. Il a donc ajouté péniblement quelques lignes sur le papier et t'a demandé de signer. Il faisait confiance à ta discrétion, tu es capitaine, tu es homme d'honneur. Mais tu as lu ces lignes, bien entendu. Et cela ne t'a guère étonné que le comte ait engendré des démons comme Hippo et Lina. Tu as vu la tache dans son dos quand Merlan l'auscultait. Tu connais celle de Lina, son châle glisse sans cesse. Pour toi, ce n'est pas un cloporte avec ses antennes, c'est une face de diable rouge et cornue. Tout cela te confirme dans l'idée que cette descendance est bâtarde et maudite. Et ce soir-là, depuis tant de temps que tu cherches l'occasion de faire disparaître la race Vendermot – car Lina est aussi noire à tes yeux –, elle se présente enfin à toi. Presque. Tu réfléchis longuement, craintif comme tu es, tu pèses soigneusement tous les éléments et, quelque temps plus tard, tu parles au fils Valleray.

— Je n'ai jamais été en relation avec le vicomte, tout le monde le sait.

— Mais tu peux lui rendre visite, Émeri, tu es chef de la gendarmerie. Tu as appris la vérité à Denis, ces nouvelles lignes ajoutées au testament par son père. Tu lui as montré son abîme. C'est un faible et tu le sais. Mais un homme comme le vicomte ne se décide pas d'un seul coup. Tu l'as laissé réfléchir, ruminer. Tu l'as revu pour le presser, le convaincre, et lui faire cette offre : tu peux le débarrasser des héritiers bâtards, mais à la condition qu'il te fournisse un alibi. Denis a perdu pied, a sans doute ruminé encore. Mais comme tu l'avais prévu, il a fini par accepter. Si c'est toi qui tues, s'il n'a rien d'autre à faire que jurer qu'il était avec toi, ce n'est pas cher payé. Le marché est conclu entre vous. Tu attends l'occasion.

— Tu n'as toujours pas répondu à ma question. Qu'est-ce que ça pouvait me foutre que le comte ait engendré ces créatures ? Que Danglard le sache ?

— Rien. Ce sont les créatures elles-mêmes qui t'intéressaient. Mais si leur filiation venait à s'apprendre, tu perdais le soutien de ton complice, Denis, qui n'aurait plus eu aucun avantage à te couvrir. Et tu perdais donc ton alibi. Ce pour quoi tu as balancé Danglard sur les rails.

Le commandant Bourlant entra à cet instant dans la salle, saluant sèchement le commissaire Adamsberg pour lequel il n'avait aucune estime.

— Chefs d'inculpation ? demanda-t-il.

— Quatre assassinats, deux tentatives d'assassinat, deux intentions d'assassinats.

— Les intentions ne comptent pas. Vous avez de quoi étayer ?

— Vous aurez mon rapport demain, à 10 heures. À vous de décider si vous saisirez le juge ou non.

— Cela me paraît correct. Suivez-moi, capitaine Émeri. Sans m'en vouloir, car je ne connais pas un mot de l'histoire. Mais Adamsberg est le chargé d'enquête, je suis contraint d'obéir.

— Nous ne passerons que peu d'heures ensemble, commandant Bourlant, dit Émeri en se levant avec solennité. Il n'a pas de preuves, il déraisonne.

— Vous êtes venu seul, commandant ? demanda Adamsberg.

— Affirmatif, commissaire. Nous sommes le 15 août.

— Veyrenc, Retancourt, accompagnez le commandant. Je commencerai le rapport en vous attendant.

— Tout le monde sait que tu ne peux pas rédiger trois lignes, dit Émeri en ricanant.

— Ne t'en fais pas pour ça. Un dernier mot, Émeri : l'occasion parfaite, c'est Lina qui te l'a fournie sans le vouloir. Quand elle a vu l'Armée furieuse et que tout Ordebec en fut informé. Elle te montrait elle-même la voie, signe du destin. Il n'y avait plus qu'à réaliser sa prédiction, tuer les trois saisis, et dresser ainsi les habitants contre les Vendermot. « Mort aux V. » Puis assassiner Lina et son frère maudit. On aurait forcément cherché dans la ville un fou terrifié par l'Armée, et bien décidé à éradiquer ses « passeurs ». Comme en 1775, où ils furent des dizaines à enfourcher François-Benjamin. Les suspects n'auraient pas manqué.

— 1777, corrigea Veyrenc, en l'absence de Danglard.

— Peut-être pas tant que cela, mais au moins deux cents.

— Je ne parle pas du nombre de suspects, mais de la date de la mise à mort de François-Benjamin. 1777.

— Ah très bien, dit Adamsberg sans se froisser.

— Imbécile, dit Émeri entre ses dents.

— Denis est presque aussi coupable que toi, reprit tranquillement Adamsberg, en t'ayant donné son accord de lâche, son absolution de minable. Mais quand tu as compris que la Compagnie de la Hache...

— De la Marche, coupa Émeri.

— Comme tu veux. Que la Compagnie informerait le vicomte de l'enquête, tu as su qu'il ne tiendrait pas plus de quelques heures sans flancher. Qu'il parlerait, qu'il t'accuserait. Il savait, lui, que tu avais massacré les saisis pour préparer la mort des Vendermot. Tu as été le trouver, tu lui as parlé pour endormir sa crainte, tu l'as à moitié assommé – ton coup professionnel sur la carotide –, tu lui as fait ingurgiter alcool et médicaments. De façon imprévisible, Denis s'est relevé brusquement pour vomir, se précipitant vers la fenêtre ouverte. C'était l'orage, tu te souviens ? Le temps de toutes les puissances. Tu n'as eu qu'à soulever ses jambes et il a basculé. Denis serait accusé des meurtres, cause de son suicide. Parfait. Cela perturbait ton plan, mais pas tant que ça finalement. Après ces quatre décès, et même s'il existait à présent une explication rationnelle, la moitié d'Ordebec continuerait de penser que la cause profonde en était l'Armée. Que, fondamentalement, Hellequin était venu détruire les quatre saisis. Que le vicomte n'avait été que son bras armé, son instrument. Qu'Hippo et Lina participaient à la venue du Seigneur, encore et toujours. Rien n'empêchait donc qu'on dise qu'un dément avait éliminé ensuite les deux suppôts d'Hellequin. Un dément qu'on ne trouverait jamais, avec l'approbation de la population.

— C'est une bien grosse hécatombe pour atteindre un seul gars, dit Émeri en lissant sa veste.

— Certes, Émeri. Mais ajoute que cette hécatombe te plaisait au plus haut point. Glayeux et Mortembot t'avaient tous les deux nargué, humilié, et ils t'avaient échappé. Tu les haïssais. Herbier de même, que tu n'as jamais été foutu capable d'arrêter. Tous des hommes mauvais, et toi, tu éliminais les hommes mauvais, Hippo en dernier. Mais par-dessus tout, Émeri, tu crois violemment en l'Armée. Le Seigneur Hellequin, ses servants Hippo et Lina, sa victime Régis, tout cela a du sens pour toi. En détruisant les saisis, tu te conciliais par le même coup les grâces du Seigneur. Ce qui n'est pas rien. Car tu craignais d'être la quatrième victime. Tu n'aimais pas évoquer ce quatrième homme, cet innommé. Je suppose donc qu'il y a longtemps, tu as déjà tué quelqu'un. Comme l'avait fait Glayeux, comme l'avait fait Mortembot. Mais cela, tu l'emportes avec toi.

— Cela suffit, commissaire, intervint Bourlant. Rien de ce qui est dit ici ne peut avoir de valeur.

— Je le sais, commandant, dit Adamsberg en souriant brièvement, poussant Veyrenc et Retancourt dans le sillage du rugueux officier de Lisieux.

— *De l'Aigle*, murmura Veyrenc, *s'abat à terre le fier rejeton, / Insensé qui rêva d'atteindre au Panthéon.*

Adamsberg jeta un regard à Veyrenc, lui signalant que ce n'était pas le moment, comme il l'avait fait avec Danglard pendant son récit sur Richard Cœur de Lion.

54

Lina n'était pas partie au travail, l'ordonnance de la maison Vendermot était bouleversée par l'annonce de l'arrestation du capitaine Émeri, représentant des forces de l'ordre. Un peu comme si l'église d'Ordebec s'était retournée sur son toit. Après lecture du rapport d'Adamsberg – que Veyrenc avait largement rédigé –, le commandant Bourlant s'était décidé à alerter le juge, qui avait ordonné la détention provisoire. Personne à Ordebec n'ignorait que Louis Nicolas Émeri était en cellule à Lisieux.

Mais surtout, le comte avait fait porter une lettre solennelle à la famille Vendermot, les informant de la véritable ascendance d'Hippolyte et de Lina. Il lui avait paru moins dégradant, avait-il expliqué à Adamsberg, que les enfants l'apprennent par lui avant, et non par la rumeur après, qui ferait vite et mal, comme toujours.

À son retour du château, Adamsberg les trouva errants dans leur salle à manger à presque midi, allant et venant sans ordre comme des boules de billard s'entrechoquant sur un tapis irrégulier, discutant debout, tournant autour de la grande table qui n'avait pas été débarrassée.

L'arrivée d'Adamsberg parut passer inaperçue. Martin donnait des petits coups de pilon au fond d'un mortier quasi vide tandis qu'Hippo, d'ordinaire maître de la maison, faisait le tour de la pièce en laissant traîner son index sur le mur, comme pour y dessiner une ligne invisible. Un jeu d'enfant, se dit Adamsberg. Hippo reconstruisait son existence, et il en aurait pour longtemps. Antonin surveillait anxieusement la marche rapide de son frère aîné, se déplaçant sans cesse pour éviter qu'il ne le percute au passage. Lina s'entêtait sur une des chaises, dont elle grattait de petites écailles de peinture avec son ongle, avec une telle intensité qu'on eût pu croire que de ce nouveau travail dépendait toute une vie. La mère seule ne bougeait pas, repliée sur son fauteuil. Toute sa posture, tête baissée, jambes maigres serrées, bras passés autour du corps, proclamait la honte qui l'écrasait et dont elle ne savait comment s'extraire. Tous étaient informés à présent qu'elle avait couché avec le comte, qu'elle avait trompé le père, et tout Ordebec allait commenter le fait à l'infini.

Sans saluer personne, car il ne pensait pas qu'ils étaient capables d'entendre, Adamsberg rejoignit d'abord la mère et déposa son bouquet de fleurs sur ses genoux. Ce qui, sembla-t-il, aggrava son malaise. Elle n'était pas digne qu'on lui offrît des fleurs. Adamsberg insista, prit ses mains l'une après l'autre et les posa sur les tiges. Il se tourna ensuite vers Martin.

— Tu accepterais de nous faire un café ?

Cette intervention, et le passage au tutoiement, parut recentrer l'attention de la famille. Martin posa son mortier et se dirigea vers la cuisinière en grattant ses cheveux. Adamsberg sortit lui-même les bols du buffet et les disposa sur la table sale, regroupant une partie de la vaisselle dans un coin. Un par un, il leur demanda de s'asseoir. Lina fut la dernière à accepter et, une fois en place, elle s'attaqua avec son ongle aux écaillures du pied de la chaise. Adamsberg ne se sentait aucun talent de psychologue et fut pris d'une brève envie de fuir. Il prit la cafetière des mains de Martin et remplit tous les bols, en apporta un à la mère qui refusa, les mains toujours crispées sur son bouquet. Il avait l'impression de n'avoir jamais tant bu de café qu'ici. Hippo repoussa également le bol et décapsula une bière.

— Votre mère avait peur pour vous, entama Adamsberg, et elle avait cent fois raison.

Il vit les regards se baisser. Tous penchaient la tête vers le sol, comme s'ils se recueillaient pour une messe.

— Si aucun de vous n'est foutu capable de prendre sa défense, qui va le faire ?

Martin tendit la main vers son mortier, puis se retint.

— Le comte l'a sauvée de la folie, hasarda Adamsberg. Aucun de vous ne peut se figurer l'enfer de sa vie. Valleray vous a tous protégés, vous lui devez cela. Il a empêché qu'Hippo ne prenne un coup de fusil, comme le chien. Vous lui devez cela aussi. Avec lui, elle vous a tous placés sous abri. Elle ne pouvait pas le faire seule. Elle a fait son travail de mère. C'est tout.

Adamsberg n'était pas certain de ce qu'il avançait, si la mère serait devenue folle ou non, si le père aurait tiré sur Hippolyte, mais l'heure n'était pas à une exposition détaillée.

— C'est le comte qui a tué le père ? demanda Hippo.

Rupture du silence par le chef de famille, c'était un bon signe. Adamsberg respira, regrettant de ne pas avoir sous la main une cigarette de Zerk ou de Veyrenc.

— Non. Qui a tué le père, on ne le saura jamais. Herbier peut-être.

— Oui, intervint vivement Lina, c'est possible. Il y avait eu une scène violente la semaine d'avant.

Herbier demandait de l'argent à mon père. Ça criait beaucoup.

— Bien sûr, dit Antonin en ouvrant enfin grand les yeux. Herbier devait savoir pour Hippo et Lina, il devait faire chanter Vendermot. Jamais mon père n'aurait supporté que toute la ville le sache.

— Dans ce cas, objecta Hippo, c'est le père qui aurait tué Herbier.

— Oui, dit Lina, et c'est pourquoi c'est sa hache. Le père a bien essayé de tuer Herbier, mais c'est l'autre qui a eu le dessus.

— De toute façon, confirma Martin, si Lina a vu Herbier dans l'Armée furieuse, c'est bien qu'il avait commis un crime. On savait pour Mortembot et Glayeux, on ne savait pas pour Herbier.

— C'est cela, conclut Hippo. Herbier a fendu la tête du père.

— C'est sûrement cela, approuva Adamsberg. Tout se boucle et, surtout, tout s'achève.

— Pourquoi dites-vous que ma mère avait raison d'avoir peur ? demanda Antonin. Ce n'est pas nous qu'Émeri a tués.

— Mais c'est vous qu'il allait tuer. C'était son objectif final : assassiner Hippo et Lina, et faire retomber la responsabilité sur un habitant quelconque d'Ordebec, rendu fou de peur par les morts de l'Armée furieuse.

— Comme en 1777.

— Exactement. Mais la mort du vicomte l'a retardé. C'est Émeri aussi qui l'a fait basculer par la fenêtre. Mais c'est fini, dit-il en se tournant vers la mère, dont le visage semblait se redresser, comme si, ses actes ayant été énoncés et même défendus, elle pouvait sortir un peu de sa stupeur. Le temps de la peur est fini, insista-t-il. Finie aussi la malédiction sur le clan Vendermot. La tuerie aura eu au moins cet effet : on saura qu'aucun de vous n'en était l'auteur, mais que vous en étiez les victimes.

— Si bien qu'on n'impressionnera plus personne, dit Hippo, avec un sourire déçu.

— Dommage peut-être, dit Adamsberg. Tu deviens un homme à cinq doigts.

— Heureusement que maman a gardé les bouts, soupira Antonin.

Adamsberg s'attarda encore une heure avant de prendre congé, jetant un ultime regard à Lina. Avant de sortir, il prit la mère par les épaules et lui demanda de l'accompagner jusqu'au chemin. Intimidée, la petite femme posa les fleurs et attrapa une bassine, expliquant qu'elle en profiterait pour rentrer le linge.

Le long de la corde tendue entre les pommiers, Adamsberg aidait la mère à décrocher le linge et à le plier dans la bassine. Il ne voyait aucune manière délicate d'aborder la question.

— Herbier aurait tué votre mari, dit-il à voix basse. Qu'est-ce que vous en pensez ?

— C'est bien, chuchota la petite femme.

— Mais c'est faux. C'est vous qui l'avez tué.

La mère lâcha sa pince à linge et attrapa la corde des deux mains.

— Nous sommes les deux seuls à le savoir, madame Vendermot. Le crime est prescrit et personne n'en parlera jamais. Vous n'avez pas eu le choix. C'était vous ou eux deux. Je veux dire, les deux enfants de Valleray. Il allait les tuer. Vous les avez sauvés de la seule manière possible.

— Comment vous l'avez su ?

— Parce qu'en réalité nous sommes trois à le savoir. Vous, moi, et le comte. Si l'affaire a pu être étouffée, c'est parce qu'il est intervenu. Il me l'a confirmé ce matin.

— Vendermot voulait tuer les petits. Il savait.

— Par qui ?

— Personne. Il avait été livrer des pièces de charpente au château et Valleray l'aidait à décharger. Le comte s'est pris dans une des griffes de la pelleteuse et sa chemise s'est déchirée tout du long. Vendermot a vu son dos. Il a vu la marque.

— Mais quelqu'un d'autre le sait, à moitié seulement.

La femme tourna un visage effrayé vers Adamsberg.

— C'est Lina, reprit-il. Elle vous a vu le tuer quand elle était petite. C'est pourquoi elle a essuyé le manche. Ensuite, elle a voulu tout effacer, tout enfoncer dans l'oubli. C'est pour cela qu'elle a eu cette première crise, aussitôt après.

— Quelle crise ?

— Sa première vision de l'Armée furieuse. Elle y a vu Vendermot, saisi. C'était donc le Seigneur Hellequin qui devenait responsable du crime, et non plus vous. Elle a continué à entretenir cette idée folle.

— Exprès ?

— Non, pour se protéger. Mais il faudrait la débarrasser du cauchemar.

— On peut pas. C'est des choses plus fortes que nous.

— Vous le pouvez peut-être en lui disant la vérité.

— Jamais, dit la petite femme en s'accrochant de nouveau au fil à linge.

— Dans un repli de sa tête, Lina s'en doute déjà. Et si Lina s'en doute, ses frères aussi. Ça les aiderait de savoir que vous l'avez fait, et pourquoi.

— Jamais.

— À vous de choisir, madame Vendermot. D'imaginer. L'argile d'Antonin se solidifiera, Martin cessera d'avaler des bestioles, Lina sera délivrée. Pensez-y, c'est vous la mère.

— C'est surtout cette argile qui est embêtante, dit-elle faiblement.

Si faiblement qu'Adamsberg ne doutait pas qu'en cet instant un souffle de vent la ferait s'éparpiller comme les parachutes duveteux des pissenlits. Une petite femme fragile et désemparée qui avait fendu son mari en deux coups de hache. Le pissenlit est une fleur humble et très résistante.

— Cependant deux choses resteront toujours, reprit Adamsberg. Hippo continuera de parler à l'envers. Et l'Armée d'Hellequin continuera de traverser Ordebec.

— Mais c'est certain, dit la mère plus fermement, ça n'a rien à voir.

55

Veyrenc et Danglard amenèrent Mo sans ménagement jusqu'au bureau d'Adamsberg, menottes aux poignets, et l'assirent de force sur la chaise. Adamsberg ressentit un vrai plaisir à le revoir, en réalité une satisfaction un peu orgueilleuse à l'idée qu'il avait réussi à l'arracher au bûcher.

Postés debout de part et d'autre de Mo, Veyrenc et Danglard jouaient parfaitement leur rôle, les visages durs et vigilants. Adamsberg adressa à Mo un insensible clignement d'yeux.

— Tu vois comment ça se termine, une cavale, Mo.

— Comment vous m'avez trouvé ? demanda le jeune homme sur un ton insuffisamment agressif.

— Tu serais tombé un jour ou l'autre. On avait ton carnet d'adresses.

— Je m'en fous, dit Mo. J'avais le droit de fuir, j'étais obligé de fuir. J'ai pas foutu le feu à cette bagnole.

— Je le sais, dit Adamsberg.

Mo prit une expression médiocrement étonnée.

— Les deux fils de Clermont-Brasseur s'en sont chargés. À l'heure où je te parle, ils sont inculpés d'homicide avec préméditation.

Avant de quitter Ordebec trois jours plus tôt, Adamsberg avait obtenu du comte sa promesse d'intervenir auprès du magistrat en charge. Promesse accordée sans difficulté, la sauvagerie des deux frères l'ayant violemment choqué. Il avait eu son compte d'atrocités à Ordebec et n'était pas disposé à l'indulgence, y compris vis-à-vis de lui-même.

— Ses fils ? s'indigna faussement Mo. Ses propres fils lui ont mis le feu ?

— En s'arrangeant pour te faire accuser. Tes baskets, ta méthode. Sauf que Christian Clermont ne savait pas nouer les lacets. Et que le souffle du brasier lui a brûlé quelques mèches.

— Ça le fait presque à chaque fois.

Mo tourna la tête de droite et de gauche, comme un type qui prend soudain conscience d'un état de choses nouveau.

— Mais je peux partir alors ?

— Tu crois ? dit durement Adamsberg. Tu ne te souviens pas de la manière dont t'es sorti d'ici ? Menace à main armée envers un officier de police, violences et délit d'évasion.

— Mais j'étais obligé, répéta Mo.

— Peut-être, mon gars, mais c'est la loi. Tu pars en détention provisoire, tu passeras en jugement dans environ un mois.

— Je ne vous ai même pas fait mal, protesta Mo. Juste un petit coup comme ça.

— Un petit coup qui t'amène devant le juge. Tu as l'habitude. Il décidera.

— Je risque combien ?

— Deux ans, estima Adamsberg, en raison des circonstances exceptionnelles et du préjudice subi. Tu pourrais sortir après huit mois pour bonne conduite.

— Huit mois, merde, dit Mo, cette fois presque sincèrement.

— Tu devrais plutôt me remercier d'avoir trouvé les incendiaires. Et pourtant, je n'avais aucune raison de te vouloir du bien. Un commissaire qui laisse filer un prévenu, tu sais ce que ça risque ?

— Je m'en fous, moi.

— Je m'en doute, dit Adamsberg en se levant. Emmenez-le.

Adamsberg adressa un signe de main à Mo, qui lui signifiait : *Je t'avais prévenu. Huit mois. On n'a pas le choix.*

— C'est vrai, commissaire, dit soudain Mo en lui tendant ses poignets attachés. Je devrais vous remercier.

En serrant les mains d'Adamsberg, Mo y fit glisser une boulette de papier. Une boulette plus grosse que celle d'un papier de sucre. Adamsberg referma la porte après son départ, s'adossa au battant pour empêcher toute intrusion, et déplia le message. Mo y avait écrit, en toutes petites lettres, le détail de son raisonnement sur la ficelle qui avait ligoté les pattes du pigeon Hellebaud. À la fin de son billet, il avait noté le nom et l'adresse de l'enfant de salaud qui avait fait cela. Adamsberg sourit et enfonça soigneusement le papier au fond de sa poche.

56

Selon le même procédé, le comte de Valleray avait fait revenir l'ostéopathe au chevet de Léo au jour convenu. Le médecin officiait depuis vingt minutes dans la chambre, seulement accompagné du Dr Merlan qui ne voulait pas en perdre une miette, et du gardien René. Dans le couloir se répétait presque la même scène, les allées et venues de ceux qui attendaient, Adamsberg, Lina, l'infirmière, le comte assis, battant le lino du sol de sa canne, les gardiens de Fleury devant la porte. Même silence, même tension. Mais pour Adamsberg, l'anxiété avait changé de nature. Il ne s'agissait plus de sauver la vie de Léo, mais de savoir si le docteur lui rendrait l'usage de la parole. Parole qui dirait, ou non, le nom du tueur d'Ordebec. Sans ce témoignage, Adamsberg doutait que le juge poursuive l'inculpation du capitaine Émeri. Le magistrat n'allait pas jouer un tel coup sur six papiers de sucre, qui s'étaient en effet révélés vierges de toute empreinte. Ni sur son attaque au puits contre Hippolyte, qui ne prouvait en rien les autres meurtres.

Pour le comte, il s'agissait de savoir si sa vieille Léo retrouverait son animation perdue ou demeurerait immobilisée dans son silence béat. Quant au mariage, il n'en avait plus parlé. Après les chocs, les peurs et les scandales qui avaient secoué Ordebec, la bourgade elle-même semblait épuisée, ses pommiers plus ployés, ses vaches statufiées.

Une vague de pluie et de frais rendait la Normandie à son état ordinaire. Si bien que Lina, au lieu d'apparaître dans un de ses chemisiers fleuris à col très ouvert, avait passé un pull qui montait jusqu'au haut du cou. Adamsberg se concentrait sur ce problème quand le Dr Hellebaud sortit enfin de la chambre, satisfait et bondissant. Une table était dressée pour lui dans la salle des infirmiers, comme la dernière fois. On l'accompagna en silence, et le médecin se frotta longuement les mains avant de leur assurer que, dès demain, Léo parlerait comme à son habitude. Elle avait recouvré assez de résistance psychique pour affronter la situation, il avait donc pu libérer les crans de blocage. Merlan le regardait manger, une joue appuyée sur une main, un peu dans la pose d'un vieil amoureux.

— Il y a une chose, dit l'ostéopathe entre deux bouchées, que j'aimerais éclaircir. Qu'un homme se rue sur vous pour vous tuer choquerait n'importe qui. Qu'un ami le fasse aggraverait sérieusement le traumatisme. Mais quelque chose de bien plus puissant s'était déclenché chez Léo, au point qu'elle refusait absolument de voir ce fait en face. On pourrait observer ce phénomène si, par exemple, son propre fils l'avait attaquée. Certainement. Si bien que je ne comprends pas. Mais je maintiens que ce n'est pas une simple connaissance qui l'a agressée. C'est quelque chose de plus.

— En effet, dit Adamsberg, pensif. C'est un homme qu'elle ne voyait plus très souvent. Mais qu'elle avait bien connu, dans des circonstances singulières.

— Eh bien ? dit le médecin en le fixant, une lueur très attentive dans les yeux.

— Quand cet homme avait trois ans, Léo s'est jetée dans une mare gelée où il se noyait. Elle lui a sauvé la vie.

Le médecin hocha longuement la tête.

— Cela me suffit, dit-il.

— Quand pourrai-je la voir ?

— Dès maintenant. Mais pour l'interroger, demain matin. Qui lui a apporté ces livres impossibles ? Une histoire d'amour grotesque et un manuel d'hippiatrie. On n'a pas idée.

— J'ai bien aimé l'histoire d'amour, dit l'infirmière.

Adamsberg refit le chemin de Bonneval, le tour de la chapelle Saint-Antoine, la route du vieux puits de l'Oison, et arriva un peu fourbu pour dîner au Sanglier, qu'il soit bleu ou courant. Zerk, revenu de son voyage sentimental en Italie, l'appela de Paris pendant le repas pour lui annoncer qu'Hellebaud avait décollé et était parti pour de bon. Une excellente nouvelle, mais Adamsberg sentit du désarroi dans la voix de son fils.

Dès 7 heures du matin, il avait installé son dernier petit déjeuner sous le pommier. Il ne voulait pas manquer l'heure du début des visites, il ne voulait pas que le commandant Bourlant le précède auprès de Léo. Avec la complicité du Dr Merlan et de l'infirmière, il avait obtenu qu'on lui ouvre la porte trente minutes avant l'heure publique. Réconcilié avec le sucre, il en jeta deux morceaux dans son café, puis referma soigneusement la boîte et remit l'élastique autour.

À 8 h 30, l'infirmière lui ouvrit discrètement la porte de l'hôpital. Léo l'attendait, assise dans un fauteuil et habillée. Le Dr Merlan avait autorisé sa sortie dès aujourd'hui. Il était convenu qu'à midi, le brigadier Blériot viendrait la chercher, avec Flem.

— Vous n'êtes pas là pour le seul plaisir de me voir, n'est-ce pas commissaire ? Je suis rosse, se reprit-elle aussitôt. C'est vous qui m'avez amenée à l'hôpital, c'est vous qui êtes resté près de moi, c'est vous qui avez fait venir ce médecin. Où exerce-t-il ?

— À Fleury.

— Merlan m'a dit que vous m'aviez même peignée. Vous êtes gentil.

Nous sommes gentils, se rappela Adamsberg en voyant défiler les visages des enfants Vendermot, deux blonds et deux bruns, et c'était presque vrai. Adamsberg avait ordonné au Dr Merlan de ne surtout pas parler de l'arrestation d'Émeri à Léone. Il voulait recueillir son témoignage sans influence.

— C'est vrai, Léo. Je veux savoir.

— Louis, murmura Léo. C'était mon petit Louis.

— Émeri ?

— Oui.

— Cela va aller, Léo ?

— Oui.

— Que s'est-il passé ? Avec le sucre ? Car c'est bien ce que vous m'avez dit, Léo : Eylau – du nom de la bataille –, Flem, et sucre.

— Je ne m'en souviens pas. Quand était-ce ?

— Le surlendemain de votre agression.

— Non, cela ne me dit rien. Mais oui, il y avait bien ce problème de sucre. Dix jours avant, j'avais été à Saint-Antoine, et je n'avais rien remarqué.

— Donc avant la disparition d'Herbier.

— Oui. Et le jour où je vous ai rencontré, en attendant Flem, j'ai vu tous ces petits papiers blancs éparpillés par terre, devant le tronc. Je les ai cachés sous les feuilles, parce que cela ne faisait pas propre, j'en ai compté au moins six. J'y ai repensé le lendemain matin. Il n'y a jamais personne sur le chemin de Bonneval, vous savez ça. J'ai trouvé étrange que quelqu'un y traîne juste au moment de l'assassinat d'Herbier. Et je ne connais qu'un homme qui mange six morceaux de sucre de suite. Et qui ne froisse pas ses papiers. C'est Louis. Il a parfois de ces crises de manque, vous savez, des crises où il doit se remonter. Le lendemain, je me suis demandé si Louis était venu là, s'il avait cherché le corps dans la forêt, et dans ce cas, pourquoi il ne l'avait pas dit, et surtout pas trouvé. J'étais curieuse, je l'ai appelé. Vous n'auriez pas un cigare, commissaire ? Cela fait des jours que je n'ai pas fumé.

— J'ai une cigarette usagée.

— Ça fera l'affaire.

Adamsberg ouvrit la fenêtre en grand et donna la cigarette et du feu à Léo.

— Merci, dit Léo en soufflant la fumée. Louis m'a répondu qu'il arrivait. Dès qu'il est entré, il s'est jeté sur moi. Je ne sais pas, je ne comprends pas.

— Il est le tueur d'Ordebec, Léo.

— D'Herbier ?

— D'Herbier et d'autres.

Léone tira une longue bouffée sur sa cigarette, qui trembla un peu.

— Louis ? Mon petit Louis ?

— Oui. On a tout le temps d'en parler ce soir, si vous me gardez à dîner. C'est moi qui préparerai le repas.

— Ce serait bien d'avoir de la soupe, avec beaucoup de poivre. Il n'y a pas de poivre ici.

— Je m'en charge. Mais dites-moi : pourquoi l'avez-vous appelé « Eylau » ? Et non pas Louis ?

— C'était son petit nom quand il était mioche, dit Léo avec ce regard changeant qui accompagne les surgissements du passé. C'est venu d'une boutade de son père qui lui avait offert un tambour, mais une boutade sûrement destinée à le former à l'armée. C'est resté jusqu'à ses cinq ans : le petit tambour d'Eylau, le petit Eylau. Je l'ai appelé comme ça ?

À la même heure, l'affaire Clermont-Brasseur explosait dans les médias, provoquant de sérieux remous. On se demandait avec avidité si les frères avaient été protégés après le crime. Mais sans s'étendre sur la question. Sans non plus s'attarder sur l'arrestation du jeune Mohamed. Toute cette agitation ne durerait pas longtemps. D'ici quelques jours, l'affaire serait minimisée puis passée aux oubliettes, tel Hippo ayant manqué tomber dans le puits de l'Oison.

À la fois choqué, désabusé et distrait, Adamsberg écoutait les nouvelles sur le petit poste de radio poussiéreux de Léo. Il avait fait les courses, il avait mouliné une soupe aux légumes, préparé un dîner léger adapté à un retour d'hospitalisation. Bien qu'il pensât que Léo eût préféré un repas autrement solide, voire gras. S'il ne se trompait pas, la soirée se terminerait au calva et au cigare. Adamsberg s'éloigna de la radio et alluma un feu pour son retour. La canicule s'était achevée avec le parcours du tueur, Ordebec éprouvée revenait à ses températures frissonnantes.

57

Plus d'un mois plus tard, un mercredi, Danglard réceptionna à la Brigade une caisse solide munie de deux poignées, soigneusement fermée, livrée par porteur spécial. Il la fit passer au détecteur, qui révéla un objet rectangulaire pris entre deux planches et calé dans des pelures de bois. Il la souleva méticuleusement et la déposa en douceur sur le bureau d'Adamsberg. Danglard, lui, n'avait pas oublié. Il regarda avidement l'objet, caressa le dessus rugueux de la caisse, hésita à en lever le couvercle. L'idée qu'une toile de l'école de Clouet gisait à quelques centimètres de lui le plongeait dans un état de grande fébrilité. Il se plaça sur le chemin d'Adamsberg.

— Il y a un colis pour vous dans votre bureau.

— D'accord, Danglard.

— Je crois que c'est le Clouet.

— Le quoi ?

— Le tableau du comte. L'école de Clouet. Le bijou, le joyau, la consolation d'un homme.

— D'accord, Danglard, répéta Adamsberg, qui s'aperçut qu'une sueur particulière humectait le visage soudain rougi du commandant.

Sans nul doute, Danglard l'attendait fiévreusement depuis un bout de temps. Lui ne s'était plus rappelé ce tableau, depuis la scène de la bibliothèque.

— Depuis quand est-il arrivé ?

— Presque deux heures.

— Je rendais visite à Tuilot Julien. Ils passent au concours de mots croisés force 2.

Adamsberg ouvrit la caisse un peu rudement puis commença à dégager la pelure de bois à mains nues, sous le regard angoissé de Danglard.

— Ne faites pas de dégâts, nom d'un chien. Vous ne vous rendez pas compte.

C'était bien le tableau promis. Adamsberg le déposa dans les mains instinctivement tendues de Danglard et sourit, par mimétisme, du bonheur vrai qui animait les traits du commandant. Le premier depuis qu'il l'avait embarqué dans ce combat face à l'Armée furieuse.

— Je vous le confie, Danglard.

— Non, cria presque Danglard, affolé.

— Si. Je suis un rustre, un montagnard, un pelleteur de nuages, un ignare même, a dit Émeri. Et c'est vrai. Gardez-le pour moi, il sera bien plus heureux, bien plus couvé avec vous. C'est avec vous qu'il doit être et, regardez-le, il a déjà sauté dans vos bras.

Danglard baissa la tête vers la toile, incapable de répondre, et Adamsberg supposa qu'il était au bord de pleurer. C'était bien là l'émotivité de Danglard, qui l'élevait vers des magnificences qu'Adamsberg ne connaissait pas, et pouvait aussi le pousser jusqu'à l'indignité de la gare de Cérenay.

Outre le tableau – et Adamsberg avait conscience qu'il s'agissait d'un présent inestimable – le comte de Valleray l'invitait à son mariage avec Mlle Léone Marie Pommereau, cinq semaines plus tard, en l'église d'Ordebec. Sur l'emploi du temps mural, Adamsberg entoura la date du mariage d'un épais rond de feutre bleu, adressant un baiser à sa vieille

Léo. Il ne manquerait pas d'avertir le médecin de la « maison de Fleury », mais il n'était pas envisageable, même avec la puissance du comte de Valleray, qu'on lui permette d'assister à la fête de sa ressuscitée. Cette puissance totale, on ne la trouvait que dans des forteresses à la Clermont, où le trou de rat qu'il y avait pratiqué se rebouchait un peu chaque jour, irréversiblement, avec l'aide de milliers de mains dévotes qui effaçaient les infamies, les complicités et les traînées de poudre.

Il se passa encore trois semaines et cinq jours avant qu'Hellebaud, le pigeon, ne réapparaisse un matin sur l'appui de la fenêtre de la cuisine. Un chaleureux bonjour, une visite très agitée. L'oiseau picora les mains de Zerk et d'Adamsberg, fit plusieurs fois le tour de la table, raconta sa vie au long de multiples gloussements. Une heure plus tard, il décollait à nouveau, suivi par les deux regards songeurs et vides d'Adamsberg et de son fils.

Note

L'histoire de la rencontre de Gauchelin, curé de Bonneval, et de l'Armée furieuse, contée par l'historien Orderic Vital au XIIᵉ siècle, est assez connue pour qu'on y trouve quantité de références sur Internet. Les textes anciens cités dans ce roman sont tirés de : Lecouteux Claude, *Fantômes et revenants au Moyen Âge*, Paris, éd. Imago, 1986.

9842

Composition
NORD COMPO

Achevé d'imprimer en Slovaquie
par NOVOPRINT SLK
le 18 juillet 2014.

Dépôt légal mai 2013.
EAN 9782290041000
OTP L21EPNN000241C005

ÉDITIONS J'AI LU
87, quai Panhard-et-Levassor, 75013 Paris

Diffusion France et étranger : Flammarion